SOLOTHURN HÜLLT SICH IN SCHWEIGEN

Dieses Buch ist ein Roman. Handlungen und Personen sind frei erfunden. Ähnlichkeiten mit lebenden oder toten Personen sind nicht gewollt und rein zufällig. Ab Seite 362 findet sich ein Glossar.

CHRISTOF GASSER

SOLOTHURN HÜLLT SICH IN SCHWEIGEN

Kriminalroman

emons:

Bibliografische Information der Deutschen Nationalbibliothek
Die Deutsche Nationalbibliothek verzeichnet diese Publikation
in der Deutschen Nationalbibliografie; detaillierte bibliografische
Daten sind im Internet über http://dnb.d-nb.de abrufbar.

© Emons Verlag GmbH
Alle Rechte vorbehalten
Umschlagmotiv: stock.adobe.com/Christian Bieri
Umschlaggestaltung: Nina Schäfer, nach einem Konzept
von Leonardo Magrelli und Nina Schäfer
Umsetzung: Tobias Doetsch
Gestaltung Innenteil: DÜDE Satz und Grafik, Odenthal
Druck und Bindung: CPI – Clausen & Bosse, Leck
Printed in Germany 2023
ISBN 978-3-7408-1840-1
Originalausgabe

Unser Newsletter informiert Sie
regelmäßig über Neues von emons:
Kostenlos bestellen unter
www.emons-verlag.de

Dieser Roman wurde vermittelt durch die Agentur Editio Dialog,
Dr. Michael Wenzel (www.editio-dialog.com).

Für Katrin, »Signora Brunetti«,
ihre Stärke und ihren Mut
zum Neuanfang

Die zehn Grundsätze:
Stell dich dem Kampf!
Führe andere in den Kampf!
Handle umsichtig!
Halte dich an die Tatsachen!
Sei auf das Schlimmste vorbereitet!
Handle rasch und unkompliziert!
Brich die Brücken hinter dir ab!
Sei innovativ!
Sei kooperativ!
Lass dir nicht in die Karten sehen!

Sunzi (544–496 vor Christus)

Den inneren Frieden dir nicht zu stören,
in andrer Achtung stets zu steigen,
habe den Mut, die Wahrheit zu hören,
und die Klugheit, sie zu verschweigen.

Heinrich Leuthold (1827–1879)

Prolog

Berlin, Bezirk Mitte, Charité

Er fühlte ihre Wärme auf seiner Haut, hörte ihr wie ein Glasperlenspiel klingendes Lachen. Sein Gedächtnis spulte die Erinnerungen an ihr erstes Wochenende am Wannsee ab. Bis spät in die Nacht hinein hatten sie am Strand gesessen und Wein aus der Flasche getrunken, einen süßen Rosé, er war eiskalt, sodass das Kondenswasser auf der Flasche Schlieren zog. Sie hatten gelacht, geredet und sich geliebt.
Die Hand, die sich auf seine Schulter legte, ließ den Film reißen.
»Herr Schröter?«
Die Realität drängte sich ins Bewusstsein wie das grelle Licht im Kinosaal, sobald die Vorstellung beendet ist. Nur die Wärme ihrer Hand, die er immer noch in der seinen hielt, erinnerte an die Nacht am Wannsee. Ihr Körper versank beinahe im Spitalbett. Ihre Augen waren geschlossen. Das Summen der Monitore und das stoßweise Hissen der Herz-Lungen-Maschine, die ihren Körper am Leben erhielt, überlagerten die Stille.
»Entschuldigen Sie, Herr Schröter«, sagte die Schwester leise. »Ich wollte Sie nicht erschrecken.«
Er stand auf und schob den Stuhl zur Seite. Die Schwester war nicht allein. Der Arzt war mit ihr hereingekommen. »Sind Sie bereit?«
»Noch eine Minute. Bitte?« Es hörte sich an wie ein Flehen. Er schämte sich nicht dafür.
Der Arzt und die Schwester warteten bei der Tür, während er sich über sie beugte und zum Abschied ihre Stirn küsste. »Es tut mir leid, Heike.«
Er nickte dem Arzt und der Schwester zu. Der Arzt trat vor die Herz-Lungen-Maschine und schaltete sie ab.

Sie warteten, bis die Linien auf dem Monitor flach verliefen.
»Todeszeit: einundzwanzig Uhr siebenunddreißig«, sagte der Arzt mit leiser Stimme. Die Pflegerin trug sie in ihren mobilen Rechner ein. Dann begann sie, die Intubation zu entfernen und die Elektroden vom Körper zu lösen.

Er verließ das Zimmer.

EINS

Solothurn – fünf Monate später

»Komm schon!«
Maja Hartmann klingelte Sturm. Sie hoffte, endlich das Schnarren des Türöffners zu vernehmen. Sie machte sich Sorgen. Vanessa Kurth war nicht am vereinbarten Treffpunkt bei der Loretokapelle erschienen. Nachdem sie eine Viertelstunde gewartet und Vanessa nicht auf ihre Anrufe geantwortet hatte, war Maja zu ihrer Wohnung am Rossmarktplatz in der Solothurner Vorstadt gefahren. Im Erdgeschoss des Mietshauses hatte sich einst das Tea-Room Vorstadt befunden. Später war daraus ein Club geworden, der seit geraumer Zeit das Schicksal seines Vorgängers teilte. Einer der vielen Tribute, welche die Pandemie von der Gastronomie gefordert hatte. Nur das Logo an der Hausfassade zeugte von lebhaften Zeiten. Hinter zwei Fenstern direkt unter dem Dachgeschoss brannte Licht. Das musste Vanessas Wohnung sein. Maja trat ein paar Schritte zurück und spähte nach oben. Hinter den Fenstern tat sich nichts.

Sie war drauf und dran, alle Klingelknöpfe auf dem Brett zu drücken, als sie den Widerschein eines Blaulichtes an der Fassade des Nachbarhauses bemerkte. Eine Ambulanz fuhr auf den Platz und stoppte vor dem Hauseingang. Maja legte ihre orange Armbinde an, die sie als Zivilpolizistin im Einsatz erkennbar machte.

Ein Rettungssanitäter stieg aus dem Fahrzeug. »Haben Sie den Notruf gewählt?«

Maja verneinte. »Hartmann, Kriminalpolizei.«

Der Sanitäter nannte ebenfalls seinen Namen. »Sie sind schnell hier. Schicken die jetzt immer gleich die Kripo?«

Maja sah ihn verständnislos an.

»Der Notruf kam vor zehn Minuten über die Alarmzentrale

rein.« Der Sanitäter zeigte auf das Haus. »Eine Frau mit Stichverletzung im Unterleib wurde an dieser Adresse gemeldet.«
»Vor zehn Minuten?« Das Bürgerspital befand sich sozusagen um die Ecke.
Der Sanitäter hatte den leisen Vorwurf verstanden. »Können Sie sich vorstellen, was heute Abend los ist? Freitagabend, HESO, dazu ein schwerer Verkehrsunfall auf der A 5 im Birchitunnel. Wir tun, was wir können. Wie kommen wir ins Haus?«
»So.« Maja legte die Hand aufs Klingelbrett, bis sich ein Fenster öffnete.
»Wenn ihr Idioten nicht sofort damit aufhört, rufe ich die Polizei, verstanden?«
»Die ist schon da.« Maja trat vor, dass man sie von oben sehen konnte. »Öffnen Sie bitte, das ist ein Notfall.«

***

Zwei Gin Tonic, eine Margarita und zwei Aperol Spritz. Pia nahm das Tablett auf. Sie erschrak, als sie eine Hand auf ihrer Taille spürte. Eine andere ergriff geschickt das Tablett mit den Getränken, bevor es zu Boden fiel. Sie fuhr herum, bereit, einen übergriffigen Gast harsch zurechtzuweisen. Die Empörung verflog. Die Hand gehörte Silvano. Sie fühlte sich plötzlich gut an.
»Ich übernehme das«, sagte er. »Du kannst zurück hinter die Theke.«
»Wo warst du?« Obschon Pia erleichtert war, gab sie sich Mühe, vorwurfsvoll zu klingen. Das »Berna«-Barzelt im Schanzengraben begann sich zu füllen. Das war erst der Anfang. In knapp einer Stunde schlossen die Restaurationsbetriebe in den Messehallen der HESO, der Solothurner Herbstmesse. »Hier wird gleich der Teufel los sein. Erika hat dich gesucht.«
»Ich war draußen mit ein paar Stammkunden. Tut mir leid, dass ich euch so lang allein gelassen habe.«
Pia würde nie zugeben, dass ihr Silvano Moretti, der Besitzer der »Berna Bar« im Schöngrünquartier, gefiel, geschweige sich

in ihn verguckt zu haben. Würde man sie fragen, was sie ausgerechnet an ihm anziehend fand, wüsste sie nicht einmal, was sie antworten sollte. Bestimmt sah er gut aus, scharf geschnittene Gesichtszüge, warme dunkelbraune Augen, an den Schläfen silbern schimmerndes Haar und ein dichter, kurzer Vollbart. Ohne wäre er ihr lieber gewesen. Wenigstens kratzte er bei den Begrüßungsküssen nicht so wie die Stoppeln ihres Vaters. Pia hatte Silvano nie nach seinem Alter gefragt. Sie schätzte ihn auf Mitte dreißig, knapp zehn Jahre älter als sie. Gerüchten zufolge war er verheiratet, lebte aber von seiner Frau getrennt. Er hatte mal eine Tochter im Teenageralter erwähnt. Für Pia war das unerheblich. Silvano hatte etwas in ihr geweckt, das sie als Liebe auf den ersten Blick bezeichnen würde. Der letzte Mann, dem das gelungen war, war Rafik gewesen. Silvano strahlte dieselbe Sicherheit und Wärme aus und verfügte über denselben Witz und Scharfsinn, mit denen der Vater ihres knapp dreijährigen Sohnes ihr einen Spiegel hatte vorhalten können. Vermutlich konnte Silvano sie ebenso zur Weißglut bringen wie Rafik. Jedenfalls hatte er es geschafft, die Schmetterlinge in ihrem Bauch aus ihrem jahrelangen Tiefschlaf zu wecken.

Silvano wies mit dem Kopf zum Tisch, den Pia bedienen wollte. »Das sind Freunde von mir. Ich bringe ihnen die Getränke. Setz dich einen Moment zu uns, ich stelle dich vor.«

»Machst du Witze? Schau dich um.« Sie ließ den Arm über das Lokal kreisen. »Da kommt ein Tsunami auf uns zu.«

»Schön.« Silvano krempelte die Ärmel hoch. »Alle Mann an Deck, die Kumpel müssen warten.«

Das Team war jetzt vollzählig. Es dauerte eine Weile, bis Pia die angestauten Bestellungen abgearbeitet hatte. Wenn jeweils der Ansturm an Heftigkeit nachließ, gönnte sie sich ein Glas Rivella oder Apfelschorle, Alkohol gab es nach Feierabend. Silvano nutzte eine Atempause, um seine Freunde in der Lounge-Ecke zu begrüßen.

Eine neue Flut hereinströmender Gäste hinderte sie daran, ihr Glas auszutrinken. Darunter fielen ihr zwei besonders auf, beides Männer. Der eine hatte die durchschnittlichen Maße eines erwachsenen Mannes der westlichen Hemisphäre. Dagegen erinnerte sein Begleiter an den obligaten kolossartigen Bösewicht aus einem Superheldenfilm des Marvel-Universums. Er überragte den anderen um gut zwei Köpfe und sah so aus, wie sich Pia einen wandelnden Kleiderschrank am ehesten vorgestellt hätte. Gang und Körperhaltung machten klar, wer von beiden das Sagen hatte, es war der Kleinere. Der Kleiderschrank steuerte auf die Theke zu.

»Hoi, was darf es sein?«, fragte Pia routiniert. Im »Berna«-Barzelt an der HESO galten dieselben Gepflogenheiten wie im Stammbetrieb in Biberist. Man duzte sich.

»Dein Boss, wo ist er?«

Keine Begrüßung, das klärte die Fronten. Der Unsympath entsprach dem gängigen Klischee des Türstehers. Ein buschiger Kinnbart machte sein brutales, breitflächiges Gesicht zivilisierter. Sein Herr und Meister war gepflegter. Pia tippte auf mittelöstliche Herkunft, die schwarzen Haare waren getrimmt und gegelt. In seinen Augen lag der lauernde Glanz des Mannes, der sich seiner Macht bewusst war, der arrogante Zug um den Mund ein Zeichen dafür, dass er gewohnt war zu bekommen, was er wollte. Was konnte Silvano mit solchen Leuten zu tun haben? Er war in ein Gespräch mit seinen Bekannten vertieft und hatte die neuen Gäste nicht bemerkt.

»Dahinten.« Pia zeigte in die Richtung.

Ohne sie eines weiteren Blickes zu würdigen, steuerten die beiden Männer die Lounge-Ecke an.

Pia stupste Erika an, die gerade eine Stange zapfte. »Kennst du die beiden Rüpel?«

Erika sah kurz hin und zuckte mit den Achseln. »Kennen nicht, gesehen schon. Waren schon mal bei uns oben im Schöngrün. Es sind Geschäftspartner von Silvano.«

Welche Art Geschäfte konnten das sein? Die Kerle passten nicht zu Silvano.

»Hallo? Erde an Pia.«

Pia hatte Nadal nicht hereinkommen sehen. Diese setzte sich auf einen Barhocker.

»Alles gut bei dir?«

»Mega. Warum fragst du?«

»Darum.« Mit erhobenen Augenbrauen neigte Nadal den Kopf in Richtung Silvano. »Starren ist nicht höflich. Gibst du mir ein Schorle?«

»Keine Ahnung, was du meinst.« Pia stellte eine Flasche Schorle und ein Glas vor ihrer Quasi-Schwägerin hin.

Nadal grinste abgründig. »Du kannst abstreiten, so viel und solange du willst.«

»Du hörst mal wieder das Gras wachsen, aber schön, dass du doch noch gekommen bist.«

»Ich war kurz in der Villa, mich von meinem Neffen verabschieden.«

»Wann geht dein Flug?«

»Morgen gegen Mittag, vorher muss ich Mama abholen.«

»Kommt sie nun doch mit?«

Nadal wollte die Familie ihres Onkels in England besuchen. Seit dem Begräbnis ihres Bruders Rafik hatte sie ihn nicht mehr gesehen. Sie hatte sogar ihren Vater überzeugen können, dass ihre Mutter sie begleitete.

»Du kennst mich. Am Ende kann *baba* mir nichts verwehren.« Eine Eigenschaft, die sie mit Rafik geteilt hatte. Pia bewunderte die Hartnäckigkeit, mit der sich Nadal ihrem Vater, einem traditionellen Muslim, entgegenstellte. Nach Rafiks Tod hätte er sie um ein Haar verstoßen, nachdem sie durchgesetzt hatte, dass Rafiks Leichnam vom Irak in die Schweiz überführt und nach islamischem Ritual in Olten beigesetzt wurde.

»Mein Onkel holt uns in Heathrow ab, dann sind wir in zwei Stunden per Auto in Birmingham.«

Pia zog eine Schnute und umarmte sie über die Theke hinweg. »Ich werde dich vermissen, Sis, Mirio auch.«

»Und ich erst, in zehn Tagen bin ich zurück.«

Drüben in der Lounge-Ecke begrüßte Silvano die beiden

Männer mit Handschlag, bevor er mit ihnen etwas zur Seite ging. Der Kleinere begann auf ihn einzureden, der Schrank stand mit verschränkten Armen daneben.
Nadal folgte Pias Blick und erstarrte.
»Hast du ein Gespenst gesehen?«, fragte Pia.
»Wenn's nur das wäre, eher ein Ungeheuer.«
»Wen meinst du?«
»Den kleinen Dunklen mit der Gelfrisur. Das ist Boran Baddour.«
»Muss ich den kennen?«
»Besser nicht. Ich bin ihm mal begegnet, war nicht schön.«
Nadals Blick ruhte auf der abseitsstehenden Gruppe.
»Was ist?«, fragte Pia. »Erzählst du's mir von dir aus, oder muss ich es aus dir herauskitzeln?«
»Ich habe mich doch mal für diese Wohnung in der Vorstadt beworben.«
»Die am Rossmarktplatz, ich erinnere mich.« Nadal war die Wohnung in der Rathausgasse zu klein geworden. Sie hatte sich beworben, sobald sie das Inserat entdeckt hatte.
»Die Wohnung wäre okay gewesen, auch die Miete.«
»Aber?«
»Dieser Baddour wollte sie mir geben, gegen einen Bonus.«
»Lass mich raten. In Naturalien?«
Eine steile Falte hob sich auf Nadals Stirn hervor. »Weil ich Muslima bin und alleinstehend, meinte er, man müsse mich ›beschützen‹.« Nadal malte Anführungszeichen in die Luft. »Er wolle nicht, dass ich zum Freiwild für die Ungläubigen werde. Kannst du dir das vorstellen?«
Pia konnte, leider. »Sauhund.«
Nadal stellte ihr Glas auf die Theke. »Ich verziehe mich besser, bevor er mich erkennt. Muss eh früh raus.« Sie verabschiedeten sich mit einer Umarmung. »Versuch ausnahmsweise nicht zu viele Dummheiten zu machen, wenn ich weg bin«, sagte Nadal, bevor sie zum Ausgang ging.
»Dummheiten? Ich, die Vernunft in Person?«, rief Pia ihr

nach. Beim Hinausgehen kreuzte Nadal einen hageren Mann in einer Militärjacke mit aufgenähter deutscher Flagge am Oberarm. Er wirkte gehetzt und blickte sich hastig um, bevor er sich an die Theke setzte.

»Was darf's denn sein für dich?«, rief sie, um die rockige Musik zu übertönen, welche die Playlist in diesem Moment abspulte.

»Ich bekomme ein kleines Helles ... also ... eine Stange«, bestellte er auf Hochdeutsch.

»Natürlich bekommst du das.« Pia betonte das »bekommst du« mit einem Schmunzeln und füllte ein schlankes Drei-Deziliter-Glas. »Zum Wohl.« Sie stellte die Stange vor ihm hin.

Er nickte und wandte sich mit dem Glas in der Hand ab.

Komischer Typ. Sie vergaß ihn in der nächsten Sekunde, als ein Halbwüchsiger vier Bier bestellte.

»Für wen? Deine Eltern?«

»Sicher nicht, meine Kollegen.« Er wies auf eine Gruppe Gleichaltriger, die erwartungsvoll herüberschauten.

»Weißt du was?« Pia sah über die Theke auf ihn hinab. »Cola, Apfelschorle oder Grenadinesirup, du kannst wählen.« Sie zeigte auf ein Schild an der Wand, das den Ausschank von Wein und Bier für unter Sechzehnjährige sowie Spirituosen für unter Achtzehnjährige untersagte. »Ich habe auch Rivella.«

»Wir sind im Fall über achtzehn.«

Pia mimte einen anerkennenden Ausdruck. »Kompliment, das würde man euch gar nicht geben.« Sie hielt die Hand auf. »Ausweis, von allen vieren.«

»Blöde Bitch!«

Pia verzog keine Miene, als sie sich zu ihm vorbeugte. »Pass auf, unter dem Tresen ist ein Knopf. Wenn ich auf den drücke, kommen ein paar kräftig gebaute Freunde von mir. Die begleiten dich und deine Kumpels mit Nachdruck nach draußen. – Jetzt sag mir bitte noch mal, wie du mich genannt hast. Ich hab's nicht richtig verstanden.«

»Ähm nichts, 'tschuldigung.« Beim Rausgehen nahm der

Jungspund seine nicht weniger belämmert dreinblickenden Kameraden ins Schlepptau.

»Was war mit denen?«, wollte Erika wissen.

»Nichts weiter, die wollten mich verarschen, haben wohl gedacht, ich sehe die Eierschalen nicht, die ihnen noch am Hintern kleben.«

Aus der Ecke, wo Pia Silvano und Baddour zuletzt gesehen hatte, war plötzlich Lärm zu hören. Silvano hatte Baddour am Kragen gepackt und schrie ihm ins Gesicht. Worum es ging, konnte Pia aus der Entfernung nicht verstehen. Baddour brüllte lauter zurück. Pia stieß scharf die Luft aus, als sie ein Springmesser in seiner Hand aufblitzen sah. Damit war er gegenüber Silvano im Vorteil, was wohl der Grund war, weshalb sein Leibwächter nicht eingriff.

»Scheiße!«, sagte Erika neben ihr. »Fängt das schon wieder an.«

»Wieso, ist das schon mal vorgekommen?«

»Die beiden haben sich schon mal fast geprügelt, keine Ahnung, weshalb.«

Pia nahm ihr Handy aus der Umhängetasche unter der Theke. Sie wollte die Notrufnummer eintippen, als der Deutsche, dem sie eben noch sein Bier serviert hatte, sich zwischen die Streithähne stellte. Das veranlasste den Kleiderschrank zu intervenieren. Er wollte den Deutschen wegstoßen. Der wich ihm aus und konterte mit einem rechten Haken. Es war ein präziser und wirksamer Hieb. Der Riese ging zu Boden. Bevor Baddour reagieren konnte, hatte der Deutsche ihm das Messer abgenommen. Er ließ die Klinge einschnappen. Anstatt es Baddour zurückzugeben, steckte er es ein. Dann flüsterte er ihm etwas ins Ohr und machte sich davon. Inzwischen hatte sich der Kleiderschrank aufgerappelt und rannte hinter ihm her. Pia stellte sich ihm in den Weg. Sie hielt ihm ihr Handy entgegen. Auf dem Display war zu sehen, dass sie die 117 gewählt hatte. »Es reicht. Die Polizei ist auf dem Weg.«

Der Riese schien schwer von Begriff zu sein. Er ging auf Pia zu, die sich hinter die Theke zurückzog. In ihrer Tasche lag eine Dose Pfefferspray.

»Sascha!« Das war Baddour. »Wir sind hier fertig.« Er drehte sich zu Silvano um. »Du weißt Bescheid, letzte Chance.«

Pia sah den beiden nach, bis sie das Zelt verlassen hatten. Dann ging sie zu Silvano. »Was war das eben?«

Er winkte ab. »Nicht der Rede wert, unzufriedener Geschäftspartner. Hast du wirklich die Polizei gerufen?«

»Nein, aber die Drohung hat gewirkt.«

Er drückte sie an sich und küsste sie auf die Wange.

Es tat gut.

***

»Pass auf, Depp!«

Der Radfahrer hätte ihn um ein Haar von rechts erwischt. Wenn ihn sein Orientierungssinn nicht täuschte, stand er auf dem Klosterplatz. Er könnte sich nach rechts wenden, über die Kreuzackerbrücke, woher der Radfahrer gekommen war, und dann zum Bahnhof. Er verwarf den Gedanken. Er wusste nicht, wie viele hinter ihm her waren. War es nur die eine Person, die er im Gewirr der Gassen abgehängt zu haben hoffte, oder waren irgendwo noch andere Verfolger? Gerade deshalb konnte er nicht auf dem üblichen Weg aus der Stadt heraus. Er warf einen hastigen Blick zurück auf die Theatergasse, woher er gekommen war. Niemand zu sehen. Es gab nur eine Richtung: geradeaus vorwärts.

Endspurt. Vor der Solheure-Bar spurtete er im Slalom um die Menschen herum, die vor dem Lokal tranken und rauchten. Das brachte ihm den einen oder anderen unfreundlichen Kommentar ein.

Sein Ziel war in Sicht, der Bootsanleger bei der Rötibrücke. Das bedeutete keineswegs, dass er in Sicherheit war.

Er rannte die paar Stufen von der Straße zum Anleger hinunter und blickte nach rechts. Das Boot war noch da, wo er es am frühen Abend festgemacht hatte. Es war ein offenes Holzboot mit Außenbordmotor. Weit musste er damit ja nicht kommen.

Er löste das Seil vom Beschlag, an dem es vertäut war. Der Außenborder sprang nach dem zweiten Versuch an. Das hatte ihn Zeit gekostet und abgelenkt. Jemand stand hinter ihm.

Er schaffte eine halbe Drehung. In der Millisekunde zwischen dem Schlag und dem Fall in den dunklen Abgrund blitzte der Gedanke auf.

Es tut mir leid.

***

Dominik Dornach setzte sich neben Maja auf den Sockel des Brunnenbeckens. »Wie fühlst du dich?«

Sie reagierte wie immer, wenn sie etwas mitnahm: mit Achselzucken und Themenwechsel. Sie zeigte mit dem Daumen hinter sich. »Wart ihr dabei, ich meine, deine Vorfahren?«

Was sie meinte, begriff er erst, als er den Kopf drehte und nach oben schaute. Der Dornacherbrunnen mit der Statue des Solothurner Bannerträgers war im Gedenken an die Schlacht von Dornach im Jahr 1499 errichtet worden. Solothurner Truppen behaupteten sich mit Hilfe der Berner, Zürcher, Luzerner und Zuger Miteidgenossen gegen das kaiserliche Heer. Der anschließende Frieden von Basel löste die Eidgenossenschaft vom Deutschen Reich und legte den Grundstein für ihre staatliche Entwicklung. Heute war das solothurnische Dornach ein Vorort der Stadt Basel.

»Keine Ahnung«, sagte Dornach. »Wenn die Geschichten stimmen, die mein Großvater erzählte, dann ja. Ich hab's nie überprüft.«

Maja rieb sich das Gesicht mit beiden Händen. »Muss ein komisches Gefühl sein.«

»Was?«

Sie zeigte zum Dornacherplatz schräg gegenüber. »Ein ganzer Platz, eine Straße und dieses Denkmal. All das verbindet dich und deine Familie mit dieser Heldenlegende. Du musstest nicht mal was dafür tun, hast es einfach mit der Muttermilch eingesogen, während ...« Sie schüttelte den Kopf. Ihre Augen waren feucht. Sie deutete auf das Wohnhaus. »Die Frau da oben wurde gerade mal fünfundzwanzig. Sie hatte nichts für sich. Sie wollte uns nur helfen.«

»Was ist geschehen?«, fragte er.

»Sie ist tot.«

»Tot? Ich dachte –«

»Sie haben angerufen, grad vorhin, bevor du gekommen bist. Vanessa ist in der Notaufnahme gestorben.« Maja schniefte.

»Warst du schon in der Wohnung?«

»Noch nicht. Ich lasse erst mal die Spusi machen.«

Majas Schultern bebten. Sie beherrschte die Kunst des lautlosen Weinens. Zuletzt hatte er sie in diesem Zustand erlebt, als ihre Freundin und Kollegin Karin Jäggi lebensgefährlich verletzt worden war. Ebenfalls durch einen Messerstich. Auch da war es Maja gewesen, die die Kollegin gefunden hatte. Gegen Bezeugungen von Mitgefühl war sie allergisch und reagierte meistens bissig.

»Warum bist du eigentlich hier?«, fragte sie. »Du bist doch gar nicht Pikettoffizier.«

»Lukas wäre heute dran gewesen. Er hat mich angerufen. Warum erzählst du mir nicht, was vorgefallen ist? Wie kommt es, dass du als Erste da warst?«

»Das weißt du auch schon?«

»Das ist der Grund, weshalb ich hier bin. Sollte ich nicht?« Sein Blick ruhte auf ihr.

»Doch, schon, aber ich wollte zuerst ...« Sie verwarf die Hände.

»Vanessa Kurth war deine Informantin. Du hast mir nicht gesagt, dass du sie heute treffen wirst.« Das sollte nicht vorwurfsvoll klingen. Gelang vielleicht nicht ganz.

»Was hätte das ...« Sie hatte ihn doch verstanden. »Vanessa

rief mich am Nachmittag an«, fuhr sie mit ruhigerer Stimme fort. »Sagte, sie wolle mich dringend sprechen.«

»Worum ging es?«

»Wollte sie am Telefon nicht sagen. Ich denke, es ging um Baddour.«

»Boran Baddour?«

Maja nickte. »Wir hatten uns beim üblichen Treffpunkt verabredet, bei der Loretokapelle. Ich habe eine halbe Stunde gewartet. Es kam auch schon mal vor, dass sie sich verspätet hatte. Sie antwortete nicht auf meine Anrufe. Ich kam her, um nachzusehen. Da rückte auch schon die Ambulanz an. Den Rest kennst du.« Maja zog die Nase hoch und tastete ihre Taschen ab. Dornach gab ihr ein Papiertaschentuch. »Danke. – Sie lebte noch, als wir reinkamen. Stichverletzung am Bauch. Irgendwie hat sie es geschafft, ein Frotteetuch als notdürftigen Druckverband auf die Wunde zu pressen. Trotzdem hat sie zu viel Blut verloren. Wenn ich nur ein paar Minuten früher hier gewesen wäre, wenn ich meine Zeit nicht mit der Warterei verplempert hätte, dann ...«

Was sollte Dornach ihr sagen? Dass Selbstvorwürfe nichts brachten? Maja wusste das. Hatte sie es nicht selbst den Rookies, den frisch ausgebildeten Kollegen, immer wieder gepredigt? Sie hätte ihn informieren müssen.

Hätte das etwas geändert?

»Wie stand das Opfer ... Vanessa Kurth mit Boran Baddour in Verbindung?«

»Sie war Jurastudentin an der Uni Bern und finanzierte sich den Lebensunterhalt mit Jobs als Kellnerin und Barfrau. Sie hat in einem von Baddours Schuppen gearbeitet, im ›Lioness‹ in Bellach.«

»Im ›Lioness‹, dem Puff?«

»Vanessa hat nur an der Bar gearbeitet. Für die Freier waren die Hostessen da.«

»Wie kommen wir dazu, eine Fünfundzwanzigjährige als Informantin zu führen?«

»Vanessa ist zu mir gekommen. Sie hatte Informationen über Boran Baddour.«

»Welcher Art? Wir wissen selbst eine Menge über seine Aktivitäten.«

»Nicht zuletzt dank Vanessa.«

»Worum ging es heute?«

Maja massierte sich den Nasenrücken. »Keine Ahnung. Deshalb sollten wir uns ja treffen. Am Telefon wollte sie nichts sagen. Es sei was Großes, meinte sie.«

Das konnte viel bedeuten, dachte Dornach. Boran Baddour war vielseitig tätig. Im Kanton Solothurn wurde er der Zuhälterei, des Drogenhandels und des Betruges verdächtigt. Seine Bars und Pubs, in der Regel waren es verkappte Bordelle, dienten im Wesentlichen zur Geldwäscherei. Was fehlte, waren die Beweise.

»Hat sie wenigstens angetönt, was es sein könnte?«

»Mit keiner Silbe.«

»Ist es möglich, dass sie aufgeflogen ist? Leute wie Baddour machen mit Verrätern kurzen Prozess.«

»Das geht mir die ganze Zeit durch den Kopf. Vanessa hat nichts dergleichen erwähnt. Am Telefon schien sie arglos. Wie immer halt.«

»Was hat sie dazu gebracht, unsere Informantin zu werden?«

»Ihr Bruder ist an einer Überdosis Crystal Meth gestorben. Sie wollte etwas gegen die Drogenhändler unternehmen.«

»Haben wir das überprüft?«

»Habe ich persönlich gemacht«, sagte Maja gereizt. »Sie ist beim QVM vermerkt. Vanessa wollte nur mit mir arbeiten.«

Wie überall in der Schweiz behalf sich auch die Solothurner Kriminalpolizei mit externen Informanten. Dafür war der Dienstbereich Quellenführung und verdeckte Ermittlungen zuständig.

Maja stand auf. »Ich kaufe mir jetzt den Kerl.«

Dornach erhob sich ebenfalls. »Damit willst du bestimmt sagen, dass wir Hinweise und Fakten zusammentragen und auswerten, in alle Richtungen ermitteln und mögliche Zeugen und Verdachtspersonen befragen, nicht wahr?«

»Habe ich doch gerade gesagt.« Maja wies mit dem Finger zur Prisongasse, die im spitzen Winkel zum Patriotenweg in Richtung Aare führte. »Baddour betreibt dahinten eine Shisha-Bar. Wenn er nicht im ›Lioness‹ ist, sitzt er dort.«

Einen Steinwurf von Vanessas Wohnung entfernt. War sich die Frau ernsthaft bewusst gewesen, welche Risiken sie eingegangen war? Maja las Dornachs Gedanken. »Ich habe ihr oft genug gesagt, sie soll sich eine neue Wohnung suchen. Ich hätte ihr sogar dabei geholfen. Sie wollte partout nicht.« Sie deutete zum Wohnhaus. »Vor knapp vier Wochen ist sie dort eingezogen.«

Leichtsinn oder Sturheit, am Ende des Tages spielte es keine Rolle, welches von beiden einem das Leben kostete.

Die Shisha-Bar »Leila« war zu. Durch das Fenster war im hinteren Teil Licht zu sehen. Vorne standen vereinzelt Wasserpfeifen auf niedrigen Tischen.

»Früher wäre Baddour hier in bester Gesellschaft gewesen«, bemerkte Maja.

Gegenüber dem Gebäude, in dem sich die Shisha-Bar befand, lag das ehemalige Prison, ein aus Kalksteinquadern gemauerter dreigeschoßiger Bau mit schmalen vergitterten Fenstern aus dem 18. Jahrhundert. Bis Ende der 1970er Jahre diente er als Untersuchungsgefängnis. Später war es der Amtssitz der Untersuchungsrichter, bis eine Justizreform die nun im Franziskanerhof domizilierte Staatsanwaltschaft schaffte.

»Ich werde nie begreifen, was man daran findet.« Maja zeigte auf die Wasserpfeifen, die man durch das Fenster sehen konnte. »Was stimmt mit einem gepflegten Bier in einer stinknormalen Beiz nicht mehr?«

»Willkommen in der Multikulti-Gesellschaft.« Dornach klopfte an die Scheibe.

»Verstehe«, sagte Maja. »Weiße, die Wasserpfeifen blubbern,

sind okay, westliche Rasta-Musiker, die ein Konzert geben, gehen dagegen gar nicht. So viel zu kultureller Aneignung. Es lebe die Beliebigkeit.«

Die Erweiterung der A 5 und die Fertigstellung der Westtangente hatten zu einer Entlastung des Verkehrs in Solothurn geführt, vor allem die bis dahin vom Durchgangsverkehr geplagte Vorstadt wurde aufgewertet. Auch wenn die »Mindere Stadt« am südlichen Aareufer nicht dieselbe aristokratische Aura hatte wie die Altstadt auf der Nordseite, verfügte sie über ein spezielles Cachet. Die verwachsenen und verwinkelten Gassen zwischen Krummturm und Kreuzacker bargen historische Bauten wie die Bastion Sainte-Croix oder Krummturmschanze, das Alte Spital und das Prison. Neben Boutiquen und Spezialitätenläden gab es eine Vielzahl von Bars, Take-aways und Restaurants.

Maja übernahm das Anklopfen auf ihre Art. Sie hämmerte mit beiden Fäusten auf die Glastür ein, bis sich im hinteren Teil des Lokals etwas regte. Ein Hüne von einem Mann trat aus einem Hinterzimmer und kam schulterrollend nach vorne. »Geschlossen!«, blaffte er durch die zugesperrte Tür und zeigte auf ein Schild. Mit einer unmissverständlichen Geste gab er ihnen zu verstehen, was sie seines Erachtens anstellen sollten.

Maja knallte ihren Dienstausweis gegen das Fenster. »Kantonspolizei. Aufmachen, sofort!«

Die nahe beieinanderliegenden Augenbrauen des Hünen wuchsen geradezu zusammen. Nach ein paar Sekunden Bedenkzeit entschloss er sich, der Aufforderung Folge zu leisten. Er schloss die Glastür auf. »Was wollt ihr?«

»Ihnen auch einen guten Abend.« Maja stellte sich und Dornach vor. »Wir würden gern Boran Baddour sprechen.«

»Den Boss?«

»Sofern die beiden eine Personalunion darstellen, gern.«

»Ist nicht da.«

»War Herr Baddour denn heute Abend hier?«, fragte Dornach.

Die Frage wurde mit einem Schulterzucken beantwortet.
»Was jetzt? War er hier oder nicht?« Majas Blick schweifte über das Lokal. »Hier drin dürfte er schwer zu übersehen sein.«
»Weiß nicht, ich war nicht den ganzen Abend hier.«
»Ach? Wo waren Sie denn zwischen halb neun und elf?«
Die furchenreiche Landschaft unter seinem Haaransatz zog sich noch mehr zusammen. »HESO.«
»Allein?«
»Mit Boran und ein paar Kumpeln was trinken.«
»Gut.« Maja zückte ihr Notizbuch. »Dann sagen Sie mir zuerst Ihren Namen und dann diejenigen Ihrer Kumpel.«
»Sascha«, brummte der Hüne. »Ich bin der Geschäftsführer.«
»Können wir Ihren Ausweis sehen und die Aufenthaltsgenehmigung?«
»Wieso?«
»Weil die Polizei nett danach fragt.«
»Habe ich nicht dabei.«
»Macht nichts.« Maja steckte das Notizbuch ein und holte stattdessen ihre Handschellen hervor. »Wir nehmen Sie mit auf den Posten, damit wir Ihre Personalien feststellen können.«
»Wieso, was habe ich getan?«
»Keine Papiere. Bei uns besteht Ausweispflicht für Ausländer. Ihrem Akzent entnehme ich, dass Sie einer sind.«
Der Mann fluchte in einer unbekannten Sprache. Er trottete nach hinten und kehrte kurzum mit einem rostroten Büchlein und der Ausländerausweiskarte zurück.
»Wie schön, doch gefunden.« Maja blätterte im Büchlein, einem Reisepass der Russischen Föderation. »Sie heißen Aslan Pawlowitsch Poljakow, geboren 1985 in Grosny, Republik Tschetschenien.«
»Meine Freunde nennen mich Sascha.« Er grinste frech.
»Schön für Sie, Herr Poljakow, Sie gestatten.« Maja machte ein Foto des Passes und des Ausländerausweises.
»Dürfen Sie das überhaupt?«, fragte Sascha empört.

»Wir dürfen«, sagte Dornach. »Kennen Sie eine Vanessa Kurth?«
Sascha nickte. »Sie arbeitet in der Bar in Bellach.«
»Wann haben Sie sie zuletzt gesehen?«
»Gestern. Heute war ich nicht dort.«
»Wo finden wir Boran Baddour?«, wiederholte Dornach Majas Frage.
Saschas Schultern hoben sich erneut. »Ich war mit ihm an der HESO. Dann haben wir uns getrennt.«
»Von wann bis wann waren Sie zusammen?«
»Bis nach elf, etwa.«
Maja hielt ihm noch mal ihr Notizbuch hin. »Dann bitte noch die Namen der Personen aufschreiben, die das bezeugen können.«

Zwei Kriminaltechniker packten die Ausrüstung und die sichergestellten Asservate zusammen.
»Dürfen wir rein?«, fragte Dornach von der Eingangstür her.
»Kein Problem«, sagte der eine. Er hieß Florian, auf seinen Nachnamen kam Dornach gerade nicht. »Besondere Erkenntnisse?«
»Nichts Weltbewegendes, bis auf die Tatsache, dass wir nicht die Ersten waren. Entweder die Täterschaft oder jemand davor oder danach hat alles gründlich durchwühlt, Schränke, Schubladen, Matratzen. Hat wohl was gesucht.«
»Dürfte schwierig sein, herauszufinden, ob was fehlt«, sagte Dornach. »Die Frau ist im Spital verstorben.«
»Das tut mir leid. Sie war noch jung, nicht?« Florian klang betroffen. Er hatte eine Tochter, die etwa im selben Alter sein musste wie Vanessa Kurth.
»Fünfundzwanzig. Könnte es Raubmord gewesen sein?«
Florian machte ein skeptisches Gesicht. »Es lagen ein paar hundert Franken Bargeld herum. Eine Uhr haben wir auch gefunden. Glaube nicht, dass ein simpler Einbrecher so was liegen lässt.«

Maja hielt die Nase in die Luft.
»Riechst du was?«, fragte Dornach.
»Das Parfüm«, sagte Maja. »Riechst du's nicht?«
Dornach schnupperte. Er brauchte einen Moment, bis er schwach eine würzige Holznote wahrnahm.
»Was ist damit?«
»Ich bin nicht sicher. Vanessa verwendete kein Parfüm, glaube ich jedenfalls.«
»Vielleicht hatte sie ein galantes Rendez-vous«, sagte Florian. »Wir haben ihre Wässerchen, Tübchen und Töpfchen eingetütet. Kannst ja mal dran riechen.«
Maja winkte ab. »Später. Hatte sie ein Handy oder ein Notebook?«
»›Hatte‹ ist der richtige Ausdruck«, sagte Florian. »Anschlusskabel und Lader sind vorhanden, keine Geräte, sogar die WLAN-Box ist weg.«
»Wertsachen sind noch da, Handy und PC verschwunden«, sagte Maja. »Das war kein Einbruch, der aus dem Ruder gelaufen ist. Der oder die Täter wollten Vanessa nicht nur zum Schweigen bringen. Sie wollten sicherstellen, dass wir nichts finden.«
»Scheint so«, sagte Dornach. »Tatwaffe?«
Florian reichte ihm eine Tüte. Sie enthielt ein Messer mit schwarzem Kunststoffschaft. Dornach betrachtete es im Licht. »Sieht aus wie ein gewöhnliches Küchenmesser.«
»Ist es wohl auch. In der Küche steht ein Messerblock mit identischen Klingen verschiedener Größe. Eine fehlt.« Florian tippte auf die Tüte.
»Eigenartig«, sagte Maja. »Jemand, der Vanessa töten will, bringt doch eher seine Mordwaffe mit. Zumindest lässt er sie nach der Tat nicht liegen.«
»Also wurde sie im Affekt getötet«, sagte Dornach. »Spricht nicht unbedingt für Baddour als Täter.«
»Warum nicht? Möglicherweise stellte er sie nur zur Rede. Sie hat sich gewehrt. Es kommt zum Handgemenge, und plötzlich ist da das Messer.«

»Hat jemand im Haus etwas gehört oder gesehen?«

Maja zuckte mit den Achseln. »Die Kollegen haben überall geklingelt. Bis jetzt negativ, niemand will etwas bemerkt haben. Wir kommen morgen oder am Sonntag noch mal wieder.«

»Wer ist der Vermieter?«

»Karin und Google checken das. Morgen wissen wir mehr, vielleicht erst am Montag. Es ist Wochenende.«

Mit Google meinte sie nicht die Suchmaschine, sondern ihren digitalaffinen Kollegen Rolf Gubler. Dornach hatte eine weitere Frage auf der Zunge gehabt. Sie fiel ihm gerade nicht ein.

»Wir haben alles beisammen«, verkündete Florian. »Dokumente, Fotos, ein Tagebuch und ihre Post sind auf dem Weg in die Schanzmühle.«

»Gut. Kümmert ihr euch um die Verbindungsnachweise ihres Handys? Maja hat die Nummer. War jemand von der Staatsanwaltschaft hier?«, fragte Dornach.

»Frau Wirz hat angerufen. Sie war an einem anderen Tatort und deswegen verhindert. Du sollst ihr morgen Bericht erstatten.«

Dornach hatte bisher wenig mit Hannah Wirz zu tun gehabt. Ihm schien, dass sie ihm aus dem Weg ging. Die Zusammenarbeit hatte definitiv Luft nach oben. »Ich melde mich morgen bei ihr. Ansonsten machen wir Feierabend.« Beim Wort Anruf fiel ihm ein, was er noch wissen wollte. »Wer hat eigentlich den Notruf abgesetzt?«

»War anonym mit nicht registriertem Handy, wahrscheinlich prepaid«, sagte Maja. »Die Stimme war verzerrt.«

Eine Frau? Eine Nachbarin? Aus welchem Grund würde jemand aus dem Haus anonym anrufen? Sie waren bei der Wohnungstür, als Florian sie zurückrief. »Da ist noch eine Kleinigkeit. Bringst du mal die Kiste, Kari«, sagte er zu seinem Kollegen.

Kari brachte ihnen eine vorne vergitterte Plastikbox. »Wir mussten das Viech einsperren, damit es uns nicht ständig um die Beine streicht.«

»Ist das eine Katze?«, fragte Dornach. Diese Gattung Vierbeiner gehörte nicht zu seinen Lieblingstieren.

Florian grinste. »Wenn es aussieht wie eine Katze und miaut wie eine Katze, ist es in der Regel eine Katze.« Ein kläglisches Miauen aus dem Innern der Box bekräftigte die Aussage. Jetzt bemerkte Dornach auch den Katzenbaum in einer Ecke des Wohnzimmers.

»Was macht ihr mit ihr?«

»Wir? Gar nichts«, sagte Florian. »Die Tierheime haben zu.«

»Kann man sie nicht über Nacht hierlassen? Die Wohnung wird doch abgeschlossen und versiegelt.«

Erneutes anklagendes Miauen kommentierte Dornachs Vorschlag.

Maja schnalzte vorwurfsvoll mit der Zunge. »Also wirklich, Dominik.« Sie klopfte sanft mit den Fingerspitzen ans Gitter. Ein grün-graues Augenpaar beobachtete sie aufmerksam. »Das arme Ding musste bestimmt mit ansehen, was seinem Frauchen angetan wurde, und du willst es hier zurücklassen?«

Dornach schwante nichts Gutes. »Kann nicht einer von euch die Katze mit nach Hause nehmen, bis ein Platz für sie gefunden ist?«

Florian schüttelte vehement den Kopf. »Meine Kids sind allergisch.«

»Und wir haben zu Hause einen Hund«, sagte Kari. »Dazu zwei extrem eifersüchtige Meerschweinchen. Ich könnte für nichts garantieren.«

Dornach sah Maja an. Sie hob abwehrend beide Hände. »Nichts zu machen, Chef. Meine Wohnung ist zu klein. Außerdem gehe ich gleich noch ins Büro, Bericht schreiben.«

Alle Blicke richteten sich erwartungsvoll auf Dornach. Er seufzte. »Ihr seid mir schöne Kollegen.«

»Was denn«, erwiderte Maja. »Die Villa Dornach ist groß, und der Umschwung bietet genug Auslauf für eine Katze. Außerdem kann sich Frau Reinhard um sie kümmern. Als Bauersfrau hat sie Erfahrung damit.«

Dornach waren die valablen Gegenargumente ausgegangen. »Na schön.« Er übernahm die Box von Kari, der ihm zwei Plastiktüten dazugab.

»Futter und Katzenstreu«, sagte er. »Ein Kistchen oder einen Karton wirst du wohl zu Hause haben.«

»Braucht's das alles? Morgen kommt das Viech ins Tierheim.« Wobei er sich das wahrscheinlich nur einredete. Jahrelang war es ihm gelungen, Pias Wunsch nach einer Katze erfolgreich abzublocken. Das hier würde seinen Widerstand brechen.

»Na dann, viel Glück«, sagte Kari. »Hast du eine Ahnung, wie voll die Tierheime momentan sind?«

Wenigstens war klar, wer sich im Haus Dornach um das Katzenviech kümmern würde.

Pia war noch nicht im Bett. Sie saß in der Küche vor einem Glas Milch und beschäftigte sich mit ihrem Handy.

»Kannst du nicht schlafen?«, fragte Dornach, nachdem sie sich begrüßt hatten.

»Wo kommst du her?«, gab sie zurück. Sie war sichtlich müde. Gleichzeitig hatten ihre Augen einen Glanz, den er seit Langem nicht bei ihr gesehen hatte. Hatte sie sich etwa verliebt? Jetzt war nicht der richtige Zeitpunkt, sie das zu fragen. »Einsatz. Und du? Ereignisreiche Nacht gehabt? Wo warst du eigentlich?«

»Arbeiten, hab ich dir doch gesagt.«

»Richtig, hast du.« Dornach füllte ein Glas mit Leitungswasser. »Was war das gleich noch mal?«

»Hörst du auch mal zu, wenn ich was erzähle?«

»Du erzählst mir vieles. Hilf mir auf die Sprünge.« Er leerte das Glas in einem Zug.

»Ehrlich, nächstes Mal sag ich's der Wand. Das Barzelt des ›Berna Kebab & Tapas‹ an der HESO. Es gehört Silvano Moretti. Sein Lokal liegt in der neuen Schöngrün-Überbauung in Biberist. Klingelt's?«

»Ja, du hast ihn mir mal gezeigt. Groß, sportlich, dunkelhaarig. Dein Beuteschema.«

»Eine seiner Barfrauen ist ausgefallen. Und da ich mal diesen Barkeeper-Kurs gemacht habe, der ...« Sie stockte. »Was soll das heißen, mein Beuteschema?«

»Ich dachte nur. So wie du von ihm schwärmst.«

Pia schnaubte. »*Whatever.*« Sie trank ihre Milch aus. »Ich gehe ins Bett. Morgen ist Samstagsmarkt.« Sie bemerkte die Box, die er auf dem Boden abgestellt hatte. »Was ist das? Verhaftet ihr neuerdings Katzen?« Sie stellte die Box auf den Küchentisch und spähte durch die Gitteröffnung. Prompt schlug ihr protestierendes Miauen entgegen. Sie öffnete das Gitter und hob ein wohlgenährtes Prachtexemplar heraus. Bis auf den weißen Bauch und die Pfoten war das Fell rostrot. In der Mitte der Stirn hatte sie einen weiteren weißen Fleck. »Na du. Was bist du denn?« Pia hob die Katze hoch und warf einen prüfenden Blick zwischen die Hinterbeine. »Ein Kerl. Wie heißt er?«

»Keine Ahnung, er hat keinen Ausweis bei sich.«

»Hat er wohl, hier.« Pia zeigte auf das Lederhalsband mit einem Namensschild aus Messing.

Dornach entzifferte die Gravur. »King Louie? Komischer Name für einen Kater. Kommt mir bekannt vor.«

»Ist aus dem Dschungelbuch.« Als kleines Kind hatte Pia den Disney-Trickfilm unzählige Male gesehen. »King Louie, das ist der Orang-Utan, der Anführer der Affenbande, die das Menschenkind Mogli entführt hat.«

»Das da ist aber ein Kater.«

Pia sah ihn kopfschüttelnd an. »Manchmal bist du echt vernagelt. Sieh dir sein Fell an, rostrot wie der König der Affen im Film.«

Wenn sie meinte. Die Art, wie der Kater in der Küche herumstolzierte und alles beschnupperte, hatte tatsächlich etwas Erhabenes. »Er ist das Haustier eines Tatopfers. Wir versuchen, ihn morgen in einem Tierheim unterzubringen.«

King Louie setzte sich vor sie hin und miaute fordernd.

»Er hat Hunger«, sagte Pia. »Habt ihr ihm nichts gegeben?«

»Wir?«

»Wer denn sonst? Jeder, der von euch über Nacht eingebuchtet wird, kriegt mindestens ein Sandwich. Dieses arme Viech lasst ihr verhungern.«

Dornach deutete auf die Plastiktüten. »Da hat's Futter drin.« King Louie strich ruhelos um Pias Beine, bis sie den Inhalt einer Futterdose mangels eines Fressnapfs in eine Müeslischüssel befördert und zusammen mit einem Schälchen Milch auf den Boden gestellt hatte. Der Kater machte sich sofort darüber her.

Sie beobachteten ihn beim Fressen. Pia runzelte die Stirn. »Mir ist, ich habe den schon mal gesehen. Wo, sagst du, habt ihr ihn gefunden?«

»In der Wohnung einer jungen Frau beim Rossmarktplatz.«

»Am Rossmarktplatz? Etwa dort, wo vorher das Tea-Room Vorstadt drin war?«

»Genau. Warum fragst du?«

»Eine Kommilitonin wohnt dort, Vanessa. Ich war mal kurz bei ihr zu Hause. Sie hat so eine Katze …« Pia sah ihren Vater an. »Heißt das … ist Vanessa das Opfer?«

»Tut mir leid.«

»Was ist passiert?«

»Sie wurde schwer verletzt aufgefunden. Leider ist sie auf dem Weg ins Spital gestorben.«

»Vanessa? Tot?« Pia brauchte einen Moment, um die Nachricht zu verarbeiten.

»Hast du sie gut gekannt?«, fragte Dornach.

King Louie hatte seine Mahlzeit beendet. Pia hob ihn hoch und kraulte nachdenklich seinen Kopf. »Ich war nicht eng mit ihr wie mit Nadal und Manu. Wir haben manchmal zusammen gelernt und geredet. Wie … wie ist sie gestorben?«

»Darf ich dir leider nicht sagen. Wir gehen von Dritteinwirkung aus.«

»Mord?«

»Ist noch zu früh, Pia. Kannst du mir etwas zu Vanessa sagen? Wie war sie als Mensch? Hatte sie einen Freund – oder eine Freundin?«

»Darüber haben wir nie gesprochen. Ich habe sie mal mit einem Typ gesehen. Ist aber schon ein paar Monate her. Es war bestimmt keiner von unserer Fakultät. Ist auch schon wieder vorbei, glaub ich wenigstens.«
»Kennst du seinen Namen?«
»Keine Ahnung? Wie gesagt, Vanessa und ich waren nicht so eng. Sie hat eine BFF, glaube ich, die müsste eigentlich mehr wissen.«
»BFF?«
»*Best friend forever.* Eine allerbeste Freundin.«
»Wie du und Nadal oder Manu?«
»Willkommen im dritten Jahrtausend, Paps.« Pia hatte eine unnachahmliche Art, ihm das Gefühl zu geben, alt zu werden.
»Danke, wie heißt diese BFF?«
»Keine Ahnung. Anja, Anna oder so. Ich erkundige mich und gebe dir Bescheid.«
»Hat Vanessa Angehörige, Eltern, Geschwister?«
»Die Mutter ist, glaub ich, früh gestorben, Krebs oder so was. Der Vater ist Auslandschweizer und lebt in Asien, Singapur oder Malaysia, in der Ecke. Geschwister hat sie keine. Vanessa hat mal erzählt, dass sie einige Jahre bei ihrer Großmutter gewohnt hat. Sie ist gestorben, als Vanessa zwanzig war.«
»Heißt, sie war allein auf sich gestellt. Wer finanziert ihr Studium?«
»Ihr Vater schickt ihr regelmäßig etwas Geld. Dazu kommt ein Stipendium. Daneben jobbte sie als Kellnerin in Restaurants oder Bars.«
»Wann hast du sie zuletzt gesehen? War sie da anders als sonst?«
»Das muss etwa zwei Wochen her sein. Ob sie anders war? Keine Ahnung. Sie war schon ein wenig eigen. Hat immer mal wieder mit ihrer Geheimnistuerei genervt.« Pia schmiegte ihren Kopf an den Kater, was der mit einem zufriedenen Schnurren quittierte. »Armer King Louie, was machen wir jetzt mit dir?«
Vor diesem Moment hatte Dornach sich gefürchtet.

»Du kannst den armen Kerl nicht in einem Tierheim versauern lassen, Paps. Wir behalten ihn hier.«

Pias Bestimmtheit erhöhte die Messlatte für jegliches Gegenargument. »Wer soll sich um ihn kümmern, ich arbeite, du studierst, Frau Reinhard ist nicht mehr in der Lage, sich um alles zu kümmern. Mirio ist zu klein.«

»King Louie ist ein Kater, Paps, kein Hund. Er braucht niemanden, der sich den ganzen Tag mit ihm abgibt und Gassi geht. Bei Vanessa war er wahrscheinlich tagelang allein zu Hause. Daria kann sich um ihn kümmern. Ihre Mädchen würden sich bestimmt über einen Spielkameraden freuen, nachdem sie ihre Katze in ihrer Heimat zurücklassen mussten.«

Frau Reinhard, die langjährige Haushälterin der Dornachs, war weit über siebzig. Die Dinge gingen ihr nicht mehr so leicht von der Hand. Nachdem Dornach ihr vor einigen Monaten nahegelegt hatte, sie brauche Unterstützung, hatte sie ihnen Daria Bondarenko vorgestellt. Die Ukrainerin war mit ihren beiden Töchtern von neun und sieben Jahren aus ihrem Dorf bei Kiew geflüchtet, bevor es von Putins Truppen überrannt worden war. Ihr Mann hatte nicht ausreisen dürfen und war kurz darauf eingezogen worden. Das Letzte, was Daria von ihm gehört hatte, war, dass er in einem russischen Kriegsgefangenenlager in der Südukraine war. Niemand wusste, wie es ihm ging und ob er noch am Leben war. Dornach hatte das »Stöckli« über der Garage für sie herrichten lassen. Seine Eltern würden bei ihrem nächsten Heimatbesuch im Gästezimmer wohnen.

Pia hatte gewonnen. Der Kater würde bleiben.

Dornach nahm es sportlich.

ZWEI

Die Bürotür stand offen. Dornach klopfte kurz an den Türrahmen und trat ein. Der Hauch eines blumigen Parfüms hing in der Luft, vermischte sich mit dem Aroma frisch gebrauten Kaffees.
»Guten Morgen, Katrin.«
»Dominik.« Kripochefin Katrin Friis zeigte zum Sitzungstisch. »Setz dich.« Gewöhnlich gehörten die Wochenenden ihr und ihrer Familie. Wenn es die Umstände erforderten, war sie vor Ort. »Kaffee?«, fragte sie.
»Danke, hatte ich bereits.«
Sie setzte sich ihm gegenüber an den Tisch. »Ich habe Majas Bericht gelesen. Tragisch. Wie ist die Spurenlage?« Friis hatte es gern kurz und bündig.
»Wir gehen davon aus, dass in der Wohnung ein Kampf stattgefunden hat. Anscheinend wurde Frau Kurth mit ihrem eigenen Küchenmesser niedergestochen.«
»Erste Vermutungen?«
»Keine Anzeichen, dass sich die Täterschaft gewaltsam Zutritt zur Wohnung verschafft hat. Vermutlich hatte Frau Kurth die Person gekannt.«
»Nur ein Täter?«
»Die Spuren lassen den Schluss zu. Es könnte eine Tat im Affekt gewesen sein, vielleicht aus einem Streit heraus. Frau Kurth könnte sich mit dem Messer gewehrt haben. Die Täterin oder der Täter entwaffnet sie und verletzt sie damit, absichtlich oder aus Versehen.«
»Dafür spricht, was im Bericht der Rechtsmedizin steht. Es gibt Abwehrverletzungen an den Oberarmen und an der Schulter.« Friis schob die Unterlippe vor. »Kann auch sein, dass der oder die Täterin ihr von Anfang an Gewalt antun wollte.«
»Möglich. Aber wenn es eine geplante Tat war, frage ich mich,

weshalb die Täterschaft die Tatwaffe dagelassen hat. Maja und Karin gehen einem Hinweis aus der Nachbarschaft nach.«

»Was für ein Hinweis?«

»Ein uniformierter Kollege hat heute Morgen die Aussage einer älteren Dame aufgenommen, die gestern im Lauf des Nachmittags einen Streit aus der Wohnung von Vanessa Kurth gehört haben will. Wir suchen weitere Zeugen, die das bestätigen und eventuell etwas gesehen haben.«

»Frau Kurth könnte die Tatperson also gekannt haben. Hinweise auf sexuellen Missbrauch?« Hinter der Frage verbarg sich nicht nur fachliches Interesse. Friis hatte zwei Kinder. Das ältere, eine Tochter, feierte in diesem Jahr seinen achtzehnten Geburtstag. Dornach konnte die Sorge seiner Chefin nachvollziehen. Er hatte dasselbe mit Pia durchgemacht und tat es noch heute. Angst um ihre Kinder verfolgte Eltern ein Leben lang.

»Die Legalinspektion ergab keine Anzeichen.«

»Zumindest das wurde ihr erspart«, sagte Friis. »Arme Frau, wurde mit gerade mal fünfundzwanzig aus dem Leben gerissen.« Einen Moment saßen beide schweigend da, ein kurzes stilles Gedenken an den sinnlosen Verlust eines jungen Lebens.

»Frau Kurth soll eine unserer Informantinnen gewesen sein?«, nahm Friis den Faden wieder auf.

»Das ist richtig. Sie hat uns mit Insiderwissen aus dem Dunstkreis von Boran Baddour versorgt.«

»Boran Baddour? Der Kronprinz von Akim Baddour, Chef des gleichnamigen Clans?«

»Frau Kurth arbeitete in einem seiner Etablissements, dem ›Lioness Pub‹ in Bellach. Sie ist von sich aus zu uns gekommen. Ihr Bruder ist an einer Überdosis Drogen gestorben, die angeblich aus Baddours Küche stammten.«

Friis lehnte sich in ihrem Stuhl zurück und richtete den Blick an die Decke. »Gehe ich recht in der Annahme, dass ihr Boran Baddour befragen wollt? Weil er dahintergekommen sein könnte, dass Frau Kurth uns mit Informationen über seine Machenschaften versorgt?«

»Ich denke, wir sollten ihm auf den Zahn fühlen.«

Friis überlegte kurz. »Einverstanden, aber bitte mit Feingefühl. Ich habe keine Zeit, mich mit einem Heer wild gewordener Anwälte herumzuschlagen. Die lassen sich von ihrem Mandanten jede Minute bezahlen, wir können das nicht.«

Dornach stand auf. »Keine Sorge. Wir ziehen Glacéhandschuhe an.«

»Klärst du das mit Staatsanwältin Wirz?«

Dornach ließ sich zurück auf den Stuhl fallen. »Ich kann es noch mal probieren.« Er hatte heute bereits zweimal vergebens versucht, sie zu erreichen, obwohl sie angeblich auf seinen Bescheid wartete.

»Sie hat mich angerufen«, sagte Friis.

»Wirz?« Das klang nicht gut.

»Ich kann mich des Eindrucks nicht erwehren, Hannah Wirz ziehe es vor, mit mir zu reden anstatt mit dir. Ist was zwischen euch beiden, wovon ich wissen sollte? Hattet ihr mal –«

»Nein, hatten wir nicht«, schnitt er ihr das Wort ab. »Soweit es mich betrifft, habe ich gegenüber Frau Wirz keinerlei Vorbehalte. Warum sie mir die kalte Schulter zeigt, ist mir ein Rätsel.«

Friis schürzte die Lippen. »Angela Casagrandes Weggang hat Wellen geschlagen, Dominik. Dass ihr beide ein Verhältnis hattet, wurde im Franziskanerhof nicht von allen goutiert.« Friis verriet mit keiner Miene, ob sie selbst es missbilligte oder nicht.

»Das ist bedauerlich. Gab es je oder gibt es Beanstandungen unserer fachlichen Zusammenarbeit?«

»Mir ist nichts zu Ohren gekommen. Der Oberstaatsanwalt hat sich nie negativ geäußert, weder zum einen noch zum andern.«

Das musste reichen. Dornach kannte Mosimann. Bei ihm galt die Devise: Nicht geschimpft ist genug gelobt.

»Am besten sprichst du mal mit Hannah Wirz. Einer von euch beiden muss den Anfang machen.«

Auf seine Anrufe und Nachrichten zu reagieren wäre ein guter Anfang. »Kein Problem, an mir soll's nicht liegen.«

Damit war die Sache für Friis erledigt. »Hatte Frau Kurth Angehörige, die wir verständigen müssen?«
Dornach erklärte ihr, dass der Vater in Thailand lebte. »Die Adresse ist unbekannt. Karin versucht, ihn über die Botschaft in Singapur ausfindig zu machen. Wegen des Wochenendes wird das nicht vor Montag der Fall sein. Klärst du das wegen Baddour mit Frau Wirz?«
Friis' Mundwinkel zuckten. »Okay, ich rede mit ihr. Du siehst aber zu, dass ihr eure Zusammenarbeit auf die Reihe bringt.«
»Natürlich, danke.« Eine ankommende Nachricht auf seinem Handy hinderte ihn ein weiteres Mal am Aufstehen. Sie war von Karin und kam wie gerufen. »Gerade ist ein weiterer triftiger Grund eingetroffen, weshalb wir Boran Baddour befragen sollten.«
»Der wäre?«
»Boran Baddour ist der Besitzer der Liegenschaft am Patriotenweg. Er ist nicht nur der Arbeitgeber von Vanessa Kurth, sondern auch ihr Vermieter.«

**

Nadine blinzelte.

Selbst mit aufgesetzter Sonnenbrille fühlte es sich an, als würden die Netzhäute das UV-Licht ungefiltert aufnehmen. Das trug nicht zur Linderung ihrer Kopfschmerzen bei.

Ein stechender Schmerz in der Seite ließ sie zusammenzucken. »Mach das noch mal, und du schläfst heute Nacht an einem sehr kalten, harten Ort«, fuhr sie Cédric an, der sie gekniffen hatte. Es hatte eine liebevoll neckende Geste sein sollen. Nach kaum anderthalb Stunden Schlaf und mit der Mutter aller Kater war es nur eine Pein.

Cédric grinste. »Wollte nur sehen, ob du aus deinem Schnapskoma erwacht bist. Kannst du die Fahrt nicht wenigstens ein klein wenig genießen?«

Sie wollte einfach nur in Ruhe gelassen werden. »Ich kotze gleich das Boot voll, wenn du nicht aufhörst, an mir rumzufummeln.«

»Aber –«

Nadine deutete einen Kehlschnitt an. »Sendepause, ich will nichts hören.«

Sie war nicht fair zu ihm, das war ihr bewusst. An ihrem Brummschädel war sie selbst schuld. Sie hätte darauf bestehen sollen, nach Kneipenschluss an der HESO gleich nach Hause zu gehen, mit oder ohne Cédric. Stattdessen hatte sie sich breitschlagen lassen, zur Wohnung eines seiner Kumpels zu fahren und weiterzufeiern. Der Jahrestag ihrer Verlobung musste gefeiert werden, hatte er gemeint. Sie waren um halb sieben Uhr morgens ins Bett gekommen.

Das wäre so weit kein Problem gewesen, wenn sie nicht schon um elf Uhr beim Schiffsanleger bei der Rötibrücke hätten sein müssen. Es war der Geburtstag ihres zukünftigen Schwiegervaters. Er hatte Familie und Verwandte, zu denen Nadine auch gehörte, dorthin bestellt. Auf dem Programm zu seinem Siebzigsten stand eine Apéro-Fahrt mit der MS »Pisoni«, einem der drei Ausflugsboote der Öufi-Flotte. Nadine hasste Boote, erst recht, wenn sie einen Kater hatte. Sie hatte sich an die Reling gesetzt, für den Fall, unfreiwillig die Fische füttern zu müssen. Ziel der Flussreise war der Uferpark Attisholz, wo sie im Restaurant 1881, einer ehemaligen Fabrikkantine, mittagessen wollten. Allein beim Gedanken an feste Nahrung verknoteten sich Nadines Magennerven. Sie lehnte den Kopf an Cédrics Schulter und schloss die Augen.

Das Schiffshorn riss sie aus ihrem Dämmerzustand. Sie hatte fast die ganze Fahrt verschlafen. Die gemächliche Fahrt durch die herbstliche Flusslandschaft, die Unterhaltungen und das Geschwätz der anderen Gäste hatten sie eingelullt. Das Boot steuerte den Anleger des Uferparks an. Auf der linken Seite glitten die mit bunten Graffiti bemalten Gebäude der Industriebrache und der historische Säureturm vorbei. Nadine war froh, bald aus der Nussschale aussteigen zu können. Sie hoffte, ihr Magen würde die anstehende Nahrungsaufnahme zulassen. Sie hatte sich vorgenommen, bis auf Weiteres auf Alkohol zu verzichten. Ihr Blick glitt über das mit Bäumen und Buschwerk überwachsene Ufer. Zwischen dem Herbstlaub schimmerte die weiße Fassade des Fabrikneubaus eines amerikanischen Pharmamultis hindurch. Auf einer dem Ufer vorgelagerten Kiesbank sah sie ein verlassenes Holzboot mit Außenbordmotor. Anscheinend war es leckgeschlagen. Der Bug war im Trockenen, das Heck war vollgelaufen. Den Kahn hatte wohl einer im Suff auf Grund gesetzt. Die »Pisoni« fuhr in wenigen Metern Distanz daran vorbei. Nadine konnte ins Innere sehen.

Sie hatte sich lange beherrschen können, doch dieser Anblick war zu viel. Ihr Mageninhalt ergoss sich über den Schoß ihres Verlobten.

***

»Welchem Säuli willst du helfen?«, fragte Pia ihren Sohn.

Auf dem Monitor über der Arena wurden die vierbeinigen Athleten des traditionellen HESO-Säulirennens auf Video vorgestellt. Die Jungschweine trugen Mäntelchen in den Farben und mit den Logos der Sponsoren, nach denen sie jeweils benannt waren. Mirio entschied sich für dasjenige, dessen Patenschaft ein lokaler Radiosender übernommen hatte. Er versuchte, die Aufmerksamkeit seines Favoriten im Stall auf sich zu lenken, derweil sich Pia in die Schlange beim Wettstand einreihte. Sie war kurz abgelenkt, um die Wettkarte entgegenzunehmen und zu bezahlen. Als sie wieder zu den Ställen hinübersah, fand sie Mirio nicht mehr, nur noch eine Gruppe älterer Jungen, die miteinander um etwas rangelten. Sie hastete hinüber und war genau in dem Moment zur Stelle, als ein schlaksiger Mann im schwarzen Hoodie den weinenden Mirio hochhob. Aus Pias Sorge wurde Panik.

»Lass ihn los!«, brüllte sie, bereit, auf den Mann loszugehen.

Der Mann, er schien kaum zwanzig zu sein, sah ihr arglos entgegen. Pia blieb stehen.

»Mami!« Mirio streckte seine Arme nach ihr aus.

Pia entriss ihn dem Unbekannten. »Was soll das? Was wolltest du mit ihm?«

»Nichts, ich …«

Pia hörte nicht hin. Sie war woanders. Ihr Gedächtnis spulte Bilder ab, die sie noch heute zuweilen in ihren Alpträumen verfolgten. Die Hütte in Samarra. Rafik, der sich den Angreifern entgegenstellte, um sie zu schützen, und es mit dem Leben bezahlte. Sie hatte ihm nicht einmal sagen können, dass sie schwanger war. Dann die Kinder, die allein in der Hütte wohnten. Pia warf sich über sie, um sie vor den Kugeln der Angreifer zu bewahren.

»Das ist ein Missverständnis.« Die Stimme eines fremden Mannes mit einem Buben an der Hand holte sie in die Gegenwart zurück.

»Was?«, fragte sie verwirrt.

»Der junge Mann wollte nur helfen. Die Racker hier«, der Fremde zeigte auf den kleinen Jungen an seiner Hand und drei weitere, die danebenstanden, »haben sich vorgedrängelt und Ihren Sohn geschubst, dabei ist er gestürzt. Der junge Mann hat ihn hochgehoben, damit ihm nichts passiert bei den vielen Leuten hier. Ich muss mich für meinen Jungen entschuldigen.«

»Ist das wahr?«, fragte Pia den jungen Mann mit dem Hoodie.

»Ja, echt, sorry«, sagte er.

Pia setzte Mirio ab. »Geht's dir gut, nichts passiert?«

Mirio nickte verzagt. »Bist du böse, Mami?«

»Ich bin nicht böse, nur erschrocken, weil ich Angst um dich hatte.« Sie gab ihm einen Kuss auf die Stirn. Der junge Mann stand neben ihnen. Er war schlaksig, sein Gesicht schmal, fast hager. Es machte ihn erwachsener, als er wahrscheinlich war. Die lockigen Haare waren kastanienbraun, die Augen blaugrau. Sein Blick war prüfend, gleichzeitig ironisch. Er wirkte irgendwie vertraut auf sie, Pia hatte keine Ahnung, weshalb. Sie streckte ihm die Hand entgegen. »Entschuldigung, ich dachte, Sie ... du wolltest ... blöd von mir.«

Er erwiderte den Händedruck. »Schon gut, bin ja noch ganz.«

»Sorry noch mal und danke, dass du Mirio geholfen hast. Ich bin Pia.«

»Ronnie.«

»Kann ich dich zu was einladen, Ronnie?«

»Sorry«, sagte er unvermittelt und sah an ihr vorbei. »Ich muss weiter. Vielleicht ein andermal. Mach's gut.« Er trat zwei Schritte zurück, bevor er sich umwandte und davonrannte. Pia sah ihm nach. Plötzlich wurde sie von zwei Stadtpolizisten flankiert. Sie hatten sich von hinten genähert. Anscheinend waren sie der Grund für Ronnies Rückzug.

»Hat der Mann Sie belästigt?«, fragte einer von ihnen.

»Nein, nein, es war ein Missverständnis.«

»Sie haben uns nicht gerufen?«

»Ich? Bestimmt nicht, vielleicht jemand der Umstehenden. Es ist nichts passiert. Ich war nur erschrocken, weil ich auf einmal meinen Sohn nicht mehr gesehen habe.«

Der Vater des Buben kam hinzu und bestätigte den Sachverhalt. Die Polizisten gaben sich zufrieden und entfernten sich in die Richtung, in die Ronnie verschwunden war.

Sie hatten noch Zeit bis zum Rennen. Pia und Mirio spazierten auf dem Vauban-Weg dem Schanzengraben entlang zu den Spiel- und Jugendzelten. Wie die Arena für das Säulirennen und die Party- und Barzelte waren sie im Graben aufgestellt. Bei Tageslicht hatte Pia den Eindruck, die Zelthallen duckten sich unter dem wuchtigen Festungswall. Die Szenerie hatte etwas Mittelalterliches, obschon die Riedholzschanze erst im 17. Jahrhundert errichtet worden war. Mirio wollte wissen, was im Jugend- und Schwingerzelt vor sich ging. Fasziniert beobachtete er, wie Buben und Mädchen in hellblauen Edelweißhemden und Zwilchüberhosen, die Jüngsten waren wenig mehr als doppelt so alt wie er, versuchten, sich gegenseitig ins Sägemehl zu ringen.

Daraufhin machte er seiner Mutter in bestimmtem Ton klar, er wolle auch mal schwingen.

»Warten wir ab, bis du alt genug bist«, erwiderte sie schmunzelnd. Der traditionelle Schweizer Kampfsport hatte in den letzten Jahren an Popularität bei der Jugend gewonnen. Der Gedanke, Mirio als Spross eines arabischen Vaters könnte eines Tages ein »Böser« werden, gefiel Pia. Nachdem sie ihn mit Mühe davon abhalten konnte, sich probehalber im Sägemehl zu wälzen, dirigierte sie ihn zurück zu den Stallungen und dem Streichelzoo, wo sie auf Daria und ihre Töchter trafen. Sobald Mirio Anna und Yulia sah, machte er sich von Pias Hand frei und rannte zu ihnen. Beide Mütter standen abseits und sahen zu, wie die drei abwechselnd ein Lamm streichelten. »Nicht so grob, Mirio«, mahnte Pia. »Das ist ein lebendiges Wesen, kein Stück Holz.«

Daria zeigte ihr die Wettkarten, die sie für das Säulirennen gekauft hatte. »Die Mädchen konnten sich nicht auf ein Schweinchen einigen. Ich musste zwei Karten nehmen.«

Sie lockten die Kinder weg von den Tieren, damit sie einen guten Platz ergattern konnten. Pia hielt Ausschau nach Silvano. Sie hatten sich mit ihm verabredet. Sie hoffte, ihn nicht verpasst zu haben, und gab ihm per SMS ihren Standort durch. In diesem Moment trat er aus dem Seitenausgang der Reithalle. Er hatte Bratwürste, Brot und Senf für alle gekauft. »Ich war schon mal da. Als ich sah, dass du Daria mitgebracht hast, musste ich noch mal zurück zum Metzgerstand.«

»Bist ein Schatz. Wir haben einen Riesenhunger.« Ihr spontaner auf die Wange zielender Kuss landete nahe bei seinem Mund. »Entschuldige, das … das war nicht übergriffig gemeint.«

Silvano grinste. »Kein Problem, das habe ich mir verdient.«

Pias Ohren und Wangen wurden warm. Was das Anbandeln betraf, war sie eindeutig aus der Übung.

Daria wollte ihr Essen und das der Mädchen bezahlen. Als sie im »Stöckli« eingezogen war, hatte sie klargemacht, dass sie keine Almosen erwarte. Sie wollte arbeiten. Es kostete Pia Überzeugungskraft, Daria davon abzubringen, Silvano Geld zu geben. »Sieh es als Einladung, für die du dich mal revanchieren kannst.«

In ihrer Heimat hatte Daria als freischaffende Korrespondentin für deutsche und französische Presseagenturen gearbeitet und Artikel für eine beliebte ukrainische Onlinezeitung verfasst. Ihre antirussische Berichterstattung und Beiträge über Korruption und Mauscheleien der Oligarchen beidseits der Grenzen waren gewissen Leuten sauer aufgestoßen. Sobald der russische Angriff absehbar wurde, schafften Daria und ihr Mann den Großteil ihres Vermögens ins Ausland. Einen beträchtlichen Bargeldbetrag hatte sie in ihre Kleider genäht. Mit dem Lohn, den sie bei den Dornachs verdiente, konnte sie ihre Kinder und sich über Wasser halten, bis sich für sie etwas in ihrem angestammten Beruf ergab.

Erst nachdem sie erfolgreich darauf gepocht hatte, die Getränke zu übernehmen, akzeptierte sie die Einladung. Die Kinder verzehrten zwei der drei für sie bestimmten Würste. Die dritte teilten sich Daria und Pia. Mirio erklärte Silvano lang und breit, was er bei den Jugendschwingern gesehen hatte, und kündigte ihm mit großen Augen an, einmal ein »Böser« werden zu wollen. Quietschend vor Vergnügen ließ er sich daraufhin von Silvano in den Schwingergriff nehmen und in die Luft heben.

Pia schluckte den Kloß hinunter, der sich bei dem Anblick in ihrem Hals gebildet hatte. Dreieinhalb Jahre nach Rafiks Tod hatte sie gelernt, für ihren Sohn zugleich Vater und Mutter zu sein. Dennoch fehlte Mirio der Vater und ihr der Mann, mit dem sie sich vorgestellt hatte, alt zu werden, ihn zu lieben und mit ihm zu streiten, bis die Fetzen flogen, um sich danach innig zu versöhnen. Sie zuckte zusammen, als sie Darias Hand auf ihrer spürte. »Alles gut mit dir? Du bist so nachdenklich.«

»Alles gut.« Pia versuchte zu lächeln. Sie wollte nicht über Rafik reden. »Ich musste an jemanden denken. Ich habe vorhin etwas Merkwürdiges erlebt.« Sie erzählte Daria vom Zwischenfall bei den Stallungen. »Dieser Junge«, sagte sie zum Schluss, »er war mir vertraut, so als würde ich ihn schon lange kennen.«

»Er erinnert dich an deinen Mann, Rafik hieß er, nicht wahr?«
War das möglich? Hatte Ronnie ihre Erinnerung an Rafik wachgerüttelt? Sah er ihm ähnlich? Sie wollte weg vom Thema.
»Keine Ahnung«, sagte sie knapp.
Daria schien zu begreifen, dass sie nicht darüber reden wollte. Sie zeigte auf die Kinder, die sich von Silvano den Säuliparcours erklären ließen. »Gut, dass wir sie haben. Ich wüsste nicht, ob ich es ohne meine Mädchen geschafft hätte, zu überleben.«
Über Lautsprecher wurde der Beginn des Rennens angekündigt. Die Aufmerksamkeit von Groß und Klein richtete sich auf die Startbox. Die Schweinchen mussten einen Rundparcours mit Hindernissen überwinden. Die Motivation der Tiere war der Futtertrog am Ziel. Nach dem Rennen durften die Kinder helfen, die gesättigten Athleten zurück in den Stall zu treiben. Pia musste an die Kontroversen denken, welche die Säulirennen in den letzten Jahren immer wieder hervorgerufen hatten. Tierschützer hatten dagegen petitioniert. Unter anderem hatten sie behauptet, den Tieren würde vor dem Rennen das Futter verwehrt, damit sie schneller liefen. Den Jungtieren würde der Stress unter all den Menschen zusetzen, erst recht, wenn sie am Schluss von einer Horde Kinder gehetzt würden. Schließlich hatte der Kantonstierarzt bescheinigt, dass dem nicht so sei. In einer Umfrage hatten sich über neunzig Prozent der Befragten für die Beibehaltung der Säulirennen ausgesprochen. Wie es wohl herausgekommen wäre, wenn man die Säuli ebenfalls befragt hätte, dachte sich Pia.
Das Startsignal ertönte, und das Gatter bei der Startlinie ging hoch. Wie wild feuerten die Kinder ihre Favoriten an, wobei Mirio fast alle übertönte. Es half leider nicht, sein Regionalradio-Athlet »Dirty Two« erreichte als Zweitletzter den Futtertrog. Darias Töchter hatten eine glücklichere Wahl getroffen. Das von einer Metzgerei gesponserte »Speckli« und die nach einer lokalen Brauerei benannte Schweinchendame »Öufi« belegten den zweiten beziehungsweise ersten Platz. Anna und Yulia wurden mit auserkoren, ihre Säuli zu deren Unterkunft

zu eskortieren. Bei einem Glacé und der nachfolgenden Tollerei auf dem Kinderspielplatz vergaß Mirio seine Enttäuschung schnell.

Ein Erdbeercornet schleckend, beobachteten Pia und Silvano die Kinder beim Spielen. Daria war in einer der Messehallen auf der Suche nach Stoffen für Kinderkleider.

»Kann ich heute Abend wieder auf dich zählen?«, fragte Silvano.

»Kein Ding. Mirio schläft bei Daria und den Mädchen.«

»Macht es dir nichts aus, ihn zwei Nächte hintereinander allein zu lassen?«

»Solange ich ihn jeden Tag sehe und die bin, die am meisten Zeit mit ihm verbringt, habe ich kein Problem damit.«

»Du bist nicht kompliziert. Als Severina noch klein war, fiel es Ruth schwer, sie auch nur für eine Viertelstunde aus den Augen zu lassen.«

Nun war ein günstiger Augenblick, mehr über ihn und seine Familie zu erfahren. »Wie alt ist Severina?«

»Dreizehn – und manchmal ganz schön anstrengend.«

Pia lachte. »Das gehört sich für Töchter in diesem Alter so, frag mal meinen Paps. Wohnt sie bei dir?«

»Teils bei mir und teils bei Ruth, meiner zukünftigen Ex. Wir haben uns das Sorgerecht geteilt. Severina wohnt aber lieber bei mir.«

»Echt?«

»Sagt sie zumindest. Ich fürchte, es liegt mehr an meiner Wohnung als an mir. Da hat sie ein größeres Zimmer.«

»Eine Frau, die praktisch denkt, und weiß, was gut für sie ist. Severina gefällt mir schon.«

»Immerhin will sie keine Haustiere. Katzen, Hamster und Meerschweinchen sind mir ein Gräuel.«

»Wie Paps. Gestern brachte er eine Katze nach Hause und hat mich verdonnert, auf sie aufzupassen, damit sie unser Interieur nicht verwüstet.«

»Warum habt ihr eine Katze, wenn dein Vater keine mag?«

Ohne Namen zu nennen, erzählte Pia ihm, wie sie zu King Louie gekommen waren.

»Komisch«, sagte Silvano. »Ich kannte mal jemanden mit einer Katze, die King Louie hieß, ein richtiges Prachtstück mit einem rostroten Fell.«

Pias Kopf fuhr herum. »Das ist unsere ... also die Katze, die bei uns untergebracht ist. Woher kennst du sie?«

»Sie gehörte einer Studentin, die bei mir gejobbt hat. Ich habe sie mal zu Hause besucht und die Katze kennengelernt.«

»Wann war das?«

»Ist eine Weile her, seit sie bei mir aufgehört hat, etwa acht Monate. Sie ...« Ihm dürfte klar geworden sein, was das bedeuten konnte. »Wir sprechen aber nicht etwa von der gleichen Katze, ich meine, der gleichen Person, oder?«

Wie viele Kater mit rostrotem Fell, die King Louie hießen, konnte es in Solothurn geben? »Sie hieß Vanessa, Vanessa Kurth.«

»Vanessa wurde bei sich zu Hause überfallen?«, fragte Silvano fassungslos.

»Schlimmer.«

»Was meinst du damit?«

Pias Blick war Antwort genug. »Wurde sie ... ist sie tot?«

»Tut mir leid, mehr kann ich dir nicht sagen.«

»Oh Mann!« Silvano stieß geräuschvoll die Luft aus. Seine Augen waren gerötet. »Ich kann's nicht glauben. Vanessa, tot.«

»Kanntest du sie gut?«

»So gut man jemanden kennt, mit dem man eine Zeit lang an fünf Abenden die Woche zusammengearbeitet hat. Nach der Durststrecke der Pandemie begann es gerade wieder, bergauf zu gehen. Vanessa fing letztes Jahr im Frühling als Aushilfe an. Sie war ein Geschenk des Himmels und hatte gute Ideen, wie wir die Gäste zurückholen konnten. Den Zusatz ›Kebab & Tapas‹ im Namen des ›Berna‹ habe ich ihr zu verdanken.«

»Das war Vanessas Idee?«

»Grundsätzlich ja, das Detailkonzept haben wir gemeinsam erarbeitet.«

»Weshalb hat sie bei dir aufgehört?«

»Sie wollte mit ihrem Studium vorwärtskommen. Das Salär, das ich ihr bezahlen konnte, war nicht berauschend. Da bist du jetzt besser dran.«

Pias Arbeit war in erster Linie ein Freundschaftsdienst an Silvano. Jedoch tat es ihr gut, eigenes Geld zu verdienen und ihrem Vater nicht ständig auf der Tasche zu liegen.

»Das Studium war nicht der einzige Grund, weshalb Vanessa bei mir aufhörte«, sagte Silvano. »Sie hatte sich zu dem Zeitpunkt einen Freund zugelegt, mit dem sie mehr Zeit verbringen wollte.«

»Hat sie mal seinen Namen genannt?«, fragte Pia hoffnungsvoll. Vielleicht könnte sie die Information schon heute ihrem Vater geben anstatt erst am Montag.

Silvano musste sie enttäuschen. »Ich habe ihn nie zu Gesicht bekommen. Einmal hat sie erwähnt, er sei ein paar Jahre älter als sie.«

***

»Ganz schön was los bei uns«, wurde Dornach von Sebastian »Sebi« Tschanz, dem Leiter der Kriminaltechnik, begrüßt. »Gestern die junge Frau und heute das.«

Trauben Schaulustiger scharten sich hinter den polizeilichen Absperrungen am Ufer und auf der Uferparkbrücke, einem Fußgängersteg über der Aare, der die Freizeitareale Attisholz Nord und Süd verband. Den eigentlichen Fundort, eine nahe dem Südufer liegende Kiesbank, hatten die Spurensicherer mit Zeltplanen abgeschirmt.

Dornach überwand die Distanz zwischen Ufer und Kiesbank mit einem Sprung und folgte Tschanz hinter die Plane. Die Luft im Zelt war stickig.

»Dort, wo die Leiche liegt, hatte das Boot Wasser aufgenommen«, sagte Tschanz. »Wir mussten es erst auspumpen.«

Dornach betrachtete den vollständig bekleideten, durchnässten Leichnam. »Was wisst ihr?«

»Männlich, schätzungsweise Ende dreißig, trug weder Papiere noch Handy auf sich. Wir suchen die Umgebung ab. Bisher ohne Ergebnis.«

Der Mann war groß gewachsen, hager und vollständig bekleidet. »Kannst du schon sagen, wie und wann er gestorben ist?«

Tschanz zeigte auf den Kopf des Toten, an dessen rechter Seite über dem Ohr eine Wunde klaffte. »Ein Schlag mit einem dumpfen Gegenstand dürfte nicht tödlich gewesen sein, dafür aber das.« Mit Hilfe eines Kollegen drehte er den Leichnam seitlich und legte eine verheerende Verletzung am Hinterkopf frei. Die Schädeldecke war eingeschlagen. »Mehrere Schläge«, sagte Tschanz. »Müsste die Todesursache sein. Das meint auch der Amtsarzt.«

»Tatwaffe?«

»Der berühmte stumpfe Gegenstand, würde ich sagen. Aufgrund der Wundgeometrie tippe ich auf einen Ast, eine Stange oder einen Schlagstock. Ich kann mir vorstellen, dass der Schlag ins Gesicht zuerst erfolgte. Er hat ihn seitlich an der Schläfe getroffen, wird ihn aber nur betäubt haben. Die Tatwaffe haben wir bis jetzt nicht gefunden.«

»Können wir bestimmen, ob er hier umgebracht wurde?«

»Er dürfte im Boot getötet worden sein. Das Wasser hat zwar das meiste Blut ausgewaschen. Trotzdem weisen einige Spuren darauf hin.« Tschanz deutete auf Blutspuren am Bug, der nicht im Wasser gelegen hatte. »Auf der Kiesbank ist nichts. Wo genau das Boot zum Tatzeitpunkt gelegen hat ...« Er hob die Schultern. »Der Elektroaußenbordmotor ist nicht besonders leistungsstark. Die Reichweite muss ich erst bestimmen, um abzuschätzen, wie weit es gefahren sein könnte.«

»Was ist damit?« Dornach zeigte auf die Außenseite des Buges, wo das Kennzeichen angebracht war, eine Solothurner Immatrikulation.

»Karin klärt den Eigentümer ab«, sagte Tschanz. »Ich tippe auf gestohlen.«

Dornach nickte. Es wäre sinnlos, dagegen zu wetten. Es war das übliche Spiel der Spekulationen, bis Ergebnisse entweder Fakten schafften oder weitere Fragen aufwarfen. Er ging neben dem Leichnam in die Hocke. Das Gesicht machte einen verlebten, aber nicht ungepflegten Eindruck. Der mehrtägige Stoppelbart war getrimmt, das Gebiss in gutem Zustand. Die Kleider waren durchnässt, eine Denimhose, ein Stoffhemd unter einer olivgrünen Militärjacke der deutschen Bundeswehr, wie Dornach aufgrund der angenähten schwarz-rot-goldenen Flagge auf dem Oberarm vermutete. Das erlaubte keinen Rückschluss auf die Nationalität des Toten. Solche Jacken wurden in der Schweiz von jedermann getragen, auch Maja hatte so eine. »Scheint kein Randständiger zu sein. Wer hat ihn gefunden?«

»Gäste eines Partybootes. Eine Frau hat die Leiche im Boot entdeckt, kurz bevor sie anlegten.«

»Wer spricht mit ihr?«

»Karin.«

»Wo sind Maja und Mike?«

»Befragen Passanten.«

»Du sagtest, das Boot war voll Wasser. Wäre es möglich, dass der Mann ertrunken ist?«

Tschanz hob die Schultern. »Unwahrscheinlich.« Er deutete auf Mund und Nase der Leiche. »Keine Schaumpilzbildung.«

»Hat sich der Amtsarzt zur Todeszeit geäußert?«

»Ja, er schätzt, irgendwann nach Mitternacht und heute früh.«

»Und er wurde erst jetzt entdeckt?«

»Die Fundstelle ist vom Uferweg aus schwer einsehbar. Das Unterholz hat das Boot teilweise verdeckt.«

Sie verließen das Zelt. Dornach öffnete den Reißverschluss seines Schutzanzugs. »Schon jemand von der Staatsanwaltschaft da?«

»Frau Wirz spricht mit dem Amtsarzt.« Tschanz zeigte auf den Uferweg. »Ich korrigiere, sie ist hierher unterwegs. Wenn du ihr nicht begegnen willst, musst du ins Wasser.«

Es war einer der Momente, in denen Dornach Angela Casagrande schmerzlich vermisste, diesmal ausschließlich beruflich. Obschon sie schon ein paar Monate zusammenarbeiteten, wusste er fast nichts über Hannah Wirz. Sie hatte sich von der Staatsanwaltschaft Olten nach Solothurn versetzen lassen. Zuvor hatte er nie mit ihr zu tun gehabt, weder beruflich noch privat. Persönlich begegneten sie sich fast nur an Tatorten. Alles andere wurde schriftlich oder telefonisch erledigt oder über Katrin Friis.

»Dornach«, begrüßte ihn Wirz. »Schön, dass Sie es einrichten konnten.«

Dornach ignorierte die Spitze. »Ganz meinerseits, Frau Wirz. Sie sind im Bild, wie ich höre.«

»Gezwungenermaßen, wenn der Ermittlungschef sich Zeit lässt, zum Tatort zu kommen.«

Hinter ihrem Rücken machte Tschanz eine Grimasse. »Falls ich gerade nicht gebraucht werde, ich bin dann noch mal ...« Er beeilte sich, ins Zelt zu kommen.

»Fundort«, sagte Dornach.

»Wie bitte?«

»Das hier ist der Fundort. Wir wissen noch nicht, wo der Mann zu Tode gekommen ist.«

Wirz unterbot seine Größe um wenige Zentimeter. Das brünette Haar machte ihre fahle Haut blasser. Ein straffer Dutt hielt es zusammen und betonte ihren verhärmten Ausdruck. »Haben Sie auch etwas Nützliches beizutragen?«

»Inwiefern Fremdeinwirkung im Spiel war, muss die Rechtsmedizin feststellen. Wir brauchen eine Obduktion.«

»Wer sagt das?«

»Die Umstände, denke ich.«

Wirz schürzte die Lippen. »Für mich sieht das eher wie ein Unfall aus. Vermutlich war der Mann betrunken.«

»Das Boot hat ein Leck. Wird er kaum selbst geschlagen haben.«

»Das kann passiert sein, als das Boot aufgelaufen ist, ein spitzer Stein oder so.«

»Wir haben nichts Derartiges gefunden«, sagte Tschanz, der wieder aus dem Zelt trat. »Kann ich euch was zeigen?«

Dornach ließ Wirz den Vortritt. Tschanz deutete auf den Boden, der ein ausgezacktes Loch aufwies. »Muss ich natürlich analysieren, aber es sieht so aus, dass das Leck willkürlich geschlagen wurde mit einer Axt, einem Hammer oder einem schweren Stein.«

»Könnte es nicht das Opfer selbst gewesen sein?«, fragte Wirz. »Er schlägt das Boot leck, dabei rutscht er aus, fällt hin und knallt mit dem Schädel gegen eine Ruderbank. Die sehen ganz schön massiv aus.«

»Möglich«, sagte Tschanz. »Dagegen spricht, dass wir weder inner- noch außerhalb des Bootes eine Axt oder ein Beil gefunden haben, zumindest nicht im Uferbereich.«

»Wenn er das Werkzeug in den Fluss geworfen hat?«

»Weshalb sollte er das tun?«, fragte Dornach. »Warum es nicht einfach liegen lassen. Selbstmord hätte er auch einfacher haben können.« Wieso sträubte Wirz sich gegen eine Obduktion? Weil er es vorgeschlagen hatte? Ging es ihr darum, die Kontrolle zu behalten? »Der Mann muss obduziert werden, damit wir wissen, womit wir es tatsächlich zu tun haben. Es kann etwas anderes im Spiel gewesen sein. Vielleicht war der Mann alkoholisiert, oder er stand unter Drogen. Raubmord können wir ebenfalls nicht ausschließen.«

»Sie brauchen mir meine Arbeit nicht zu erklären, Dornach. Ich denke darüber nach und teile Ihnen meine Entscheidung mit. Meine Herren.« Sie nickte Tschanz zu.

Tschanz sah ihr nach, bis sie außer Hörweite war. Dann klopfte er Dornach auf die Schulter. »Nur Mut, Dominik, irgendwann kommen auch wieder bessere Zeiten.«

»Danke, Sebi, ich weiß dein Mitgefühl zu schätzen. Deinen Bericht will ich trotzdem bis morgen Abend.«

Auf dem Uferweg kreuzten Maja und Karin die Staatsanwältin. Außer einer knappen Begrüßung wechselten sie keine Worte.

»Ihr seht drein wie sieben Tage Regenwetter«, sagte Maja,

nachdem sie die Kiesbank betreten hatte. »Hat Wirz euch die Leviten gelesen?«

Tschanz hob die Hände. »Mich geht das nichts an, frag deinen Chef.«

»Aha«, wandte sich Maja an Dornach. »Ist sie deinem Charme immer noch nicht erlegen?«

»Man kann nicht alles haben.«

»Ich habe dir gesagt, du wirst Angela noch mal nachtrauern. Hättest du auf mich gehört und sie nicht –«

Karins Rippenstoß schnitt ihr das Wort ab.

»Danke, Karin«, sagte Dornach. »Könnten wir uns dann wieder dem Fall widmen?«

»Klar, Chef«, sagten beide im Chor.

»Haben die Befragungen der Passanten was ergeben?«

»Auf Anhieb nichts Verwertbares«, antwortete Maja. »Einige, die schon etwas früher hier waren, haben das Boot zwar gesehen, sich aber nichts Böses dabei gedacht. Keinem ist es eingefallen, nachzuschauen.«

»Die Frau vom ›Öufi Boot‹, die den Leichnam zuerst gesehen hat?«

»Nadine Kehrli«, sagte Karin. »Das Ganze hat sie ganz schön mitgenommen. Der Amtsarzt hat ihr eine Beruhigungsspritze gegeben. Kann auch daran liegen, dass sie übernächtigt ist. Sie hat gestern an der HESO gefeiert. Ich glaube nicht, dass sie zu dem, was wir schon wissen, etwas hinzuzufügen hat. Übrigens, ich habe das Kontrollschild des Bootes überprüft. Es ist gestohlen gemeldet, seit heute Morgen.«

Tschanz breitete triumphierend die Arme aus. Dornach grinste schief. Die Menge der Schaulustigen hinter den Absperrbändern hatte sich ausgedünnt. Ein paar Unentwegte standen noch auf der Uferparkbrücke. Obwohl auf die Entfernung nichts zu erkennen war, filmten sie mit ihren Handys. Was trieb Menschen an, sich am Leid anderer auf diese Art und Weise zu ergötzen? Gedankenlosigkeit, moralische Abstumpfung oder schlicht Dummheit?

Dornach zeigte demonstrativ mit dem Finger auf sie. »Werden die von uns fotografiert?«

»Klar«, sagte Karin. »So konnten wir ein paar von denen vergraulen.«

Dornach zeigte zur Brückenmitte. »Was ist mit der Frau dort?«

Maja und Karin folgten der Richtung seiner Hand. Sie war schlank, groß gewachsen und trug einen knielangen beigen Trenchcoat. Ein Kopftuch und eine Sonnenbrille verdeckten die obere Gesichtshälfte.

»Die nehme ich mir vor.« Mit einem Satz war Maja auf dem Uferweg und begann zu laufen.

Die Frau hatte die ihr zuteilgewordene Aufmerksamkeit wahrgenommen. Sie stieß sich vom Geländer ab und entfernte sich in Richtung Nordufer.

»Sie haut ab«, sagte Karin. Mit einem gellenden Pfiff machte sie die Besatzung des Wasserpolizeibootes in der Flussmitte auf sich aufmerksam. Es sorgte dafür, dass sich keine anderen Boote der Fundstelle näherten. Sie deutete auf die flüchtende Frau. Das Boot nahm Kurs auf das gegenüberliegende Ufer.

»Wie bist du gerade auf die gekommen?«, fragte sie Dornach.

»Ich weiß nicht. Ein komisches Gefühl, sie wirkte angespannt.«

Das Polizeiboot legte am Nordufer an. Sekunden zuvor war die Frau am Ende der Brücke angelangt. Maja hatte zwar aufgeholt, die Distanz zur Verfolgten war immer noch groß. Beide verschwanden aus seinem Blickfeld.

Ein paar Sekunden später klingelte Dornachs Telefon.

»Fehlanzeige«, sagte Maja außer Atem. »Hier sind zu viele Leute. Sie ist mir entwischt.«

DREI

Die Pixel formierten sich allmählich zu einem kohärenten Bild. Die Verbindung war langsam. Monate waren vergangen, seit Boran Baddour seinen Vater das letzte Mal gesehen hatte. Akim Baddour sah gut aus, strotzte vor Energie – unverwüstlich wie eh und je. Im Jahr zuvor hatte er eine schwere Krebsoperation überstanden.

Selbst digital wiedergegeben, füllte Akim Baddour mit seiner Präsenz den Raum aus, in dem Boran saß. Das Gesicht mit den scharfen Zügen braun gebrannt, sein weißer Haarkranz leuchtete. Der Alte ging auf die siebzig zu. Für seine Enkel war Akim der gütige und stolze Großvater. Hinter der Fassade verbarg sich ein anderer Mensch. Nicht umsonst gehörten die Baddours zu den berüchtigtsten mittelöstlichen Clans Deutschlands.

Boran Baddour beneidete seinen Vater nicht um seine Lebenskraft, er litt darunter. Akim hatte seinen Sohn nicht aus Vaterliebe nach Solothurn gesandt. Er wollte ihn bestrafen. Boran hatte in Berlin versagt. Nun hatte er sich zu beweisen.

Hinter Akim breitete sich eine mediterrane Küstenlandschaft aus, das Meer hob sich in marinen Farbnuancen gegen den azurblauen Himmel ab. Dazwischen lagen grün gesprenkelte, ockerfarbene Hügel. Das sah nicht nach Dortmund aus, wo Boran seinen Vater eigentlich vermutet hatte.

»Wo bist du, *baba*?«

»İskenderun.«

Das erklärte, dass die Verbindung schwerfälliger war als üblich. Teilweise lag es auch an der Verschlüsselung. Akim Baddour hatte kein Vertrauen in die digitale Technologie. Er war von der alten Schule, Treffen von Mann zu Mann, Vereinbarungen mit Handschlag. Loyalität ging ihm über alles. Diejenigen, die sie gebrochen hatten, konnten nicht mehr davon erzählen, ebenso ihre Familien. Die Saat des Verrats wurde von der gegenwärtigen bis in die nächste, oft sogar bis in die übernächste Generation vernichtet.

»In einer Woche ist es so weit. Bist du bereit?«, fragte Akim.

»Ja.«

»Ihr habt ihn also gefunden?«

Boran hütete sich, auch nur leer zu schlucken, eine Herausforderung unter den harten Augen, die jede Lüge erkannten. »Noch nicht, aber wir wissen, wo wir suchen müssen. Er gehört so gut wie uns.« Es war nicht gelogen, entsprach aber auch nicht der Wahrheit. Die konnte lebensgefährlich sein. Noch blieb ihm eine Woche.

Es war nicht das, was Akim hören wollte. Die einzige Regung in seinem Gesicht war ein kurzes Zusammenziehen der Augen. »Wenn du Hilfe brauchst, würdest du es mir sagen, Boran, nicht wahr? Dafür ist Ilona da, sie wird –«

»Es wird laufen wie geplant, *baba*. Ich habe alles unter Kontrolle.«

Normalerweise ließ Akim es nicht durchgehen, dass man ihn unterbrach. Die Erwähnung der Frau allein schien ihn zu besänftigen. »Inschallah, die Ware ist schon unterwegs, per Schiff nach Latakia. Es darf keine Verzögerung geben, hörst du. Die Käufer verstehen keinen Spaß.«

»Ich habe es verstanden.« Warum musste sich sein Vater mit diesen Leuten einlassen. Sie mochten zwar bereit sein, jeden Preis zu zahlen. Sollte etwas schiefgehen, würde nicht einmal Akim Baddour verhindern können, was dann passierte.

»Ich vertraue dir, mein Sohn, Allah schütze dich.«

»Danke, *baba*.«

Das Bild fror ein. Akim hatte die Verbindung abgebrochen.

***

Die Passantenbefragungen hatten zu nichts geführt. »Niemand hat den Mann im Attisholz-Areal gesehen«, berichtete Karin der Runde, die sich in Dornachs Büro versammelt hatte. »Das schließt nicht aus, dass er nicht schon am Vorabend dort gewesen sein kann. In einer der ehemaligen Fabrikhallen hat eine Party stattgefunden. Es dürfte schwierig werden, alle Teilnehmer zu erreichen. Es wurden weder registrierte Tickets ausgegeben noch eine Ausweiskontrolle durchgeführt. Wir tappen im Dunkeln.«

»Nicht mehr ganz«, sagte Tschanz. Er war unbemerkt hereingekommen. »Ich kann euch eine erste Einschätzung geben, woher und wie das Boot zum Fundort gekommen ist.«

»Wir sind ganz Ohr«, sagte Dornach.

»Eingangs muss ich einschränken, dass meine Berechnungen auf den Herstellerangaben des Außenbordmotors basieren«, begann Tschanz. »Wie ich vermutete, verfügt das verwendete Modell über eine niedrige Leistungskapazität. Bei maximaler Geschwindigkeit von circa zehn Stundenkilometern beträgt die Reichweite ungefähr acht Kilometer oder fünfzig Minuten. Bei Auffinden des Bootes war der Akkustand noch bei einem Viertel. Wenn ich davon ausgehe, dass er beim Ablegen voll war, hat das Boot sechs Kilometer zurückgelegt, mehr oder weniger. Das entspricht ungefähr der Distanz zwischen Fundort und der Weststadt. Dabei habe ich berücksichtigt, dass er flussabwärts gefahren ist.«

»Kommt hin«, sagte Karin. »Ich habe die Immatrikulation des Bootes überprüft. Es gehört einem Gregor Marti, zweiundsiebzig Jahre, wohnhaft in Selzach, keine Vorstrafen. Er war gestern den ganzen Tag mit Freunden am Bodensee. Normalerweise steht sein Boot in der Garage. Weil er heute früh damit rausfahren wollte, hat er es am Donnerstagabend zum Lido beim TCS-Campingplatz gebracht. Ein Freund von ihm besitzt dort einen freien Liegeplatz. Deshalb bemerkte er den Verlust erst heute Morgen früh, als er damit rausfahren wollte. Er hat ihn sofort angezeigt. Sein Alibi ist bestätigt.«

»Schön«, sagte Dornach. »Dann nehmen wir mal an, dass das Opfer sich das Boot im Lido beschafft hat. Aber warum ein

Boot? Was wollte er damit? Es gibt einfachere und schnellere Wege, aus der Stadt herauszukommen.«

»Nachtangeln«, sagte Tschanz, »oder ein romantisches Schäferstündchen mit tragischem Ausgang.«

Maja verzog das Gesicht. »Typisch, so kann nur ein Kerl denken. Der hat auch nicht die harte Ruderbank oder die Kieselsteine unter dem Hintern.«

»Alles eine Frage der Position«, sagte Mike Lüthi mit breitem Grinsen. Es verging ihm angesichts Majas strafenden Blickes.

Auf die Sticheleien einzugehen käme dem Versuch gleich, einen Ölbrand mit Wasser zu löschen. Vor zwei Monaten hatte sie Dornach eröffnet, dass sie und ihr Kollege Mike Lüthi sich getrennt hatten. Sie nannte es Auszeit. Nicht dass es Dornach überrascht hätte. Die Anzeichen waren schon lange da gewesen. Privat hatten die beiden mehr neben- als miteinander gelebt. In gewisser Weise fühlte sich Dornach mitverantwortlich. Mike war die meiste Zeit außerhalb Solothurns im Einsatz gewesen, zuletzt als Instruktor an der Interkantonalen Polizeischule im luzernischen Hitzkirch. Nicht umsonst wurden intime Beziehungen unter Kollegen im Korps nicht gern gesehen. Aber die Liebe als stärkste Kraft menschlicher Existenz lässt sich weder administrieren noch regulieren. Dornach zog es vor, diese Dinge sich selbst und den Betroffenen zu überlassen. Obschon die Trennung an Maja nagte, funktionierten sie und Mike auf fachlicher Ebene. Bei zwei Toten innerhalb von vierundzwanzig Stunden musste er auf jeden Kopf und jedes Paar Hände und Füße zählen können.

Karin navigierte die Diskussion zurück zum Thema. »Kann sein, dass er verfolgt wurde. Vielleicht hatte er keine andere Möglichkeit, als mit dem Boot zu entkommen, oder sogar absichtlich diese Route gewählt. Auf dem Attisholz-Areal hätte er ein Auto stehlen können oder hatte sogar schon einen Fluchtwagen dort stehen.«

»Wenn das sein Plan war, ist er gründlich schiefgegangen«,

sagte Dornach. »Darüber können wir vorderhand nur spekulieren. Haben die Vermisstenmeldungen was ergeben?«
»Bisher nicht, aber wir sind noch nicht ganz durch«, sagte Karin.
»Hat Wirz die Obduktion freigegeben?«, wollte Mike wissen. »Wir brauchen dringend den Tox-Screen.«
»Bisher nicht«, sagte Dornach. »Ich bin sicher, sie veranlasst das noch heute.« Wirz blieb nichts anderes übrig, wenn sie sich nicht dem Verdacht aussetzen wollte, die Ermittlungen zu behindern. Nötigenfalls würde er selbst oder über Friis den Oberstaatsanwalt einschalten.
»Wäre Angela noch hier, läge die Leiche bereits unter dem Messer«, warf Maja ein. »Was glaubt die Wirz eigentlich, wer sie ist? Wir schlagen uns das Wochenende um die Ohren, und sie bleibt auf ihrem Hintern sitzen.«
»Wo stehen wir bei Vanessa Kurth?«, fragte Dornach, ohne auf Majas Kommentar einzugehen.
»Es gibt einen vorläufigen Bericht von der Rechtsmedizin aus Bern«, sagte Karin. »Das IRM legt sich so weit fest, dass der Messerstich todesursächlich war. Die Detailanalysen stehen noch aus. Sechs bis acht Stunden vor ihrem Tod hatte sie ungeschützten Geschlechtsverkehr, anscheinend einvernehmlich. Es gibt keine äußeren Anzeichen sexueller Gewalt.«
»Also haben wir Fremd-DNA«, sagte Dornach.
»Jede Menge«, bestätigte Karin. »Der Abgleich mit den Datenbanken läuft.«
»Sie hatte offenbar einen Freund.« Dornach gab wieder, was er von Pia erfahren hatte. »Sie versucht, den Namen von Vanessas bester Freundin zu bekommen.«
Fragende Blicke richteten sich auf ihn. »Arbeitet Pia neuerdings offiziell für uns?«, fragte Maja.
»Ich weiß, das entspricht nicht ganz unserem üblichen Vorgehen. Aber ich denke, es schadet nichts, wenn sich Pia informell umhört. Diese Anja scheint ein komplexer Charakter zu sein. Pia meint, sie könnte zumachen, wenn plötzlich die Polizei

auftaucht und ihr Fragen über ihre tote Freundin stellt. Wir können sie später immer noch vorladen.«

Maja und Karin verständigten sich mit einem kurzen Blickwechsel und nickten dann. Wahrscheinlich dachten sie das Gleiche wie Dornach. Vanessa Kurth war Pias Mitstudentin gewesen. Es lag in Pias Naturell, sich umzuhören, außerdem war sie erwachsen. Er konnte sie nicht daran hindern.

»Wir halten uns derweil an Boran Baddour«, sagte Maja.

»Warum meinst du?«, fragte Dornach.

»Laut Zeugen hatte Vanessa gestern Nachmittag um fünf herum in ihrer Wohnung eine Auseinandersetzung mit einem Mann. Gut möglich, dass es Boran Baddour war, ich würde sogar sagen wahrscheinlich. Möglicherweise hat er erfahren, dass Vanessa unsere Informantin ist. Er will sie zur Rechenschaft ziehen und attackiert sie. Sie will sich verteidigen, greift zum Messer. Baddour nimmt es ihr ab und sticht zu.«

Mike kam Dornach mit einer Antwort zuvor. »Die Sache hat einen Haken, Maja.«

»Welchen? Baddour hat ein Motiv und die Mittel.«

»Und die Beweise? Da gibt's weder Fingerabdrücke noch DNA. Freiwillig wird Baddour sich nicht einem Test unterziehen. Sein Anwalt wird Zetermordio schreien, sobald wir ihn auch nur nach seinem Namen fragen.«

Maja machte eine Schnute und lehnte sich mit verschränkten Armen zurück. Karin sekundierte Mike. »Wir dürfen den Faktor Zeit nicht außer Acht lassen. Die Auseinandersetzung fand am späten Nachmittag statt. Wäre Vanessa dann niedergestochen worden, hätte sie schon tot sein müssen, als sie gefunden wurde. Der Zeitpunkt des mutmaßlichen Streits und die Tatzeit passen nicht zueinander.«

»Und jetzt?«, fragte Maja spitz. »Lassen wir Baddour vom Haken, oder was schlagt ihr vor?«

»Hat Vanessa dir gegenüber je geäußert, sie sei mit Baddour intim gewesen?«, fragte Dornach.

»Sie hat auch nie erwähnt, von ihm belästigt worden zu sein.

Von sich aus hätte sie sich nie auf ihn eingelassen. Vanessa verabscheute Baddour. Ich kann aber nicht ausschließen, dass sie sich an ihn heranmachte, um an Informationen zu kommen. Wir brauchen seine DNA.«
»Wir haben keine Handhabe, ihn zu zwingen«, wandte Mike ein. Seine Anwälte –«
»Seine Anwälte, seine Anwälte«, blaffte Maja. »Machst du das absichtlich, oder hast du vielleicht auch einen konstruktiven Beitrag?«
Mike hob die Hände. »Ich wollte nur festhalten, dass –«
»Hab ich begriffen. Ich arbeite etwa so lange hier wie du. Deine Belehrungen kannst du dir dorthin stecken, wo's nie hell wird.«
»Das reicht, ihr beiden«, sagte Dornach. »Auf die DNA von Boran Baddour können wir vorläufig nicht zählen. Befragen werden wir ihn trotzdem, und zwar jetzt. Er wartet schon.«

Zwei Augenpaare richteten sich auf Dornach und Maja, als sie den Raum betraten. Boran Baddour strahlte in Lebensgröße das aus, was Dornach auf Bildern von ihm gesehen hatte: pure Arroganz. Seine Begrüßung wurde widerwillig erwidert, Maja völlig ignoriert. Die Frau, die ihn begleitete, war nicht liebenswürdiger, dafür wahrte sie den Anstand.
»Frau Dr. Maric«, begrüßte Dornach sie. »Schön, Sie mal wieder bei uns zu haben.«
»Die Freude ist ganz Ihrerseits, Herr Dr. Dornach.« Mit beiden Händen strich sie die geraden Strähnen ihres flammend roten Haares zurück.
Dornach kannte Ilona Maric aus der Zeit, als sie Juniorpartnerin in der Kanzlei des Dornach'schen Familienanwalts Martin Landau gewesen war. Damals hatte sie Interesse an ihm gezeigt, was er geflissentlich ignoriert hatte. Wenn immer sie sich begegneten, trat sie in eng geschnittenen Kostümen auf. Diesmal war es ein Deux-Pièces, anscheinend sehr exklusiv und bestimmt sehr teuer. Die Botschaft war klar: Sieh her, was du versäumt hast.

Dornach wandte sich an Baddour. »Ich bin erstaunt, dass Sie ihren Rechtsbeistand mitbringen. Sie werden lediglich als Zeuge befragt.«

Maric antwortete an Baddours Stelle. »Die häufigen insistenten Anrufe Ihrer Kollegen haben meinen Mandanten verunsichert. Aus diesem Grund hat er mich gebeten, ihn zu begleiten.«

»Wie praktisch, dass Sie zugegen waren, als meine Kollegen bei ihm zu Hause klingelten.«

»Wir haben Geschäftliches zu besprechen gehabt. Wie Sie vielleicht wissen, bin ich Geschäftsführerin der Imexcura GmbH, die sich im Besitz meines Mandanten befindet.«

Die Firma war Dornach bekannt, Baddours Deckmantel für seine zwielichtigen Geschäfte, von denen man ihm bisher keines hatte nachweisen können.

»Stellen Sie Ihre Fragen«, sagte Maric. »Mein Mandant und ich haben noch eine Verabredung.«

»Selbstverständlich.« Es war ein Spiel. Dornach hatte nichts dagegen, es zu spielen, solange dadurch ein viel zu früh ausgelöschtes Menschenleben nicht vergessen ging. »Kennen Sie eine gewisse Vanessa Kurth, Herr Baddour?«

Die Frage schien an Baddour abzuperlen. Er verzog keine Miene.

»Haben Sie die Frage verstanden? Natürlich dürfen Sie die Antwort verweigern. Das könnte sich jedoch zu Ihrem Nachteil auswirken. Frau Dr. Maric kann Ihnen das bestätigen.«

Den blanken Gesichtsausdruck beibehaltend, beugte Boran Baddour sich zu seiner Anwältin hinüber und flüsterte ihr etwas ins Ohr.

Maric nickte. »Herr Baddour ist erstaunt, deswegen hierhergebracht worden zu sein. Das gilt auch für mich. Weshalb stellen Sie Fragen, deren Antworten Sie bereits kennen?«

Neben Dornach kämpfte Maja mit ihrer Selbstbeherrschung, aber sie hielt sich zurück.

»Ich verstehe Ihre Irritation, Herr Baddour. Gestern Abend

wurde Frau Kurth in ihrer Wohnung am Patriotenweg 1 in Solothurn tot aufgefunden. Die Adresse ist Ihnen sicher bekannt, die Liegenschaft befindet sich in Ihrem Besitz.«

Dornach wartete auf die Reaktion Baddours oder seiner Anwältin.

»Kommt da noch eine Frage?«, fragte Maric.

»Ich habe sie bereits gestellt und warte auf eine Antwort.«

»Und ich glaube, Sie haben bereits Ihre Antwort.«

»Das heißt, Herr Baddour kannte Frau Kurth?«

Während Maja das Gesagte in ihr Notebook tippte, tauschte sich Baddour erneut im Flüsterton mit Maric aus.

»Wir möchten das Gesprächsprotokoll einsehen, bevor wir hier fertig sind«, sagte Maric.

»Selbstverständlich«, sagte Dornach. »Wann haben Sie Frau Kurth das letzte Mal gesehen?«

»Donnerstagnacht, als –« Maric unterbrach sich, weil ihr Baddour erneut etwas eintrichterte. »Ich korrigiere mich, Freitagmorgen um zwei Uhr, bei der Abrechnung.«

»Wo war das?«

»In seinem Betrieb in Bellach, dem ›Lioness Pub‹ an der Gewerbestraße.«

»Danach haben Sie Frau Kurth nicht mehr angetroffen?«

»Mein Mandant sagt, dass es das letzte Mal war. Der Geschäftsführer des ›Lioness‹ hat Frau Kurth zu ihrer Wohnung nach Solothurn gefahren.«

»Wie heißt der Geschäftsführer? Wir müssen ihn ebenfalls befragen.«

»Sascha.«

»Sascha wie?«

Maja blätterte in ihren Notizen. »Aslan Pawlowitsch Poljakow. Wir haben ihn gestern in der Shisha-Bar an der Prisongasse angetroffen.«

»Seine Anschrift haben wir?«, fragte Dornach.

Maja nickte.

»Wie war das Verhältnis zwischen Ihnen und Frau Kurth?«

»Mein Mandant versteht die Frage nicht. Frau Kurth war eine Teilzeitangestellte. Mit dem Verdienst finanzierte sie sich ihr Studium. Herr Baddour war ihr Arbeitgeber. Was für ein Verhältnis sollten sie Ihrer Meinung nach gehabt haben?«

»Eines, bei dem sie auch privat verkehrt haben.«

Marics Mundwinkel zuckten. »Sie wollen wissen, ob mein Mandant mit dieser Dame ein intimes Verhältnis hatte?«

»Sie heißt Vanessa Kurth«, fuhr Maja dazwischen. »Sie wurde nur fünfundzwanzig Jahre alt.«

Der Blick, mit dem Maric sie bedachte, ließ sich am ehesten mit demjenigen einer satten Spinne vergleichen, die zusah, wie sich die Fliege ihrem Netz näherte. »Was war noch mal Ihre Frage, Herr Dornach?«

Majas linke Hand umklammerte die Tischkante, sodass die Knöchel weiß hervortraten. Sie und Maric würden keine Freundinnen werden. »Gab es private Kontakte zwischen Herrn Baddour und Frau Kurth?«, fragte Dornach.

Baddour zeigte eine erste Gefühlsregung. Er blinzelte. Maric lehnte sich zurück. »Erwarten Sie ernsthaft eine Antwort auf diese Frage?«

»Sollte Herr Baddour sie verweigern, ist das sein gutes Recht. Damit verbleibt er weiterhin im Kreis der Verdächtigen.«

Maric ging in die Offensive. »Was unterstellen Sie meinem Mandanten?«

»Ich unterstelle nichts, Frau Dr. Maric. Eine junge Frau ist gewaltsam ums Leben gekommen, in einer Wohnung, die Herr Baddour ihr vermietet hat. Sie war als Barfrau in einer seiner Bars beschäftigt.«

»Und das macht mich verdächtig?« Zum ersten Mal sprach Boran Baddour selbst.

»Boran, du solltest nicht –«

Seine erhobene Hand schnitt ihr das Wort ab.

»Wir verdächtigen Sie nicht, Herr Baddour. Wir möchten Sie ausschließen. Leider sind Sie uns dabei nicht sehr behilflich.«

»Sie wollen wissen, ob Vanessa und ich Sex hatten? Nur mal

angenommen, ich beantworte diese Frage mit Ja, was dann?«
Sein Hochdeutsch war akzentfrei.

»Sind Sie bereit zu einem freiwilligen DNA-Test, damit wir diese Möglichkeit ausschließen können?«

»Natürlich nicht«, sagte Maric. »Besorgen Sie einen richterlichen Beschluss.«

Baddour breitete lächelnd die Arme aus. »Da haben Sie Ihre Antwort, Herr Kommissar. Dazu nur so viel. Ich pflege meine beruflichen und privaten Beziehungen strikt zu trennen. Zu Vanessa kann ich Ihnen sagen, dass sie sehr hübsch und fleißig war – und kein Kind von Traurigkeit, wenn Sie verstehen, was ich meine.«

»Hatte sie Kontakt zu anderen Männern, im ›Lioness‹ zum Beispiel?«

»So viel mir bekannt ist, nicht. Sie war freundlich und unterhielt sich gern mit den Gästen. Viele von ihnen mochten sie. Das war gut fürs Geschäft.« Baddour betrachtete seine Fingernägel. »An Ihrer Stelle würde ich ihr persönliches Umfeld unter die Lupe nehmen.«

»Können Sie konkreter werden?«

Baddour ignorierte Marics Versuche, ihn von einer Antwort abzuhalten. »Es gab offenbar einen Mann, ein paar Jahre älter als sie.«

»Wissen Sie seinen Namen?«

»Tut mir leid.« Baddours Aufmerksamkeit galt weiterhin seinen Fingernägeln. »Wir wurden einander nicht vorgestellt.«

»Können Sie ihn beschreiben?«

»Was soll ich sagen? Gut aussehend, sehr sportlich. Schweizer, würde ich sagen.« Er lächelte süffisant. »Ohne Migrationshintergrund.«

War es derselbe, dessen Name Pia herausfinden wollte?

»Eine Routinefrage, Herr Baddour. Wo waren Sie gestern zwischen zwanzig Uhr dreißig und dreiundzwanzig Uhr?«

»Wissen Sie das nicht schon von Sascha, meinem Geschäftsführer? Letzte Nacht haben Sie ihm dieselbe Frage gestellt.«

»Ich würde es gern von Ihnen selbst hören.«
»Na gut. Ich war mit Sascha und Freunden unterwegs.« Baddour deutete auf Maja. »Die Namen hat Ihre Kollegin bereits notiert.«
»Und vorher, gestern Nachmittag zwischen halb fünf und halb sechs?«
»Weshalb müssen Sie das wissen?«
»Wie gesagt, Routinefrage. Würden Sie sie bitte beantworten?«
»Tut mir leid, Herr Kommissar, dafür habe ich das beste Alibi der Welt.« Baddour legte die Hand auf Marics Arm. »Nicht wahr, meine Liebe?«
Maric schien der Rollentausch vom Rechtsbeistand zum Alibi nicht zu behagen. »Boran ... mein Mandant und ich waren zusammen ... in einer Besprechung über mögliche Akquisitionen«, beeilte sie sich zu betonen. »Die Imexcura expandiert im Immobiliengeschäft. Aus diesem Grund«, sie stand auf, »wenn Sie keine Fragen mehr haben. Herr Baddour und ich sind schon spät dran zu unserem nächsten Treffen.«

»Scheißding!« Maja versetzte dem Getränkeautomaten einen Tritt.
Dornach gab dem Gehäuse einen Klaps, nahm die Flasche Mineralwasser aus dem Fach und gab sie Maja. »Ich schätze mich glücklich, dass du deine Wut am Automaten auslässt und nicht an mir.«
»Ist doch wahr.« Sie trank die Flasche halb leer, bevor sie sie absetzte. »Wir hätten den Typ länger schmoren lassen sollen.«
»Mit welcher Handhabe? Er hat ein Alibi. Karin überprüft seine Angaben. Ich wette um viel, es ist dicht.«
Maja warf die leere Flasche in den Mülleimer. »Vanessa war an Boran dran, deshalb hat er sie ausgeschaltet. Frag mich nicht, wie, aber er steckt dahinter. Entweder hat er seinen tschetschenischen Gorilla geschickt oder jemand anders.«
Dornach fischte die Flasche aus dem Müll und entsorgte sie

im dafür vorgesehenen Recyclingbehälter.»Die Umwelt kann nichts dafür, dass wir Baddour nicht festnageln können.«
»Ja, ja, sorry.«
»Im Ernst, Maja, im Moment haben wir nichts gegen ihn. Wir wissen noch nicht einmal, was für Informationen uns Vanessa liefern wollte, bevor sie starb.«
»Ein großer Drogendeal, vermutlich.«
»Ja, vermutlich, aber das hilft uns im Moment nichts. Etwas anderes: Ist dir aufgefallen, was zwischen Baddour und Maric vorgegangen ist?«
»Vorgegangen? Er hat selbst geredet, anstatt ihr das zu überlassen. War wohl nicht so abgesprochen.«
»Denke ich auch. Maric war darüber nicht glücklich. Ich habe mich gefragt, ob …« Dornach rieb sich das Kinn.
»Ob was?«
»Ich frage mich, wer das Sagen hat, Boran Baddour oder –«
»Die Maric?«
»Insofern hat die Befragung doch was gebracht.« Dornach gab ihr die Hand. »Schönen Feierabend.«

***

Zum x-ten Mal wählte Hannah Wirz seine Nummer. Ebenso oft hatte sie zunehmend verzweifelte Nachrichten hinterlassen.
»Ronnie, wo steckst du? Wir haben vereinbart, du sollst erreichbar sein. Melde dich.«
Größer als die Enttäuschung, nichts von ihm zu hören, war ihre Angst um den Jungen. Trieb er sich wieder mit unappetitlichen Typen in Solothurn oder in Olten herum? Versemmelte er es diesmal, würde sie ihn nicht mehr schützen können. Jedes Mal wenn in den letzten Stunden das Telefon geläutet hatte, war sie zusammengezuckt. Es wäre nicht der erste Anruf eines Polizeipostens gewesen, man habe Ronnie bei einer Drogenkontrolle am Solothurner Bahnhof oder am Ländiweg in Olten aufgegriffen.

Ihr Sohn war delinquent. Wie lange würde es dauern, bis man deswegen ihre Tragbarkeit als Staatsanwältin in Zweifel zog? Wäre sie ein Mann und sein Vater anstatt die alleinerziehende Mutter, würde sich die Frage wahrscheinlich nicht stellen. Bei einer Frau lag die Toleranzschwelle näher bei null.

Sobald sie erfahren hatte, dass die Stelle in Solothurn ausgeschrieben war, hatte sie sich beworben. Sie wollte weg von Olten. Es hatte nichts mit der Dreitannenstadt zu tun, auch nicht mit der Arbeit – nicht direkt. Eher lag es am Kollegen, der ihr nach einem Monat und mehreren Schäferstündchen gestanden hatte, verheiratet zu sein. Die Gattin arbeitete als Juristin für einen internationalen Konzern in Zürich. Für den Job war sie oft auf Auslandreisen, einschließlich Wochenenden. Am Anfang war Wirz nicht stutzig geworden, wenn der Liebste das eine oder andere Wochenende nicht verfügbar war, weil er seine alte Mutter im Bergell besuchen musste. In Olten waren die würzigen Dinge des Lebens ebenso schwierig unter dem Deckel zu halten wie in Solothurn. Deshalb hatten sie die amourösen Stelldichein nach Basel oder in den benachbarten Aargau verlegt. Einmal, als er unter der Dusche stand, kam eine SMS auf sein Handy. Er hatte den Apparat nicht wie üblich in der Innentasche seines Jacketts oder in seiner Aktenmappe verstaut. Die Nachricht der Ehefrau, die ihre vorzeitige Rückkehr aus Übersee ankündigte und ihm unzweideutig zu verstehen gab, wonach ihr in der kommenden Nacht war, hatte keine Zweifel offengelassen. Das Letzte, was Wirz wollte, war eine Ehe zerstören, nicht nach dem, was sie selbst vor Jahren durchgemacht hatte. Sie hatte nicht gewartet, bis er seine Dusche beendet hatte. Auf der Bahnfahrt zurück nach Olten hatte sie die Beziehung auf elektronischem Weg schriftlich abgebrochen. Ein Ring und weitere haltbare Geschenke lagen am nächsten Tag in einem Karton auf seinem Schreibtisch.

Der Umzug nach Solothurn hatte Ronnie aus der Bahn geworfen. In Olten hatte er sich einen Freundeskreis aufbauen können, einschließlich einer erblühenden Liebe mit einem Mädchen. Zwischen den beiden Städten zu pendeln war an sich kein Problem. Eine andere Hoffnung hatte der Wohn- und Arbeitsortwechsel ebenfalls zerschlagen. Man konnte den Dämonen, die in einem wohnten, nicht davonlaufen. Wirz war vom Regen in die Traufe geraten, seit sie sich mit diesem arroganten Idioten von Dornach herumzuschlagen hatte.

Sie versuchte ein letztes Mal, Ronnie zu erreichen. Wieder vergebens. Sie griff zu Mantel und Schal und machte sich auf die Suche nach ihm.

VIER

Die obere Kante des ehemaligen Steinbruchs beim Grafenfelsweg, auf dem die Villa Dornach errichtet worden war, markierte an diesem Sonntagmorgen die Nebelobergrenze. Die Septembersonne war stark genug, die Schwaden zu durchstoßen und Gartenterrasse und Südfassade der Villa in goldig graues Zwielicht zu tauchen.

Als Dornachs Beziehung mit Casagrande noch im Verborgenen geblieben war, hatte es gelegentlich Sonntage wie diesen gegeben, wenn Pia für das Wochenende zu ihrer Mutter oder in ihr Chalet ins Wallis gefahren war. Dornach und Casagrande hatten auf der Terrasse gefrühstückt. Später, nach einem ausgedehnten Spaziergang in den umliegenden Wäldern, endete der Tag in der Regel in Casagrandes Altstadtwohnung am Friedhofplatz.

Bis es zum Bruch kam.

Sie hatte ihn belogen.

Zwei Jahre lang hatte Casagrande ihn im Glauben gelassen, seine große Liebe Jana Cranach sei tot, gestorben bei der Explosion einer Hütte auf dem Romontberg. Sie hatte ihn getäuscht. Die vermeintlich abtrünnige Europolagentin hatte sich selbst aus dem Verkehr gezogen, damit sie, mit einer neuen Identität versehen, für spezielle Missionen eingesetzt werden konnte, die darin bestanden, Gegner zu bekämpfen und zu neutralisieren, die eine klare und gegenwärtige Gefahr für die Sicherheit europäischer Demokratien darstellten. Klare und gegenwärtige Gefahr, neutralisieren, dachte Dornach nicht ohne Bitterkeit. Ein Jargon, den die europäischen Sicherheitsbehörden von den Amerikanern übernommen hatten. Casagrande war in die Scharade eingeweiht und zur Geheimhaltung verpflichtet worden. Jana hatte ihr verboten, es Dornach zu verraten. Er sollte nicht erfahren, was sie in ihrem neuen Leben machte: Mit speziellen

Vollmachten und außerhalb jeglicher Rechtsstaatlichkeit tötete sie Menschen.

Dornach glaubte an den demokratischen Rechtsstaat, dessen alleinige Existenzberechtigung darin lag, das Leben und die Rechte aller Menschen zu respektieren und zu schützen. Wozu sonst war er Polizist geworden?

Dennoch machte er sich nichts vor, es gab eine andere Welt, eine mit viel Schwarz und wenig Weiß. Dazwischen lagen unzählige Grauzonen. Darin war Jana aufgewachsen. Als Neunjährige hatte sie im Bosnienkrieg mit ansehen müssen, wie serbische Milizen ihre Mutter vor ihren Augen brutal vergewaltigt und abgeschlachtet hatten. Die Mörder ihrer Mutter waren tot, zum Teil qualvoll gestorben. Jana hatte ihre Familie gerächt. – Aber was hatte das mit ihr gemacht? Ihre Dämonen trieb sie vor sich her. Um jeden Preis musste sie das Böse auslöschen, das sie eines Tages unweigerlich verzehren würde. Deshalb hatte sie die Bande zu Dornach gekappt, aus Liebe. Sie schützte ihn, indem sie ihn von ihrer Welt fernhielt.

Oft hatte sich Dornach die Frage gestellt, was er tun würde, wenn jemand Pia und Mirio etwas antun oder sie sogar töten würde. Er hatte sie sich nie beantwortet. Das machte ihm Angst.

Mit Ausnahme von Pia war Casagrande die Einzige gewesen, mit der er offen darüber sprechen konnte. Das fehlte ihm.

Sie fehlte ihm.

Er hatte nicht einmal eine Ahnung, wo sie sich gerade befand. Ihr Handy war abgemeldet, die neue Stelle bei der Staatsanwaltschaft Schwyz hatte sie nie angetreten.

Casagrande war wie vom Erdboden verschluckt.

Er versuchte, sich wieder auf die Lektüre der Sonntagszeitung zu konzentrieren. Bevor er den Leitartikel zu Ende gelesen hatte, tauchte eine Hand aus dem Nichts auf und schnappte sich seine Tasse. »In der Küche gibt's noch mehr davon. Sogar frisch«, sagte er.

»Nehm ich gern, danke.« Pia drückte ihm einen Kuss auf die

Wange. Sie setzte sich ihm gegenüber hin und griff zum Kulturteil der Zeitung. Genüsslich biss sie in seine Scheibe Zopf.

Er stand auf. »Darf's sonst noch was sein?«

»Ich glaube, es braucht mehr Zopf – bitte. Und vergiss Butter und Konfi nicht, merci.«

Wenigstens bekam er eine Umarmung, als er wenig später mit einem Tablett zurückkam. Er hatte ihr vorsorglich eine Wolldecke mitgebracht.

»Bist der Beste, Paps. Heute Morgen bin ich ein Faultier.« Sie sah blass und übernächtigt aus.

»Wann bist du nach Hause gekommen? Ich habe nichts gehört.«

»Etwa um vier. Ich habe Silvano beim Aufräumen geholfen.«

»Und bist schon auf?«

»Was willst du? Ich habe noch zu lernen, und ich will Zeit mit Mirio verbringen. Er schläft noch bei Daria. Ich gehe nachher rüber.«

»Hilfst du nächste Woche wieder an der HESO aus?«

»Keine Zeit. Muss ein Referat vorbereiten.«

Ging es nach Pias Kopf, was meistens der Fall war, würde sie im kommenden Sommer den Bachelor of Law abschließen. Schon im Frühling würde sie sich bei der Kantonspolizei bewerben und die Eignungs- und Aufnahmeprüfungen ablegen. Die erste Phase der zweijährigen Ausbildung an der Interkantonalen Polizeischule in Hitzkirch konnte sie im Jahr darauf absolvieren. Die zweite Phase bestand aus dem Praxisjahr auf einem kantonalen Polizeiposten und bei der mobilen Polizei.

»Du, Paps.« Pia bestrich zwei Zopfscheiben mit Butter und legte eine auf seinen Teller. »Wie heißt noch mal die Nachfolgerin von Angie?«

»Du meinst Hannah Wirz?«

»Groß, brünett, strenger Dutt?«

»Stimmt, was ist mit ihr?«

»Ich habe sie gesehen, glaube ich.«

»Soll vorkommen, vor allem in Solothurn.«

Pia mimte ein schräges Grinsen. »Morgens um halb vier?«
Dornach legte das Brot ab, in das er hineinbeißen wollte. »Wo?«

»Ich brachte nach Beizenschluss den Müll aus dem Zelt. Sie stand oben auf dem Vauban-Weg beim Soldatendenkmal und hat sich mit einem Mann unterhalten.«

»Konntest du ihn erkennen?«

»Schwierig im Dunkeln. Von Haltung und Postur her würde ich sagen, jung und schlank.«

»Aber die Wirz hast du erkannt?«

»Sie wurde von einer Laterne angeleuchtet, der Mann stand im Schatten. Er hatte eine Kapuze auf. Die beiden haben laut aufeinander eingeredet. Schien, als hätten sie *beef* gehabt. Am Schluss hat sie ihn am Arm gepackt. Er hat sich losgerissen und ist in Richtung Kunstmuseum weggegangen.«

»Und dann?«

»Nichts. Sie hat ihm nachgeblickt und ist dann in die entgegengesetzte Richtung gegangen.« Pia tupfte mit einer Serviette Konfitüre vom Mundwinkel ab. »Ich konnte ihn nicht wirklich erkennen, aber es könnte derselbe sein, dem ich gestern Nachmittag begegnet bin.« Pia erzählte Dornach vom Zwischenfall bei den HESO-Säuli. »Irgendwie ein komisches Paar, dieser Ronnie und Frau Wirz.«

»Was meinst du mit komisch?«

»Äußerlich, die beiden passen nicht zusammen. Ronnie hat die Aura eines Straßenjungen. Und dann die Wirz ... Ich meine, die Casagrande war zwischendurch auch ganz schön unentspannt. Aber die Wirz hat die Aura der Gouvernante Rottenmeier aus den ›Heidi‹-Büchern.«

»Wie kommst du darauf? Du hast sie nie persönlich kennengelernt.«

»Habe ich doch.«

»Wann?«

»Als wir sie mal auf dem Markt bei Astrids Obststand getroffen haben. Du hast uns bekannt gemacht.«

Dornach erinnerte sich. Die Begegnung war Wirz unangenehm gewesen. Sie hatte sich bemüht, höflich zu sein.
»Wenn ich es nicht besser wüsste, dann –«
Dornach hob die Hand. »Fang nicht auch noch damit an. Das musste ich mir die letzten vierundzwanzig Stunden schon mindestens zweimal anhören.«
Pia zuckte mit den Achseln. »Ich meine ja nur«, sagte sie kauend. »Ist wohl nicht einfach, mit ihr zusammenzuarbeiten.«
»Da sagst du was. Gestern im Attisholz hat sie mir auch wieder die kalte Schulter gezeigt.«
»Ach ja?« Pia belegte eine Zopfscheibe mit einer Scheibe Greyerzer Käse. »Was hattest du im Attisholz zu tun?«
»Ein Toter.« Er schilderte ihr grob den Fall.
»Noch eine Leiche? Wer? Unfall, Mord oder Selbstmord?«
»Wir konnten ihn bisher nicht identifizieren. Mehr brauchst du nicht zu wissen.«
Pia biss in ihr Käsebrot. »Wollte nur helfen.«
»Du hilfst genug, wenn du morgen rausfindest, wer Vanessa Kurths Freund ist.«
»Jawohl, Chef.« Pia mimte ein Salutieren.
Ein Miauen unterbrach ihr Geplänkel. Vanessas Kater hatte sich unbemerkt auf die Terrasse geschlichen und sah erwartungsvoll vom einen zum anderen.
»King Louie.« Pia setzte den maunzenden Kater auf ihren Schoss. Interessiert beäugte dieser Pias Brot. »Hast du ihn gefüttert?«, fragte sie Dornach.
»Ich? Wie komme ich dazu?« Dornach hatte den felinen Hausgast völlig vergessen.
»Hör mal, streng genommen ist das Tier in Polizeigewahrsam. Ihr seid verpflichtet, ihn zu füttern.«
»Meinst du?«
»Und wie ich das meine.«
»Weißt du was?« Dornach faltete die Zeitung zusammen. »Du willst doch helfen. Ab sofort bist du zur Hilfspolizistin ernannt, zuständig für Unterkunft und Verpflegung des hier

einquartierten vorläufig Festgenommenen. Und dass mir keine Klagen kommen.«

»Mann, Paps!«

»Was denn? Ich habe Frühstück gemacht. Du übernimmst den Kater. Aber bitte in der Küche.«

Pia schnaubte herablassend. »Komm, King Louie. Zuerst gibt's Fresschen, dann zeige ich dir, wie man eine Dienstaufsichtsbeschwerde wegen unrechtmäßiger Behandlung in Polizeigewahrsam verfasst.«

***

Sie hatten ihn auf einen Stuhl in der Mitte des Kellerraumes gesetzt, umgeben von Regalen mit Spirituosen, Bierkästen und Wein. Hier lagerte ein Vermögen. Im Moment war das Ronnies kleinstes Problem, aber es lenkte ihn vom Gedanken ab, was ihn hier unten erwarten könnte. Sascha hatte ihn abgepasst und hierhergebracht. Der Kerl tat nichts ohne Anweisung von Boran. Was die mit ihm anstellen würden, wollte Ronnie sich nicht ausmalen. In einem Anflug von Reue drückte er eine Träne weg. Gestern war er den ganzen Tag herumgestreunt, nie länger als nötig an einem Ort geblieben, nachdem ihn die beiden Polizisten ins Visier genommen hatten. Warum hatte er unbedingt dem kleinen Jungen auf die Beine helfen müssen. Bestimmt war es das Geschrei seiner Mutter gewesen, das die Bullen auf den Plan gerufen hatte. Das nächste Mal würde er keinen Finger rühren. Sollten die Leute sich doch selbst aus dem Dreck ziehen. Er musste auch sehen, wo er blieb. Dann der Streit mit seiner Mutter, die ihm nachgestellt hatte. Er hatte seine Ruhe haben und nachdenken wollen. Die paar Stunden Schlaf auf einer Bank hatten gutgetan, bis ihn Sascha gefunden und hergebracht hatte.

»Ronnie, mein Junge.« Die Stimme weckte ihn wie ein Donnerschlag. Boran Baddour blickte auf ihn herab. Wo steckte Sascha, sein Bluthund? Die Antwort dazu bekam er beim Versuch, aufzustehen. Zwei kräftige Hände pressten ihn von hinten auf den Stuhl zurück.

»Bitte, bleib sitzen«, sagte Boran mit unheimlicher Freundlichkeit. »Wir haben dich überall gesucht.« Er sah über Ronnie hinweg. »Wo hast du ihn gefunden?« Die Frage galt Sascha.

»Auf einer Parkbank oben auf der Schanze.«

Boran tätschelte Ronnies Wangen. »Ronnie, Ronnie. Warum meldest du dich nicht, wie es vereinbart war? Wir könnten ja denken, du willst uns verarschen. Das möchtest du doch nicht, oder?«

»Sicher nicht, Boran. Tut mir auch leid, ehrlich.«

»Was tut dir leid?«

»Dass ich mich nicht gemeldet habe. Wollte mich nur frisch machen, dann wäre ich gekommen, ich schwöre.«

»Wo ist das Geld, Ronnie? Ich nehme auch das Produkt zurück, wenn du die Kohle nicht hast.«

»Ich brauche noch etwas Zeit, bitte. Ein paar Tage.«

»Du hattest eine Woche Zeit.«

»Ich hätte das Zeug fast gehabt, dann ist der andere mir entwischt. Ich hatte Pech.«

»Weißt du, wann man wirklich so richtig Pech hat, Ronnie? Wenn man Versprechen nicht einhält.«

Ronnie wusste es nur zu gut. Er wusste auch, dass er verdammt aufpassen musste, damit er Zeit gewann. Erst mal musste er raus hier, dann würde ihm was einfallen. »Ich kann das Zeug beschaffen oder das Geld, ich schwöre. Bitte, zwei Tage, Mann.«

Boran sah auf ihn herab. Die scheinbare väterliche Wärme in seinen Augen war weg. Obwohl es im Keller kühl war, fühlte Ronnie, wie der Schweiß über Gesicht und Nacken lief. Das war die Angst vor dem, was ihn erwartete, wenn Boran nicht Gnade vor Recht ergehen ließ, Borans Recht, das Recht des Baddour-Clans. Boran wusste ganz bestimmt, dass Ronnie ihn nicht hereinlegen wollte. Er selbst hatte sich von Alex übers Ohr hauen lassen. In der Welt des Baddour-Clans war das nicht ausschlaggebend. Nur wenn Boran glaubte, das Geld zurückzubekommen, hatte Ronnie eine Chance. »Zwanzig Riesen, Ronnie. Du hast zwanzig Riesen in den Sand gesetzt.«

»Ich kann's wieder herschaffen, ganz sicher.« Was sollte er sonst sagen. Ronnie schloss die Augen. Entweder glaubte ihm Boran oder nicht. Er hatte sich nicht einmal von seiner Mutter verabschiedet. Sie waren im Streit auseinandergegangen.

Die Stille dauerte Sekunden unerträglicher Ewigkeit.

Er zuckte zusammen, als Borans Finger ihn am Kinn berührten und seinen Kopf anhoben. »Du hast es in einer Woche nicht fertiggebracht, das Geld zu beschaffen. Warum solltest du es jetzt hinkriegen?«

»Ich weiß, wie.«

»Wie?«

»Ich habe eine Idee, ich kenne jemanden. Das Geld kriege ich im Nu.«

Boran ließ sein Kinn los. Ronnie hielt seinem Blick stand.

»Einen Tag«, sagte Boran.

»Was?«

»Du hast einen Tag Zeit, vierundzwanzig Stunden. Morgen um diese Zeit liegt das Geld auf meinem Tisch, verstanden?«

»Ich brauche zwei Tage. Ich –«

Boran gab Sascha ein Zeichen. Der Koloss trat vor Ronnie hin und verpasste ihm eine Ohrfeige. Die Wucht des Schlages schleuderte ihn mitsamt Stuhl seitlich zu Boden. Sascha richtete ihn wieder auf. Dafür brauchte er nur eine Hand.

Ronnie fuhr sich mit der Zunge über die Lippe. Er schmeckte Blut.

Boran kauerte sich vor ihn nieder. Mit einem weißen Taschentuch tupfte er Ronnies Lippen ab.

»Du hast Glück, dass ich dich mag, Ronnie, sehr sogar. Mein *baba* meint, ich müsse mehr Härte zeigen. Stünde er an meiner Stelle hier, hätte er dir schon eine Hand abhacken lassen. Weißt du, *baba* musste hart kämpfen, um das zu erreichen, was er geschafft hat. Ich sage oft zu ihm: ›*Baba*, die Zeiten haben sich geändert. Wir müssen uns anpassen. Wir dürfen nicht mehr alle so schlecht behandeln, wie sie es mit uns getan haben. Nicht in Deutschland und hier erst recht nicht. Wir müssen es anders machen, *baba*‹, sage ich zu ihm, ›zivilisierter. Wir leben in einem Rechtsstaat.‹« Boran erwähnte das Wort, als würde er es ausspucken. »Deshalb hast du Glück, dass ich hier stehe, Ronnie, und nicht mein *baba*. Du kommst heute mit einer Ohrfeige und einer blutigen Lippe davon. Morgen, hast du verstanden? Um diese Zeit, bei mir, zwanzigtausend, ist das klar?«

Ronnie schluckte leer. »Klar.«

»Morgen, nicht wahr?«

Ronnie nickte.

Boran tätschelte seine Wangen. »Guter Junge.« Er gab Sascha erneut ein Zeichen.

Nach der zweiten Ohrfeige ließen sie ihn am Boden liegen.

»Ein guter Rat auf den Weg«, sagte Boran. »Lass dir nicht einfallen, mich hereinzulegen und dich aus dem Staub zu machen. Ich weiß, wo du wohnst. Jetzt geh mir aus den Augen.«

FÜNF

Im Bistro der Rechtswissenschaftlichen Fakultät der Uni Bern herrschte Montagmorgenbetrieb. Die Studierenden saßen oder standen in Gruppen zusammen und erzählten sich die Erlebnisse des Wochenendes oder verglichen Notizen. Einige hatten sich allein in eine Ecke verzogen und den Kopf über ihre Unterlagen gebeugt. Pia hatte das Glück, einen Tisch mit zwei freien Plätzen zu ergattern. Sie setzte sich so hin, dass sie den Eingang im Auge hatte. Sie hoffte, dass Anja König auch wirklich auftauchte. Es war zwar eine Weile her, seit Pia sie mit Vanessa das letzte Mal zusammen gesehen hatte. Pia war auch nicht immer im Bistro gewesen. Einen Versuch war es wert, schließlich hatte man sich an einem Montagmorgen das Wochenende zu erzählen.

Es dauerte nicht lange, bis Anja auftauchte. Sie ließ ihren Blick über das Bistro schweifen, wahrscheinlich suchte sie Vanessa. Pia freute sich nicht darauf, Überbringerin der traurigen Nachricht zu sein. Sichtlich enttäuscht steuerte Anja die Kaffeetheke an. Pia überlegte, wie sie sie ansprechen sollte. Auf der bunten Landkarte ihrer Bekanntschaften war Anja der größere weiße Fleck, als Vanessa es gewesen war. Für solche Fälle wandte Pia ihre bewährte Taktik an, den Frontalangriff. »Hallo.« Sie stellte sich neben Anja und stellte eine Tasse unter den Kaffeeauslauf. »Du bist Anja, nicht wahr?«

Die Angesprochene erwiderte die Frage mit einem überraschten Blinzeln. »Hi, und du bist …«

»Pia. Entschuldige, dass ich dich so anspreche, es ist wegen Vanessa.«

»Nessi? Ist was mit ihr? Ich finde sie nirgends. Sie sollte eigentlich schon hier sein.« Anjas Augen, das ovale, spitz zulaufende Gesicht mit ausgeprägten Wangenknochen und dichtes, schwarzes, schulterlanges Haar verrieten asiatische Gene.

Ihr Äußeres stand im Kontrast zu ihrem melodiösen Berner Dialekt.

»Darf ich dich einladen?« Pia zeigte auf die Kaffeemaschine.

»Weshalb?«

»Ich möchte mit dir reden, wenn du ein paar Minuten hast.«

»Über Vanessa?«

Pia nickte.

In Anjas Blick lag eine Mischung von Misstrauen und Neugier. »Gern einen Cappuccino.«

Sie setzten sich mit ihren Getränken an Pias Tisch.

»Du warst eng mit Vanessa befreundet, nicht wahr?«

»Das interessiert dich weshalb?« Sie stutzte. Ihre Augen sahen Pia angstvoll an. »Warum sagst du ›warst‹? Ist etwas mit Vanessa?«

Gut gemacht, Pia, gleich mit der Tür ins Haus gefallen. Ein Musterbeispiel von Einfühlungsvermögen. »Es tut mir sehr leid, Anja. Vanessa ist tot, sie ist am Freitagabend gestorben.«

Anja saß kerzengerade im Stuhl. Ihr Gesicht zeigte keine Regung, bis auf die Augen, die sich mit Tränen füllten. »Vanessa … tot?« Pia verspürte den Drang, sie in die Arme nehmen, etwas zu tun, das den Damm des Schocks durchbrechen würde. Sie stand auf, um ihr ein Glas Wasser zu holen. Sie hatte so was schon in Krimis gesehen. Half angeblich gegen Schock, wohl aber eher gegen ihre eigene Verlegenheit.

»Danke«, flüsterte Anja, als Pia das Glas vor sie hinstellte. Sie trank einen Schluck. »Was ist geschehen?«

Pia erzählte ihr, was sie wusste.

»Wie kommt es, dass du so gut Bescheid weißt?«, fragte Anja.

»Mein Vater arbeitet bei der Kripo in Solothurn. Ich kümmere mich jetzt um Vanessas Katze. So erfuhr ich davon.«

»King Louie?« Ein leises Lächeln huschte über Anjas Lippen. »Sein Fell hat die gleiche Farbe wie das des Orang-Utans im Disney-Film. Deshalb nannte Vanessa ihn so.«

»Und weil er genauso fett ist.«

Beider Lachen brach den Bann. Bei Anja ging es in Weinen

über. Pia beugte sich vor und legte die Hand auf ihre Schulter. Sie wartete, bis Anja sich beruhigt hatte. »Du warst Vanessas beste Freundin. Darf ich dir ein paar Fragen stellen?«

Anja senkte den Kopf. »Beste Freundin ist nicht mehr. Wir ... Nessi und ich, wir sind auseinander.«

»Ach ja? Seit wann?«

»Das ist etwa vier Wochen her. Nessi hat Schluss gemacht.«

»Weshalb?«

Anja trocknete die Tränen mit einem Taschentuch. »Du fragst wie eine Polizistin. Hat dein Vater dich geschickt?«

»Das war meine Idee. Ich dachte, es sei leichter für dich, erst einmal mit mir zu reden anstatt mit der Polizei.« Pia nahm ihr Telefon hervor. »Wenn du es möchtest, kann ich meinen Vater anrufen.«

»Nein, lass nur. Ist mir tatsächlich lieber so. Kanntest du Vanessa denn gut?«

»Es geht. Wir hatten das eine oder andere Mal miteinander zu tun. Ich fand sie sympathisch. Es tut mir leid, was mit ihr passiert ist.«

»Weiß man, wer sie umgebracht hat?«

»Wie kommst du darauf, dass sie umgebracht wurde?«

»Das hast du doch ... Ich dachte, weil dein Vater bei der Kripo arbeitet ... Das kann doch nur heißen, dass jemand Vanessa ...«

»Schon gut«, sagte Pia. »Ich weiß auch nicht mehr. Ermittlungsgeheimnis nennen die das. Aber du hast gesagt, Vanessa habe die Freundschaft von sich aus beendet. Was war der Grund?«

Anja presste die Hände zwischen ihre Schenkel. »Es war meine Schuld.« Ihre Stimme klang gepresst. »Ich hätte mich nicht darauf einlassen dürfen.«

»Worauf?«

»Mit ihm zu schlafen.«

»Mit wem?«

»Mit Alex, Vanessas Freund.«

Pia ging im Kopf alle Alex durch, die sie kannte. Keiner von denen konnte es sein.

»Sein Name ist Alex Spirig«, kam Anja ihrer Frage zuvor. »Er studiert an der Sporthochschule in Magglingen, Master in Spitzensport oder so was in der Art.«

»Bis wann war er mit Vanessa zusammen?«

»Sie haben sich vor vier, nein fünf Monaten getrennt, nachdem sie fast ein Jahr zusammen waren.«

»Weil du ihn ... weil du mit ihm ins Bett gegangen bist?«

Anja schüttelte den Kopf. »Das war vor vier Wochen. Alex hat mir leidgetan. Die Trennung von Vanessa machte ihm zu schaffen. Er hoffte, über mich zu ihr zurückkehren zu können. Ich sei die Einzige, mit der er reden könne, meinte er. Das taten wir zuerst auch, eines Abends, bei Pizza und Wein – von beidem wohl etwas zu viel. Dann ist das eine zum anderen gekommen.«

»Ich verstehe nicht ganz«, sagte Pia. »Vor vier Wochen waren Vanessa und Alex bereits vier Monate getrennt. Wie ist sie überhaupt dahintergekommen?«

Anja antwortete mit einer Gegenfrage. »Wie würdest du reagieren, wenn deine beste Freundin deinen Ex vögelt?«

Pia erinnerte sich an die Szenen, die sie Rafik zu Beginn ihrer Beziehung gemacht hatte. Hätte er sich wegen einer anderen von ihr getrennt, wäre diejenige durch die Hölle gegangen und er mit ihr.

»Nessi ist nicht dahintergekommen«, sagte Anja. »Ich hatte ein schlechtes Gewissen und habe es ihr gebeichtet.«

»Wie lange warst du ihre beste Freundin?«

Die Frage setzte Anjas Tränenfluss erneut in Gang. »Seit immer. Wir haben uns im Kindergarten kennengelernt. Meine Mutter ist Thailänderin. Pa arbeitete ein paar Jahre für eine deutsche Firma in Bangkok. Ma war seine Sekretärin – der Klassiker. Sie haben geheiratet. Bevor ich auf die Welt gekommen bin, sind sie hierhergezogen. Im Kindergarten wurde ich wegen meines Aussehens gehänselt. Da war ein Junge, der mich die ganze Zeit ›Schlitzauge‹ und ›Chinesenhure‹ nannte. Das hatte er wohl zu Hause aufgeschnappt. Es ging so lange, bis Vanessa ihm erklärte, ich sei keine Chinesin. Damit er es auch wirklich begriff, hat sie ihm seinen letzten Milchzahn ausgeschlagen.«

»Hat er's dann auch kapiert?«

»Glaube schon. Die Haftpflichtversicherung von Vanessas Eltern hat gezahlt. Die Kindergärtnerin hat eine Zeremonie organisiert, bei der sich der Junge vor allen anderen bei mir entschuldigen musste. Danach kam keiner mehr auf die Idee, mich zu hänseln. Von da an waren Vanessa und ich Freundinnen fürs Leben.«

»Und sie beendete die Freundschaft, bloß weil du einmal mit ihrem Ex geschlafen hast?«

»Nessi fühlte sich von mir verraten. Ich hätte mich nicht auf Alex einlassen dürfen, nach alledem, was er ihr ... mein Gott.« Anja bedeckte ihr Gesicht mit den Händen.

Da kam nichts mehr. Pia musste nachhaken. »Was? Hat Alex Vanessa etwas angetan?«

»Er hat sie geschlagen, glaube ich.«

In Pia zog sich alles zusammen. »Du glaubst es, oder du weißt es?«

»Sie hat es mir gesagt und den blauen Fleck an der Seite und an ihren Armen gezeigt.«

»Wann war das?«

»Kurz bevor sie sich getrennt haben.«

»Also vor fünf Monaten?«

Anja nickte. »Sie waren dann etwa ein Jahr zusammen gewesen, aber es lief schon länger nicht mehr so gut zwischen ihnen. Alex hat sie mehr und mehr eingeschränkt, wollte sie dominieren und vergraulte ihre Freunde. Nessi hat den Stecker gezogen, als er auch mich loswerden wollte. Das ließ ihn ausrasten.«

»Trotzdem hast du dich später auf ihn eingelassen?«

Anja presste die Lippen zusammen. »Du weißt nicht, wie Alex sein kann.«

Pia wusste, was Anja meinte. Manchmal brauchte es nicht viel, smarte Mädchen zu verleiten, dumme Sachen zu machen.

»Alex konnte einen so um den Finger wickeln.« Anja unterstrich den Satz mit einem geräuschvollen Fingerschnippen. »Er hat auf alles geschworen, wie leid es ihm tat, was er Vanessa angetan hatte. Er bat mich, ihm zu helfen, damit sie wieder zu ihm zurückkommt. Stattdessen bin ich mit ihm in die Klappe gehüpft. Wie konnte ich so dämlich sein?«

Im Grund genommen hatte Pia ihren Auftrag erfüllt. Aber da sie schon mal dabei war. »Weißt du, ob sich Vanessa und Alex in letzter Zeit wieder getroffen haben?«

»Woher soll ich das wissen? Nessi hat nicht mehr mit mir gesprochen. Ich versuchte immer wieder, an sie heranzukommen, aber sie hat mir die kalte Schulter gezeigt.«

»Du hast nie mitbekommen, dass sie sich stritten oder er ihr gedroht hätte?«

Anja starrte sie mit großen Augen an. »Du meinst, Alex ... er könnte ... Er hat Vanessa umgebracht?«

»Wusste er denn, wo sie in Solothurn wohnte?«

»Keine Ahnung, Vanessa war ja noch nicht so lange dort. Ich kann's mir nicht vorstellen. Sie ist nach der Trennung von Alex umgezogen. Nicht mal ich kannte ihre neue Adresse.«

»Könnte er ihr nachgestellt haben? Hat sie mal erwähnt, dass sie verfolgt wird? Ich meine, bevor ihr beide –«

»Ich sagte doch, dass ich keine Ahnung habe«, sagte Anja barsch. »Nessi hat nie was erwähnt. Einzig ...« Anja stutzte.

»Einzig was?«

»Sie hat mal gesagt, Alex stamme aus Solothurn.«

»Er wohnte in Solothurn selbst?«

»Nein, in irgendeinem Dorf in der Nähe. Irgendwas mit L.«

»Lüterkofen?«

Anja schüttelte den Kopf.

»In der Nähe der Stadt oder woanders im Kanton?«

»Sie sagte, bei Solothurn.«

Pia spulte in Gedanken die Dörfer mit Anfangsbuchstaben L in der Solothurner Umgebung ab. »Langendorf? Lommiswil? Luterbach?«

Bei jeder Nennung schüttelte Anja den Kopf.

»Lohn? Lüsslingen?«

Anjas Gesicht hellte sich auf. »Das ist es. Er wohnt in Lüsslingen.«

Eine Gemeinde im Südwesten Solothurns, wenige Autominuten vom Stadtzentrum entfernt, noch weniger von Vanessas Wohnadresse in der Vorstadt.

»Da war noch ein Grund, weshalb Vanessa sich von Alex trennen wollte«, sagte Anja. »Ich musste ihr versprechen, es nicht weiterzusagen. Sie wollte Alex nicht in etwas reinreiten. Wahrscheinlich liebte sie ihn trotz allem immer noch, aber …« Anjas Stimme erstarb.

»Aber was?«, hakte Pia nach. »Vanessa ist tot, vermutlich ermordet, Anja. Wenn du es mir jetzt nicht sagen willst, musst du es später der Polizei erzählen.«

»Schon gut. Vanessa erwähnte mal, Alex sei in unsaubere Geschäfte verwickelt.«

»Was heißt unsauber. Meinte sie illegal?«

»Keine Ahnung. Vielleicht hat er mit Drogen gehandelt. Jedenfalls wollte Vanessa nichts damit zu tun haben.«

»Letzte Frage«, sagte Pia. »Hast du zufälligerweise Alex' Handynummer?«

Anja nahm ihr Handy hervor. »Ich wollte sie schon lange löschen. Hier.« Sie tippte etwas in ihr Handy. Pias Apparat vibrierte. Anja sah auf ihre Uhr. »Ich hab dir die Nummer geschickt. Sorry, meine Vorlesung geht gleich los.«

Pia stand auf. »Ich muss auch weiter.« Sie breitete die Arme aus. Anja ließ sich umarmen.

Pia sah ihr nach, bis sie außer Sichtweite war, bevor sie ihr Handy hervorholte.

✻✻✻

»Fehlanzeige.« Karin sah Dornach über den Bildschirmrand weg an.

»Gar nichts in unserer Datenbank?« Dornach stellte eine Tasse dampfenden Kaffees neben ihr hin.

»Negativ, ebenso bei RIPOL. Sein Handy ist eingeschaltet, aber er antwortet nicht. Ich starte gleich eine Anfrage bei JANUS und VOSTRA.«

»Erst fragen wir das Konkordat, ob die was in ihren Datenbanken haben. Wenn nötig, machen wir eine Erkenntnisanfrage für den Rest der Schweiz. Ich übernehme die Berner, du den Aargau und die beiden Basel.«

Dornach hatte die Nummer in seiner Kurzwahl. Nach dem zweiten Klingeln wurde abgehoben. »Dominik, was immer du willst, wenn nicht mindestens eine Einladung zum Abendessen drin ist, lege ich wieder auf.«

»Ist das verhandelbar? Dir auch einen guten Tag.«

Bea Frei, Chefermittlerin beim Dezernat Leib und Leben der Berner Polizei, und er waren vor Jahren ein Paar gewesen, bevor sie die Beziehung um ihrer Karriere willen für ein Praktikumsjahr in den USA abgebrochen hatte. Unter all seinen Verflossenen war Bea Frei eine der wenigen, bei der aus Liebe eine gute Freundschaft entstanden war.

»Was kann ich diesmal für dich tun? Hat sich deine Tochter wieder eine Eskapade geleistet?«

Ein Jahr zuvor hatte sich Pia in den Kopf gesetzt, eine Freundin von ihr sei in eine ausländische Botschaft in Bern verschleppt worden. Sie verschaffte sich illegal Zutritt und geriet prompt in eine heikle Lage, aus der sie Bea Frei rechtzeitig befreien konnte.

»Nichts dergleichen«, sagte Dornach. »In letzter Zeit ist Pia für ihre Verhältnisse erstaunlich zahm geworden.«

»Schade eigentlich. Hoffentlich verliert sie nicht ihren Biss, es muss ja nicht gleich in einen diplomatischen Zwischenfall ausarten.«

»Keine Sorge, sie schafft es immer noch, meine grauen Haare zu vermehren.«

Bea lachte. »Was hast du auf dem Herzen?«

»Ich brauche eine Auskunft zu einem Spirig, Alex, Alter unbekannt, Wohnort Lüsslingen, Solothurn.«
»Im RIPOL nichts gefunden?«
»Offenbar nicht. Sonst käme ich nicht in den Genuss, dich anzurufen.«
»Was für ein Glück, dass es hierzulande noch keine zentralisierte Datenbank der Kantonspolizeien gibt«, sagte Bea heiter.
»Was ist mit JANUS und VOSTRA?«
»Kommt noch, wenn ihr nichts habt. Da brauchen wir nur den Computer zu fragen.«
»Ja, klar.« Bea schnaubte. »Hätte Spirig in Stuttgart oder Straßburg was ausgefressen, bekämen wir die Info auf Knopfdruck von Schengen.«
»Es lebe der Kantönligeist«, sagte Dornach.
»Du sagst es. Laufendes Verfahren?«
»Richtig, in Sachen vorsätzliche Tötung zum Nachteil einer Kurth, Vanessa, fünfundzwanzig Jahre, wohnhaft in Solothurn, Studentin an der Uni Bern. Die Tat geschah am vergangenen Freitag. Spirig ist ein wichtiger Zeuge. Das Schriftliche wird nachgereicht.«

Bea tippte bereits. »Hab's gleich – hier, Spirig, Alexander Ludwig, neunundzwanzig Jahre alt, Heimatort Frauenkappelen, Bern, wohnhaft in Lüsslingen, Solothurn – ist tatsächlich in unserer Kundenkartei.«

Dornach schnippte mit den Fingern, um Karin, die an ihrem Handy hing, auf sich aufmerksam zu machen. Er simulierte einen Halsschnitt. Sie konnte ihre Suche abbrechen. »Was hast du Schönes?«, fragte er Bea.

Ihre Stimme hallte leicht. Sie hatte ihn auf Lautsprecher gestellt. »Verurteilung zu einer Geldstrafe wegen Drogenbesitz, Anzeige wegen Körperverletzung und häuslicher Gewalt.«
»Häusliche Gewalt?«
»Spirig war kurzzeitig verheiratet, ist ein Weilchen her, fünf Jahre.«
»Wer hat ihn angezeigt?«

»Seine damalige Ehefrau, eine Russin. Die Anzeige wurde kurz darauf zurückgezogen.«

»Was ist mit der Körperverletzung?«

»Anzeige wurde von einer Kurth, Vanessa, vierundzwanzig Jahre, ledig, damals wohnhaft in Spiegel bei Bern, eingereicht, seine Freundin. Die Anzeige wurde später ebenfalls zurückgezogen.«

»Wann war das?«

»Moment.« Gedämpftes Klimpern drang aus dem Hörer. »Die Anzeige kam ziemlich genau vor acht Monaten herein, am 18. Januar, zurückgezogen wurde sie am 23. Das dürfte erklären, weshalb er in RIPOL nicht erfasst ist. Die anderen Delikte wurden nach zwei Jahren dort gelöscht.«

Vor acht Monaten waren Vanessa Kurth und Alex Spirig noch ein Paar, zumindest wenn Anja König Pia in dieser Beziehung die Wahrheit gesagt hatte. Kurth und Spirig hatten sich erst im April getrennt.

»Kannst du mir eine Kopie der Akte übermitteln?«

»Kein Problem. Bekommst du morgen.«

»Danke, ich schulde dir was.«

Bea Frei stieß einen gekünstelten Seufzer aus. »Ich schreib's auf deinen Deckel. Wenn du nicht bald anfängst, reicht eine Lebzeit nicht mehr aus, dich zu revanchieren.«

Auch Dornach hätte sich gern mal wieder privat mit ihr getroffen, ohne Hintergedanken und doppelten Boden. Warum auch nicht? Auf wen oder was wollte er warten? »Wie wär's mit nächstem Sonntag? Ich komme nach Bern, und dann gehen wir irgendwohin in die Natur.«

»Klingt gut. Ich überlege mir was und sag dir Bescheid.«

Karin gestikulierte in seine Richtung.

»Ich freue mich auf deinen Anruf, Bea. Bis dann.«

Er hängte ein und sah Karin auffordernd an. »Was gibt's?«

»Wir konnten Spirigs Handy orten. Er befindet sich in Solothurn.«

»Wer hat die Ortung bewilligt?«

Karin machte eine schuldbewusste Miene. »Friis. Ich habe sie angerufen, weil du besetzt warst. Sie klärt es mit Wirz.« Dornach steckte seine Heckler & Koch ein. »Gehen wir.«

Alex Spirigs Handysignal wurde am nordöstlichen Stadtrand Solothurns geortet. Was machte ein Sportstudent an einem Montagvormittag in einem mittelständischen Wohnquartier, wenn er nicht dort wohnte?

»Heimstudium vielleicht?«, meinte Karin.

»Wir werden es gleich wissen.« Kurz vor dem Ortseingang St. Niklaus bog Dornach in den Kirchweg. Der parallel verlaufende Verenabach markierte die Gemeindegrenze zwischen der Stadt und Feldbrunnen-St. Niklaus. Mit einem Blick in den Rückspiegel vergewisserte er sich, dass der Patrouillenwagen mit zwei uniformierten Kollegen ihm folgte. Im Hinblick auf Spirigs Gewaltbereitschaft wollte er auf der sicheren Seite sein.

»Hier muss es sein.« Karin zeigte auf eine zweigeschossige Villa mit einem leeren Carport für zwei Fahrzeuge und einer Ladestation für ein E-Auto. Ein Mountainbike war in einem dafür vorgesehenen Unterstand abgestellt. Karin prüfte das Namensschild auf dem Briefkasten: »Familie Hofstetter-Manz«.

Möglicherweise wohnte hier eine Studienkollegin oder ein Kollege von Spirig. Dornach drückte auf den Klingelknopf.

Niemand zeigte sich an der Tür. »Scheint keiner zu Hause zu sein.« Karin trat ein paar Schritte zurück und sah am Haus hoch. Sie stutzte. »Hinter einem geschlossenen Fenster hat sich der Vorhang bewegt. Der Wind kann es nicht sein.«

Dornach bat die Uniformierten, ums Haus zu gehen. Er klingelte noch einmal.

»Da war jemand am Fenster, ganz sicher«, bekräftigte Karin, als sich immer noch nichts rührte. Die Uniformierten kamen von ihrem Rundgang zurück. Der ältere der beiden schüttelte den Kopf. »Alles zu und verriegelt. Es brennt auch nirgends Licht.«

Dornach und Karin überprüften die Peilung. Sie war einwandfrei. Alex Spirigs Handy befand sich von ihrem Standort aus im Umkreis von wenigen Metern.

Motorengeräusch näherte sich. Ein roter Audi A1 fuhr in die Einfahrt, es war ein Benziner. Am Steuer saß eine Frau. Die Polizisten machten den Weg frei, damit sie einparken konnte. Eine adrett gekleidete blonde Frau in Dornachs Alter stieg aus.

»Ist etwas passiert?«, fragte sie mit unsicherem Blick auf Dornachs und Karins orange Armbinden. »Sind Sie von der Kriminalpolizei?«

Dornach wies sich aus und stellte Karin und die beiden Kollegen vor. »Frau Hofstetter?«

Die Frau nickte. »Marianne Hofstetter, was ist denn passiert um Gottes willen? Sind Einbrecher im Haus?«

»Wir suchen einen Alex Spirig, der sich nach unseren Informationen in Ihrem Haus aufhalten soll.«

»Alex Spirig?« Frau Hofstetter legte die Stirn in Falten. »Sagt mir nichts, der soll bei uns sein?«

»Befindet sich von Ihrer Familie jemand im Haus?«

»Nein, mein Mann ist bei der Arbeit, und meine Tochter ist in der …« Ihr Blick fiel auf das abgestellte Fahrrad. »… Kantonsschule – sollte sie jedenfalls.«

»Dürfen wir reingehen und nachsehen?«, fragte Dornach.

»Bitte, das ist bestimmt ein … ist es gefährlich?«, fragte Frau Hofstetter sorgenvoll. »Wenn meine Tochter da drin –«

»Sie bleiben am besten hier draußen, bis wir Sie rufen. Könnten Sie die Haustür für uns öffnen?«

Frau Hofstetter schloss die Tür auf und trat zur Seite. Karin wies die Uniformierten an, vor der Eingangstür und hinter dem Haus aufzupassen.

»Wie heißt Ihre Tochter?«, fragte Dornach.

»Maria, seit Neuestem besteht sie darauf, Mary genannt zu werden. Sie meint, das sei *fly*, was wohl so viel bedeutet wie cool. Diese Jungen.« Sie seufzte. »Manchmal fühle ich mich richtig alt um sie herum, wissen Sie. Mary, sie … ihr wird doch nichts passieren?«

Dornach legte seine Hand auf ihren Arm. »Meine Kollegin und ich gehen rein und sehen nach.«
»Aber Mary, sie –«
»Es ist zu Ihrer Sicherheit und der Ihrer Tochter.«
»Oh Gott.« Betroffen hielt sich Frau Hofstetter die Hand vor den Mund.
Karin und Dornach gingen hinein, die Hände auf ihren Waffenholstern. Kaum waren sie im Haus, hörten sie ein dumpfes Poltern. Karin zeigte nach oben. Sie zogen ihre Waffen und stiegen die Treppe hoch. Das Zimmer, an dessen Fenster Karin die Bewegung gesehen hatte, war das erste auf der linken Seite. Drei weitere befanden sich auf der Etage und ein Bad. Sie lauschten an der Tür. Dornach wartete vor Marys Zimmer, Karin warf einen Blick in die anderen Räume. Sie bedeutete ihm, dass sie »sauber« waren. Dornach klopfte an die Zimmertür. »Mary Hofstetter? Kantonspolizei, können wir hereinkommen.«
Keine Antwort.
»Frau Hofstetter? Wir wissen, dass Sie da sind. Wir kommen herein.« Er drückte die Klinke herunter und betrat das Zimmer mit angelegter Waffe. Karin folgte ihm. Prompt wurden sie mit einem Aufschrei begrüßt. Eine junge Frau, vermutlich minderjährig, saß aufrecht mit bis zum Kinn hochgezogener Decke im Bett. Sie war das Ebenbild ihrer Mutter minus ein paar Falten.
»Was wollt ihr hier? Scheißschmier!«
»Oha«, sagte Karin und steckte die Pistole ein. »Das ist aber nicht nett. Bist du allein, Mary?«
»Fuck, nein!«, rief sie. »Ich habe ein paar geile Typen im Schrank versteckt.«
»Ist das nicht furchtbar eng?« Dornach zeigte auf einen mit bunten Postern beklebten Wandschrank. »Da drin?«
»He, das dürft ihr nicht.« Mary machte Anstalten aufzustehen, bis sie sich ihrer Nacktheit unter der Decke bewusst wurde und zurücksank. Karin legte eine Hand auf ihre Schulter. »Schön ruhig bleiben.«
Mit Schwung öffnete Dornach den Schrank. Er war leer, abge-

sehen von einem Sammelsurium an Jeans, Blusen, Tops, ein paar Röcken auf Hängern und einem bunten Haufen von Wäsche- und Kleiderstücken auf dem Schrankboden, die anscheinend auf ein Treffen mit der Waschmaschine warteten. Sie hörten einen Aufschrei von unten, dann wurde die Haustür zugeknallt.

»Mist!«, rief Karin. »Der war die ganze Zeit unten.«

Ungeachtet ihres Schamgefühls sprang Mary nur mit einem Slip bekleidet ans Fenster und riss es auf. »Go, Alex, go! Zeig's den Bullenschweinen.«

»Bleib bei ihr«, sagte Dornach zu Karin. »Sie soll sich was anziehen.« Er rannte hinaus.

Am Fuß der Treppe wartete Frau Hofstetter. Sie war fast ebenso weiß wie die Wand, an der sie sich abstützte.

»Sind Sie in Ordnung?«, fragte Dornach.

»Er ... er hat mich zur Seite gestoßen und ist rausgelaufen.«

Einen Fluch unterdrückend, spurtete Dornach hinaus und stoppte sofort. Die Uniformierten legten einem nur mit Unterhose und T-Shirt bekleideten Mann Handschellen an. »Danke, Kollegen.«

»Keine Sache«, sagte der Ältere. »Tut uns leid, die Frau ist ins Haus gelaufen, als sie ihre Tochter hatte schreien hören.«

Dornach winkte ab. Er wandte sich an den Mann, der ihn böse anstarrte. »Was sollte das, Herr Spirig? Warum rennen Sie davon? Wir wollen nur mit Ihnen reden.«

»Mit euch will ich nichts zu tun haben. Ihr könnt mir nichts anhängen.«

»Das werden wir sehen. Jedenfalls werden Sie allein wegen dieser Aktion in den Genuss unserer erweiterten Gastfreundschaft kommen.«

Karin kam mit Mary und Frau Hofstetter aus dem Haus. Sie hielt Mary am Arm fest. Mit Rücksicht auf die Mutter hatte sie ihr keine Handschellen angelegt. Mary, jetzt in Jeans und Pullover, leistete keinen Widerstand mehr und machte auch sonst einen recht kleinlauten Eindruck. Wahrscheinlich hatte Karin ihr eine Standpredigt über Anstand gegenüber der Polizei ge-

halten. Sie überreichte den Uniformierten eine Hose, die Alex Spirig anziehen musste. »Nehmen wir die Kleine auch mit?«, fragte sie Dornach.
»Hast du mit ihr gesprochen?«
Karin grinste. »Inklusive Anschiss und Androhung einer Anzeige wegen Beamtenbeleidigung. Das hat sie beruhigt.«
»Weiß sie etwas?«
»Glaube nicht, ich habe ihre Personalien aufgenommen.«
Die schluchzende Mary und ihre Mutter standen eng umschlungen auf dem Vorplatz. Dornach ging zu ihnen. »Bitte entschuldigen Sie diesen Überfall, Frau Hofstetter. Ihre Tochter war leider nicht sehr kooperativ.« Er wandte sich an Mary. »Wie lange kennst du Alex Spirig?«
Mary war wie ein umgedrehter Handschuh. »Wir ... wir haben uns letzte Woche kennengelernt«, sagte sie zahm.
»Wo?«
»Im ›Berna‹ an der HESO.«
»Wie alt bist du?«
»In sechs Wochen werde ich sechzehn.«
»Also fünfzehn.« Dornach wandte sich an Frau Hofstetter und deutete auf Alex Spirig, der von den uniformierten Polizisten in den Patrouillenwagen verladen wurde. »Der Mann ist neunundzwanzig, auch wenn man es ihm vielleicht nicht gibt. War Ihnen bekannt, dass Ihre Tochter eine Beziehung mit ihm hatte?«
»Ich hatte keine Ahnung. Es ist das erste Mal, dass sie ... und erst noch heimlich, in ihrem Elternhaus.«
Frau Hofstetter zeigte keine Wut, nur Enttäuschung. »Warum hast du das getan?«, fragte sie ihre Tochter.
»Ich ... ich liebe Alex und er mich auch.«
»Was habt ihr da oben gemacht?«
»Geschmust, mehr nicht.«
»Wirklich?«
»Ich schwöre.«
»Wir müssen Ihre Tochter amtsärztlich untersuchen lassen.

Sexuelle Handlungen an Minderjährigen sind ein Offizialdelikt. Alex Spirig wird dafür belangt werden.«
»Muss das sein?«, fragte die Mutter.
»Wir haben nicht ... ich habe nicht mit ihm geschlafen, wirklich nicht«, jammerte Mary. »Nur geküsst und gestreichelt, er war ganz lieb zu mir.«
»Mag sein, trotzdem ist es strafbar.« Dornach sah Frau Hofstetter eindringlich an. »Es geht auch um die Gesundheit Ihrer Tochter. Erstatten Sie Anzeige?«
Frau Hofstetter machte eine zustimmende Geste.
»Mom!«, rief die Tochter.
»Ach Mary. Überleg dir lieber, wie wir das deinem Vater erklären.«
Karin zückte ihr Telefon. »Ich rufe den Amtsarzt und die Psychologin an.«
Dornach gab Frau Hofstetter seine Visitenkarte. »Falls Sie Fragen haben.«

***

Karin wartete, bis die polizeiliche Sicherheitsassistentin Spirigs Personalien eingetippt hatte. »Also gut, Herr Spirig, Sie –«
»Ich sage kein Wort ohne Anwalt. Sie wollen mir anhängen, dass ich Mary ... dass wir miteinander geschlafen haben.«
Karin musterte ihn. Er war ein schöner Mann, athletisch gestählter Körper, kurze goldblonde Lockenfrisur, kantiges Gesicht. Wäre er nicht so hohl, könnte man sich tatsächlich in ihn verlieben. Sein Blick begann zu flackern, sie konnte weiterfahren. »Das ist nicht Gegenstand dieser Befragung. Dazu werden Sie Post von der Staatsanwaltschaft erhalten. Wir befragen Sie jetzt als Zeuge in einem Tötungsdelikt.«
»Also bin ich frei zu gehen?«
»Wir können Sie nicht zu einer Aussage zwingen.«
»Ich habe nichts zu sagen.« Spirig verschränkte die Arme.
»Bei der Durchsuchung Ihrer Wohnung in Lüsslingen sind wir

auf Medikamente und Präparate in unüblicher Menge gestoßen. Einige davon eignen sich zum Doping. Was wollten Sie damit?«

»Eigenbedarf.«

»Erklären Sie sich mit einem Drogentest einverstanden?«

»Weshalb sollte ich?«

»Ich empfehle Ihnen dringend, mit uns zu reden. Illegaler Handel mit Dopingpräparaten und Medikamenten ist strafbar. Dazu kommen Widerstand gegen die Staatsgewalt, sexuelle Handlungen mit einer Minderjährigen. Frau Hofstetter kann Sie wegen Körperverletzung anzeigen.«

»Ich habe ihr nichts getan.«

»Sie absolvieren ein Masterstudium in Sportmanagement in Magglingen, nicht wahr?«

»Was hat das mit alldem zu tun?«

»Ihnen müsste klar sein, dass ein schlechter Leumund Ihrer Karriere schadet, schon allein wegen der sexuellen Handlungen.«

»Sie hängen mir etwas an.«

»Wir hängen Ihnen nichts an, was Sie nicht selbst verschuldet haben. Ob und inwiefern Sie noch eine Karriere haben, hängt davon ab, wie Sie unsere Fragen beantworten. Bestehen Sie auf einem Anwalt?«

Alex Spirig lehnte sich im Stuhl zurück und starrte Karin stumm an. Sie ließ es über sich ergehen. »Also gut«, sagte sie. »Ich lasse Sie ins Untersuchungsgefängnis überführen und informiere die Staatsanwaltschaft. Man wird eine Untersuchung wegen sexuellen Missbrauchs einer Minderjährigen gegen Sie einleiten. Sie werden einvernommen, selbstverständlich im Beisein Ihres Rechtsbeistandes.« Karin gab der Polizeiassistentin ein Zeichen. Diese klappte ihr Notebook zu und stand gleichzeitig mit Karin auf.

»Warten Sie«, sagte Spirig.

Die beiden Frauen setzten sich wieder hin und sahen Spirig erwartungsvoll an. Er stieß hörbar die Luft aus. »Was wollen Sie wissen?«

Die Assistentin klappte ihr Notebook wieder auf.

Karin legte ein Foto von Vanessa Kurth auf den Tisch. »Sie kennen diese Frau?«

Er warf einen Blick auf das Foto. »Das ist Vanessa, meine …« Er sprach es nicht aus. »Was ist mit ihr?«

Wortlos schob Karin ein zweites Bild über den Tisch, eine Aufnahme der toten Vanessa. Sie hatte Menschen gesehen, die der Anblick gewaltsam verstorbener Angehöriger nicht aus der Ruhe zu bringen vermocht hatte. Bei Spirig war das Gegenteil der Fall.

Seine Augen weiteten sich, die Lippen begannen zu zittern. »Ist sie … ist Vanessa tot?«

»Es tut mir sehr leid, Herr Spirig.« Seine Reaktion löste Karins Mitgefühl aus.

»Das kann nicht sein«, flüsterte er. »Vanessa.« Er nahm das Bild und strich mit Zeige- und Mittelfinger über das Gesicht der Toten. »Wie ist sie gestorben?«

»Wir gehen davon aus, dass Frau Kurth gewaltsam ums Leben gekommen ist.«

»Sie wurde ermordet? Wann?«

»Letzten Freitag.«

Spirig schob das Foto zurück, als hätte er sich daran verbrannt.

»Sie war Ihre Freundin, nicht wahr?«, fragte Karin.

»Ja, aber …« Spirig hob den Kopf. Aus seinen geröteten Augen sprach echter Schmerz. »Woher wissen Sie das überhaupt?«

»Wir haben Frau Kurths Umfeld an der Uni befragt.«

»Sie meinen Anja.« Er schnaubte. »Sankt Anja, die kein Wässerchen trüben kann. Hat sie mich angeschwärzt?«

»Weshalb sollte sie?«

»Weil sie sich an mich rangemacht hat. Sie wollte mich ins Bett kriegen.«

»Hat sie es geschafft?«

»Wir haben ein-, zweimal miteinander geschlafen. Dann habe ich ihr den Laufpass gegeben.«

»Sie ihr?«
Er lachte trocken. »Hat sie erzählt, es sei umgekehrt gelaufen? Ist es aber nicht.«
Karin machte sich eine Notiz. »Wann haben Sie Frau Kurth das letzte Mal gesehen?«
»Keine Ahnung, vor etwa einer Woche, in ihrer Fakultät.«
»Sie sind getrennt. Worum ging es bei dem Gespräch?«
»Ich wollte ihr vorschlagen, es noch einmal miteinander zu versuchen. Ich habe Mist gebaut, damals.«
»Sie haben sie geschlagen.«
»Das hat Ihnen die zuckersüße Anja also auch schon erzählt. Für sie bin ich natürlich der geeignete Täter.«
»Sind Sie?«
»Was?«
»Der Täter. Haben Sie Vanessa Kurth getötet?«
»Das hätten Sie wohl gern. Leider muss ich Sie enttäuschen. Ich habe Nessi nicht mehr angerührt seit … seit …«
»Sie sie geschlagen haben?«
»Ja gut, Sie haben recht. Die Hand ist mir ausgerutscht, einmal, ein einziges verfluchtes Mal. Das war im Januar. Sie hat eine Anzeige gemacht und sie zurückgezogen, nachdem ich mich entschuldigt hatte.«
»Was war der Grund dieser Auseinandersetzung?«
»Sie hat mitbekommen, dass ich sie betrogen hatte.«
»Mit Anja König?«
»Das wusste Vanessa damals nicht. Nur, dass es passiert ist, nicht, mit wem. Das hat ihr Anja erst später gebeichtet, so vor drei oder vier Wochen.«
»Nachdem Sie erneut mit Frau König intim waren?«
»Genau. Dann hat Nessi die falsche Schlange endlich zum Teufel gejagt.«
»Kommen wir zur Tatnacht. Wo waren Sie da zwischen halb neun und elf Uhr?«
»An der HESO, feiern.«
»Allein?«

»Bin mit ein paar Kumpeln durch die Barzelte gezogen.«

Karin schob ein Blatt Papier über den Tisch. »Ich brauche Namen, Adressen und Handynummern Ihrer Kumpel. Sie waren nicht in Frau Kurths Wohnung?«

»In Solothurn? Ich weiß ja nicht einmal, wo die Bude ist.«

»Sie wohnen in Lüsslingen und kennen die Adresse Ihrer einstigen Freundin nicht? Sie wohnte quasi in der Nachbarschaft.«

»Sie hat es mir nie gesagt.«

Karin wartete, bis Spirig fertig war und das beschriebene Blatt zurückgab.

»Danke, Herr Spirig. Sind Sie freiwillig bereit, eine DNA-Probe abzugeben?«

»Wozu?«

»Um Sie vom Tatverdacht auszuschließen.«

»Hatte Vanessa Sex?«

»Wie kommen Sie darauf?«

»Wozu brauchen Sie die dann sonst?«

»Darüber kann ich nichts sagen.«

»Natürlich hatte sie Sex. Mit dem anderen Macker.«

»Sie meinen, Frau Kurth hatte einen neuen Freund? Seit wann?«

Spirig machte eine unwissende Grimasse. »Seit ein paar Wochen. Vielleicht hatte sie auch schon was mit ihm, bevor sie mit mir Schluss gemacht hat.«

»Kennen Sie den Mann? Wissen Sie, wie er aussieht?«

»Ich habe ihn mal kurz mit ihr gesehen vor ihrer Wohnung. Sie waren zu weit weg. Ich wollte –«

»Moment, gerade haben Sie gesagt, Sie wüssten nicht, wo Frau Kurth wohnte.«

»Weiß ich auch nicht. Ich spreche von Nessis Wohnung in Bern.«

»Sie hatte noch eine Wohnung in Bern?«

»Aber sicher, eine WG-Bude im ›Breitsch‹.«

»Wann haben Sie sie zusammen mit diesem Mann gesehen?«

»Das war, bevor ich mit ihr gesprochen habe. Vor etwa zehn Tagen.«
»Wir unterbrechen die Befragung.« Karin stand auf und ging hinaus.

Sie parkte den zivilen Dienstwagen auf der unmarkierten Fläche zwischen besetzten Doppelfeldern der blauen Zone. Vanessa Kurths WG-Wohnung lag im dritten Stock eines Wohnblocks am Zielweg im Breitenrainquartier. Die Straßen waren schmal und Parkplätze Mangelware. Eine allfällige Parkbusse würde Bea Frei erledigen. Sie hatte Dornach Unterstützung zugesichert. Der Durchsuchungsbeschluss für Kurths Räumlichkeiten war bei der Berner Staatsanwaltschaft in Arbeit. Anja König hatte die Zweitwohnung gegenüber Pia nicht erwähnt. Bea Frei hatte sie zur Befragung ins Polizeikommando am Waisenhausplatz vorgeladen. Sie sollte zu den Widersprüchen zwischen ihr und Alex Frei Stellung nehmen. Bestimmt wusste sie auch von Vanessa Kurths Zweitwohnung. Dass sie sie Pia gegenüber verschwiegen hatte, konnte man ihr nicht vorwerfen. Karin würde ihr die Würmer aus der Nase ziehen, sobald sie hier fertig war.

Kaum war Karin aus ihrem Škoda gestiegen, bog ein weißoranger Streifenwagen mit dem Berner Hoheitszeichen ein.

Die beiden Polizisten, ein Mann und eine Frau, stellten sich als Mädi und Küsu vor. Karin übersetzte die berndeutschen Spitznamen für sich mit Madeleine oder Magdalena und Markus. Sie suchte das Klingelbrett beim Eingang ab. Nur eines wies auf drei Parteien hin, Käslin, Kiebitz und Kurth – Triple-K, laut ihren Informationen alle weiblich, Käslin war Innerschweizerin, Kiebitz Deutsche und Kurth Bernerin.

Niemand schien zu Hause zu sein. Karin zog den Schlüsselbund aus der Tasche, der in Kurths Solothurner Wohnung sichergestellt worden war. Der dritte Schlüssel passte. Sie ließ Mädi und Küsu vorgehen, aus professioneller Höflichkeit, sie befand sich in deren Zuständigkeitsgebiet. Im zweiten Stock wollte Mädi klingeln, verharrte aber in der Bewegung. Die Wohnungstür war angelehnt. Karin spürte das Kribbeln in ihrem Nacken. Vor drei Jahren hatte eine ähnliche Situation ihr beinahe das Leben gekostet. Seitdem hatte sie sich vorgenommen, besser auf die Alarmsignale ihres Instinkts zu achten. Mädi sah sie fragend an. Karin nickte. Sie zogen ihre Waffen.

»Polizei!«, rief Küsu. »Durchsuchungsbefehl, machen Sie sich bemerkbar.« Karin folgte ihren Kollegen in den Korridor. Die Stille in der Wohnung war fast fühlbar schwer. Sie wurde mit jedem Schritt bedrohlicher. Karin presste die Lippen zusammen. Es hatte viele Therapiestunden gekostet, bis sie wieder in der Lage gewesen war, eine fremde Wohnung oder ein Zimmer zu betreten, ohne in Panik zu geraten.

Die Altbauwohnung war großzügig angelegt. Hinter dem Vestibül flankierten drei Türen den Korridor, die Zimmer der Bewohnerinnen, alle standen offen. Ebenso die mit einem Sichtfenster am Kopfende des Korridors. Dahinter lag die Küche. Rechts davon führte ein offener Durchgang ins Wohnzimmer.

Wenn die drei Bewohnerinnen keine Chaotinnen waren, wovon Karin ausging, lag die Vermutung nahe, dass die Räume durchsucht worden waren. Kleidungsstücke lagen auf dem Boden des Korridors verstreut, die üblicherweise an der jetzt verwaisten Garderobe hingen. Mit dem Inhalt der Schubladen einer Kommode, ein wenig Bargeld in Noten und Münzen sowie ungeöffnete Briefe, verhielt es sich ebenso. Was immer jemand hier gesucht hatte, Wertsachen waren es nicht gewesen.

Küsus Ansprache blieb unbeantwortet. Karin bedeutete den beiden Kollegen, sich um Küche, Wohnraum und ein Zimmer auf der rechten Seite zu kümmern. Sie wandte sich dem Raum linker Hand zu. Es war auf Anhieb das richtige Zimmer. Das sagte ihr ein riesiges Bild der Ermordeten an der Wand. Es war das Porträt einer glücklichen Vanessa Kurth mit dem teilweise abgeschnittenen Profil eines Mannes, der sie auf die Wange küsste. Der Anblick versetzte Karin einen Stich, wenn sie an die tote Hülle dachte, die ein paar Kilometer entfernt in einem

Kühlfach der Rechtsmedizin lag. Vom Mann waren Nasenspitze, Mund und Kinn zu sehen.

Ein Geräusch ließ sie herumfahren. Mit vorgehaltener Waffe umrundete sie das ungemachte Bett. Das Geräusch, ein gedämpftes Stöhnen, war von der Fensterseite gekommen. Eine Frau lag seitlich mit Kabelbindern an Händen und Füßen gefesselt und geknebelt auf dem Boden. Es war eine der Mitbewohnerinnen. Sie starrte mit aufgerissenen Augen zuerst Karin an, dann auf ihre Pistole. Karin steckte sie zurück ins Holster. »Keine Angst, ich bin von der Polizei«, sagte sie, während sie die Frau befreite. »Sind Sie verletzt, können Sie sprechen?«

Die Frau nickte. »Ich bin okay«, krächzte sie.

»Gefesselte Person!«, rief Karin.

»Ist … ist sie noch da?«, fragte die Frau. Sie sprach hochdeutsch. Karin hatte die Polizeiakte gesehen, Frau Kiebitz.

»Wer?«

»Die Person, die –«

Ein Schrei ertönte, gefolgt von einem: »Polizei, stehen bleiben.« Mädis Stimme.

Karin fuhr herum. Ein Schatten huschte durch den Korridor Richtung Wohnungstür. Vor der Küchentür kniete Mädi über ihrem Kollegen, der sich vor Schmerzen windend auf dem Boden lag und sich die Augen bedeckte.

»Was ist passiert?«, rief Karin.

»Pfefferspray.« Mädi zeigte zur Wohnungstür. »Sie ist da raus.«

Karin rannte hinaus. Im Treppenhaus spähte Karin über das Treppengeländer hinab. Die Flüchtende war schon fast unten. Karin setzte ihr nach.

Sekunden später stand sie im Freien. Die Straße war menschenleer. Links von ihr, einige Meter entfernt, war eine Straßenkreuzung. Die Frau konnte in alle Richtungen das Weite gesucht haben. Mit der Waffe im Anschlag ging Karin in geduckter Haltung die Reihe der geparkten Autos ab. Die Wahrscheinlichkeit, dass die Einbrecherin sich neben oder unter einem geparkten Fahrzeug verborgen hatte, war gering, wenn ihr alle anderen Fluchtmöglichkeiten offen waren.

»Mist, verdammter!« Frustriert, aber nicht ohne ein Gefühl der Erleichterung steckte sie die Waffe ein und zog ihr Telefon hervor.

※※※

Bea Frei empfing Dornach am Empfang der Polizeikaserne, einem Sandsteinbau im Berner Barockstil am Waisenhausplatz.
»Wie geht es dem verletzten Kollegen?«, fragte er.
»Halb so schlimm. Das Pfefferspray hat ihn nicht voll erwischt.«
»Und Karin?«
»Die ist mordsmäßig hässig, weil ihr die Einbrecherin entwischt ist. Sie befragt Anja König im Vernehmungsraum. Willst du dabei sein?«
Dornach verneinte. Entweder hatte Anja König Vanessa Kurths Zweitwohnung absichtlich verschwiegen oder schlicht und einfach vergessen, sie Pia gegenüber zu erwähnen. Das konnte man ihr nicht zum Vorwurf machen. Karin war umsichtig genug, das zu berücksichtigen.
»Ich muss dir was zeigen«, sagte Bea. »Gehen wir zu mir.«
Von ihrem Büro im dritten Stock hatte man Ausblick nach Süden auf den Waisenhausplatz mit dem Meret-Oppenheim-Brunnen. Weiter hinten überragte der Käfigturm die Häuser am Bärenplatz. »Kaffee?« Bea zeigte auf ihre Nespresso-Maschine.
»Wenn er von dir kommt, gern.«
Mit dem Espresso servierte ihm Bea ein Foto. »Das hat Karin in Frau Kurths WG-Zimmer mit dem Handy gemacht.«
Das Bild war schwarz-weiß. Kurth wurde von einem nur halb im Profil sichtbaren Mann auf die Wange geküsst. An ihrem in der Sonne schimmernden Haar und auf der samtig glänzenden Haut klebten Sandkörner. »Sonnenbräune und Sand«, sagte er. »Das Foto muss irgendwo am Meer gemacht worden sein.«

»Schau dir den Mann an.«

Nur Augen- und Kinnpartie waren auf dem Foto zu sehen, ebenso die Stoppeln eines Dreitagebartes. Dornach scrollte durch die Bilddateien seines Telefons. Er brauchte nicht lange, bis er es gefunden hatte. Er stieß einen lautlosen Pfiff aus.

»Hab mir gedacht, dass du ihn kennst«, sagte Bea.

»Leider nur als Leiche. Wir haben den Mann am Samstag bei uns aus der Aare gezogen.«

»Er scheint mit Frau Kurth liiert gewesen zu sein.«

»Jetzt sind beide tot.«

»Und du glaubst immer noch nicht an Zufälle?«

»Ja, und es ist gerade kein guter Moment, den Glauben zu wechseln. Du hast den Mann nicht zufällig durch eure Bilderkennung gejagt?«

»Doch, negativ, leider.«

Es wurde zweimal kurz an die Tür geklopft. Karin kam herein.

»Und? Anja König?«, fragte Dornach.

»Unergiebig. Sie schwört Stein und Bein, sie wisse nur, dass Vanessa Kurth ihre WG-Wohnung in Bern behalten habe, aber nicht, weshalb. Sie habe nicht daran gedacht, es Pia zu sagen. Diese habe auch nicht danach gefragt.«

Dornach zuckte mit den Achseln. »Wie auch immer. Die Frage ist: Wozu hatte Frau Kurth zwei Wohnungen, und wovon hat sie die bezahlt? Sie war Stipendiatin und lebte von Nebenjobs.«

Karin nahm von Bea Frei eine Tasse Kaffee entgegen. »Die Miete für die Solothurner Wohnung hat Vanessa Kurth anscheinend bar bezahlt. Sie verfügt über zwei Bankkonten, eines für die laufenden Ein- und Auszahlungen, das andere ist ein Sparkonto. Keines von beiden weist entsprechende Bewegungen auf. Das ist merkwürdig, aber nicht illegal. Ich habe Anja König gehen lassen. Aber da ist noch etwas.« Sie sah zu Bea.

»Richtig«, sagte diese. »Der Kollege Markus Schilter, der die Ladung Pfefferspray abbekommen hat, konnte eine mehr oder weniger brauchbare Beschreibung der Frau abgeben, die ihn angegriffen hat. Hier.«

Dornach stand hinter den beiden, damit er ihr über die Schulter blicken konnte. Er erkannte die Person auf dem Phantombild sofort. »Die schwer fassbare Passantin, die uns im Attisholz aufgefallen ist.«

»Sieht ihr jedenfalls ähnlich«, sagte Karin. »Zuerst taucht sie am Fundort des unbekannten Toten auf, heute in der Wohnung des ersten Mordopfers, mit dem er offenbar eine Beziehung hatte. Soll jetzt keiner fragen, ob da vielleicht ein Zusammenhang bestehen könnte.«

»Wie kämen wir dazu?«, sagte Dornach. »Ist die Fahndung ausgelöst?«

»Das Phantombild ist raus«, sagte Bea. »Auch bei euch in Solothurn.«

»Vanessa Kurth ist der Schlüssel zum Toten von der Aare und dieser Frau.« Dornach zeigte auf das Phantombild. »Wir müssen bei ihr ansetzen, ihrer Vergangenheit und ihrem Umfeld.«

»Vorstrafen hat sie schon mal keine«, sagte Karin.

»Bleibt die Herkunft des rätselhaften Geldsegens, mit dem sie ihre Wohnungen bezahlte. Und was ist mit ihren Angehörigen? Konntest du ihren Vater in Singapur erreichen?«

»Ich habe ihn heute früh kurz gesprochen. Er war irgendwo in Malaysia unterwegs. Morgen früh skypen wir noch mal.« Karin zog die Mundwinkel nach unten. »Ich mache mir keine allzu großen Hoffnungen. Im besten Fall erfahren wir etwas über Vanessas Kindheit und frühe Jugend. Der Mann hat seine Tochter jahrelang nicht gesehen.« Karin tippte sich an die Stirn. »Ach ja, fast hätte ich es vergessen. Er ist einverstanden.«

»Wer ist womit einverstanden?«

»Herr Kurth ist froh, dass wir uns um Vanessas Kater kümmern.«

»Was heißt wir? Ihr habt mir das Viech untergeschoben.«

»Eben. Herr Kurth meint, ihr könnt den Katzenbaum aus Vanessas Wohnung haben, damit sich der Kater in der Villa

Dornach zu Hause fühlt. Pia hat danach gefragt, King Louie sei rastlos, sagt sie.«

»Wozu ein Katzenbaum? Tut es eine Kartonschachtel nicht auch?«

Karin und Bea sahen ihn vorwurfsvoll an. Was war das mit Frauen und Katzen?

»Also wirklich, Dominik«, sagte Bea. »Was würdest du sagen, wenn du in einer Besenkammer anstatt in deinem schönen Schlafzimmer schlafen müsstest?«

»Schon gut, ich sag nichts mehr. Pia kümmert sich darum.« Hauptsache, seine Tochter lag ihm nicht die ganze Zeit damit in den Ohren.

»Picobello«, sagte Karin. »Ich bringe ihr den Katzenbaum heute Abend vorbei und bin dann jetzt mal weg.«

Dornach verabschiedete sich von Bea. »Sehen wir uns am Sonntag?«

»Warum nicht heute Abend, oder hast du schon was vor?«

***

Mit verhaltener Wut beendete Boran Baddour das Gespräch mit seinem Vater. Sascha, der sich aus dem Sichtfeld der Kamera gehalten hatte, stellte sich neben ihn. »Hat sich nicht gut angehört«, sagte er.

Das war eine Untertreibung. Akim Baddour hatte gewütet. »*Baba* verliert die Geduld. Das Treffen ist in fünf Tagen, und wir haben immer noch nichts. Wir müssen ihn bald finden, sonst verlieren wir den Deal. Ich muss dir nicht sagen, was das bedeutet.«

Sascha sagte nichts. Boran würde mit einem blauen Auge davonkommen. Er selbst würde der Sündenbock sein, den Akim Baddour denjenigen präsentieren würde, die danach verlangten. Sascha gehörte nicht zur Familie, auf ihn konnte man verzichten.

»Hast du was von dem Deutschen gehört?«, fragte Boran.

Sascha verzog bei dessen Erwähnung dieses Kerls den Mund, als hätte ihm Boran gerade die Schönheit einer Kakerlake erklärt. »Nicht seit Freitagnacht. Ganz ehrlich, Boran, ich bin sicher, er hat uns reingelegt.«

»Das wäre dumm von ihm, außerdem glaube ich es nicht. Sonst wäre er nicht von sich aus aus dem Loch hervorgekrochen, wo er sich seit Monaten versteckt hat. Er weiß, dass nur ich ihm helfen kann.«

»Nur nützt uns das nichts, wenn er wieder untergetaucht ist.«

»Deshalb müssen wir selbst auch was tun. Warst du noch mal am Rossmarktplatz in der Wohnung dieser Schlampe?«

»Ja, sie war versiegelt. Ich bin trotzdem rein. Vergebens. Wenn das, was wir suchen, dort war, haben es jetzt sicher die Bullen.«

»Vanessa, diese Nutte!«, rief Boran. »Wenn sie nicht schon tot wäre, würde ich sie mit eigenen Händen erwürgen. Was ist mit ihrer Bleibe in Bern?«

»Da war ich gerade.«

»Und?«

»Zu spät. Die Bullen waren vor mir da.«

»Fuck! Hast du was gesehen? Haben sie ihn gefunden?«

»Schwer zu sagen. Sah nicht danach aus. Ich habe nur gesehen, dass sie einen verletzten Polizisten rausgebracht haben. Hatte irgendwas an den Augen.«

Boran strich sein Haar zurecht und brachte seinen Nacken zum Knacken. »Die Bullen werden es kaum an die große Glocke hängen, wenn sie ihn gefunden haben. Du bleibst dran, Sascha. Wir müssen das Ding finden. Um jeden Preis, verstehst du, was ich meine. Wenn die Bullen ihn haben, stecken wir bis zum Hals in der Scheiße.«

»Okay, Boran.«

»Hat sich Ronnie gemeldet?«

»Noch nicht.«

Boran sah auf die Uhr. »Seine Zeit läuft ab. Such ihn.«

Sascha ging zur Tür, stoppte aber auf halbem Weg. »Wegen

Ronnie, ich habe ein paar Nachforschungen angestellt, wie du es wolltest.«

»Hast du was?«

»Glaube schon.«

»Und? Rück schon raus mit der Sprache. Das ist kein verficktes Ratespiel.«

»Ronnies Mutter ist Staatsanwältin.«

Borans Augen begannen zu leuchten. »Bist du sicher?«

»Hundert Prozent. Dein Geld kriegst du auf jeden Fall zurück.«

»Scheiß drauf«, sagte Boran. »Die Kohle könnten wir uns von diesem Idioten Alex Spirig zurückholen, wenn's sein muss.« Er klopfte Sascha auf die Schulter. »Du, mein Freund, hast gerade eine Goldader offen gelegt. Und ich habe auch schon einen Plan, wie wir sie ausbeuten.«

»Was für einen Plan?«

»Sag ich dir später, schick Kamila rein. Sie muss mir den Nacken massieren.«

»Klar.«

Boran griff zu seinem Teeglas. Das Getränk war kalt geworden.

***

Endlich hatte sie ihn am Draht. »Wo steckst du, Ronnie?«, fragte sie, jeglichen Vorwurf in der Stimme vermeidend.

»Zu Hause, und du?«

Wirz atmete erleichtert aus. Er war zu Hause, das war die gute Nachricht. Nun musste sie aufpassen, dass er sich ihr nicht wieder entzog. »Noch im Büro«, sagte sie. »Ich mache gleich Schluss. In einer halben Stunde bin ich daheim. Du gehst nicht mehr weg?« Es war halb Frage, halb Forderung.

»Nö, muss eh mit dir reden.«

»Bin praktisch unterwegs. Hast du Hunger? Soll ich was zum Abendessen bringen?«

»Döner?«
Sie verdrehte die Augen. Schon wieder? Ein Nein war keine Option. »Okay, dann Döner.« Für sich würde sie etwas Vegetarisches besorgen. Sie schloss die Akten ein und fuhr den Rechner herunter, als es an der offenen Tür klopfte.
Dornach.
Ausgerechnet.
»Was wollen Sie?« Er sollte spüren, dass er ungelegen kam.
»Sie wollten mich sprechen.« Er hielt sein Handy in die Höhe. »Stand in der SMS, die Sie mir geschickt haben.«
»Stimmt, ja.« Sie wischte sich eine Haarsträhne aus dem Gesicht, die sich aus der straffen Umklammerung ihres Dutts gelöst hatte. »Leider ist mir gerade eine wichtige Verabredung dazwischengekommen. Können wir das morgen ...«
»Wie Sie wollen.«
Sie wich seinem Blick aus. Sein Von-oben-herab-Abtasten ertrug sie nicht. Sie durfte ihm ihr gegenüber keine Hebelkraft verschaffen, sonst lief sie Gefahr, von ihm manipuliert zu werden wie ...
»Sie wollten dringend auf den Stand der Dinge gebracht werden«, sagte er.
»In Ordnung, machen Sie's kurz.« Ihr barscher Ton schien ihn nicht zu beeindrucken. Im Gegenteil, seine Mundwinkel verzogen sich zu einem ironischen Lächeln. Selbstgefälliger Arsch.
Er fing seinen Bericht mit Spirigs Befragung an. Sie unterbrach ihn nach dem ersten Satz. »Frau Hofstetter hat mich angerufen und sich beschwert. Sie überlegt sich, eine Dienstaufsichtsbeschwerde wegen Unverhältnismäßigkeit einzureichen. Ihre Tochter sei bei Ihrem Einsatz unnötig verängstigt worden. Frau Hofstetter war daraufhin mit ihr beim Arzt. Er hat der Tochter eine Beruhigungsspritze verabreicht und psychologische Betreuung verordnet.«
Dornach sagte nichts.
»Möchten Sie sich dazu äußern?«

»Bestehen Sie darauf? Jetzt?« Er zeigte auf ihren aufgeräumten Schreibtisch. »Sie sagten vorhin, Sie hätten es eilig.«
Kalt erwischt. Sie presste die Lippen zusammen. »Ich erwarte morgen früh Ihre schriftliche Stellungnahme. Wie ist die Aktion in Bern gelaufen?«
»Es könnte eine Verbindung zwischen dem Fall Vanessa Kurth und dem toten Mann im Attisholz geben.«
»Das ist unverkennbar. Wie soll uns das weiterbringen? Wir wissen immer noch nicht, wer der Mann ist. Hat die Suche in der Vermisstendatenbank etwas gebracht?«
»Bisher nicht, morgen sollten wir an die Öffentlichkeit gehen.«
»Sie wissen, was das heißt?« Öffentlichkeitsaufrufe brachten eine Menge Verrückter und Wichtigtuer mit sich, die gesuchte Personen an den unwahrscheinlichsten Orten zu den unmöglichsten Zeiten gesehen haben wollten, nicht selten nach deren Ableben. Sofern man sie nicht zum vorneherein hundertprozentig ausschließen konnte, musste allen Hinweisen nachgegangen werden. Das band ohnehin knappe Ressourcen.
»Ich sehe keinen anderen Weg. Möglicherweise kommen wir rasch zu einem Resultat.«
Die Autopsie des Unbekannten hatte nichts ergeben, außer dass die Todesursache ein Schlag mit einem schmalen, harten Gegenstand an den Hinterkopf war.
»Es muss eine große Person gewesen sein«, sagte Dornach. »In etwa gleich groß wie das Opfer. Aufgrund des Aufprallwinkels stand der Täter oder die Täterin aufrecht, als er oder sie den Hinterkopf des liegenden Opfers mit mehreren Schlägen zertrümmerte. Die Wunde über dem rechten Ohr dürfte ihm als erste zugefügt worden sein, und zwar von hinten. Vielleicht hat es bemerkt, dass der Täter hinter ihm stand, und eine halbe Drehung geschafft, bevor der Schlag es traf. Wo genau es passierte, ist noch unklar, vermutlich zwischen der Weststadt, wo das Boot entwendet wurde, und dem Fundort.«
»Also zwei Wunden«, rekapitulierte Wirz, die vor lauter

Sorge um Ronnie nicht zu diesem Teil des Berichtes vorgedrungen war. »Die erste seitlich am Kopf, durch einen einzigen Schlag verursacht, und die zweite, tödliche Verletzung wurde mit mehreren Schlägen ausgeführt. Die Täterschaft muss blind vor Wut zugeschlagen haben.«

»Möglicherweise das, oder aus Angst«, sagte Dornach. »Die Toxikologie steht noch aus. Ansonsten war der Mann gesund, bis auf erhöhte Leberwerte. Er schien kein Alkoholiker gewesen zu sein, war aber auch nicht abstinent.«

Wirz warf einen hastigen Blick auf die Uhr. »War's das? Ich muss leider.« Hoffentlich hatte sich Ronnie in der Zwischenzeit nicht aus dem Staub gemacht.

Wieder dieser teilnahmsvoll prüfende Blick. »Wenn ich Ihnen helfen kann ...«

»Wie meinen Sie das?«, fragte sie schroff. »Warum sollte ich Hilfe brauchen?«

»Ich meinte nur. Ich bin da, wenn –«

»Das geht Sie nichts an.« Sie machte eine einladende Geste zur Tür.

»Natürlich, entschuldigen Sie, ich wollte Ihnen nicht zu nahe treten.«

Hatte er aber getan, und das wusste er ganz genau.

»Schönen Abend, Frau Staatsanwältin.«

Sie erwiderte den Gruß mit einem knappen Nicken.

***

Pia parkte ihren VW ID vor dem »Berna«. Das Lokal befand sich auf dem Areal der ehemaligen Strafanstalt Schöngrün. Nachdem diese in die neue JVA Schachen in Deitingen integriert worden war, hatte man das Areal renoviert und einem neuen Zweck zugeführt. Silvano hatte das Potenzial des Standorts in der Nachbarschaft der neuen Wohnüberbauung erkannt, die im Zug des umfassenden Spitalum- und -neubaus entstanden war. Obschon dieses Wohngebiet mit der Stadt Solothurn verwachsen war, gehörte es zum Ortsteil Schöngrün der Gemeinde Biberist, deren Zentrum jenseits der Höhe des Oberwaldes und des Bleichenbergs lag.

Wegen der paar Minuten wollte sie nicht die Tiefgarage benutzen, wo das »Berna« Gästeparkplätze anbot. Das Lokal war geschlossen, die Fenster dunkel. Sie ging hinüber zur Überbauung, wo Silvano gleichzeitig mit der Lokaleröffnung eine Wohnung gekauft hatte. Die Rücklagen aus seiner Zeit als Investmentbanker hatten das erlaubt.

Niemand antwortete auf ihr Klingeln. Wo steckte er? Hatte er sich hingelegt und verschlafen? Das sah ihm nicht ähnlich. Andererseits hatte er ein paar turbulente Tage hinter sich. Eine Dreiviertelstunde zuvor hatte Erika Pia angerufen. Silvano war nicht wie geplant im Barzelt erschienen. Er war noch nie unangekündigt ferngeblieben. Da Erika nicht wegkonnte, hatte sie Pia gebeten nachzusehen.

Wo konnte Silvano stecken? Tochter Severina sollte diese Woche bei ihrer Mutter sein. Silvano hatte Pia seinen Wohnungsschlüssel gegeben, weil … ja, weshalb eigentlich? Für den Notfall, hatte er vage erklärt, oder wenn Severina etwas brauchte und er gerade keine Zeit hatte. Pia hatte sich ob des Vertrauensbeweises geschmeichelt gefühlt. Gleichzeitig hatte sie sich gefragt, was für eine Rolle sie damit in seinem Leben übernahm. Mit Severina kam sie zurecht, glaubte sie zumindest. So gut halt, wie mit einer dreizehnjährigen Pubertätserbse zurechtzukommen war. Verglichen mit Pia im selben Alter war Silvanos Tochter geradezu pflegeleicht.

Die Wohnung war leer. Bis auf zwei Teller und ein Glas in der Spüle sah sie aufgeräumt aus, die Betten in den Schlafzimmern waren gemacht. Die anfängliche Irritation über Silvanos Abwesenheit wich allmählich dumpfer Sorge. Was mochte ihm dazwischengekommen sein? Hatte er Probleme? Er hatte nie etwas in der Richtung erwähnt. Dann kam es zu dieser Auseinandersetzung am Freitagabend. Am Samstag war er nervöser als sonst gewesen. Das konnte sie teilweise verstehen, es war das erste HESO-Wochenende. Er war ihr keine Rechenschaft schuldig. Wenn da etwas wäre, würde er sich ihr bestimmt anvertrauen. Wenn sie darüber nachdachte, wusste sie schon sehr viel über ihn, mehr als er über sie.

Im vergangenen Frühling waren sie sich zum ersten Mal begegnet. Es war einer der ersten warmen Tage des Jahres gewesen. Sie war mit Nadal und Mirio an der Emme entlangspaziert, um sich den renaturierten Flussverlauf des Emmenschachens auf der Zuchwiler Seite anzusehen. Kurz vor der Unterquerung der Autobahnbrücke hatten sie eine Pause am Ufer gemacht. Silvano und Severina hatten die gleiche Idee an derselben Stelle gehabt. Mirio hatte fasziniert zugesehen, wie Silvano seiner Tochter beibrachte, Kieselsteine übers Wasser bis hinüber zum anderen Ufer zu schiefern. Er hatte keine Ruhe gegeben, bis er es auch versuchen durfte. Mit Engelsgeduld hatte Severina es ihm gezeigt. Der Tag war gerettet, sobald Mirio das erste Mal zwei Hüpfer geschafft hatte. Währenddessen hatte Pia Zeit gehabt, Silvano mehr als sympathisch zu finden. Sie hatte Rafik in ihm gesehen. Es hatte weniger an seinem Äußern gelegen als an seinem Humor und seinem geerdeten Wesen. Damit hatte Rafik sie stets auf den Boden zurückgeholt, wenn ihr Temperament mit ihr durchzugehen drohte. Seit dessen Tod, für den sie sich immer noch verantwortlich fühlte, hatte sie ihr Herz für die Liebe verschlossen. Silvano war es gelungen, das Türchen einen Spalt aufzustoßen.

War das der Grund für ihre wachsende Sorge um Silvano? Die Angst, den Männern, die sie liebten, Unglück und Tod zu bringen?

Sie schloss die Wohnung ab und kehrte zum Restaurant zurück. Sie versuchte erneut, Silvano auf dem Handy anzurufen. Nach dem dritten Freizeichen stutzte sie und lauschte. Aus dem Innern des Restaurants war ein schwaches Klingeln zu hören. Sie legte ein Ohr an die Glasscheibe der Terrassentür. In diesem Moment verstummte das Klingeln, und der Anruf wurde auf Silvanos Combox umgeleitet. Pia wiederholte die Wahl. Freizeichen und der Klingelton drinnen folgten aufeinander. Sie erkannte die Melodie. Er musste sein Handy im Lokal liegen gelassen haben.

Pia schloss die Terrassentür auf und betrat das Restaurant, bevor sie noch mal wählte. Die Handymelodie kam aus der Richtung der Küche. Sie passierte den Tresen. Ein Knirschen unter den Schuhsohlen stoppte sie. Beim Hereinkommen hatte sie das Deckenlicht im vorderen Teil des Schankraumes angemacht. Buffet und Tresen lagen im Dunkeln. Sie tastete nach dem Tablet neben der Registrierkasse. Es steuerte die Haustechnik. Ein Klick tauchte das gesamte Lokal in grelles Licht. Die Kassenschublade war offen und leer, wie es sein musste, wenn das Restaurant geschlossen war. Ihre Augen suchten den Boden unter ihren Füßen ab. Bis hinter die Theke war er übersät mit Glasscherben, vermischt mit einzelnen Blutstropfen und dem klebrigen Inhalt zerschlagener Spirituosenflaschen. Gläser, die auf dem Tresen aufgereiht gewesen waren, lagen ebenfalls in Scherben auf dem Boden.

Die Combox löste ein weiteres Mal die Handymelodie ab. Gleichzeitig wurde es in der Küche still. Dafür war von dort ein schabendes Geräusch zu hören. Pias Magen verhärtete sich. Sie öffnete den Schrank unter dem Spülbecken. Der Baseballschläger aus Leichtmetall lag hinter dem Abfallkübel und dem Grüncontainer. Sie folgte der dünnen Blutspur bis in die Küche. Den Schläger fest umklammernd betrat sie den erleuchteten Raum.

»Silvano?« Ihre Stimme zitterte leicht, Ausdruck der Angst, die sie eher um ihn empfand als um sich selbst. Gleichzeitig versuchte sie die Bilder zu verdrängen, die vor ihrem geistigen Auge vorbeizogen. »Nicht noch einmal«, murmelte sie. Sie durfte nicht wieder einen Menschen verlieren, der begonnen hatte ihr etwas zu bedeuten.

Bis auf das Blut und vereinzelte Scherben auf dem Boden sah hier alles so aus, wie es sein sollte: Armaturen, Geräte und Geschirr waren blitzblank. In der Messewoche konzentrierte Silvano seine Kapazitäten auf das Zelt im Schanzengraben.

Jemand stöhnte hinter der Kochinsel. Mit einem Satz war Pia bei der Stelle. »Silvano!«
Der Aluschläger fiel klirrend zu Boden.

※※※

»Ronnie, bist du da?« Wirz schloss die Tür hinter sich. »Ronnie?«
In der Küche stellte sie die Tüten mit dem Nachtessen auf den Tisch. Kebab für ihn und eine vegetarische Pizza für sie. Sie hatte Nüsslisalat eingekauft. Er war schon gewaschen, sie brauchte ihn nur abzuspülen. Das Dressing hatte sie auf Vorrat zubereitet. Damit kam wenigstens etwas Gesundes auf den Tisch.
Die Badezimmertür schnappte geräuschvoll ins Schloss. Kurz darauf schlurfte Ronnie mit aufgesetztem Kopfhörer in die Küche. »Wann gibt's Essen?«
»Guten Abend erst mal, jetzt gleich.«
Er schob den Kopfhörer vom Ohr und um den Hals. »Hast du was gesagt?«
Sie seufzte. »Nichts von Belang, deck schon mal den Tisch.«
Murrend nahm er Teller und Besteck aus dem Geschirrschrank. Wirz ahnte, was er sagen wollte. Es war ihr egal. Wenn schon Junkfood, dann wenigstens mit anständigem Geschirr. Ronnie holte eine Anderthalbliterflasche Cola aus dem Kühlschrank. Sie sparte sich eine Bemerkung.
Beim Essen war er für seine Verhältnisse unüblich gesprächig. Er erzählte sogar Witze und schenkte ihr Wasser nach. Je länger es andauerte, desto unbehaglicher fühlte sie sich. Derartige Stimmungsschwankungen hatte er nicht zum ersten Mal. Sie ließ ihr Besteck sinken.
»Ronnie?«
Er war dabei, einen Witz über Krokodile und Zürcher zu erzählen.
»Ronnie!«

Er verstummte und sah sie an, als wäre sie von einem anderen Stern.

Sie beugte sich vor und nahm sein Gesicht in beide Hände.

»Hey, what the ...«

»Sieh mich an.«

Er versuchte, sich aus ihrem Griff zu lösen. »Sag mal, was stimmt nicht mit dir?«

Sie ließ sich nicht wegstoßen. »Du sollst mich ansehen.«

Seine Augen waren wunderschön, braun mit graublauen Sprenkeln. Was ihr nicht gefiel, waren die in der Helligkeit des LED-Lichtes geweiteten Pupillen.

Es gelang ihm, sich loszumachen. »Was soll das, verdammte Scheiße!«

»Hast du was genommen?«

»Was? Nein, ich –«

»Lüg mich nicht an. Ich habe oft genug mit Drogensüchtigen zu tun gehabt. Was hast du eingeworfen? Crystal Meth, Koks? Warst du überhaupt heute in der Kanti, oder hast du wieder geschwänzt?«

»Geht dich nichts an, ich bin volljährig.«

»Du bist neunzehn, wohnst und isst bei mir. Ich bezahle, also komm mir nicht mit der Tour. Erwachsen sein heißt Verantwortung übernehmen. Du hast mir versprochen, die Finger von dem Zeugs zu lassen.«

»Mann.« Ronnie verdrehte die Augen. »Wegen dem bisschen Koks machst du einen Aufstand. Jeder, den ich kenne, nimmt das Zeug.«

Die gute Nachricht war, dass er die Finger von Crystal Meth ließ. Sie hatte ihm Bilder und Videos gezeigt, wie die Teufelsdroge innerhalb von kurzer Zeit Menschen entstellte und zu Zombies machte.

»Woher hast du den Stoff?«

»Sage ich dir sicher nicht. Kann ich mich gleich aufhängen.«

»Dann sag mir, warum.«

»Warum was?«

»Warum du wieder angefangen hast.«

»Ist das so wichtig? Stress in der Schule, brauchte eine Aufmunterung. Wenn wir in Olten geblieben wären, dann ...«

Sie packte ihn an den Schultern. »Ronnie, der Mist muntert dich alles andere als auf. Er macht dich kaputt, verstehst du das nicht?«

Sie hätte geradeso gut mit der Wand reden können. Drogensüchtige mit Argumenten von ihrem Weg abzubringen kam einer Sisyphusarbeit gleich. Ronnie war nicht irgendein Junkie, er war ihr Sohn, der einzige Mensch, der für sie zählte, auch wenn sie ihn manchmal am liebsten auf den Mond schießen wollte. Sie war die Einzige, die zwischen ihm und dem Tor zur Hölle stand – noch. Er wich zurück, als sie seine Wange streicheln wollte. »Sag mir, weshalb du wieder angefangen hast, und verschon mich mit dem Bullshit von wegen Stress in der Schule. Das war früher nie ein Problem für dich. Da steckt was anderes dahinter. Ich will wissen, was es ist.«

Ronnie verschränkte die Arme auf dem Tisch und wollte seinen Kopf darauflegen.

Ihr Schlag mit der flachen Hand auf die Tischplatte schreckte ihn auf. »Nicht mit mir, mein Lieber.« Wirz sprang auf und ging in sein Zimmer. Sie fing an, es systematisch zu durchsuchen, tastete Kissen und Daunendecke ab, drehte die Matratze um und suchte unter dem Bett, bevor sie sich die Schubladen und Nischen vornahm.

»Bist du fertig?« Er lehnte mit verschränkten Armen am Türrahmen. »Dann kannst du wieder aufräumen. Ich muss aufs Klo.«

Ihr ging ein Licht auf. Sie hastete ihm nach und riss ihn an den Schultern zurück. »Du hast nicht wirklich ...« Sie hob schützend die Hände vors Gesicht, als er sie gegen die Wand presste und mit der Faust zum Schlag ausholte. Sie konnte die Wut in seinen Augen sehen, aber auch etwas anderes.

Angst.

Er hatte nie die Hand gegen sie erhoben. Dass es passieren

könnte, hätte sie nicht für möglich gehalten. Anstatt sich vor ihm zu ducken, hob sie den Kopf. Sie hielt seine Hände fest und sah ihn an. »Nicht, Ronnie, bitte.«

Sie wusste nicht, wie und warum es möglich war. Seit er ein kleines Kind war, hatte sie ihn auf diese Weise meistens zu beruhigen vermocht. Der gefährliche Glanz in den Augen erlosch, stattdessen sah sie Tränen.

Wirz löste sich von ihm und ging ins Bad. Sie entfernte die Verschalung des in der Wand eingebauten Spülkastens und tastete das Innere der Nische ab. Es war eine Tüte wasserdicht in Plastik eingeschweißter Briefchen. Sie untersuchte das Waschbecken. Am äußeren Rand, über dem Handtuchhalter, sah sie die Überreste weißen Pulvers auf der gleichfarbigen Keramik. Wirz tupfte sie mit dem kleinen Finger ab und hielt den Finger Ronnie unter die Nase. »Ist es das, was ich denke?«

Er sah sie stumpf an.

»Du warst im Bad, als ich nach Hause gekommen bin, und hast dir das Zeug reingezogen. Deshalb warst du während des Essens so gut drauf.«

Sie wog die Tüte in den Händen. Sie enthielt genug, um sich strafbar zu machen. »Du bewahrst das in unserer Wohnung auf? Bist du dir im Klaren, was es für mich bedeutet, wenn die Polizei den Mist hier findet, in der Wohnung einer Staatsanwältin? Ist dir denn alles egal?«

Anstelle der üblichen Ausflüchte und Schimpftiraden schwieg Ronnie. Er ließ sich zu Boden sinken und begann, hemmungslos zu schluchzen.

Mit hängenden Armen blickte sie ratlos auf ihn herab. Dann ging sie vor ihm in die Knie und nahm ihn in die Arme. Er wehrte sich nicht dagegen, sondern versank in der Umarmung wie der kleine Junge, den sie nach jenem Unglück stundenlang in ihren Armen wiegen musste. Damals hatte sie geschworen, nie zuzulassen, dass ihm etwas Böses zustieß. Das war ja gründlich schiefgegangen.

»Es tut mir leid«, sagte er dumpf. »Ich hab's verkackt.«

Wirz ließ ihn los und setzte sich ihm gegenüber auf den Fußboden. Sie nahm seine Hand. »Du hast vorhin am Telefon gesagt, du wolltest mit mir reden. Ging es darum? Sag mir endlich, was los ist. Wir finden gemeinsam eine Lösung. Ich kann dir helfen, aber –«

»Ich brauche Geld.«

Ihr Mund klappte ein paarmal auf und zu wie bei einem Fisch, der nach Luft schnappte. »Geld? Wofür brauchst du Geld?«

»Ich habe Mist gebaut, Hannah, verstehst du. Ich wurde von einem Typen abgezockt. Er heißt Alex.«

»Alex und wie weiter?«

»Keine Ahnung, wir kennen uns nur beim Vornamen. Ich habe ihm Stoff geliefert. Ich habe das nur einmal gemacht, ich schwöre. Alex hat sich damit fortgemacht, ohne mich zu bezahlen. Jetzt schulde ich denen Kohle.«

Wirz wurde schwindlig, sie musste die Augen schließen. »Wem schuldest du Geld?«

»Spielt doch keine Rolle.« Ronnie wischte sich Rotz und Tränen aus dem Gesicht. »Es war nur einmal, Ehrenwort. Ich hätte den Stutz heute Abend abliefern sollen. Wenn die mich finden, schneiden sie mir für den Anfang einen oder zwei Finger ab. Zahle ich dann immer noch nicht, dann …« Er machte mit der Hand eine schneidende Bewegung vor seinem Hals.

Sie wusste, er übertrieb nicht. Wo war Ronnie reingeraten? »Sag mir, wer es ist. Wer bedroht dich? Ich kann dich schützen lassen und mir diese Leute vornehmen.«

»Vergiss es. Die sind Mafia, verstehst du. Die fackeln nicht lange. Wenn die rausbekommen, dass du Staatsanwältin bist, schneiden sie mir gleich die Kehle durch, und dir auch.«

Wirz hatte bisher nicht mit Organisierter Kriminalität zu tun gehabt. Dafür waren bei der Staatsanwaltschaft andere zuständig. »Was schlägst du vor?«

»Kannst du mir nicht was geben? Ich zahl's dir zurück, irgendwann.«

»Ich soll dir Geld geben, damit du diese Verbrecher bezah-

len kannst?« Sie wollte ihm sagen, dass es verrückt war. Aber dann ...
    Es ging um Ronnie.
    »Wie viel brauchst du?«
    »Zwanzigtausend.«
    Wirz vergrub ihr Gesicht in den Händen. »Mein Gott!«

※※※

Wenn jeweils während der HESO die Partystimmung kippte und Alkoholversehrte mehr oder weniger freiwillig Bierflaschen oder ausgefahrene Fäuste schwangen, waren die guten Geister in der Notaufnahme des Bürgerspitals mehr als sonst gefordert. Zu Pias Linken im Wartebereich tippte eine junge Frau frenetisch auf ihrem Handy herum. Wahrscheinlich teilte sie mit der ganzen Welt und wen es sonst interessieren könnte, was ihrem Freund zugestoßen war. Er hatte sich ein blaues Auge eingefangen, nachdem er einen fast doppelt so großen und schweren Kerl ermahnt hatte, den Zigarettenstummel aufzuheben, den dieser achtlos weggeschnippt hatte. Auf zwei Stühlen rechts von ihr warteten zwei Halbstarke auf die Rückkehr eines Kumpels, dessen blutende Nase verarztet wurde. Um sich die Zeit zu verkürzen, kommentierten sie lautstark im Balkanslang die Figur einer jungen Ärztin und was damit anzustellen wäre.
    Pia juckte es in den Fäusten, ihnen je eine Fadengerade zu verpassen. Üblicherweise war sie gegenüber Primitivlingen toleranter. Aber jetzt, nach dem, was man Silvano angetan hatte, war sie geladen. Sie setzte eine Nachricht an Karin Jäggi und Maja Hartmann ab, bei Gelegenheit eine Patrouille für eine Personenkontrolle in die Notaufnahme zu schicken. Einem der beiden Idioten waren fünf verdächtige Päckchen aus der Tasche gefallen, als er ein Taschentuch hervorholte. Pias Meinung nach zu viel für Eigenbedarf, schrieb sie. Blödheit in Verbindung mit Unflätigkeit gehörte von Zeit zu Zeit bestraft. Zehn Minuten später tauchte die Patrouille auf. Nachdem die beiden von den

Polizisten freundlich, aber mit unmissverständlicher Bestimmtheit zur Durchsuchung hinausgeführt worden waren, lehnte Pia den Kopf an die Wand und schloss die Augen. Endlich Ruhe.

»Frau Zenklusen?« Die Stimme der behandelnden Ärztin weckte sie. Sie hatte keine Ahnung, wie lange sie gedöst hatte.

»Wie geht es Silvano … Herrn Moretti?«

»Wir sind fertig, alles gut. Sie können zu ihm.«

»Muss er hierbleiben?«

»Das nicht, aber er sollte sich die nächsten Tage schonen. Er hat eine leichte Gehirnerschütterung und eine tiefe Schnittverletzung an der Hand.«

Pia schluckte die aufkommenden Tränen der Erleichterung hinunter. Die Ärztin führte sie ins Behandlungszimmer. »Rufen Sie mich, sollten Sie noch etwas benötigen. Ansonsten können Sie gehen, sobald Herr Moretti bereit ist.« Sie verabschiedete sich.

Silvano saß auf dem Behandlungsbett und versuchte mit Hilfe der einbandagierten rechten Hand, sein Hemd zuzuknöpfen.

»Warte, ich helfe dir.« Pia stellte sich vor ihn hin. Die Knöpfe waren klein, ihre Hände zitterten.

»Dabei bin ich derjenige, der eins auf die Nase bekommen hat«, amüsierte sich Silvano über ihre Ungeschicktheit. Sie konnte sich nicht länger beherrschen und fing an zu weinen. Er legte seinen gesunden Arm um ihre Schulter. »Entschuldige, ich habe das nicht so gemeint.«

Sie schüttelte den Kopf. »Das ist es nicht. Es war der Schreck, als ich dich in der Küche gefunden habe. Für einen Moment dachte ich …« Sie schluckte erneut. »Ich dachte, du stirbst.«

»Und das wäre schlimm für dich gewesen?«

Was sagte er da? Seine Augen waren glasig, wohl von den Schmerzmitteln, doch sein Schalk war wach.

Wie bei Rafik.

Sie funkelte ihn an. »Wie kommst du dazu, dich gerade jetzt über mich lustig zu machen. Ich hatte eine verdammte Scheißangst um dich.«

Er schien begriffen zu haben, dass es ihr ernst war. »Weiß ich doch. Ich bin es nicht gewohnt, dass sich jemand außer Severina um mich sorgt. Ruth hat …«

Schmerz, Angst, Erleichterung und Wut in ihr explodierten. »Ich habe zigtausendmal versucht, dich zu erreichen. Dann komme ich in deine Küche, sehe die Scherben und das Blut und alles. Du liegst wie tot am Boden. Was glaubst du, wie das für mich war? Ich musste an Severina denken und wie ich es ihr hätte beibringen sollen, falls dir was Schlimmes zugestoßen wäre.«

»Aber jetzt ist doch alles gut, nichts passiert. Morgen bin ich wieder voll da.«

»Spinnst du? Hast du die Ärztin nicht gehört? Morgen bleibst du zu Hause und ruhst dich aus.«

»Ja, Mama.«

Sein Grinsen erstarb unter ihrem Blick. »Wenn du willst, dass wir Freunde bleiben, sag so was nie mehr zu mir.«

»Was?«

»Der Einzige, der ›Mama‹ zu mir sagen darf, ist mein Sohn. Es reicht vollkommen, wenn ich das genau in diesem Tonfall wahrscheinlich mein Leben lang von ihm zu hören bekommen werde.«

Silvano sagte nichts, er sah sie an.

»Was ist?«, fragte sie, als sie es nicht mehr aushielt, ihm in die Augen zu blicken.

»Hat dir schon mal jemand gesagt, wie schön du aussiehst, wenn du wütend bist?«

Es traf sie wie ein Schlag. Genau das hatte Rafik zu ihr gesagt, wenn sie in die Luft gegangen war.

»Bist du bereit?«, fragte sie kühl. Sie ging zur Tür.

»Glaube schon, aber …«

»Ich fahre dich nach Hause. Du musst dich ausruhen.«

***

Unter der Leporellobrücke trieb der Wind die ersten Nebelschwaden von der Aare herbei. Bei Tagesanbruch würde man hier nicht mehr die Hand vor Augen sehen. Ronnie rieb die Handflächen aneinander, um sich aufzuwärmen. Er war zu dünn angezogen. Tagsüber war es mild genug, um nicht an Mütze, Handschuhe und Schal denken zu müssen. Um halb drei Uhr morgens machten die Temperaturen klar, dass der Winter nicht mehr lange auf sich warten ließ.

Das Gewerbequartier lag verlassen vor ihm. Die Clubs, die meist an Wochenenden die Nacht zum Tag machten, waren montags geschlossen. Unmittelbar neben der Brücke streckte sich der rostfarbene Metallkubus der Kulturfabrik Kofmehl in den Nachthimmel. Gleich verhielt es sich mit dem New-Extasy-Club jenseits der Brücke auf der gegenüberliegenden Straßenseite. Die Ruhe wurde von vereinzelten Fahrzeugen gestört, die über ihm auf der Brücke Richtung Stadt oder Autobahn rauschten.

Zum wiederholten Mal überflog er die SMS, die ihm Alex Spirig um Mitternacht geschickt hatte. Der Treffpunkt stimmte, unter der Leporellobrücke beim Kofmehl, ebenso die Uhrzeit. Demnach sollte er jeden Moment eintreffen. Alex hatte geschrieben, er wolle die Angelegenheit regeln. Bedeutete es, dass er ihm Geld geben wollte? Oder wenigstens den Stoff wieder rausrückte, den er von ihm abgezockt hatte? Hatte Alex kalte Füße bekommen? Ihm musste klar geworden sein, dass er im Grunde genommen nicht Ronnie, sondern Boran bestohlen hatte. Alex hatte so viel Angst wie Ronnie, dass Boran ihn sich früher oder später vornehmen würde. Sie hatten beide mitbekommen, was Boran mit denen anstellte, die ihn übers Ohr hauten. Ein Kleinschmuggler im unteren Kantonsteil hatte es am eigenen Leib erfahren. Er würde den Rollstuhl nicht mehr verlassen. Reden würde er auch nicht, aus Angst davor, was mit seiner Familie, seinen Eltern und seiner Schwester passieren würde. Schweigen war der Mantel der Angst, der Recht und Gerechtigkeit verhüllte. Ronnie wollte raus. Das konnte er nur, wenn er Boran zurückgab, was dieser als sein Eigentum ansah. Zumindest glaubte Ronnie das, wollte es glauben. Er klammerte sich daran wie ein Ertrinkender an den letzten Strohhalm.

Ein Knacken im Buschwerk auf der gegenüberliegenden Straßenseite ließ ihn zusammenfahren. Die Stille, die Kälte und die Auseinandersetzung mit seiner Mutter setzten ihm zu. Dazu kam die Furcht. Hatte Alex ihn etwa in eine Falle gelockt und lauerte ihm in den Büschen auf? Der Instinkt drängte ihn, sich unverzüglich vom Acker zu machen. Er gab Alex noch fünf Minuten, bevor er von hier verschwinden würde. Er griff in seine Hosentasche. Außer einem Schweizer Sackmesser, das ihm seine Mutter geschenkt hatte, trug er nichts bei sich, das sich als Waffe eignete. Ronnie machte drei Schritte auf das Gebüsch zu. »Komm raus, Alex, und rede mit mir. Was sollte das mit der SMS?«

Im Gebüsch rührte sich nichts.

An der Verzweigung gegenüber der CIS-Sporthalle bog ein Auto ein und fuhr mit aufgeblendeten Scheinwerfern auf ihn zu. Ronnie hielt die Hände vor die Augen. Für einen Augenblick fürchtete er, der Fahrer würde ihn überfahren. Ein paar Meter vor ihm bremste er ab und kam neben Ronnie zum Stehen. Der schöne Alex stieg mit wutverzerrtem Gesicht aus.

»Fällt dir nichts Dümmeres ein, als mir eine SMS zu schicken?«, fuhr er Ronnie an. »Was willst du?«

»Häh? Du hast mir eine SMS geschrieben, nicht ich.«

»Wieso sollte ich ausgerechnet einem Loser wie dir schreiben?«

Ein taubes Gefühl beschlich Ronnie. Etwas stimmte nicht. »Was ist, ich will die zwanzig Lappen zurück, die du abgezockt hast.«

Alex lachte dreckig. »Sonst noch was? Du kannst mich am Arsch lecken.« Er wollte in sein Auto steigen.

Ronnie packte ihn an den Schultern. »Was soll das? Erst bestellst du mich hierher, und jetzt willst du abhauen?«

Blitzschnell fuhr Alex herum. Die Klinge eines Springmessers blitzte in seiner Hand auf. »Was willst du Wurst? Dich ernsthaft mit mir anlegen?«

Ronnie schaffte es, Alex das Messer mit einem Fußkick aus der Hand zu schlagen. Alex war die Überrumpelung anzusehen. Wütend ging er auf Ronnie los und traktierte ihn mit Fäusten und Fußtritten. Ronnie wich zurück, bis ein heftiger Kick seines Gegners ihn auf den Rücken beförderte. Der durchtrainierte Alex war sofort über ihm. Er packte Ronnie an der Kehle und begann, ihn zu würgen. Ronnie würde es nicht schaffen, wenn ihm nicht bald was einfiel. Mit einer Hand versuchte er, den Angreifer abzuwehren, mit der anderen tastete er den Boden ab. Er musste etwas finden, irgendwas. Plötzlich fühlte er es, kühl und glatt. Es wurde Zeit. Alex' Gesicht vor ihm begann zu verschwimmen. Blitze zuckten in seinem Blickfeld. Er würde nicht mehr lange durchhalten. Seine Hand klammerte sich an dem Stück der massiven Platte fest. Mit einer Hand war sie nicht zu heben, zu schwer und zu sperrig.

Möglicherweise verlieh ihm die Verzweiflung zusätzliche Kräfte, vielleicht wurde Alex müde oder wähnte sich schon als Gewinner des Zweikampfs. Jedenfalls schaffte Ronnie es, sich aufzubäumen. Alex verlor das Gleichgewicht und rutschte seitlich von ihm hinunter.

»Du Drecksau!«, schrie Ronnie. »Wolltest du mich echt killen?« Er bekam das Fragment der Steinplatte mit beiden Händen zu fassen, holte aus und traf Alex an der Schläfe. Dieser sackte sofort zusammen und blieb liegen.

Ronnie sank nach Luft ringend zu Boden. Sein Hals brannte wie die Hölle. Erst nach Sekunden realisierte er, dass Alex sich nicht mehr rührte.

»Alex?«

Ronnie beugte sich über ihn. Die Kopfwunde blutete heftig. Er raufte sich die Haare. »Nein, nein, nein!«

In blinder Panik rannte er zu seinem Fahrrad.

SECHS

Unter dem prüfenden Blick ihres Sohnes rührte Pia Honig in den Haferbrei und schmeckte ihn ab. Mirio hatte in den letzten Monaten eine eifersüchtige Einstellung zu Eigentum entwickelt. Pia zog ihren Vater damit auf, er habe über sie die kapitalistischen Gene der Familie Dornach auf ihren Sohn übertragen. Sie füllte den Porridge in Mirios gelb umrandete kleine Schüssel, auf deren Boden sich Winnie Puuh, Tigger und das Kaninchen einen Topf Honig teilten. Sie stellte das Schüsselchen auf die Ablage des Kindersitzes. »Voilà, Monsieur, Ihr Frühstück.«

Mirio prüfte den Inhalt seines Tellers und sah seine Mutter mit großen Augen an. »Oh.«

»Oh was?«, fragte Pia. Normalerweise fiel Mirio über sein Lieblingsfrühstück her wie ein Hundewelpe über den Fressnapf. »Gefällt dir das Porridge heute nicht?«

»Nicht gut«, sagte Mirio, und dann: »Banana?«

Pia schlug sich mit der Hand vor die Stirn. »Verflixt!«, rief sie mit gekünsteltem Ärger. »Wo hat die dumme Mami heute bloß ihren Kopf? Hat sie glatt die Banane vergessen.« Sie nahm eine Frucht aus der Schale auf dem Küchentresen und tat, als wollte sie sie sich in die Nase schieben. Dabei machte sie eine schielende Grimasse. Mirio kicherte glucksend. »Dumme Mami«, spottete er immer wieder. Dann sangen es beide im Chor, während Pia die Banane schälte und in Scheiben schnitt.

»Guten Morgen«, sagte eine Frauenstimme in Pias Rücken.

Pia brauchte einen Moment, bevor sie die rotblonde Frau in hautenger Jeanshose und schwarzem T-Shirt erkannte, die ihr vom Türrahmen her zulächelte. Sie war ihr erst zweimal begegnet, beide Male waren eher peinlich gewesen. »Frau Frei?«

»Sind wir seit unserer letzten Begegnung nicht beim Du?«

Bea streckte ihr die Hand entgegen. »Noch mal, ich bin Bea. Freut mich, dich unter … ähm … zivilisierteren Umständen wiederzusehen, Pia.«

Sie hatten nie explizit Duzis gemacht. Pia hatte ihr vor einem Jahr einige wenig salonfähige Ausdrücke an den Kopf geworfen, die sich mit »Du« wirkungsvoller aussprechen ließen. Bea überbrückte die peinliche Stille, indem sie neben Mirio in die Hocke ging, der sich konzentriert seinem Bananenporridge widmete, bevor es der großen fremden Frau in den Sinn kam, ihm die Leckerei streitig zu machen. »Hallo, ich heiße Bea. Wie heißt du?«

Mirio sah sich nun doch gezwungen, sich mit dem Neuzugang zu beschäftigen. Er unterbrach seine Mahlzeit und musterte Bea vom Scheitel bis zum Kinn. Anscheinend gefiel ihm, was er sah. Nach dem versichernden Blick zu seiner Mutter gab er Antwort. »Mi'io.«

»Mio?«

»Mirio«, korrigierte Pia.

»Was isst du denn, Mirio? Sieht superfein aus. Ist das Porridge? So was habe ich seit Ewigkeiten nicht mehr gegessen.«

»Möchten Sie … sorry, möchtest du? Es hat noch«, fragte Pia, die sich langsam vom Schock der Begegnung erholte. »Es hat genug.«

»Furchtbar gern. Das weckt Kindheitserinnerungen.«

»Banane, Zimt?«

»Nature, danke.«

»Ist aber schon mit Honig gesüßt.«

»Honig ist perfekt.«

Pia lud Porridge auf einen Teller und stellte ihn vor Bea hin. »Warum sind Sie hier?« Unangebracht. Sie biss sich auf die Lippen. »Ich meine, wie kommt es, dass Sie … du …?«

»Jedenfalls ist es nicht, was du denkst.« Dornach war hereingekommen. »Meine Tochter ist einmal sprachlos. Allein dafür lohnt es sich, früh aufzustehen.«

»Paps!«

Er küsste Pia auf die Wange und legte Bea die Hand auf die Schulter. »Wir waren gestern im ›Salzhaus‹ essen und dann –«

»Ich muss das nicht wissen, Paps.«

»Sind wir von der Stadt zurückspaziert. Weil es schon spät war und Bea mit dem eigenen Wagen hergefahren ist, habe ich ihr angeboten, hier zu schlafen. Bea im Gästezimmer und ich in meinem Bett, wenn es dich beruhigt.«

Pia schoss zurück. »Ich wundere mich nur, weil du mal gesagt hast, alte Beziehungen soll man nicht aufwärmen. Ich dachte schon, du wirst langsam alt.«

»Sag mal.«

Bea lachte prustend. »Du hattest recht, Dominik. Deine Tochter weiß, wohin sie zielen muss. Dann trifft sie auch noch ins Schwarze.« Sie stand auf und stellte ihren leer gegessenen Teller neben die Spüle. »Ich sollte fahren. Muss mich vor Dienstbeginn zu Hause umziehen.« Sie breitete vor Pia die Arme aus. »Ist es okay, wenn …«

»Klar.« Sie verabschiedeten sich mit den obligaten drei Wangenküssen. »Entschuldige, dass ich dachte, dass du und er …« Pia wies mit dem Kopf zu ihrem Vater.

»Keine Sache, was nicht mehr ist, könnte ja auch wieder werden«, sagte Bea augenzwinkernd. »Du hast dich übrigens gut gemacht, seit wir uns das erste Mal begegnet waren. Das muss mindestens sechs oder sieben Jahre her sein.«

»Sieben«, sagte Pia, die sich nur zu gut daran erinnerte. »Aber danke, du auch, also ich meine für dein –« Pia verstummte abrupt. Es war nicht ihr Morgen.

Bea lächelte. »Vielen Dank, ich nehme das gern als Kompliment.«

»Ich begleite dich raus«, sagte Dornach.

»Puh!«, schnaubte Pia. Sie setzte sich zu Mirio und trank einen Schluck Kaffee aus der Tasse ihres Vaters.

»Mami Puuh?« Mirio zeigte auf Pia und dann auf den Boden seines fast leer gegessenen Tellers. »Winnie Puuh?« Er deutete auf sich. »Mi'io Puuh?«

Lachend vergrub Pia die Nase in seiner Wange. »Du bist mein Ein und Alles, kleiner Mann, weißt du das?« Das Intermezzo hatte sie von ihren widersprüchlichen Gefühlen gegenüber Silvano abgelenkt.

Ihr Vater kam zurück. »Bitte, gern geschehen.« Er zeigte auf seine Tasse, die sie in der Hand hielt.

Sie stand auf und machte ihm einen frischen Kaffee. »Was läuft jetzt wirklich mit Bea? Bist du wieder mit ihr zusammen oder nicht?«

Anstelle einer Antwort musterte Dornach sie mit zusammengekniffenen Augen. »Wenn ich dir diese Frage stellte, wie würdest du antworten?«

Pia schnaubte. »Typisch Polizist. Stellt er dir eine Frage, will er eine klare Antwort. Wenn du was von ihm wissen willst, kommt eine Gegenfrage.«

Ohne ein Wort trank er seinen Kaffee. Das brachte sie in Rage. »Echt jetzt? Ist das alles? Was ist mit Angie?«

»Was soll mit ihr sein? Sie ist weg.«

»Weil du sie vergrault hast.«

»Ich habe sie nicht vergrault. Sie hat ein Angebot von einer anderen Staatsanwaltschaft erhalten.«

»Das sie nicht angenommen hat. Stattdessen ist sie verschwunden. Keiner weiß, wohin.«

»Angie ist ein freier Mensch.«

»Hättest du mit ihr geredet, wäre sie vielleicht geblieben.«

»Es gab nichts zu reden. Es war ihre Entscheidung.«

»Ich glaub's nicht.« Pia verwarf die Hände. Bevor Angela Casagrande Solothurn den Rücken kehrte, hatte Pia versucht, sie dazu zu bringen, noch mal mit ihrem Vater zu reden. Davon hatte Casagrande nichts wissen wollen. Man könne es ihrem Vater nicht verdenken, wütend zu sein. Sturköpfe waren sie, alle beide.

»Wo warst du gestern?«, wechselte Dornach das Thema. »Sagtest du nicht, du wolltest zu Hause bleiben und lernen?«

Liebend gern hätte sie ihm an den Kopf geworfen, dass ihn

das nichts anginge. Dummerweise hatte sie darauf gewartet, mit ihm darüber sprechen zu können.

※※※

Sie hatte es wieder mal geschafft, in ein Wespennest zu stechen. Dornach konnte Pia diesmal nicht vorwerfen, es mit Fleiß gemacht zu haben. Es machte die Sorge um sein Kind nicht kleiner. »Und Silvano Moretti will die Männer, die ihn angegriffen haben, nicht erkannt haben?«

»Erkannt hat er sie schon«, sagte Pia. »Er weiß, wer sie sind und weshalb sie bei ihm waren.«

»Schutzgelderpressung?«

»Genau, du kennst den Auftraggeber.«

»Tue ich das?«

»Boran Baddour. Der Vermieter von Vanessas Wohnung. Schon ein Zufall, oder?«

»Wieso Zufall?«

»Ich meine ja nur. Dieser Typ hat vielleicht Vanessa auf dem Gewissen.«

»Bleib bei den Fakten. Es gibt keine Beweise.«

»Geschenkt.«

»Dein Silvano ist absolut sicher, dass es Boran Baddours Leute waren?«

»Er ist nicht mein Silvano«, sagte sie aufgebracht. »Was soll das?«

»Ist mir rausgerutscht. Bekomme ich eine Antwort auf meine Frage?«

»›Mein‹ Silvano ist sicher, dass Boran Baddour Geld von ihm will. Unternimmst du etwas dagegen?«

»Zeigt Herr Moretti Baddour an?«

»Muss er das?«

»Wäre hilfreich. Ohne Anzeige sind uns die Hände gebunden.«

»Er sagt, er will es selbst regeln.«

»Davon würde ich ihm abraten.«

»Habe ich ihm auch gesagt. Ich mache mir Sorgen um ihn. Boran Baddour hat schon mal versucht, ihn einzuschüchtern. Am Freitagabend ist er ins Barzelt gekommen. Es hat fast eine Schlägerei gegeben.«

Dornach stellte das benutzte Geschirr in die Spülmaschine. Normalerweise machte das Frau Reinhard. Er musste etwas tun, sonst hätte er Pia geschüttelt. »Davon hast du mir gar nichts erzählt.«

»Wollte ich ja, dann hast du gesagt, dass Vanessa tot ist, und ich hab's vergessen.«

»Was genau ist am Freitag passiert?«

Pia schilderte die Konfrontation mit Boran Baddour im Barzelt. »Gott sei Dank hat der Fremde die beiden vertrieben«, schloss sie.

»Was für ein Fremder? Hast du einen Namen gehört?«

»Woher denn? Die Bude war proppenvoll. Die Gäste müssen sich nicht mit Namen vorstellen, wenn sie etwas trinken wollen. Er trank ein Bier. Als der Streit mit Baddour losging, ist er hin und hat ihn beendet.«

»Und dann?«

»Ist er auch verschwunden.«

»Kannst du ihn beschreiben?«

Pia schürzte die Lippen. »So groß wie du, etwa, brünett, Stoppelbart, wirkte ungepflegt und gehetzt, irgendwie. Hat Hochdeutsch gesprochen.«

»Hochdeutsch? Heißt, er war Deutscher?«

»Jedenfalls kein Schweizer.«

»Was hatte er an?«

»Mann, Paps.«

»Denk nach. Ist eine gute Übung für deine Ausbildung später.«

Pia schloss die Augen. »Jeans«, kam es nach ein paar Sekunden. »Weißes Hemd und so 'ne grüne Jacke, wie sie Maja manchmal trägt.«

»Eine Militärjacke?«

»So was, ja.«

Dornach zeigte Pia das Foto des Toten vom Attisholz-Areal auf seinem Handy. »Ist er das?«

Sie nahm ihm das Gerät aus der Hand und betrachtete das Bild eingehend. »Könnte gut sein. Ist der da tot?«

»Könnte er es sein, oder ist er es?«

»Ich habe ihn nur ein paar Sekunden gesehen. Und auf dem Bild sieht er schon etwas anders ...« Sie gab das Handy zurück. »Glaub schon, dass er es ist.«

»Danke. Du hast uns eben ein großes Stück weitergeholfen.«

Pia schien sich nicht so recht darüber zu freuen. Sie sah aus, als hätte sie etwas auf dem Herzen. »Na los, raus damit«, sagte er. »Was ist noch?«

»Ich hätte es dir schon lange sagen sollen.«

»Ich fasse mal zusammen, damit ich selbst den Überblick habe«, sagte Maja.

Sie, Karin, Mike und Dornach standen vor einer mit Fotos und Zetteln behängten Pinnwand. »Vanessa Kurth wird am Freitagabend zwischen halb neun und halb elf ermordet. Um elf Uhr herum passiert das Handgemenge in Morettis Barzelt an der HESO. Unser deutscher Toter«, sie zeigte auf das Foto des Toten vom Attisholz, »hat einen Auftritt als Streitschlichter. Am nächsten Tag findet man ihn mit eingeschlagenem Schädel an der Aare.«

»Boran Baddour ist das verbindende Element zwischen beiden Ereignissen«, ergänzte Karin. »Was wollen wir noch?«

»Es wird noch komplizierter.« Dornach trat an die Pinnwand und legte den Finger auf das Bild, das Karin in der WG gemacht hatte. »Vanessa Kurth und der Deutsche haben sich gekannt, offenbar mehr als das. Dass die beiden in derselben Nacht sterben mussten, hängt möglicherweise mit Boran Baddour zusammen.«

»Sag ich doch die ganze Zeit«, rief Maja. »Den Typ müssen

wir richtig weichklopfen, marinieren und dann auf den Grill legen.«

»So einfach ist es nicht, Maja. Es gibt ein weiteres Element.« Dornach deutete auf das Bild von Silvano Moretti, unter dem ein Fragezeichen vermerkt war. »Moretti und Vanessa Kurth haben sich gekannt. Pia hat es mir erzählt.«

»Woher weiß sie das?«, fragte Maja. »Und was heißt gekannt. Hatten die beiden ein Verhältnis?«

»Moretti hat es Pia gesagt, am Samstag.« Dornach gab wieder, was Pia ihm beim Frühstück erzählt hatte. Er machte ihr keinen Vorwurf, es nicht früher erwähnt zu haben. Sie war ohnehin zerknirscht gewesen, weil sie es vergessen hatte. Ermitteln war seine Aufgabe, nicht ihre. »Vanessa Kurth hatte in Morettis Lokal gearbeitet. Wenn die beiden eine Affäre hatten, hätte Pia mir das gesagt. Das heißt nicht, dass es keine gegeben hat. Ich werde mit ihm reden. Dass er Vanessa getötet haben könnte, scheint mir wenig wahrscheinlich.«

»Dasselbe gilt für Baddour«, sagte Maja säuerlich. »Seine Alibis wurden bestätigt.«

»Was nicht viel heißen will«, sagte Mike. »Baddour hat genug Leute, die für ihn die Drecksarbeit machen. Aber was hat der Deutsche vor seinem Ableben in Morettis Barzelt gesucht? Zufall oder wollte er sich mit jemandem treffen? Wenn ja, mit wem? Moretti? Baddour? Den scheint er ja gekannt zu haben. Oder war da noch jemand anders?«

»Warum soll er nicht zufälligerweise dort gewesen sein?«, fragte Maja. »Vielleicht wollte er wirklich nur etwas trinken. Er will zwischen Moretti und Baddour schlichten. Er gerät mit Letzterem aneinander, Freund Sascha kommt dazu. Sie ziehen sich zurück und erledigen den Deutschen später. Voilà.«

»Das ist vage«, sagte Dornach. »Wenn ich Pias Aussage Glauben schenke, war es mehr eine verbale Auseinandersetzung als eine Schlägerei.«

»Was ist mit Moretti?«, fragte Karin. »Theoretisch könnte er den Deutschen auch umgebracht haben.«

Maja wackelte mit dem Zeigefinger. »Glaube ich nicht. Erstens: Was hat er für ein Motiv? Zweitens hat er dank Hilfsermittlerin Zenklusen ein Alibi. Sie waren von Mitternacht bis fast drei Uhr im Barzelt.«

Karin stimmte ihr zu. »Jetzt, wo wir wissen, dass Vanessa und der Deutsche sich gekannt haben, müssen wir uns da nicht fragen, was dieser zum Zeitpunkt ihres Todes gemacht hat? Theoretisch könnte er sie umgebracht haben.«

»Möglich, aber wir ermitteln nicht gegen Tote«, wandte Maja ein.

»Trotzdem hat Karin nicht unrecht«, sagte Dornach. »Wir müssen in Erfahrung bringen, wer er ist und was er kurz vor seinem Tod getrieben hat.«

»Ich komme noch mal auf Baddour zurück«, meldete sich Mike. »Seine Familie stammt aus Ostanatolien. Dort verliert man nicht gern das Gesicht. Als Sprössling eines der mächtigsten Clanchefs Deutschlands ist er sich gewohnt, seinen Willen zu bekommen.«

»Wir sollten ihn noch mal befragen«, schlug Maja vor.

»Ich mache das mit Katrin und Wirz klar«, sagte Dornach. Die Aussicht, sich erneut mit Anwältin Maric abzugeben, vermochte seine Stimmung nicht aufzuhellen.

»Was passiert mit ihr?« Karin zeigte auf das Phantombild der nebulösen Frau vom Attisholz und aus Bern.

»Hat die Bilderkennung etwas gebracht?«, fragte Dornach.

»Negativ bei uns. Schengen und Interpol haben auch nichts über sie.«

Sebi Tschanz kam herein. Er wedelte mit einem Dokument. »Der Obduktionsbericht von unserem Unbekannten ist da.«

»Er ist nicht mehr unbekannt«, sagte Maja augenzwinkernd. »Er ist Deutscher.«

»Ach was?« Tschanz tat empört. »Das erfahre ich natürlich wieder mal als Letzter.«

»Jetzt weißt du's ja.« Maja zeigte auf den Bericht. »Muss ja was Besonderes drinstehen, dass du dich extra herbemühst.«

»Darauf kannst du Gift nehmen. Womit wir schon beim Thema sind. Die Toxikologie ist unverdächtig. Heißt, er hatte keine Drogen intus.«

»Was ist denn jetzt das Besondere daran? Ich meine, von wegen Gift nehmen?«, fragte Dornach.

Tschanz zeigte ihm eine Stelle im Bericht. »Der Mageninhalt des Mannes: Nudeln, Rindfleisch und Rotes Curry.«

»Asiatisch«, sagte Dornach. »Ich warte immer noch auf den Catch.« In Solothurn gab es mittlerweile eine ganze Anzahl asiatischer Imbisse und Restaurants.

»Im Obduktionsbericht von Vanessa Kurth. Wenn du den liest, wird dir auffallen, dass ihr Mageninhalt und der des unbekannten Deutschen die gleichen sind.«

»Die beiden haben das Gleiche gegessen?«

»Nicht nur das«, antwortete Tschanz. »Aufgrund des Verdauungsfortschrittes bei beiden Leichen muss die Nahrungsaufnahme etwa zum selben Zeitpunkt stattgefunden haben. Der Stoffwechsel ist zwar nicht bei jedem Menschen gleich. Plus/minus kommt es bei beiden hin.«

»Wurden in Vanessas Wohnung Essensreste gefunden?«

»Dort wurde weder gekocht, noch sind wir im Abfall auf Reste gestoßen, die auf einen Kauf über die Gasse hinweisen würden.«

Dornach überlegte. »Im Bereich Rossmarktplatz und Berntorstraße gibt es drei asiatische Restaurants, alles Thailänder. Wir befragen die Betreiber, ob sie die beiden zusammen gesehen haben. Ansonsten weiten wir den Radius auf die ganze Stadt aus, wenn nötig weiter.«

»Das kann sich ziehen«, sagte Maja. »Thaiküche ist populär und wird auch von anderen Restaurants angeboten. Vielleicht waren die beiden gemeinsam an der HESO.«

»Dann müssen wir das eben herausfinden«, sagte Dornach. »Karin soll das machen. Du und Mike nehmt noch mal sämtliche Alibis unter die Lupe, damit wir nichts übersehen. Ich spreche mit Katrin wegen Baddour und nehme mir dann Silvano Moretti vor.« Er wollte den Mann kennenlernen, der seiner Tochter den Kopf verdrehte.

※※※

Vom »Lioness Pub« kannte Ronnie das, was man sich darüber erzählte. Das Schild am Gebäude im Bellacher Gewerbequartier zeigte eine nackte Blondine mit hüftlangem Haar, das ihre Brüste bedeckte. Die Unterleibspartie wurde von einer vor ihr sitzenden Löwin verborgen. Die Theke war der eines englischen Pubs nachempfunden: Holzmobiliar, Bierteppiche und Zapfhähne. Der Raum bot Platz für sechs runde Plattformen mit Metallstangen. Unter Aufsicht einer älteren Kollegin trainierten zwei Frauen im hautengen Gymnastikdress.

Die Art und Weise, wie sich die Frauen nach ihm umsahen, als er hereinkam, berührte Ronnie peinlich. Die Frauen waren jung, in Ronnies Augen zu jung, um hier zu sein.

»Hey du.« Ein Mädchen mit keckem Spatzengesicht musterte ihn. Sie hatte eine pechschwarze Pixie-Frisur und trug halbhohe schwarze Stiefeletten und eine gleichfarbige hautenge Lederhose. Ihr Oberkörper war nackt bis auf die zwei breiten Hosenträgerriemen, die das Nötigste bedeckten. »Ist dir warm?« Sie zeigte auf sein Halstuch. Es verdeckte die Spuren des Zweikampfes mit Alex.

Er rückte es zurecht und räusperte sich dabei. »Ein wenig erkältet. Außerdem mag ich Halstücher.«

»Wir haben eigentlich noch geschlossen. Willst du trotzdem was trinken?«

Sie gefiel Ronnie. Ihre hellblauen Augen waren wach und strahlten Wärme aus. Die kehlige Aussprache verriet ihre Herkunft. Trotz ihrer aufreizenden Kleidung gehörte sie nicht hierher. Bevor er etwas erwidern konnte, stand Sascha neben ihm. »Der Boss erwartet dich in seinem Büro«, sagte er zu Ronnie. »Kamila«, fuhr er die Frau an. »Solltest du nicht an der Stange hängen? Training, los, ab.«

Die Angesprochene zog sich zurück, nicht ohne Sascha hinter dessen Rücken den Mittelfinger zu zeigen und gleichzeitig Ronnie verschwörerisch zuzuzwinkern. Täuschte er sich, oder flirtete sie mit ihm?

Boran Baddours Büro lag im zweiten Stock. Es war eher eine Halle, deren Fläche er nur zu einem Drittel beanspruchte. Ronnie musste den leer stehenden Teil bis zu einer mit USM-Haller-Möbeln eingerichteten Fensterecke durchqueren. Ein Perserteppich war der einzige Farbfleck inmitten der Nuancen von Weiß, Grau und Schwarz in Kombination mit dem Braun des frisch geschliffenen Parketts. Boran war nicht nur Bordellbesitzer und Drogenhändler, er besaß auch einen Teppichhandel. Im Gegensatz zu den Fälschungen aus China, die er leichtgläubigen Durchschnittsverbrauchern anzudrehen versuchte, war dieses Prachtstück möglicherweise ein echtes Unikat.

Bis vor ein paar Minuten hatte Ronnie der Begegnung mit Boran zuversichtlich entgegengesehen. Jetzt, in dessen Allerheiligstem, fühlte er den Schweiß auf seiner Stirn und unter den Achseln. Das war nicht allein die Nervosität. Ronnie hatte Angst.

Boran saß mit dem Rücken zu ihm vor vier Monitoren, mit deren Hilfe er das Geschehen in den unteren Stockwerken im Auge behielt.

»Ronnie ist da, Boss«, rief Sascha auf halber Distanz.

Boran drehte sich im Stuhl um und stand auf. Er umarmte Ronnie wie einen Sohn oder Bruder. »Ronnie, endlich, ich habe mir Sorgen gemacht.«

»Tut mir leid. Es dauerte etwas länger, bis ich die Kohle zusammenhatte.«

Boran hob die Augenbrauen. »Du hast es?«

»Klar.« Ronnie nahm einen dicken Manila-Umschlag aus dem Rucksack und gab ihn Boran. Der öffnete ihn und warf einen Blick hinein. »Stimmt der Betrag?«

»Zwanzigtausend. Du kannst nachzählen.«

Boran verschloss den Umschlag und warf ihn Sascha zu, der ihn in einem antiquierten Safe einschloss. Während des ganzen Vorgangs ließ Boran Ronnie nicht aus den Augen. Ein Schweißtropfen machte sich an dessen Schläfe selbstständig. Es war ihm, als würde Boran sein Gehirn sezieren. Nach einer gefühlten Ewigkeit entspannte sich Borans Ausdruck zu einem Grinsen.
»Möchtest du einen Tee?«
Ronnie wollte nichts, nur so rasch wie möglich weg von diesem Ort. Er verabscheute süßen Tee.
Was wie eine Einladung geklungen hatte, entpuppte sich als Befehl. »Setz dich.«
Ronnie setzte sich auf die Kante des Besucherstuhls. Boran schob ihm ein volles Glas des grässlichen Marokkanerminzetees zu, den Ronnie beim Hereinkommen dort hatte stehen sehen. Er war bestimmt kalt. Weniger als süßen Tee mochte er kalten süßen Tee. Er hatte das ungute Gefühl, dass das Getränk in diesem Moment das kleinste seiner Probleme war.
»Hatten wir nicht vereinbart, dass du mir das Geld gestern bringst? Sascha hat dich überall gesucht«, sagte Boran.
»Ich brauchte mehr Zeit, bis ich es zusammenhatte. Es tut mir leid, Boran, ich schwöre.«
Boran schlürfte genüsslich seinen Tee. Er zeigte auf Ronnies Glas. »Der ist wirklich gut, musst du probieren. Die Minze ist angeblich bio.«
Ronnie griff nach seinem Glas und nippte daran. Er hatte das Gefühl, seine Zunge würde am Gaumen kleben bleiben.
»Ich habe dich gern, Ronnie, das weißt du. Für mich bist du fast wie Familie, mein eigenes Blut, verstehst du?«
Ronnie nickte.
»In einer Familie muss man sich aufeinander verlassen können, sonst ...« Boran hob die Arme und sah sich in seiner Bürohalle um, als erblickte er das Gelobte Land.
Ronnie wurde abwechselnd heiß und kalt. »Klar.«
Boran schob einen schweren Papierlocher aus Stahl in die Mitte des Tisches. »Wenn ich eine Vereinbarung mit einem

Geschäftsfreund habe und sie zu spät einhalte, muss er doch denken, dass ich ihn betrügen will.«

»Ich wollte nie –«

Boran schnitt ihm das Wort ab. »Wenn ich betrüge, dazu noch einen Freund, werde ich bestraft. Wenn mich jemand betrügt, muss ich ihn bestrafen.«

»Bitte, Boran, es tut mir leid, dass ich mich nicht früher gemeldet habe. Jetzt hast du die Kohle ja.«

»Wo hast du sie so schnell herbekommen?«

Ronnie drehte sich hastig nach Sascha um, der dicht hinter ihm stand. Ein Fluchtversuch war aussichtslos. »Spielt das eine Rolle? Ich hab's einfach zusammenbekommen.«

Borans Schlag mit der flachen Hand auf die Tischplatte ließ ihn zusammenfahren. Sein Ton dagegen war sanft. »Stimmt, du hast es zusammenbekommen.« Er fing an zu lachen.

Hinter Ronnie fiel Sascha ein. Widerwillig verzog Ronnie seinen Mund. Bevor er ein Lächeln zustande gebracht hatte, erstarb Borans Lachen. »Leg deine Hand auf den Tisch.«

»Was? Warum?«

»Deine Hand«, wiederholte Boran. »Strafe muss sein. Wenn du dich nicht wehrst, ist es gleich vorüber.« Er wog den Locher in seiner Hand. Sein Blick wanderte zu Sascha. Dieser packte Ronnies rechten Arm. Sosehr er sich wehrte, Ronnie konnte sich nicht aus dem Zangengriff befreien. Sascha streckte den Arm, bis Ronnies Hand flach auf der Tischplatte lag. Von da an arbeitete Ronnies Gehirn im Leerlauf. Es war, als würde er aus seinem Körper gleiten und das, was passieren würde, aus der Distanz beobachten.

»Sei froh, dass wir in der zivilisierten Welt leben«, sagte Boran. »In meiner Heimat hätte man dir die Hand abgeschlagen.« Er holte mit dem Locher aus und hielt inne, bevor er ihn auf Ronnies Hand niedersausen ließ.

※※※

Sie sahen auf Ronnie herab, der in seinem Stuhl zusammengesunken war.

»Memme.« Sascha spuckte vor dem Jungen auf den Boden. »Große Klappe und halten nichts aus.«

»Schaff ihn weg«, sagte Boran. »Kamila soll sich um ihn kümmern.«

»Er braucht einen Arzt«, sagte Sascha.

»Von mir aus. Sorg dafür, dass es ohne Aufsehen geschieht.«

»Keine Sorge, ich kümmere mich drum.«

»Danke, *habibi*.« Boran klopfte ihm auf die Schultern. Sascha war der einzige Mensch, auf den er sich in dieser Provinz verlassen konnte, außer vielleicht der Maric. Aber sie war eine Frau. Ein richtiger Mann vertraute keinem Weib.

Vor Jahren hatte Boran ihn im syrisch-türkischen Grenzgebiet vor kurdischen Rebellen gerettet. Der Tschetschene hatte einer russischen Söldnertruppe angehört, die im Auftrag des Assad-Regimes Jagd auf syrische Rebellen gemacht hatte. Nach einem Gefecht war er von seiner Truppe getrennt worden. Die Rebellen waren ihm auf den Fersen gewesen, als Boran ihn in einem Straßengraben gefunden hatte. Er hatte ihn über die Grenze gebracht und verarztet. Seither war Sascha bei ihm geblieben und ihm blind ergeben. Boran servierte ihm ein frisches Glas Tee. Saschas Handy klingelte. Er hob ab und lauschte. »Unten ist Besuch«, sagte er dann. »Eine, die sich für Vanessas Job interessiert.«

SIEBEN

Dornach hatte Silvano Moretti erwartet, stattdessen machte ein Teenager mit langen braunen Haaren und Sommersprossengesicht die Tür auf.

»Ja, bitte?«

Er zeigte ihr seinen Dienstausweis.

»Polizei?«, fragte sie, bevor er sich vorstellen konnte.

»Gut beobachtet, Dominik Dornach von der Kantonspolizei, ist –«

»Kripo.« Ihre Augen wurden noch runder.

»Genau, ich suche Silvano Moretti. Ist er zu Hause?«

Anstelle einer Antwort legte das Mädchen den Kopf zurück.

»Dad! Polizei für dich. Bist du zu Hause oder nicht?« Sie winkte Dornach herein. »Ich heiße übrigens Severina.«

Pia hatte mal erwähnt, dass Moretti eine Tochter hatte.

Severina führte Dornach ins Wohnzimmer. »Setzen Sie sich doch. Wollen Sie was trinken? Ich kann Kaffee, Tee, Wasser. Für den Alk ist Dad zuständig.«

»Nichts, danke.« Dornach setzte sich aufs Sofa.

»Dad, wo steckst du?«, rief Severina.

Eine Toilettenspülung rauschte. Im hinteren Teil der Wohnung wurde eine Tür geöffnet und fiel gleich wieder ins Schloss. Schritte näherten sich.

»Bin schon da.«

Dornach konnte verstehen, was Pia an Moretti fand. Sein kantiges Gesicht mit dem Dreitagebart und dem offenen Blick war ein Sympathiemagnet.

»Tut mir leid, ich bin gerade etwas lädiert.« Moretti hob seine verbundene Hand.

»Ist mir bekannt, deswegen bin ich hier, unter anderem.«

Moretti nahm in einem Sessel gegenüber Dornach Platz. Severina setzte sich auf die Lehne.

»Severina Schatz, lässt du uns allein? Du hast doch sicher Hausaufgaben.«

»Aber vielleicht hat Kommissar Dornach ein paar Fragen an mich.« Sie sah Dornach hoffnungsvoll an.

»Ich bin Hauptmann«, korrigierte er lächelnd. »Bei der Solothurner Polizei gibt's keine Kommissare. Ich muss wirklich mit deinem Vater allein reden.«

Severina zog eine Schnute. »Hätte ich gleich bei Mama bleiben können, echt.« Mit einem gekonnten Kopfschwung warf sie ihre Haare zurück und verzog sich in den hinteren Teil der Wohnung.

»Sie müssen entschuldigen«, sagte Moretti. »Die Pubertät macht sich bemerkbar.«

»Kenne ich.«

»Sie sind Pias Vater.«

»Hat sie Ihnen von mir erzählt?«

»Nur dass Sie bei der Polizei arbeiten. Sind Sie wegen gestern hier? Hat Pia mit Ihnen darüber gesprochen? Ich wollte eigentlich nicht die Polizei involvieren.«

»Was Ihnen passiert ist, ist keine Lappalie, selbst wenn Ihre Verletzungen nicht allzu schwer scheinen.« Dornach zeigte auf die bandagierte Hand. »Wird das wieder?«

»Nur eine Schnittwunde. In ein paar Tagen kann ich den Verband abnehmen. Ich soll etwas kürzertreten, hat die Ärztin im Spital gesagt. Die hat gut reden. Ich muss die HESO über die Runden bringen. Gott sei Dank hilft Pia zwischendurch aus.«

»Was waren das für Leute, die Sie angegriffen haben, und weshalb?«

»Hat Ihnen Pia das nicht gesagt?«

»Ich würde es gern von Ihnen hören.«

Morettis Schilderung deckte sich mit derjenigen von Pia.

»Fälle von Schutzgelderpressung sind bei uns eher selten«, sagte Dornach. »Üblicherweise bleiben sie innerhalb der jeweiligen Kulturgruppen. Mit Ihrem Lokal passen Sie nicht ganz ins Bild. Weshalb, glauben Sie, hat man es auf Sie abgesehen?«

»Ich kenne nur einen, der dahinterstecken könnte. Boran Baddour.«

»Wie kommen Sie gerade auf ihn?«

»Kennen Sie den Baddour-Clan?«

»Gut genug. Es ist einer der größten Familienclans in Deutschland.«

»Akim Baddour ist der Clanchef. Er schickt seine Vertrauensmänner, also die Brüder, den Sohn oder seine Neffen, in ein Gebiet, das er ›erobern‹ will. Er überlässt ihnen ein Startkapital, womit sie Immobilien kaufen, idealerweise solche mit Restaurants, Bars oder Nachtclubs. In gewissen Fällen vergraulen sie die bestehenden Mieter und vermieten die Wohnungen an Leute aus ihrem Kulturkreis. Von diesen ›Brückenköpfen‹ expandieren sie, unter anderem mittels Schutzgelderpressung, bis sie ganze Stadtteile unter ihren Fittichen haben. Sie sind nicht zimperlich, wenn es darum geht, Konkurrenz auszuschalten.«

»Das ist uns bekannt, aber Sie haben meine Frage nur zum Teil beantwortet. Weshalb hat Boran Baddour es ausgerechnet auf Sie abgesehen?«

»Im Schöngrün entsteht ein neues Quartier, zentral im Einzugsgebiet von Solothurn, Zuchwil und Biberist. Gute Voraussetzungen für Baddour und seine Geschäfte, vor allem für sein Stammgeschäft. Sie wissen, was ich meine.«

Dornach wusste es. »Baddour geht es nicht um Schutzgelder. Er will Ihr Lokal übernehmen.«

»Genau, als Drehscheibe für seine Drogengeschäfte und als Waschanlage für sein dreckiges Geld. Ich habe ihm gesagt, dass er das vergessen kann.«

»Gestern hat er seine Leute geschickt, um Sie zu überzeugen?«

»Am Freitag ist er ins HESO-Zelt gekommen und wollte reden. Da bin ich wohl ein wenig ausgerastet. Es hätte fast eine Schlägerei gegeben. Plötzlich ist ein Fremder aufgetaucht und hat mir geholfen, Baddour und seinen Gorilla zu vertreiben.«

Moretti stand auf. »Ich bin durstig. Möchten Sie wirklich nichts trinken?«

»Gern ein Glas Wasser, danke.«

Dornach wartete, bis Moretti für sich ein Bier geöffnet und für ihn ein Glas Leitungswasser eingeschenkt hatte. »Zurück zu diesem Fremden, wie Sie ihn nennen. Sie haben ihn zuvor nicht gesehen, auch nicht in Ihrem Lokal hier?«

»Weder hier noch woanders. Muss ein Deutscher gewesen sein, aus dem Norden oder Osten. Die deutschen Dialekte nördlich von Frankfurt kann ich schlecht auseinanderhalten.«

»Was haben Sie gemacht, nachdem der Mann weg war?«

Morettis Blick war amüsiert. »Das klingt, als wollten Sie ein Alibi von mir. Ich habe das beste der Welt.«

»Pia, ich weiß.« Dornachs Blick ruhte auf Moretti.

Der schüttelte den Kopf. »Es war viel los. Ich bin bis Beizenschluss geblieben. Dann habe ich mit Pia und Erika abgerechnet. So um drei herum haben wir den Laden dichtgemacht. Weshalb müssen Sie das so genau wissen?«

Dornach zeigte ihm das Foto des Toten. »Der Mann wurde am Samstagmittag tot an der Aare gefunden.«

»Tot? Davon hat Pia mir nichts gesagt«, sagte Moretti betroffen.

»Das hätte sie auch nicht tun dürfen.«

»Stimmt. Tochter eines Polizisten zu sein ist manchmal nicht so einfach, oder?«

Dornach lächelte schief. »Das müssen Sie Pia fragen. Sie ist die Tochter.«

Moretti nickte verlegen. Die Replik schien ihn zu irritieren. Er wandte sich wieder dem Bild zu. »Da Sie jetzt hier sind, nehme ich an, der arme Kerl ist keines natürlichen Todes gestorben.«

»Stimmt leider. Wir gehen von einem Tötungsdelikt aus.«

Moretti leerte den Rest in seiner Flasche in einem Zug. »Steckt Boran Baddour dahinter?«

»Hatten Sie bei Ihrer Begegnung am Freitag den Eindruck, er habe den Toten gekannt?«

»Keine Ahnung. Wenn ja, hat Baddour sich nichts anmerken

lassen. Er war wütend, dass der Fremde dazwischengefunkt hatte. Meinen Sie, er hat ihn umgebracht oder umbringen lassen? Für so was hat er seine Leute.«

»Wir ermitteln in allen Richtungen«, sagte Dornach. Er zeigte Moretti ein Foto von Vanessa Kurth. »Diese Frau dürfte Ihnen ebenfalls bekannt sein, nehme ich an.«

»Natürlich, das ist Vanessa Kurth, aber woher ... Ja klar, Pia hat es Ihnen gesagt. Furchtbar, was mit Vanessa passiert ist. Sie hat mir geholfen, das ›Berna‹ zu eröffnen, und sie hatte ein paar gute Geschäftsideen.«

»Wann und wo haben Sie Frau Kurth das letzte Mal gesehen?«

»Vor etwa acht Monaten, an ihrem letzten Tag bei mir.«

»Haben Sie sie jemals mit diesem Mann zusammen gesehen?« Dornach zeigte auf das Bild des toten Unbekannten.

»Vanessa hatte mal einen Freund. Er war Sportlehrer und ein paar Jahre älter als sie.« Moretti tippte auf das Foto des Toten. »Der hier kann es nicht gewesen sein, zu alt.«

»Der Freund heißt Alex Spirig, kennen Sie ihn?«

»Nein, sollte ich?«

»Spielt keine Rolle. Wie war Ihr Verhältnis zu Vanessa Kurth?«

»Wir haben großartig zusammengearbeitet. Das Konzept von ›Kebab & Tapas‹ war im Grunde genommen ihre Idee. Sie hat geholfen, es aufzubauen. Ich ... ich war unglücklich, als sie gegangen ist.« Während des ganzen Gesprächs hatte Moretti Dornach in die Augen geschaut. Bei den letzten Sätzen hatte er es vermieden und auf das Foto mit Vanessa gestarrt.

»Entschuldigen Sie, Herr Moretti, ich kaufe Ihnen das nicht ganz ab. War da nicht doch mehr als reine Freundschaft zwischen Ihnen? Hatten Sie ein Verhältnis mit Frau Kurth?«

Morettis Blick glitt an Dornach vorbei und schweifte ins Nichts. »Sie haben recht, bitte entschuldigen Sie. Vanessa und ich haben miteinander geschlafen. Eines Abends haben wir unseren Erfolg gefeiert, getrunken, dann ... na ja.«

»Wie lange waren Sie zusammen?«

»Ein paar Wochen, bis meine Frau dahinterkam. Sie hat sich sofort getrennt und sich einen Anwalt genommen. Vor zwei Wochen hat sie die Scheidung eingereicht.«

»Das tut mir leid.«

»In unserer Ehe kriselte es schon vorher. Ruth, meine Frau, hat nie verstanden, weshalb ich meinen Job bei der Bank aufgegeben habe, um Wirt zu werden.«

»Eine letzte Frage, dann sind Sie mich los.« Dornach nahm ein drittes Foto hervor, die Phantomzeichnung der mysteriösen Frau. »Kommt sie Ihnen bekannt vor?«

Auch hier war Moretti keine Hilfe. »Im Lokal habe ich sie nie gesehen, auch nicht im Zelt. Ich höre mich mal bei meinen Leuten um. Kann ich das Bild behalten?«

»Vielen Dank, Herr Moretti, das wär's schon.« Dornach gab ihm das Phantombild und steckte die anderen wieder ein.

»Darf ich Sie um einen Gefallen bitten, Herr Dornach?«, sagte Moretti auf dem Weg zur Tür. »Pia hat keine Ahnung von … von meiner Affäre mit Vanessa. Könnten Sie ihr nichts davon sagen, bitte?«

»Ich pflege meine Zeugenbefragungen nicht mit meiner Tochter zu diskutieren. Wenn ich Ihnen aber einen Rat geben darf, falls Ihnen etwas an Pia liegt. Sie sollten nicht damit warten, ihr reinen Wein einzuschenken. Meine Tochter hat die zuweilen lästige Eigenschaft, hinter jede Wahrheit zu kommen.« Dornach reichte Moretti die Hand und ging.

***

Die Hostess mit der Pixie-Frisur legte den Hörer des Festnetztelefons auf. »Boss kommt gleich.«

Pia hatte sich weder auf die Vorlesung noch auf die Gespräche mit ihren Kommilitonen konzentrieren können. Ständig war ihr Silvano durch den Kopf gegangen, was ihm zugestoßen war und das merkwürdige Gespräch mit ihm in der Notaufnahme.

Schließlich hatte sie ihre Sachen zusammengepackt und war in den nächsten Regioexpress gestiegen, der Bern und Solothurn im Viertelstundentakt verband. Am Bahnhof Solothurn stieg sie in den ersten Bus nach Bellach. Den Rest des Weges hatte ihr das Handy gewiesen.

Glücklicherweise war sie für ihr Vorhaben einigermaßen passend angezogen. Der Denimstoff ihrer uralten Jeans war an den Knien recht dünn gewesen. Ein kräftiger Ruck hatte genügt, ihn einzureißen. Das T-Shirt unter der Lederjacke betonte ihre Oberweite, ohne zu viel preiszugeben. Auch ihren lockigen Bob hatte sie nach einem prüfenden Blick in die Selfiekamera ihres Handys als zweckmäßig befunden. Sie hatte noch nie ein Bordell von innen gesehen. Weshalb hatte sich Vanessa herabgelassen, hier zu arbeiten?

Sie musterte das nahezu nicht vorhandene Kostüm der Hostess, knappe Lacklederhosen im Bayernlook, obenrum war sie nackt, bis auf die Hosenträger, die knapp ihre Nippel verbargen. Die Tänzerin trug es mit derselben Selbstverständlichkeit wie Pia ihre Schlabberaufmachung zu Hause.

Der Akzent der Hostess ähnelte demjenigen Darias. »Du willst hier arbeiten? Stange tanzen und dann bumm, bumm?«

Pia brauchte einen Moment, bis sie begriff, was mit bumm, bumm gemeint war. Sie hob abwehrend die Hände. »Nur Bar«, beeilte sie sich zu präzisieren. »Ihr sucht doch Bardamen, oder nicht?«

»Vor allem an Wochenenden. Viel los, viel Tanz, viel bumm, bumm.« Die Hostess streckte Pia die Hand hin. »Ich bin Kamila.«

»Pia, freut mich.«

»Pia? Schöner Name. Wie alt bist du?«

Älter als sie, allemal. »Vierundzwanzig.«

Mit nach oben gedrehten Augäpfeln murmelte Kamila vor sich hin. Sie übersetzte Pias Alter in ihre Muttersprache. »Du bist alt.«

»Ich? Wie alt bist du denn?«

Kamila wiederholte den Übersetzungsprozess in umgekehrter Reihenfolge. »Neunzehn.«

Pia schluckte ihre Wut runter – und ihr schlechtes Gewissen. Sie war eine behütete Tochter aus »gutem Haus«, bloß weil sie zufällig dort hineingeboren worden war. Sie wollte nicht daran denken, was dieses Mädchen durchmachen musste, nur um schließlich hier zu landen, und welche Zukunft es erwartete, wenn die Blüte ihrer Jugend verwelkt sein würde.

»Warum du hier arbeiten?«, fragte Kamila.

»Ich muss mein Studium selbst finanzieren und suche dringend einen Nebenjob.«

Kamila sah an ihr vorbei. »Boss kommt, er heißt Sascha.« Kamila nickte diskret zu einem Koloss, der aus einer Tür mit der Aufschrift »Privat« trat. Pia erkannte ihn wieder und hoffte, dass es bei ihm nicht der Fall war. Freitagnacht im Barzelt hatte er sie kaum angesehen.

Er musterte sie eingehend von oben bis unten, was sie kurz in Panik versetzte. Doch für Männer seines Schlages waren Frauen Gebrauchs- und Dekorationsgegenstände. Man nahm sie bei Bedarf hervor und schmiss sie weg, wenn sie nutzlos wurden. Nichts wies darauf hin, dass er sie erkannte.

Er wechselte mit Kamila ein paar heftige Worte in einer Sprache, die Pia nicht verstand. Sie tippte auf Russisch. Kamila stieß etwas aus, das nach einem Fluch klang, und verschwand durch die Privattür.

»Du suchst Arbeit?«, fragte der Koloss.

»Yep, auf eurer Webseite steht, ihr sucht jemanden für die Bar.«

»Steh auf und geh ein paar Schritte.«

Wozu musste man hinter der Bar laufen können? Mode war nicht Pias Welt, auch wenn sie nichts dagegen hatte, sich gelegentlich hübsch anzuziehen. Mit Nadal und Manu hatte sie auch schon mal aus Spaß den Modelgang geübt. Hier vermied sie, möglichst elegant zu laufen. In diesem Laden würde sie nur so viel von sich zeigen, wie sie als unbedingt nötig erachtete.

Dem Koloss schien es zu genügen. »Wie heißt du?« Sein Blick blieb an ihrem Busen hängen.

»Pia Zenklusen.« Sie hätte es vorgezogen, einen falschen Namen zu nennen.

»Poledance kannst du?«

»Wie?«

»An der Stange tanzen, kannst du das?«

»Nö«, log sie. »Bin zu ungeschickt.«

»Schade, bessere Bezahlung als an der Bar.«

»Macht nichts, Bar ist okay.«

»Hast du Ausweis?«

»Identitätskarte?« Pia zeigte ihm den Personalausweis.

»Schweizerin? Von hier?«

Pia nickte.

Sascha gab ihr den Ausweis zurück. »Für die Bar ist nichts frei«, sagte er mit lauerndem Blick.

»Ach so? Ich dachte, eure Internetseite ist aktualisiert.«

Sascha grinste. »Wurde heute Morgen besetzt. Stangentänzerinnen suchen wir immer.«

»Sorry, mache ich nicht.« Pia nahm ihre Umhängetasche und stand auf. »Ciao, danke für nichts.«

Komm schon, dachte sie auf halbem Weg zum Ausgang.

»Warte!«

Yes! Sie drehte sich um.

»Donnerstag, Freitag, Samstag, du beginnst um neun Uhr abends.«

»Samstag kann ich nicht. Kein Babysitter für meinen Sohn. Mittwoch geht.« Lügen war eine Frage der Routine.

»Das ist kein Wunschkonzert.« Saschas Blick verfinsterte sich. »Mittwoch, Donnerstag, Freitag.«

Die brauchten dringend jemanden.

Pia stellte die Umhängetasche wieder auf den Bartresen. »Wie viel?«

Sascha nannte ihr einen Betrag, der ihr egal war. Sobald sie wusste, was sie wissen musste, war sie weg. Auf Nimmerwiedersehen. »Einverstanden, nur Bar, klar? Keine Stange, kein Lapdance und keine anderen Extras.«

»Deine Entscheidung.« Er hielt ihr die Hand hin. »Morgen Abend um neun.«

Pia schlug ein. Das Ganze schien schwarz zu laufen. Die Bude war potenzieller Kandidat für eine Inspektion des Wirtschaftsamtes.

Sascha verschwand durch die Privattür. Pia stieß erleichtert die Luft aus und trank das Glas Cola leer, das ihr Kamila hingestellt hatte. Langsam schwante ihr, worauf sie sich eingelassen hatte. Dann die müßigen Diskussionen mit ihrem Vater, falls er dahinterkam. Die würden vorbeigehen. Er konnte ihr ja nicht vorwerfen, dass sie sich in seine Ermittlungen einmischte – nicht direkt jedenfalls. »Na dann, bis morgen Abend«, murmelte sie und hängte ihre Tasche über die Schulter.

»Pia!« Kamila winkte sie zu sich. »Du musst helfen, bitte.« Zögernd folgte sie Kamila durch die Privattür in einen kahlen Korridor. Jacken und Anoraks hingen an eingeschlagenen Nägeln oder Haken an der Wand. Am Ende des Ganges war ein Notausgang. Pia blickte nach oben. Da waren keine Überwachungskameras. Kamila stieß eine mit »Staff only« bezeichnete Tür auf. Es war Garderobe, Schmink- und Aufenthaltsraum in einem. In einer Ecke standen zwei Schminktische, wie sie in Theatern üblich waren. Auf der Ablage war ein Durcheinander von Make-up-Utensilien, Bürsten und Haarspray. Rund zwei Dutzend Kostüme spärlichen Textilgehalts hingen an zwei Rollgarderoben. Das alles hätte ebenso gut in ein paar Schuhschachteln Platz gefunden. In der Mitte der anderen Raumhälfte stand ein Holztisch mit Chipstüten, Getränkeflaschen, Gläsern und Tassen. An den Wänden hingen Poster mit Katzen und Hunden und Plakate mit Ansichten der Heimatländer der Frauen. An der Stirnwand stand eine Anrichte, daneben ein Kühlschrank. Pia hatte es sich schlimmer vorgestellt. Andererseits fehlten ihr die Vergleichsmöglichkeiten. Wenigstens konnten sich die Frauen, die nicht im Einsatz waren, hierher zurückziehen.

Dass Kamila sie nicht gerufen hatte, um die Backstage des Bordells zu besichtigen, wurde ihr bewusst, als sie den Mann bemerkte, der auf dem Sofa an der Längswand lag. Sein Gesicht war schmerzverzerrt, um die rechte Hand war ein Geschirrtuch gewickelt.

Das schmale Gesicht und die schwarze Lockenfrisur kamen ihr bekannt vor. »Was ist mit ihm?«, fragte sie Kamila.

»Unfall, oben bei Boran.« Kamila zeigte auf die verbundene Hand. »Kannst du helfen? Er muss in Spital, besser nicht allein.« Sanft strich sie dem Mann über den Kopf. In dieser Geste schien etwas mehr als Mitleid zu liegen.

»Ich muss mir das ansehen.« Pia berührte den verletzten Arm.

Er stöhnte auf.

»Entschuldige«, sagte sie. »Ich heiße Pia und will dir helfen. Kann ich mir die Verletzung ansehen?«

Er machte die Augen auf.

Wo hatte sie ihn schon mal gesehen?

Er erkannte sie sofort. »So sieht man sich wieder. Was machst du hier?«

Der Groschen fiel. »Ronnie?«

»Freut mich, dich wiederzusehen … Pia.« Ronnies Lächeln war verbissen. »Diesmal kannst du mir helfen.«

»Mal sehen.« Behutsam wickelte sie das Tuch ab. Die Wunde sah schlimm aus. Die Hand war blutig und aufgeschwollen. »Was ist das? Bist du damit etwa unter einen Hammer geraten?«

»So was in der Art«, ächzte Ronnie. »War ein Unfall.«

Pia sah Kamila an.

Die zuckte mit den Achseln. »Sascha hat ihn runtergebracht. Sollen uns kümmern, Taxi rufen für Arzt.«

Kamila kniete sich hin und legte ein feuchtes Tuch auf Ronnies schweißnasse Stirn. »Gern ich würde, darf nicht weg. Vielleicht kannst du …?«

»Ich? Aber –«

»Bist gute Frau, Pia, mit schönem Namen.« Kamila legte ihre Hand auf Pias. »Kannst du ihn zu Spital bringen, bitte?«
»Ja, gut, ich bringe ihn in die Notaufnahme.«
Kamila umarmte sie. »*Djákuju.*«
Pia verstand es. Daria hatte es ihr beigebracht. »Gern geschehen.« Zu Ronnie: »Dir bin ich eh noch was schuldig.«
Kamila griff zu ihrem Handy. »Bestelle Taxi.«

***

Ein uniformierter Polizist wies Dornach an, unter der Leporellobrücke ganz nach hinten in Richtung Aare zu fahren. Dort parkte er neben dem Van der Kriminaltechnik und dem Wagen der Staatsanwältin. Hannah Wirz war im Gespräch mit Tschanz und Maja. »Diesmal kennen wir das Opfer«, sagte Maja, sobald er zu ihnen stieß. »Es ist Alexander Spirig.«
»Der Ex von Vanessa Kurth? Wo ist er?«
»Drüben beim Römerweg«, sagte Tschanz. »Mir nach.«
Dornach folgte ihm zum befestigten, Fußgängern und Radfahrern vorbehaltenen Uferweg. Halb von einem Gebüsch verborgen stand ein Müllcontainer. Daneben, auf einer Plane, ein Körper.
»Sag mir nicht, er war da drin.« Dornach deutete auf den Container.
»Leider doch. Der arme Kerl wurde regelrecht entsorgt.«
In über zwanzig Dienstjahren hatte Dornach manch Erschütterndes gesehen und erlebt. Er hatte die Aufgabe, sich mit den Seelenabgründen seiner Mitmenschen zu befassen. Selbst wenn die Taten nie entschuldbar waren, mussten sie verstanden werden, um sie aufzuklären. Es fiel ihm zunehmend schwer, Abstand zur Täterschaft und den Opfern zu halten. Angst, Kontrollverlust, Selbstschutz, Gier, es gab viele Motive zu töten, keines von ihnen rechtfertigte, einen Menschen wie Müll zu entsorgen. Vielleicht hatte Pia recht, möglicherweise machte er das schon zu lange, oder er wurde tatsächlich alt. »Wer hat ihn gefunden?«

»Mitarbeiter des städtischen Werkhofes«, sagte Tschanz. »Der Container wurde für die Abfallentsorgung des Street-Food-Festivals Ende August verwendet und dann offenbar vergessen. Die vom Kofmehl mussten mehrmals anrufen, damit ihn jemand abholt.«

»Was enthält er? Lebensmittelabfälle?« Dornach rümpfte vorsorglich die Nase.

»Glücklicherweise nicht, Verpackungen, Kartonagen, Plastikhüllen, solches Zeug.«

Dornach kniete vor dem Toten hin. Eine tiefe Kopfverletzung an der Schläfe stach ihm ins Auge. »Ist das die Todesursache?«

»Wahrscheinlich. Wissen wir noch nicht hundertprozentig«, sagte Maja, die neben ihm in die Hocke ging. »Er hat einen zweiten Schlag abgekriegt. Sieh dir erst mal seine Hände an.« Sie löste den übergestülpten Plastikbeutel von der rechten Hand des Toten. Der Nagel des Mittelfingers war angerissen. »Scheint in einen Kampf verwickelt gewesen zu sein. Mit etwas Glück haben wir Fremd-DNA.«

Dornach richtete sich auf. »Womit wurde er erschlagen?«

»Wir suchen noch«, sagte Tschanz. »Wahrscheinlich ein schwerer kantiger Gegenstand aus Metall oder Stein. Kann gut sein, dass ihn der oder die Täter in die Aare geworfen haben.«

»Einschätzung, wann er gestorben ist?«

»Aufgrund der Temperaturen der letzten Nacht würde ich Handgelenk mal Pi sagen, zwischen Mitternacht und vier Uhr morgens. Er ist nicht an dieser Stelle getötet worden.« Tschanz zeigte in die nördliche Richtung, zur Hans-Huber-Straße. »Dort haben wir vorhin eine Blutlache entdeckt.«

»Wie sieht es mit Zeugen aus?«

»Schwierig, angesichts der geschätzten Tatzeit«, sagte Maja. »Wir checken, ob sich in der Umgebung Kameras befinden.«

»Was wollte Spirig hier?«

»Das Naheliegendste ist ein Drogendeal, der dann aus dem Ruder gelaufen ist.«

»Hatte er etwas auf sich? Drogen? Bargeld?«

»Negativ, was nichts heißen will. Vielleicht war es schlicht und einfach ein Raubmord.«

Dornach glaubte nicht so recht daran. Welcher Raubmörder würde nachts in dieser verlassenen Gegend seinem Opfer auflauern, es sei denn, er wusste Bescheid, dass Spirig zu einer bestimmten Zeit hier auftauchte. »Ganz ausschließen können wir es nicht«, meinte er achselzuckend.

»Lassen Sie mich an Ihren Erkenntnissen teilhaben?« Wirz hatte sich zu ihnen gesellt. Sie sah übernächtigt und gehetzt aus.

»Wir diskutieren gerade, wie es passiert sein könnte«, sagte Dornach.

»Lassen Sie hören.«

Dornach ließ Maja den Vortritt.

»Könnte ein schiefgegangener Drogendeal sein. Es kam zu einem Streit und einer Schlägerei, das war's. Das Opfer hat Abwehrverletzungen.«

»Was denken Sie, Dornach?«, fragte Wirz.

»Ist plausibel. Spirig ist einschlägig bekannt.«

War es Einbildung, oder wurde Wirz blasser? Sie war nervös, nagte auf den Lippen. »Geht es Ihnen gut, Frau Wirz? Sie sehen müde aus.«

Sie winkte ab. »Schlecht geschlafen«, beeilte sie sich anzufügen. »Ein oder mehrere Täter?«

»Bisher weist alles auf einen Täter hin.«

»Oder eine Täterin«, ergänzte Maja.

»Möglich. Spirig war durchtrainiert und muskulös. Um ihn zu überwältigen, braucht es einen ebenbürtigen Gegner – oder eine Gegnerin. Ihn von hier rüber zum Container zu schleppen erfordert Muskelkraft«, sagte Dornach.

»Meinen Sie, es besteht ein Zusammenhang mit dem Tötungsdelikt Vanessa Kurth?«

Dornach und Maja verständigten sich mit einem Blick. »Wir dürfen diese Möglichkeit nicht außer Acht lassen. Kurth und Spirig waren mal ein Paar«, sagte Maja.

»Es kommt eine weitere Verbindung dazu«, ergänzte Dornach.

»Die da wäre?«, fragte Wirz.
»Boran Baddour. Wie Sie wissen, hat Frau Kurth für uns gegen ihn gearbeitet. Alex Spirig und sie waren bis vor ein paar Monaten zusammen. Vermutlich hat Spirig Drogen verkauft, die aus dem Netzwerk des Baddour-Clans stammen.«
»Schön und gut«, sagte Hannah Wirz. »Mir ist das zu mager. Wir brauchen Beweise oder zumindest handfeste Indizien, finden Sie nicht auch?«
»Wir stehen erst am Anfang. Wir sollten etwas an Baddours goldenem Käfig rütteln.«
»Was genau meinen Sie damit?«
»Wir laden Baddour zu einer erneuten Befragung vor.«
Wirz musterte ihn und Maja lange. »Von mir aus, tun Sie das. Aber ich warne Sie, ich will mich nicht mit Beschwerden seiner Anwältin herumschlagen.«

***

Ronnies Hand wies mittelschwere Brüche auf. Dieselbe Ärztin wie am Vorabend bei Silvano hatte die Hand gerichtet und geschient. Sollte es ihr merkwürdig vorgekommen sein, dass Pia zum zweiten Mal in Folge mit einem anderen Mann bei ihr aufgetaucht war, ließ sie sich nichts anmerken. Mit Schmerzmedikamenten und einem Arztzeugnis mit der Verordnung für Ruhe wurde Ronnie entlassen. Auf Pias Angebot, ihn nach Hause zu bringen, ging er nicht sofort ein. Stattdessen druckste er herum.
»Was ist?«, fragte sie.
»Ich möchte nicht nach Hause, jedenfalls nicht gleich. Können wir nicht irgendwohin, etwas trinken oder so.«
»Solltest du dich nicht ausruhen?«
»Kann ich auch, während ich mit dir was trinke.«
Bei einem anderen wäre Pia nicht darauf eingegangen. Ronnie war ihr sympathisch, sie wusste nicht, warum, nur dass es nicht allein Mitleid war. Obwohl er ein Problemhaufen zu sein schien,

hatte er etwas Vertrautes an sich, das weckte ihre Neugier. »Zum Grafenfelsweg«, bat sie den Taxifahrer.

Die Villa Dornach war verlassen. Frau Reinhard war schon gegangen, Mirio bei Daria und ihren Mädchen im Stöckli, ihr Vater anscheinend noch bei der Arbeit. »Hast du Hunger, Ronnie? Ich kann uns eine Kürbissuppe wärmen.«

»Suppe wäre mega, danke.«

»Möchtest du dich währenddessen hinlegen?«

»Ich schaue dir lieber beim Kochen zu.«

»Hast du Schmerzen?«

»Ein wenig, ich nehme gleich eine Tablette.«

Sie stellte ihm ein Glas Wasser hin.

»Ganz schön feudales Anwesen für eine arme Studentin, die im Puff arbeiten muss, um sich das Studium zu finanzieren.«

Bevor Pia darauf antworten konnte, klingelte sein Handy. Er drückte den Anruf weg. Es war nicht der erste, im Taxi hatte es zweimal geläutet.

»Du kannst ruhig rangehen.« Pia nahm die Pfanne vom Herd, schöpfte zwei Teller und stellte einen vor Ronnie hin. »Jemand macht sich anscheinend Sorgen. Deine Freundin, ein Freund oder die Eltern?«

Ronnie machte sich mit Heißhunger über die Suppe her. »Keine Freundin«, sagte er zwischen zwei Löffeln. »Schwul bin ich auch nicht.«

»Okaaay.« Viel Information, trotzdem nur halb beantwortet. »Deine Eltern?«

»Nur meine Mutter.«

Mehr war offenbar nicht aus ihm herauszuholen. Sie wollte ihm nicht die Würmer aus der Nase ziehen. »Magst du noch?« Sie zeigte auf seinen leeren Teller.

»Gern. Ist megagut, danke.«

Sie schöpfte nach. »Bist du öfter im ›Lioness‹?«

»Von Zeit und Zeit.«

»Wegen der Frauen?« Die Frage klang schärfer als beabsichtigt.

»Sehe ich so aus?«

»Nicht wirklich, aber wozu gehen Kerle sonst in den Puff?«

»Geschäfte – mit Boran.«

Was konnte das sein? Drogen? Zuhälter war er bestimmt nicht.

»Und du so?«, unterbrach er ihre Grübelei.

»Ich was so?«

»Was machst du im ›Lioness‹? Das Haus hier und alles Drum und Dran. Du siehst nicht aus, als hättest du es nötig, die Freier in einem Puff zu bedienen.«

»Hab ich doch gesagt, ich jobbe dort für ein wenig Taschengeld für mein Studium.«

»Bei allem, was du hier hast?« Ronnie machte eine ausladende Bewegung.

»Mein Paps will, dass ich Kostgeld bezahle. Und ich muss für meinen Sohn aufkommen.« Irgendwann würde ihr wegen der Lügerei eine lange Nase wachsen. Sie hatte ihren Vater fast zwingen müssen, ihren monatlichen Beitrag zu den Lebenshaltungskosten zu akzeptieren, den sie aus dem Erbe ihrer Walliser Großmutter bezahlte.

»Wo ist dein Knirps?«, fragte Ronnie.

»Der Knirps heißt Mirio und schläft drüben bei … einer Freundin, die vorübergehend bei uns wohnt.«

»Und sein Vater?«

»Gibt's nicht mehr.«

»Ist er abgehauen wie meiner?«

»Kann man sagen.« Es wurde zu persönlich. »Möchtest du noch Suppe?«

»Bin satt, merci.« Er sah auf die Wanduhr. »Ich sollte wohl doch mal langsam nach Hause.«

»Ich fahre dich.«

Zehn Minuten später hielt Pia vor einem Reiheneinfamilienhaus am oberen Ende der Bergstraße nahe am Waldrand des Franzoseneinschlags. Sie stellte den Motor ab. »Hör zu. Sascha und

Boran dürfen nicht erfahren, dass ich in einer Villa wohne. Sie denken, ich sei eine arme Studentin. Ich will, dass es so bleibt, damit sie keine Fragen stellen. Ich zähle auf dich, dass du denen nichts erzählst.«

Wie würde Boran Baddour reagieren, käme er dahinter, dass sie die Tochter eines Polizisten war? Und nun begab sie sich sozusagen in Ronnies Hände. Das war ein Risiko. Ihr Instinkt riet ihr, ihm zu vertrauen, keine Ahnung, weshalb.

»Kennen sie deine Adresse?«, fragte Ronnie.

»Wollten sie nicht wissen. Hältst du dicht oder nicht?«

»Sagst du mir, was du im ›Lioness‹ suchst?«

Pia wünschte, sie wüsste es selbst genau. »Ich sag's dir später. Also, hältst du dicht?«

Die Art, wie er sie ansah, berührte sie merkwürdig. »Du kannst dich auf mich verlassen. Hast mir schließlich das Leben gerettet.«

»Na ja, im Sterben lagst du nicht gerade.«

Sie umarmten sich.

»Du bist echt in Ordnung, Pia.« Er stülpte die Kapuze seines Hoodies über den Kopf und stieg aus.

Pia wendete den Wagen. Sie winkte ihm noch mal zu, bevor sie die Bergstraße hinunterfuhr. Im Rückspiegel sah sie eine Frau aus dem Haus rennen und Ronnie umarmen. Pia stoppte abrupt. Das Déjà-vu war zurück, sie wusste, wo sie Ronnie zuletzt gesehen hatte.

***

Anna, Darias Ältere, machte Pia die Tür auf. Yulia äugte neugierig hinter ihrem Rücken hervor. Sie war schüchterner als ihre große Schwester mit ihrem quirligen Temperament. Anna hatte sich schon bald nach ihrer Ankunft in Solothurn ein passables Deutsch angeeignet und einen beachtlichen Freundeskreis zugelegt. Die zurückhaltendere Yulia sehnte sich nach ihrem Vater. Das Säulirennen am Samstag war eine Ablenkung gewesen. Daria hatte ein Foto von Yulia zusammen mit dem

Siegerschweinchen ausgedruckt und daraus eine Medaille gebastelt, die Yulia ihrem Lieblingsteddy Yuri weiterverliehen hatte. Stolz präsentierte sie Pia den medaillengeschmückten Plüschbären. »Yuri ist ein Lieber«, sagte Pia. »Er passt sicher gut auf deine Medaille auf.«

Yulia antwortete mit einem scheuen Lächeln. Sie sprach wenig. Ihre Klassenlehrerin hatte deswegen Bedenken. Pia war optimistischer. Sie hatte das schüchterne Mädchen ins Herz geschlossen. Yulia verstand sich gut mit Mirio. Vom ersten Augenblick ihres Kennenlernens an einte sie ein unsichtbares Band. Frau Reinhard meinte, es liege daran, dass sie beide keinen Vater hätten. Pia interpretierte nichts hinein. Die beiden mochten sich, Punkt. Und Mirio brachte es immer wieder fertig, Yulia zum Lachen zu bringen.

Daria zeigte Pia eine Zeichnung, die Mirio und die zwei Schwestern gemalt hatten. Zwei Frauen und drei Kinder in freundlichen Farben. Mirio legte den Finger auf eine Figur mit einem dunkelbraunen Lockenbob.

»Bin ich das?«, fragte Pia.

Mirio nickte heftig und deutete auf die anderen Figuren. »Dai'a, Anna, Yu'ia, Mi'io.«

»Die sind schön gemalt.« Pia streichelte Mirio über den Kopf. »Wer sind die?«

Links und rechts der Gruppe, etwas versetzt im Hintergrund, standen in gedeckteren Farben gezeichnete Männer.

»Papa.« Mirio legte den Finger auf den Mann mit dunklen Haaren.

Der Anblick versetzte Pia einen Stich. Mirio hatte Rafik gezeichnet. Sie hatte ihm oft von seinem Vater erzählt und ihm Bilder gezeigt. Pia presste eine Hand vor den Mund. Die andere legte sie auf den Magen. Der Druck war wieder da. Das erste Mal hatte sie ihn gespürt, nachdem sie damals im Spital in Amman erfahren hatte, dass Rafik tot war. Seither spürte sie ihn regelmäßig, manchmal mehr, manchmal weniger. Sie hatte sich durchchecken lassen, da war nichts Medizinisches. Ihre Hausärztin hatte gemeint, es könnte an der Belastung liegen, ihrem Sohn gleichzeitig Vater und Mutter sein zu müssen. Pia hatte eine angebotene Gesprächstherapie abgelehnt. Es gab Tausende von Müttern, mit denen sie das Schicksal teilte, ihr Kind allein zu erziehen. So war es eben.

»*Tato*.« Yulia zeigte auf die zweite Männerfigur, die sie gezeichnet hatte. »Zurück er bald?«

Pia schluckte leer. Was sollte sie ihr antworten? Die üblichen »Alles wird gut«-Phrasen konnte sie selbst nicht mehr hören. Aber was konnte sie dem Kind anderes geben als Hoffnung? »Du wirst deinen *tato* wiedersehen.«

»Du versprechen?«

Da hatte sie den Salat. Sie kauerte vor Yulia nieder. »Weißt du, was du machen kannst?«

Yulia schüttelte den Kopf. »Jeden Abend, bevor du ins Bett gehst, denkst du an *tato*. Und wenn du die Augen zumachst, siehst du ihn in deinem Kopf und kannst mit ihm reden.«

Yulia legte den Kopf schräg. Es war ihr anzusehen, wie es in ihr arbeitete. Dann lächelte sie und nickte.

Pia gab ihr die Zeichnung zurück. »Gehst du noch mal zu Anna und Mirio in euer Zimmer und malst mit ihnen noch etwas Schönes.« Sie wollte mit Daria sprechen.

Daria saß am Wohnzimmertisch und schrieb auf ihrem PC, vermutlich Bewerbungen. Obwohl Daria die Arbeit bei den Dornachs gefiel, wollte sie möglichst in ihren angestammten Beruf als Journalistin zurück. Insgeheim hoffte Pia, dass sie bei ihnen wohnen blieb, wenn es so weit wäre. Mit ihr und den Mädchen war wieder Leben in der Villa Dornach eingekehrt.

Eine samtweiche Berührung an den Beinen zeigte an, dass noch jemand ihrer Aufmerksamkeit bedurfte. »King Louie.« Pia hob den Kater auf ihren Schoß. »Sei mir nicht böse, dich habe ich fast vergessen.« King Louie drehte sich auf den Rücken und präsentierte seinen mächtigen Bauch. Alles hat seinen Preis, dachte Pia und kraulte das weiße Bauchfell. Ein tiefes Schnurren signalisierte die Annahme der Entschuldigung.

»Ich habe ihn mit rübergenommen«, sagte Daria, ohne ihren Blick vom Bildschirm zu nehmen. »Ich fürchtete, er würde die guten Möbel in eurem Salon zerkratzen.«

Hätte sie ihn doch machen lassen. Das Gerümpel dort drin war uralt. Pia hätte den Grand Salon seit Langem renovieren und neu einrichten wollen, fand aber kaum Gehör bei ihrem Vater.

»Kommst du voran mit den Bewerbungen?«, fragte sie.

Daria drehte den Bildschirm zu ihr. Es waren keine Bewerbungstexte. Sie schaute sich Zeitungsartikel und Bilder in einem Nachrichtenarchiv an, Fotos ausschließlich von Männern, zu düster für Dating-Webseiten. Sie stammten eher aus Verbrecherkarteien.

»Suchst du etwas Bestimmtes oder jemanden?«

Daria antwortete nicht.

»Entschuldigung, geht mich nichts an.«

»Das ist es nicht«, sagte Daria.

Pia wusste, dass Darias Familie ursprünglich aus der von Russland unrechtmäßig annektierten Ostukraine stammte. Sie hätte gern mehr über sie und das Leben in der Ukraine erfahren. Daria sprach kaum darüber. Nur um ihre Neugier zu befriedigen, wollte Pia nicht in sie dringen. »Du musst es mir nicht erzählen.«

»Da ist etwas, das ich seit Kriegsbeginn mit mir herumtrage.«

»Wenn du willst, höre ich dir zu«, sagte Pia.

Daria drehte den Bildschirm wieder zu sich. »Vor dem Krieg arbeitete ich als Korrespondentin für eine französische und eine englische Presseagentur. Als der rote Zar in Moskau befahl, mein Land zu überfallen und mein Volk zu ermorden, flehten mich Familie und Freunde an, mit den Mädchen ins Ausland zu gehen. Lange vor den Feindseligkeiten hatte ich mir mächtige Feinde gemacht, nicht nur in Moskau, auch bei den Russlandfreunden in der Ukraine. Nach Kriegsausbruch brachte mein Mann die Mädchen nach Lviv, wo es sicherer war. Seine Familie stammt von dort. Ich bin in Kiew geblieben. Ich wollte weiterarbeiten, solange ich konnte. Meine Familie, besonders meine Mutter, verstand nicht, dass ich über den Krieg berichten wollte, anstatt mich um meine Familie zu kümmern.« Daria sah Pia beinahe flehend an. »Bin ich deswegen eine Rabenmutter? Meine Mutter nannte mich so. Dabei liebe ich meine Mädchen über alles.«

War Pia in der Lage, darüber zu urteilen? Waren Männer Rabenväter, weil sie ihre Familien für die Arbeit oder den Krieg verließen? Waren Frauen grausam, nur weil sie arbeiten und zum Frieden und zu einer besseren Gesellschaft beitragen wollten? »Du hast deine Kinder in Sicherheit bringen lassen, weil du für die Würde und Freiheit deines Landes und seine Menschen kämpfen wolltest. Jetzt bist du mit deinen Mädchen hier. Wer soll dich deswegen verurteilen?«

Daria stand auf. »Ich brauche was zu trinken, und du?«

Ein paar Minuten später setzte Daria ihre Schilderung vor einem Glas Weißwein fort.

»Nachdem sich die Russen nach ihrem misslungenen Vormarsch auf Kiew zurückgezogen hatten, besuchte ich zusammen mit ausländischen Reportern die von Putins Armee aufgegebenen Dörfer, unter anderem Butscha.«

Pia hielt sich an ihrem Glas fest. Es wäre ihr lieber gewesen, nichts davon hören zu müssen. Sie hatte genug darüber gesehen, gehört und gelesen.

Daria sprach weiter. »Ich habe mit den Menschen geredet, deren Angehörige von den Russen massakriert worden waren. Am brutalsten war Putins Söldnerarmee vorgegangen.«

»Die Gruppe Wagner?«

»Du hast davon gehört?«

»Natürlich.« Wer hatte das nicht.

»Aus den Gesprächen konnte ich übereinstimmende Berichte über ein bestimmtes Mitglied von Wagner herausfiltern. Es war eine Geschichte, die mir mehrfach übereinstimmend berichtet wurde. Sie verfolgt mich bis heute.«

Daria schenkte sich Wein nach. Pia legte die Hand auf ihr Glas.

»Da war eine Familie mit drei Kindern«, sagte Daria. »Die Kinder müssen im Alter von Anna und Yulia gewesen sein. Das jüngste war ein Junge. Die Menschen von Butscha waren erleichtert, die Russen endlich von hinten zu sehen. Sie fingen an, sich sicher zu fühlen, als eine Gruppe Wagner-Söldner vor dem Haus der Familie anhielt. Drei bis an die Zähne bewaffneten Männer trieben die Familie in den Hof. Einer von ihnen verlangte Proviant. Als sie bekommen hatten, was sie wollten, befahl er den Kindern, sich in einer Reihe vor den Eltern aufzustellen und sich nackt auszuziehen. Dann befahl er dem Vater, mit ihnen zu ›spielen‹.«

Daria machte eine Pause. Pia nickte, um ihr zu zeigen, dass sie verstand, was sie meinte.

»Der Vater weigerte sich. Der Söldner zog seine Pistole und …« Ein kehliger Laut entfuhr Daria. »Er hat den Jungen zuerst erschossen. Die Eltern weinten und bettelten. Die Mutter riss sich die Kleider vom Leib und bot sich ihm an. Sie klammerte sich an den Riesen, bis er sie erschoss. Der Vater rief den beiden Mädchen zu, sie sollten davonlaufen. Sie kamen nicht weit. Auf einem Feld hinter dem Haus holten die Kameraden des Riesen sie ein und töteten sie. Zuletzt starb der Vater von der Hand des Riesen.«

Aus dem Kinderzimmer drang Kinderlachen zu ihnen.

Pia schluckte. »Du sagst das so, als hättest du es selbst gesehen.«

»Es gibt ein Video. Ein mutiger Einwohner von Butscha hat die Szene gefilmt. Er konnte den Clip nicht hochladen, weil das Internet nicht funktionierte. Er hat mir den Datenchip gegeben. Willst du es sehen?«

»Lieber nicht.«

»Ich weiß nicht, wie und warum die Russen dahinterkamen, dass ich das Video hatte. Mein Mann rief mich aus Lviv an und warnte mich, dass die Russen es auf mich abgesehen hätten. Ich bin so rasch wie möglich raus aus Butscha und ging zurück nach Kiew. Dort habe ich meine Sachen gepackt und fuhr nach Lviv.

Von dort bin ich mit den Mädchen über Polen, Tschechien und Österreich in die Schweiz gekommen.«

»Jetzt suchst du nach dem Söldner, der die Familie ermordet hat?«

»Ja, per Bildsuche über Google. Bis jetzt ist nichts dabei rausgekommen.«

Pia spürte ein Kribbeln im Bauch. Ihr Jagdinstinkt regte sich. »Wir schauen uns die Bilder noch mal gemeinsam an.« Endlich konnte sie etwas tun. Die Berichte und Bilder von Grausamkeiten russischer Soldaten machten sie traurig und wütend. Der Zynismus rechts stehender Politiker und Firmenbosse in der Schweiz, die Putins Taten entschuldigten oder gar guthießen, nervte sie. In ihren Augen versteckten sich diese Leute wie ängstliche Kinder hinter Mutter Helvetias zerschlissener Neutralitätsschürze, damit sie Hunderte Milliarden Blutgelder russischer Oligarchen auf Schweizer Bankkonten retten konnten. Was in der Ukraine stattfand, war kein Krieg, es war ein Massaker an unschuldigen Menschen, vor allem an Kindern, die zu Hunderten von den Russen verschleppt wurden. Wie konnte Pias Heimat, die sich Freiheit, Humanität und Menschenwürde auf die Fahne schrieb, zynisch abseitsstehen, wenn eine Tagesreise entfernt ein ganzes Volk geschlachtet wurde?

Die Stimmung verwandelte sich mit einem Schlag, als Anna, Yulia und Mirio neue Zeichnungen schwenkend zur Küche hereinrannten. Die Mädchen plapperten fröhlich durcheinander. Mirio zeigte Pia, was er gemalt hatte. King Louie war viele Menschen um sich nicht gewohnt. Er verzog sich ins Nebenzimmer.

***

Dornach saß mit Karin in der Cafeteria der Schanzmühle. Er hatte dem Verpflegungsautomaten ein Weggli-Käse-Sandwich entlockt. Karin löffelte ein Joghurt. »Vanessa Kurth und der unbekannte Tote haben tatsächlich am Tatabend zusammen gegessen. Eine Kellnerin im ›Thai Sunshine‹ konnte sich an die beiden erinnern. Das Menü stimmt mit dem Befund im Obduktionsbericht überein, Rindercurry mit Nudeln. Er hat bezahlt, in bar, leider.«

»Bingo.« Dornach biss in sein Sandwich. Er hatte schon bessere gegessen. Es ging um die Nahrungsaufnahme, nicht um den Genuss. »Was ist mit dem Abgleich der Fremd-DNA bei Vanessa Kurth?«

»Läuft noch. Das Resultat sollten wir morgen haben.«

Es kam Bewegung in den Fall. »Was ist mit der Frau mit dem Pfefferspray.«

»Gibt uns immer noch Rätsel auf. Was hatte sie an beiden Tatorten zu suchen? Könnte sie Vanessa und den Deutschen getötet haben?«

»Weshalb?«, fragte Dornach.

»Auftragskillerin, von Baddour angeheuert.«

Dornach zerknüllte die Cellophanfolie seines Sandwiches. »Ergibt das Sinn? Professionelle Killer erledigen ihren Job und sind weg. Sie präsentieren sich nicht so offen, wie die Frau es im Attisholz gemacht hat.«

»Was könnte sie sonst gesucht haben?«

»Das ist die Preisfrage. Sie dürfte die Einzige sein, die sie uns beantworten kann.«

Karin hatte das Joghurt ausgelöffelt, und sie schleckte den Deckel ab. »Glaubst du, der Mord an Alex Spirig hängt mit den anderen beiden zusammen?«

»Da fragst du den Falschen. Du weißt, wie ich darüber denke. Alex Spirig war mit Kurth liiert, das verbindet ihn mit dem Unbekannten, der gewissermaßen sein Nachfolger war.«

»Eine Beziehungstat.« Karin betrachtete den Joghurtbecher, als könnte sie die Lösung aus der Zutatenliste herauslesen. »Warum nicht. Spirig wollte Vanessa zurück. Sie verweigerte sich ihm, und Spirig sah rot.« Frustriert schob sie den Becher zur Seite. »Das ist eine Gleichung mit zu vielen Variablen. Man weiß nicht, wo beginnen. In der Schule habe ich Mathe gehasst.«

»War auch nicht gerade meine Stärke«, sagte Dornach. »In solchen Fällen hilft meistens das Ausschlussverfahren.«

Maja kam herein. »Hier steckt ihr. Ich versuche die ganze Zeit, dich auf dem Handy zu erreichen, Dominik.«

Dornach tastete sein Jackett und die Hosentasche ab. »Habe es wohl im Büro liegen gelassen, tut mir leid. Hast du Neuigkeiten?«

»Wie wäre es mit der Identität des deutschen Landsmanns?« Maja legte ein ausgedrucktes Formular mit Foto auf den Tisch. Das Bild sah dem Toten ähnlich. »Die Vermisstenmeldung kam heute Nachmittag rein. Der Mann heißt Daniel Allemann, deutscher Staatsbürger, Jahrgang 1997. Er arbeitete als Magaziner beim Migros-Verteilbetrieb in Neuendorf. Er hat Niederbuchsiten als Wohnadresse angegeben, ist dort aber noch nicht gemeldet.«

»Angehörige scheint er hier keine zu haben«, sagte Dornach. »Sonst hätten die sich bereits gemeldet.«

»Jedenfalls niemanden in der Schweiz«, pflichtete ihm Maja bei. »Er hatte letzte Woche drei Tage Ferien bezogen, von Mittwoch bis Freitag. Er war am Sonntag und gestern telefonisch nicht erreichbar. Deshalb hat die Personalabteilung des Verteilbetriebes Alarm geschlagen.«

»Der Arbeitgeber wollte ihn am Sonntag erreichen? Weshalb?«

»Irgendeine Umstellung der Schicht, Überstunden oder so, keine Ahnung. Die Personalverantwortliche hat angegeben, Herr Allemann sei ein gewissenhafter Mitarbeiter gewesen. Es sei nicht seine Gewohnheit gewesen, unentschuldigt der Arbeit fernzubleiben. Nachdem sie die Spitäler ohne Ergebnis abgefragt hat, hat sie die Vermisstenanzeige aufgegeben.«

»Weiß man, wo Allemann zuvor in Deutschland wohnhaft war?«

»In einem Nest in Brandenburg, in der Nähe von Potsdam.« Maja blätterte in ihrem Notizbuch. »Wo habe ich das jetzt aufgeschrieben? Ah, hier, Schwielowsee.« Sie schrieb den Ortsnamen unter denjenigen von Niederbuchsiten.

»Hat er dort Familie oder Verwandte?«

»Google stellt bereits Nachforschungen an.«

Sollte im fernen Brandenburg oder sonst wo auch nur ein Cousin fünften Grades von Allemann existieren, würde Google ihn in den Tiefen des digitalen Universums aufstöbern. »Hat sich Allemann bei uns etwas zuschulden kommen lassen?«, fragte Dornach.

»Nicht bei uns. Google klärt, ob die Deutschen etwas über ihn haben.«

»Er soll auf allfällige Verbindungen zwischen Allemann und dem Baddour-Clan achten. Potsdam ist nicht weit von Berlin entfernt. Schaut sich jemand in Allemanns Wohnung in Niederbuchsiten um?«

»Mike ist mit einem Kollegen vom Regionenposten Egerkingen hingefahren.«

»Gut, dann machen wir jetzt Feierabend«, sagte Dornach.

Zu früh. Google marschierte im Sturmschritt auf sie zu. »Schließt die Tore, haltet die Pferde!«, rief er aufgebracht.

Karin, die eine fürsorgliche Ader für den Bären von einem Mann entwickelt hatte, rückte ihm einen Stuhl zurecht, in den er sich atemlos fallen ließ.

»Kommt davon, wenn man dauernd in Bildschirme guckt, anstatt zwischendurch rauszugehen«, sagte Maja spitz. Die Bemerkung trug ihr umgehend einen vorwurfsvollen Blick Karins ein, die ihrem Kollegen einen Espresso hinstellte.

»Daniel Allemann *no existe*«, sagte er schnaufend. »Es gibt ihn nicht.«

»Was heißt das, gibt ihn nicht?« Maja hielt Google die Vermisstenmeldung unter die Nase. »Hier hast du ihn schwarz auf weiß. Sieht so dein *no existe* aus? Oder ist der da auf dem Blatt der Weihnachtsmann?«

Google schob das Blatt weg. »Tut mir sehr leid, geschätzte Kollegin. Ich habe alle Datenbanken und Fahndungslisten abgeklappert – ohne Ergebnis. Das ist an sich nichts Ungewöhnliches.« Er legte eine seiner üblichen Spannungspausen ein.

Maja rollte die Augen.

Dornach bedeutete ihr, einen Gang runterzuschalten.

»Ich bin überall angerannt.« Google klang der Verzweiflung nahe. »Alle Quellen sind trockengelegt. Was und wie ich versuchte, immer kam eine Systemmeldung, die Informationen unterlägen der höchsten Geheimhaltungsstufe und seien nur mit Sondergenehmigung einzusehen. Ich habe einen Kontakt beim BKA –«

»Das brauchen wir nicht im Detail zu wissen«, unterbrach ihn Dornach. »Wie geht's weiter?«

»Das will ich ja gerade sagen. Ich habe meinen Vertrauensmann beim BKA in Wiesbaden angezapft. Wir helfen uns gegenseitig aus, *tit for tat* und so weiter, ihr wisst schon.«

»Ja, ja, eine Hand wäscht die andere«, übersetzte Dornach mit Seitenblick auf Maja. »Und dann?«

»Der besagte Kollege verfügt normalerweise über alle Zugriffsmöglichkeiten. Es ist das erste Mal, dass er mir nicht helfen konnte.« Google schüttelte den Kopf. »Wenn ich daran denke, was wir schon alles ausbaldowert haben. Aus einem unerfindlichen Grund sitzt ein hochgestellter deutscher Beamtenhintern auf Allemanns Akte. Wenn wir etwas über ihn erfahren wollen, müssen wir wohl oder übel ein Amtshilfegesuch auf die ordentliche Schiene legen.«

Das bedeutete eine Anfrage via Fedpol und BKA an das LKA Brandenburg und viel verschwendete Zeit. Sie drehten sich im Kreis. Alle Zeugen und Spuren führten ins Nichts. Eine Wand des Schweigens stand zwischen ihnen und dem Durchbruch.

Dornach klopfte Google auf die Schulter. »Trotzdem danke, Google, das war gute Arbeit. Ich rede mit Katrin Friis und der Staatsanwältin.«

ACHT

»Hattest du gestern Besuch?«, fragte Dornach Pia beim Frühstück.

»Woher ... wie kommst du drauf?«

»Normalerweise kocht Frau Reinhard für zehn. Als ich nach Hause kam, war noch knapp ein Teller Suppe übrig.«

Pia seufzte. »Hätte ich wissen müssen. Ja, da war jemand.«

»Das klingt merkwürdig. Verheimlichst du mir etwas?«

»Eigentlich nicht.«

»Und uneigentlich?«

»War schon speziell.«

Dornach lehnte sich zurück. »Ich bin knapp dran, aber warum erzählst du es mir nicht jetzt?«

»Ich habe gestern diesem Jungen geholfen.«

Das war nicht weiter seltsam. Pia half oft irgendwem. Sie hatte das Talent, sich dabei in Schwierigkeiten zu bringen. »Ich höre.«

»Es war Ronnie. Ich habe dir von ihm erzählt.«

»Derselbe Ronnie, mit dem du am Samstag an der HESO aneinandergeraten bist?«

»Wir sind nicht aneinandergeraten. Das war ein Missverständnis. Gestern hatte er einen Unfall.« Sie erzählte, wie sie Ronnie auf der Straße aufgelesen hatte und mit ihm ins Spital gefahren war.

»Wie alt ist Ronnie?«

»Zwanzig, Maximum.«

»Wo genau hast du ihn aufgelesen?«

»In Bellach, verletzt am Straßenrand.«

»In Bellach?«

»Sage ich doch.«

»Was hattest du dort zu tun?«

»Polizistenfrage, Paps. Darf ich die Aussage verweigern?«

»Sofern du dich damit selbst belastest, ja.«

»Ich habe eine Studienkollegin getroffen. Wir ... wir haben eine Arbeit besprochen.«

»Und später bist du auf den armen Ronnie gestoßen. Ich wusste nicht, dass sich die Verletzten in Bellach neuerdings an den Straßenrand legen.«

»Mann, Paps, ich weiß doch auch nicht. Seine Hand war gebrochen. Er sagte, er sei von einem Radfahrer über den Haufen gefahren worden. Ich wollte ihm helfen und habe ihn ins Spital gebracht.«

»Wurde eine Anzeige aufgenommen?«

»Anzeige? Wozu?«

»Selbst wenn es nur ein Radfahrer war, der ihn angefahren hat, hat der Fahrerflucht begangen. Also?«

»Keine Ahnung. Ich bin gleich mit ihm ins Spital gefahren.«

»Wie?«

»Was, wie?«

»Wie hast du ihn ins Spital gebracht? Gestern Morgen bist du mit dem Zug nach Bern gefahren. Wie bist du überhaupt nach Bellach gekommen?«

»Schon mal was von ÖV gehört, Busse, Bahn, so was? Funktioniert bestens, solltest du auch mal probieren.«

»Du hast ihn mit dem Bus ins Spital gebracht?«

»Nein, mit dem Taxi.« Pia zeigte auf die Wanduhr. »Sagtest du nicht, du bist spät dran, oder läuft dieses Verhör schon unter Arbeitszeit?«

»Stimmt. Wir sprechen am Abend weiter.«

Er war schon fast im Auto, als Pia ihn einholte. »Etwas solltest du wissen. Ich habe Ronnie gestern Abend nach Hause gefahren. Er wohnt an der Bergstraße. Dort hat ihn eine Frau in Empfang genommen. Rate mal, wer?«

»Ich bin wirklich spät dran. Sag's einfach.«

»Hannah Wirz.«

»Die Staatsanwältin?«

»Yep. Es waren die beiden, die sich Samstagnacht am Vauban-Weg gestritten haben und die ich gesehen habe, als ich den Müll aus Silvanos Zelt wegbrachte.«

Mit Hilfe von Concealer und Make-up hatte Hannah Wirz offensichtlich versucht, Augenringe und Blässe zu verbergen, mit zweifelhaftem Resultat. Sie war grau im Gesicht, das straff zum Dutt gebundene Haar saß lockerer als gewöhnlich. Eine Strähne hatte sich selbstständig gemacht. Sie landete in ihrem Gesicht. Dornach fand, es sah besser aus als ihr Rottenmeier-Look. Ihr Blick verdüsterte sich, sobald er Friis' Büro betreten hatte. Mit leiser Wehmut dachte er an die Arbeitsbesprechungen mit Casagrande zurück. Sie hatten sich häufig gestritten. Am Ende des Tages hatten sie einen Konsens gefunden und waren ein Bier trinken gegangen.

Dieses Treffen bei Friis hatte er angeregt. Er wollte nicht mehr Zeit verschwenden als absolut nötig.

»Ich habe wegen deiner Anfrage mit dem Fedpol gesprochen, Dominik«, sagte Friis. »Das Gesuch ist schon auf dem Weg an das BKA. Hoffen wir, dass es nicht zu lange dauert, bis es beim LKA Brandenburg landet.«

Wirz' Ausdruck war ein einziges Fragezeichen. »Fedpol, BKA, LKA? Was habe ich verpasst?«

Friis übernahm die Erläuterung. Wirz' Unmut richtete sich ausschließlich gegen Dornach. »Weshalb wurde ich nicht informiert, dass die Identität des Toten bekannt ist? Es ist unerhört, ein Amtshilfeersuchen über meinen Kopf hinweg laufen zu lassen. Ich leite diese Ermittlung.«

»Sie waren telefonisch nicht erreichbar«, erwiderte Dornach. »Ich habe gestern Abend mehrmals versucht, Sie anzurufen, und auf Ihre Combox gesprochen. Sie sollten auch eine Mail bekommen haben.«

Hannah Wirz wechselte die Gesichtsfarbe, als sie die Nachrichten auf ihrem Handy fand. »Trotzdem hätten Sie –«

»Der Dringlichkeit wegen hat sich Herr Dornach an mich gewandt, Hannah.« Friis bog die Wahrheit geringfügig zurecht.

Dornach hatte sie angerufen, bevor er versucht hatte, mit der Staatsanwältin Kontakt aufzunehmen. »Das ist in deinem Sinn, denke ich. Ich wollte den Oberstaatsanwalt nicht bemühen.« Friis machte deutlich, dass sie nicht vorhatte, das zu diskutieren. »Zusätzlich habe ich Oberst Wille ins Bild gesetzt«, fügte sie hinzu. »Er ist auch unserer Ansicht.«

Die Erwähnung des Polizeikommandanten nahm Wirz endgültig den Wind aus den Segeln. »Ich stelle mich dem nicht in den Weg. Trotzdem frage ich mich, ob wir das nicht gründlicher hätten abklären sollen.«

»Der Punkt, Frau Wirz, ist, dass uns die Zeit davonläuft«, sagte Dornach. »Das wissen Sie so gut wie wir. Jede Spur, die wir verfolgen, jede Frage, die wir stellen, stößt auf Schweigen, führt ins Leere oder zieht drei neue nach sich. Alles weist darauf hin, dass die drei Tötungsdelikte zusammenhängen. Wir haben immer noch keine Ahnung, wie. Wir sind auf jeden Strohhalm angewiesen, den wir zu fassen kriegen, möglichst bevor wir untergehen.«

»Haben Sie deshalb Boran Baddour noch mal vorgeladen? Was versprecht ihr euch davon. Solange wir nichts Handfestes gegen ihn in der Hand haben, wird Anwältin Dr. Maric alles abblocken.«

»Deswegen können wir nicht die Hände in den Schoss legen. Ilona Maric wird uns ständig Steine in den Weg legen, egal, was wir tun. Das ist ihr Job. Dazu kommt, dass sie einiges zu verlieren hat.«

»Wie meinen Sie das?«

»Das würde mich auch interessieren«, sagte Friis.

»Im Vergleich zu Deutschland sind die Aktivitäten des Clans hierzulande überschaubar – noch. Es gibt aber Hinweise, dass der Baddour-Clan expandieren will.«

»Welche Hinweise?«, wollte Friis wissen.

»Boran Baddour gehört eine Anzahl Bars und Clubs hier in der Stadt, aber auch in der Region Grenchen und Olten, darunter mindestens drei Bordelle.«

»Bordelle sind in der Schweiz nicht illegal«, sagte Wirz.
Meinte sie das ernst? »Wir wissen doch, was hinter den Fassaden dieser Betriebe läuft: Geldwäscherei, Drogen, Menschenhandel.«
»Was wir beweisen müssen, Dominik«, sagte Friis. »Gibt es etwas Handfestes, womit wir Boran Baddour in Verbindung bringen können?«
»Nicht zu diesem Zeitpunkt. Dank der Informationen, die uns Frau Kurth vor ihrem Tod geliefert hat, wissen wir, dass Baddour Etablissements und Wohnimmobilien kauft. Das Wohnhaus am Rossmarktplatz gehört unter anderem ihm. Boran Baddour selbst wohnt in einer Villa in Kammersrohr.«
»Das ist bekannt und legitim. Boran Baddour besitzt den deutschen Pass. Staatsangehörige der EU und EFTA sind beim Immobilien- und Grundstückserwerb Schweizerbürgern gleichgestellt.«
Dornach schluckte die Belehrung. »Die Immobilien-Transaktionen laufen über die Imexcura, eine in Solothurn gegründete Holding mit Verbindungen in den Mittleren Osten, nach Osteuropa und Südamerika. Verwaltungsratspräsidentin und CEO in Personalunion ist Dr. Ilona Maric. Kürzlich hat die Imexcura Liegenschaften an zentraler Lage in Olten für einen zweistelligen Millionenbetrag erworben. Das Kapital stammt anscheinend aus Mittel- und Südamerika und der Karibik. Ich frage mich, welches Interesse lateinamerikanische Investoren an Olten haben können. Ich –«
»Herr Dornach«, unterbrach ihn Wirz harsch. »Dass große Immobilienprojekte Fassadengeschäfte für Geldwäscherei sein können, müssen Sie mir nicht erklären. Was wir brauchen, sind Beweise. Meine Kollegen von der Wirtschaftskriminalität haben ein Auge drauf. Zuständig ist jedoch die Bundesanwaltschaft.«
Das war genau das Problem, dachte Dornach. Die Debakel der letzten Jahre beeinträchtigten die öffentliche Wahrnehmung der Bundesjustiz. Sie vermittelte den Eindruck, als beschränkte sie sich auf Paragrafenreiterei und strafrechtliche Verfolgung

derjenigen, die Missstände aufdeckten, die sie eigentlich selbst untersuchen sollte. »Danke für die Belehrung, Frau Wirz. Wie dem auch sei, Baddour kommt in unseren Fällen eine zentrale Rolle zu. Ob er die Tötungen zu verantworten hat, können wir nicht mit Sicherheit sagen. Fest steht, die drei Toten sind nicht nur untereinander, sondern auf die eine oder andere Weise mit ihm verbunden. Er soll wissen, dass wir an ihm dran sind. Das zweite Todesopfer, Daniel Allemann, stammt aus der Region Berlin-Brandenburg, eine wichtige Machtbasis des Clans. Da sollten wir schon genauer hinsehen.«

Das Klingeln von Katrin Friis' Tischtelefon stoppte einen Einwand von Wirz im Ansatz. Friis hob ab und hörte kurz zu. »Ich komme gleich.« Sie legte auf. »Ich bekomme Besuch, den ich nicht warten lassen kann. Sind wir hier fertig?« Die Frage galt der Staatsanwältin.

Vor dem Haupteingang hatte Dornach sie eingeholt. »Frau Wirz?«

Sie wandte sich zu ihm um. Ihr Ausdruck, die Haltung, als trüge sie die Last der Welt auf ihren Schultern. »Was noch? Ich habe keine Zeit.«

Das war eindeutig. Ursprünglich wollte er sie zu einem Kaffee einladen. Er schlug den Kragen seines Jacketts hoch. Dieser Morgen war kühler als die vorangegangenen. Der Nebel lag niedriger und dichter über der Stadt. »Gehen Sie rüber zum Franziskanerhof? Ich brauche ein paar Schritte an der frischen Luft.« Bevor sie ablehnen konnte, machte er eine einladende Handbewegung in Richtung Stadtpark auf der gegenüberliegenden Straßenseite.

Hannah Wirz schnaubte unwillig. »Haben Sie nichts Dringenderes zu tun, als mit mir durch den Park zu spazieren?«

Dornach dachte an Baddour, der mit Ilona Maric in einem Besprechungszimmer auf ihn wartete. Ab und zu musste die Dringlichkeit der Wichtigkeit weichen. Schweigend überquerten sie die Straße und betraten den Park, wo die Umrisse der

Bäume und die Schanze im Grau verschwammen. Von sich aus würde sie nichts sagen. Es lag an ihm. »Wie geht es Ihnen?«, fragte er.

»Ich weiß nicht, was Sie das anginge, aber danke, es geht mir gut.« Sie zog ein Papiertaschentuch aus ihrer Manteltasche. »Nur eine leichte Erkältung. Kein Wunder bei diesem Wetter, morgens kühl, nachmittags warm.« Sie schnäuzte sich. »Weshalb interessiert Sie das?«

»Mich interessieren die Menschen, mit denen ich arbeite.«

»Ist mir bekannt. Vor allem die weibliche Spezies.«

Zweiter Versuch. »Haben Sie nicht auch das Gefühl, dass die Qualität unserer Zusammenarbeit verbesserungswürdig ist?«

»Kommt darauf an, wie Sie das meinen. Mit Frau Casagrande pflegen Sie, wie soll ich sagen, auch eine private Beziehung. Ich hingegen möchte unsere Zusammenarbeit streng dienstlich halten. Ich bin Ihre Fachvorgesetzte, und Sie sind mein leitender Ermittler, klare Verhältnisse, meinen Sie nicht?«

Das war deutlich und kein Grund aufzugeben. »Verstehen Sie mich recht, es geht mir nicht darum, dass wir beste Freunde werden. In der Zusammenarbeit würde ich mir etwas mehr …« Er suchte nach geeigneten Worten. »Wir haben es im Moment mit komplexen Fällen zu tun. Ich würde mir mehr Offenheit und Vertrauen von Ihnen wünschen.«

»Offenheit und Vertrauen? Was genau verstehen Sie darunter, Herr Dornach? Dass Sie Ihre Chefin vorschützen und mich desavouieren? Warum haben Sie nicht zuerst mit mir gesprochen, bevor Sie mich bei Katrin Friis ins Messer laufen ließen? Ist das Ihre Vorstellung von Offenheit und Vertrauen?«

Seine Beweggründe noch mal zu erklären würde in Rechtfertigung ausarten und Öl ins Feuer gießen. »Glauben Sie's oder nicht, es hat mir keinen Spaß gemacht, im Gegenteil. Mit Frau Casagrande habe ich jeweils –«

Hannah Wirz stieß ein hartes Lachen aus. Sie blieb stehen. »Daher weht der Wind. Hören Sie, Dornach, Ihr Frauenbild und was Sie unter Vertrauen verstehen, sind mir egal. Es geht mich auch nichts an, dass Sie Ihr kaltes Bett mit meiner Vorgängerin und weiß Gott wem sonst wärmen.« Sie ließ das setzen, bevor sie fortfuhr: »Schauen Sie nicht so. Glauben Sie im Ernst, von der Stawa hat es keiner mitgekriegt? Sie hätten die arme Angela beim Abschiedsapéro sehen sollen. Sie hat ständig zur Tür geschielt, wohl weil sie hoffte, Sie würden wenigstens kurz vorbeischauen.«

Zielsicher hatte sie seinen wunden Punkt getroffen. Er hatte sich im letzten Moment dagegen entschieden, hinzugehen. Seit dem Morgen, als er und Casagrande auseinandergegangen waren, hatten sie weder miteinander geredet noch sich gesehen. Was hätte er ihr vor allen Leuten sagen sollen? In Retrospektive hatte er sich aufgeführt wie ein trotziger Junge, nicht seine beste Stunde. »Es war nicht der richtige Moment.«

»Was ist der richtige Moment für Sie? Wann gilt eine Frau etwas in Ihren Augen, Dornach? Wenn sie schmachtend in Ihren ausgebreiteten Armen liegt und sich benutzen lässt?«

Er erinnerte sich an ein Gespräch mit Pia kurz nach dem Eklat mit Casagrande. Sie hatte ihm ähnliche Worte an den Kopf geworfen.

Sie schritten durch das Franziskanertor. Vor dem Eingang des Franziskanerhofes blieb Dornach stehen. Wirz ging ohne ein Wort des Abschieds weiter.

»Frau Wirz?«

Sie blieb stehen, ohne sich umzudrehen. »Was wollen Sie noch?«

»Wie geht es Ihrem Sohn?«

Sie fuhr herum. Eine Ohrfeige hätte keine bessere Wirkung erzeugt. »Mein Sohn? Woher wissen Sie ...« Sie biss sich auf die Lippen.

»Ronnie, nicht wahr? Pia, meine Tochter, hat ihn gestern aufgelesen und in die Notaufnahme gebracht. Geht es ihm besser?«

Sie nickte.

»Steckt er in Schwierigkeiten?«

»Was meinen Sie? Er ... er hatte einen dummen Unfall, das ist alles.«

Er machte ein paar Schritte auf sie zu. Eine Staatsanwältin sollte besser lügen können. Er reichte ihr die Hand. »Ich muss leider zurück. Wenn ich Ihnen helfen kann, irgendwie, wissen Sie ja, wie Sie mich erreichen können.«

Dass sie den Handschlag erwiderte, hätte er nicht unbedingt erwartet. »Danke.«

Auf dem Rückweg zur Schanzmühle brach die Sonne durch die Nebeldecke. Hannah Wirz hatte sich bei ihm bedankt. Eine Bresche war geschlagen, eine kleine nur, aber es war eine.

»Was werfen Sie meinem Mandanten heute vor?«, fragte Maric bissig, kaum hatten Dornach und Maja sie begrüßt.

»Würden wir Herrn Baddour etwas vorwerfen, säßen Sie der Staatsanwältin und nicht uns gegenüber«, sagte Dornach. »In diesem Fall fände das Gespräch im Untersuchungsgefängnis statt und nicht hier.«

Maric seufzte demonstrativ. »Na schön, fragen Sie, was Sie zu fragen haben.«

»Sagt Ihnen der Name Daniel Allemann etwas?«

»Ist uns völlig unbekannt.« Maric sagte es, ohne einen Blick mit ihrem Mandanten gewechselt zu haben. Boran Baddour saß mit teilnahmsloser Miene neben der Anwältin.

»Sind Sie sicher?« Dornach adressierte die Frage direkt an ihn. »Hilft Ihnen das weiter?« Dornach zeigte ihm Allemanns Foto. Ein weiteres Bild, dasjenige des Toten vom Attisholz-Areal, legte er auf den Tisch. Baddour sah nur kurz darauf, bevor er wieder ins Leere blickte.

»Bedaure«, sagte Maric. »Wir kennen ihn nicht. Ist er tot?«

»Er wurde vergangenen Samstag gefunden.«

»Tragisch. Deshalb haben Sie uns herbestellt? Das hätten Sie telefonisch erledigen können.«

»Es ist etwas komplizierter. Laut verschiedener übereinstimmender Zeugenaussagen hatte Herr Baddour am Freitagabend mit Herrn Moretti in dessen Barzelt an der HESO eine heftige Auseinandersetzung, die von Herrn Allemann geschlichtet wurde. Somit ist Herr Baddour eine der letzten Personen, die ihn lebend gesehen haben. Deshalb sind wir neugierig zu erfahren, worum es bei der Auseinandersetzung ging.«

»Dazu äußern wir uns nicht. Es handelt sich um eine vertrauliche geschäftliche Angelegenheit, die nichts mit dem Mann auf dem Bild zu tun hat«, sagte Maric.

»Was heißt das?«, fragte Maja aufgebracht. »Waren Sie dort, und hatten Sie den Streit mit Herrn Moretti oder nicht?«

»Mein Mandant war in dieser Bar, aber er hat sich mit diesem Herrn nicht gestritten«, sagte Maric Maja ignorierend zu Dornach gewandt.

»Dann haben die Zeugen also geträumt.« Maja lehnte sich mit verschränkten Armen im Stuhl zurück.

»Es ist ganz einfach«, übernahm Dornach wieder. »Wir brauchen die Auseinandersetzung zwischen Herrn Baddour und Herrn Moretti nicht zu beweisen. Dafür gibt es genügend Zeugen. Wir wollen verstehen, was passiert ist.« Dornach sah Maric direkt ins Gesicht. »Wir sind in gewissem Sinn im gleichen Boot, Frau Dr. Maric. Es geht nicht zuletzt darum, Herrn Baddour möglichst zu entlasten. Deshalb wiederhole ich meine Frage: Was war der Gegenstand der Auseinandersetzung zwischen Herrn Moretti und Herrn Baddour? Vielleicht möchte er sich direkt dazu äußern?«

Baddour und Maric verständigten sich mit Blicken. Maric nickte fast unmerklich. Hatte er ihre Erlaubnis eingeholt zu sprechen?

Baddour räusperte sich. »Es ging um geschäftliche Transaktionen zwischen Silvano, Herrn Moretti, und mir. Herr Moretti hat sich nicht an Vereinbarungen gehalten. Ich wollte das mit ihm klären.«

»Nachts, in einer voll besetzten Bar?«

»Es war die einzige Gelegenheit, ihn kurzfristig zu sehen. Sein Lokal im Schöngrün ist während der Herbstmesse ge-

schlossen. Herr Moretti wurde ausfallend. Ich habe mich dazu hinreißen lassen, entsprechend zu reagieren. Weshalb sich dieser Herr«, er zeigte auf das Foto von Allemann, »einmischen musste, ist mir ein Rätsel.«
»Sie kennen Herrn Allemann also nicht?«
»Nie gesehen.«
»Diese strittige Vereinbarung, an die sich Herr Moretti anscheinend nicht gehalten hat, es ging dabei nicht zufällig um Schutzgelder?«
»Wie bitte?«
»Was soll das?«, intervenierte Maric. »Beschuldigen Sie meinen Mandanten auch noch der Schutzgelderpressung? Was ist Ihre Handhabe?«
»Wir arbeiten daran«, sagte Dornach. »Montagabend wurde Silvano Moretti in seinem Lokal überfallen und zusammengeschlagen. Möchten Sie sich dazu äußern, Herr Baddour?«
»Keine Ahnung, wovon Sie sprechen. Im Gastgewerbe bläst ein rauer Wind«, antwortete er.
»Hierzulande werden auch in dieser Branche geschäftliche Differenzen auf zivilisierte Art und Weise beigelegt.«
»Mein Mandant hat es nicht nötig, seine Konflikte per Faustrecht auszutragen. Dafür hat er mich als juristischen Beistand engagiert. Bei den Differenzen mit Herrn Moretti ging es um Zahlungsrückstände. Herr Moretti hat von Herrn Baddour Leistungen erhalten, die er wegen angeblicher Mängel nicht bezahlen wollte.«
»Leistungen welcher Art?«
Maric verschränkte die Arme. »Ich wüsste nicht, weshalb Sie das interessieren sollte. Wenn Sie einen Beschluss der Staatsanwaltschaft vorlegen, stelle ich Ihnen die entsprechenden Unterlagen selbstverständlich zur Verfügung.«
Das glaubte Dornach ihr aufs Wort. »Ich komme darauf zurück. Da ist noch was anderes, wenn Sie gestatten.«
»Nur zu, wenn wir schon mal da sind«, sagte Maric mit einem erneuten übertriebenen Seufzen.

Dornach zeigte Spirigs Foto. »Ist Ihnen dieser Mann schon begegnet?«

»Lassen Sie mich raten. Er ist auch tot«, sagte Maric.

»Leider ja.«

Maric lachte trocken. »Das kann nicht Ihr Ernst sein. Wollen Sie meinen Mandanten zu jedem Todesfall befragen, bei dessen Aufklärung die Solothurner Polizei zu versagen droht?«

»Sie haben die Frage nicht beantwortet. Kennen Sie, Herr Baddour, den Mann oder nicht? Er heißt Alex Spirig.«

»Ehrlich gesagt kommt er mir bekannt vor«, kam Baddour Marics Entgegnung zuvor. »Kann sein, dass er mal im ›Lioness‹ war.«

»Am Montagabend?«

»Tut mir leid, da bin ich überfragt.«

»Wo befanden Sie sich in der Nacht von Montag auf Dienstag?«

Baddour verschränkte die Hände am Hinterkopf. »Wenn Sie mir eine Uhrzeit nennen, kann ich es Ihnen vielleicht genau sagen.«

»Zwischen Mitternacht und vier Uhr morgens?«

»Da war ich im ›Lioness‹ in Bellach. Unter der Woche haben wir bis zwei auf. Danach machen wir die Abrechnungen.«

»Und Ihr Kompagnon?« Dornach schaute auf seine Notizen. »Aslan Poljakow, genannt Sascha?«

»Wir haben gemeinsam abgerechnet, aber warum fragen Sie ihn das nicht selbst?«

»Das tun wir, just in diesem Augenblick. Vermutlich gibt er Sie als Alibi an. So können wir das Prozedere abkürzen.«

»Wie gesagt, er war die ganze Zeit mit mir im ›Lioness‹.«

»Sie hatten ihn ständig im Auge? Er war nie weg, für eine Stunde oder so?«

»Ich war die meiste Zeit im Büro. Sascha ist der Geschäftsführer. Es fällt sofort auf, wenn er auch nur kurz weg ist.«

»Sie schließen um zwei. Dauert die Tagesabrechnung immer zwei Stunden?«

»Es gab eine Kassendifferenz, die wir bereinigen mussten. Das hat länger gedauert. Bald ist Monatsabschluss.«

»Das reicht jetzt«, sagte Maric energisch. »Wir überlassen es gern Ihnen, die Alibis zu verifizieren. Ansonsten sind wir hier fertig.«

Der Vorwurf in Majas Stimme war unüberhörbar. »Wir hätten Boran Baddour stärker rannehmen sollen.«

»Du meinst, ich hätte das tun sollen?«, fragte Dornach. »Was hättest du denn gern gewollt? Dass er gleich ein vollumfängliches Geständnis ablegt, am besten für alle drei Morde?«

»Er steckt garantiert dahinter, ich bin sicher.«

»Meinst du?«

Maja hasste solche Frage-und-Antwort-Spielchen. Die Verbindung zwischen zwei Punkten war für sie die gerade Linie. »Wozu sonst diese Befragung?«

»Ich finde, sie ist ganz gut gelaufen. Im Moment haben wir nichts Konkretes gegen Baddour, das weißt du so gut wie ich. Ich will, dass er weiß, dass wir an ihm dran sind und ihn nicht in Ruhe lassen werden. Gleichzeitig müssen wir achtgeben, dass Maric uns nicht unnötig Steine in den Weg legt. Bei der Schützengrabenmentalität unserer Staatsanwältin könnte sie uns damit lahmlegen.«

»Darum meine ich, wir hätten aggressiver vorgehen sollen«, beharrte Maja. »Du hast doch gesagt, wir sollen ihn aus der Reserve locken. Angela würde …« Sie biss sich auf die Lippen.

Dornach blieb stehen und blickte an die Decke. »Wir kommen nirgendshin, wenn wir ständig Wirz mit Casagrande vergleichen. Angie ist nicht mehr da, Wirz macht es anders. Außerdem haben wir Baddour dort, wo wir ihn haben wollen.«

»Ach ja? Das musst du mir aber erklären.«

»Hast du nicht gemerkt, wie engagiert Baddour plötzlich meine Fragen beantwortet hat? Ist dir nicht aufgefallen, dass die gute Frau Dr. Maric davon gar nicht erbaut war?«

»Klar doch, du und Baddour habt ihr die Show gestohlen.«

»Nicht nur das. Ich denke, sie hätte gewollt, dass Boran Baddour gar nichts sagt.«
»Weil er sich damit selbst belasten könnte.«
»Das auch, aber ich glaube, es steckt mehr dahinter. Etwas, das wir möglicherweise noch gar nicht auf dem Radar haben.«
Karin lächelte auf den Stockzähnen. »Du meinst tatsächlich, Dr. Maric ist diejenige, die Boran Baddour sagt, was er zu tun hat?«
»Das werden wir sehen, vielleicht bald.«

***

Maric wählte die längere Strecke nach Kammersrohr über Rüttenen und das Galmis, eine Talsohle an der Südflanke des Vorbergs. Auf der wenig befahrenen Bergstraße konnte sie die Pferdestärken ihres Maserati kitzeln. Sie steuerte ihn einhändig über die unebene, mit Schlenkerkurven gespickte Straße. Mit der anderen Hand steckte sie sich eine Zigarette an. Sie wohnte in Günsberg und kannte die Strecke in- und auswendig. »Idiot«, presste sie zwischen den Lippen hervor.
»Was?« Boran hatte keine Zeit, wütend zu werden. Er war damit beschäftigt, sich am Handgriff über der Beifahrertür festzuhalten, als sie in der Doppelkurve der Rütimatt aufs Gas drückte.
»Du hast mich verstanden. Wenn ich sage, überlass mir das Reden, dann tust du das gefälligst. Du hast es vermasselt.«
Auf dem höchsten Punkt der Strecke angekommen, verlangsamte sie die Fahrt. Vor ihnen reckte sich die gewaltige Felswand des Balmfluechöpfli gen Himmel. Beim Dorfeingang von Balm betätigte sie den Schalthebel. Boran hielt sie am Arm fest, als sie das Steuer fassen wollte. »So redest du nicht mit mir, du Schlampe, sonst –«
»Sonst was? Schlägst und vergewaltigst du mich wie Meryem?« Vor dem Umzug in die Schweiz wurde Boran nach dem Willen Akim Baddours mit der sechzehnjährigen Meryem, der

Tochter eines entfernten Cousins in Ostanatolien, zwangsverheiratet. Boran hielt sie als seine Sklavin. »Lass meine Hand los, wenn du nicht willst, dass ich uns in den Graben fahre«, fuhr Maric ihn an.

Boran ließ los. »Treib's nicht zu weit, Ilona. Mein Vater wird nicht immer da sein, um dich zu schützen.«

Ihr trockenes Lachen ging in einen Hustenanfall über. Sie öffnete das Seitenfenster einen Spalt und schnippte die halb aufgerauchte Zigarette hinaus. »Fass mich noch mal an, und du wirst es bereuen.« Sie warf einen vielsagenden Blick auf seinen Schritt. »Du weißt so gut wie ich, warum Akim will, dass ich die Sache durchziehe.«

»Ich kriege das allein hin.«

Maric schnaubte. »Dumm nur, dass wir davon noch nichts gemerkt haben. Uns läuft die Zeit davon, begreifst du das nicht? In drei Tagen geht die Transaktion über die Bühne, und du hast keine Resultate gebracht. Die Einzige, die uns etwas hätte sagen können, ist tot, super Job, Boran, toll gemacht.«

»Ich sagte, ich kriege es hin«, sagte Boran mit gepresster Stimme.

»Wie denn? Indem du dich von Dornach aus der Reserve locken lässt? Warum hast du den Mund nicht gehalten?«

»Ich habe ihm nichts gesagt.«

»Verdammt noch mal, du hast genug gesagt. Ich kenne Dornach, er ist eine raffinierte Schlange. Seine Fragerei war eine Fischereiexpedition. Er weiß jetzt, bei welchen Ködern du anbeißt.«

»Na und? Bis Dornach und seine Schnecke ihre Beweise zusammenhaben, ist der Deal unter Dach und Fach.«

»Dafür brauchen wir den Stein, und von dem fehlt immer noch jede Spur.«

Nach Niederwil überquerte Maric mit Vollgas die übersichtliche Kreuzung mit der Balmbergstraße. Ein Fahrzeug auf der Hauptstraße musste stark abbremsen, was dessen Fahrer heftig hupend quittierte.

»Wenn du uns mit deiner Fahrweise hinlegst, schaffen wir es definitiv nicht«, kommentierte Boran.

Fünf Minuten später fuhren sie in Kammersrohr durch das elektrische Tor, das Borans Anwesen vom Rest der Welt abschirmte. Sie stiegen aus. Maric wollte rasch die Toilette benutzen, bevor sie weiterfuhr. Sie bückte sich ins Auto hinein, um ihre Handtasche herauszunehmen. Boran packte sie von hinten. »Ich will dich. Wir gehen rein.«

Sie riss sich los und versetzte ihm eine Ohrfeige. »Du sollst mich nicht anfassen, habe ich gesagt, nicht ohne meine Erlaubnis.« Sie hatte ihn einmal rangelassen. Nun glaubte er, sie gehörte ihm.

»Du ...« Wutentbrannt ballte er die Fäuste und sah sich um. Es war ihr Glück, dass keiner mitbekommen hatte, wie sie mit ihm umsprang. Er entspannte sich.

Maric atmete auf. Taser und Pfefferspray lagen in ihrer Handtasche im Auto. Sie hätte keine Chance gehabt, an sie ranzukommen. »Ich muss los«, sagte sie. Sie würde unterwegs eine Toilette aufsuchen. »Ich darf den Flug in Kloten nicht verpassen. Du hältst die Füße still, bis neue Weisungen kommen, klar?«

Boran spuckte vor ihr zu Boden und ging ins Haus. Maric schmerzte es für Meryem, die an ihrer Stelle würde büßen müssen. Nach ein paar hundert Metern fuhr sie an den Straßenrand. Sie schloss die Augen.

Niemand hörte oder sah sie schreiend auf das Steuerrad einschlagen.

NEUN

Bevor Pia den Finger auf den Klingelknopf legen konnte, öffnete sich die Tür. Severina hatte sich zurechtgemacht. Enge Jeans, ein roter Pullover mit einer karierten ärmellosen Weste darüber und eine Wollkappe auf dem Kopf. Hatte sie Lippenstift aufgetragen? Pia fiel ein, dass sie das mit dreizehn auch zum ersten Mal gemacht hatte, zum Entsetzen ihres Vaters. Severina ließ sie herein. »Ihr Studis habt's schon gemütlich. Oder schwänzt du den Unterricht an deiner Uni?«

»Das heißt Vorlesung, und nein, ich schwänze nicht. Ein Dozent ist krank. Da habe ich gedacht –«

Ein melodischer Klang unterbrach sie. Severina nahm ihr Handy hervor und fing mit flinken Fingern an zu tippen.

»Ist das neu?«, fragte Pia. Das letzte Mal hatte Severina ein anderes Modell.

»Das alte war voll *cringe*.« Die Melodie erklang erneut. »Du sorry, ich muss, meine Besties warten. Dad ist hinten, an seinem Schreibtisch.« Sie warf Pia einen Luftkuss zu und war verschwunden.

Dir auch einen schönen Nachmittag, dachte Pia. Der Altersunterschied zwischen ihnen betrug elf Jahre. Es fühlte sich an wie das Doppelte. Sie sehnte ihre Teenagerzeit nicht zurück bis auf die Unbekümmertheit, als die Welt ein großer Spiel- und Partyplatz für sie gewesen war. Die unvermeidbaren harten Landungen formten den Charakter. Trotzdem wünschte Pia, sie würden Severina erspart bleiben.

Zu Hause kümmerten sich Frau Reinhard und Daria um Mirio und den renitenten Kater, der ab sofort die Krallen an Vanessas Katzenbaum wetzen konnte anstatt an den Möbeln. Karin hatte ihn am Morgen vorbeigebracht.

Silvano saß, vielmehr lag in seinem Bürosessel, mit ganz zurückgestellter Rückenlehne. Er schnarchte leise mit offenem

Mund. Der Anblick rührte Pia. Sie hätte ihn am liebsten wach geküsst. Solange sie sich über seine Gefühle nicht im Klaren war, wollte sie ihn nicht überrumpeln und beließ es bei einer sanften Berührung an seiner Schulter. Er schlug die Augen auf. Vor Schreck oder Überraschung verschluckte er sich an seinem Speichel. Ein Hustenanfall schüttelte ihn durch. Pia klopfte auf seinen Rücken. »Geht's? Das war nicht meine Absicht.«

Er stellte die Rückenlehne hoch. »Ich müsste lügen, wenn ich sagen würde, dich erwartet zu haben. Ist Severina schon weg?«

»Wir sind uns an der Tür begegnet. Sie ist auf dem Weg zu ihren Besties.«

»Hat sie sich etwa wieder geschminkt?«

»Nur Lippenstift.«

»Ihre Hausaufgaben? Hat sie sie gemacht?«

»Ich glaube nicht, dass sie sich verpflichtet fühlte, mir darüber Rechenschaft abzulegen.«

»Also nein. Dieses Luder. Nützt die Schwäche ihres alten Vaters aus, um sich davonzumachen.«

»Warum rufst du sie nicht auf ihrem neuen Megahandy an? Man könnte direkt neidisch werden.«

»Ihre Mutter hat es ihr gekauft. Severina ist ein richtiger Handy-Junkie. Sobald sie ein neues Modell sieht, will sie es unbedingt haben. Und sie wirft nichts weg. Mit ihrer Sammlung kann sie bald einen Secondhandhandel aufbauen. Ruth verwöhnt sie einfach zu sehr. Bei mir beißt Severina auf Granit. Wahrscheinlich will Ruth sie damit gegen mich ausspielen.«

So genau wollte Pia es nicht wissen. »Rufst du sie an oder nicht?«

»Und mache mich so zu ihrem persönlichen Staatsfeind Nummer eins? Nein danke, ich vertraue lieber auf ihre Talente als Bestnotenschülerin.« Er schüttelte den Kopf. »Tut mir leid, ich bin noch etwas benommen. Ich habe eine Tablette genommen und bin eingenickt. Was machst du hier? Solltest du nicht an der Uni sein? Willst du etwas trinken, Kaffee?«

Pia lachte. »Den Kaffee nehme ich. Im Übrigen verweigere ich die Aussage. Du klingst zu sehr nach Paps.«

Silvano wollte aufstehen.

»Lass, ich mache das«, sagte Pia.

»Kommt nicht in Frage. Meinen Besuch zu bewirten schaffe ich gerade noch.«

Später saßen sie bei Kaffee, Mineralwasser und Tiefkühlpizza am Wohnzimmertisch. Pias hungriger Magen ignorierte ihre Abneigung gegen industrielle Tiefkühlkost. Sie hatte am Morgen keine Zeit gehabt, sich in ihrer Lieblingsbäckerei etwas zu kaufen.

»Entschuldige das Junkfood«, sagte Silvano. »Wenn du das nächste Mal Bescheid gibst, koche ich uns was Frisches.« Silvano beschäftigte zwar einen Küchenchef, er war jedoch ein talentierter Koch. Pia liebte seine Pastagerichte, deren Rezepte ihm angeblich eine Großmutter vererbt hatte. Seine Gerichte waren fast so gut wie Sex. Natürlich hatte sie ihm das nie gesagt.

»Schon gut, wegen des Essens bin ich auch nicht gekommen. Ich … ähm … wollte sehen, wie es dir heute geht und … ich will mich entschuldigen wegen vorgestern Nacht. Ich wollte dich nicht so anfahren. Das Ganze war ein bisschen viel und …« Sie atmete einmal durch. »Es tut mir leid, okay?«

Er nahm ihre Hand. »Ist alles vergessen. Ich muss mich entschuldigen, dass du in den Mist reingezogen wurdest. Im Übrigen bin ich wieder ganz der Alte und voll strapazierfähig.«

»Du gehst mir aber heute nicht ins Zelt. Die Ärztin hat gesagt –«

»Ich weiß, was sie gesagt hat. Erika hat jemanden, der ihr hilft. Es sei denn, du könntest nun doch –«

»Geht leider nicht. Heute Abend besucht Daria ukrainische Freunde in Biel. Ich habe ihr versprochen, ihre Mädchen zu hüten. Sie hat sich in letzter Zeit oft genug um Mirio gekümmert.« Saubere Leistung, noch vor dem ersten Kuss einmal gelogen.

»Erika schafft das schon. Übrigens, gestern Mittag hatte ich Besuch, dein Vater.«

Pia hatte sich ein zu großes Stück abgebissen und sich fast daran verschluckt. »Paps?«, japste sie. »Was wollte er hier?«

»Seine Arbeit machen, nehme ich an.« Silvano hielt seine verbundene Hand. »Er hat sich danach erkundigt, wollte wissen, wie es passiert ist, und noch ein paar andere Sachen. Ich nehme an, du hast vorher mit ihm geredet.«

Pia schluckte die Pizza angestrengt hinunter. »Tut mir leid, ich musste es ihm sagen, nach allem, was passiert ist.«

»Was meinst du mit ›was alles passiert ist‹?« In der Frage lag kein Vorwurf.

»Zuerst der Zusammenstoß am Freitag, Vanessas Tod und dann der Angriff auf dich. Und das alles wegen diesem Boran.«

Silvano starrte auf seinen Teller.

»Geht's dir nicht gut?«, fragte Pia besorgt.

»Ich ...« Sein Blick wurde verzweifelt, fast flehentlich. »Es ist wegen Vanessa, ich will nicht, dass du es von deinem Vater erfährst.«

»Was? Dass du mit ihr geschlafen hast?«

Er sah sie mit offenem Mund an. »Hat er es dir gesagt?«

»Selbstverständlich nicht. Ich bin selbst in der Lage, eins und eins zusammenzuzählen. Warum hast du es mir nicht gleich am Samstag erzählt?«

»Ich ... keine Ahnung ... ich dachte ... hatte Angst, du denkst schlecht von mir. Dein Vater meinte, ich soll es dir sagen, wenn mir etwas an dir liegt. Dir könne man nichts vormachen.«

Pia stand auf und setzte sich vor ihm auf die Tischkante. »Lassen wir das Thema«, sagte sie. »Liegt dir wirklich etwas an mir, oder sieht Paps das falsch?«

»Nein, natürlich nicht, ich wollte dich nur nicht ...«

Sie setzte sich auf Silvanos Schoss und legte ihren Arm um seinen Nacken. Sie spürte seine zunehmende Erregung und wie es in ihrem Unterbauch warm wurde. »Sag einfach nichts«, flüsterte sie. Seine Lippen näherten sich ihren und zogen sich

wieder zurück. Pia kicherte. Das neckische Spiel wiederholte sich ein-, zweimal, bevor es ihr zu bunt wurde. Er wollte etwas sagen, kam aber nicht dazu. Sie presste ihren Mund auf seinen. Einen langen Moment ließen sie ihre Zungen und Hände auf Wanderschaft gehen, bis sie ihn sanft wegstieß. »Was wolltest du sagen, vorhin?«, fragte sie schwer atmend.
»Was? Keine Ahnung.«
»Egal.«
Sie zog ihn am Hemdkragen zu sich.
Der zweite Kuss war fordernder, hungriger. Sie knöpfte sein Hemd und seine Hose auf. Er streifte ihr das Sweatshirt über den Kopf und zerrte an ihrer Strumpfhose.

Schweißnass und atemlos ließen sie voneinander ab. Pia fühlte der letzten Konvulsion ihres Körpers nach. Gleichzeitig versuchte sie, das aufkommende schlechte Gewissen zu besänftigen, das Gefühl, Rafik verraten zu haben. Das rationale Ich schalt sie eine Idiotin. Sollte sie bis ans Ende ihrer Tage wie eine Nonne leben? Rafik dürfte der Letzte sein, der das gewollt hätte. Das hatte ihr seine Schwester Nadal schon gesagt. Und natürlich Manu bei ihrem letzten Besuch, auf einer Tour durch die Solothurner Bars und Kneipen. Manu hatte die Männer für sie nach »Smash« oder »Pass« klassiert.
Sie zuckte leicht zusammen, als sie Silvanos Hand auf ihrem Bauch spürte. »Wie fühlst du dich?«, fragte er.
»Wie soll ich mich fühlen, nach vier Orgasmen.«
»Vier?« Er drehte sich auf die Seite und ließ seine Fingerspitzen über ihre Konturen gleiten. Es elektrisierte sie. »Darf ich das als Kompliment nehmen?«
Sie legte ihre Hand auf seine, bevor sie es nicht mehr aushielt. »Bilde dir nichts ein, war ein Scherz.« Sie brauchte ihm nicht unter die Nase zu reiben, dass sie zeitweise geglaubt hatte, von Spitze zu Spitze zu gleiten. »Wie viel Uhr ist es?« Sie hatte ihre Uhr irgendwann abgestreift. Das klobige Herrenmodell hatte sie gestört.

»Gleich fünf«, sagte Silvano.

»Was?« Sie sprang aus dem Bett. »Wir haben über zwei Stunden ... Wann kommt Severina?« Von einem Teenager nackt im Bett seines Vaters erwischt zu werden war das Letzte, was sie wollte.

»Nicht vor sieben. Ich hoffe, früher, wenn sie ihre Hausaufgaben noch nicht gemacht hat.«

»Ich aber nicht.« Pia sammelte ihre im Zimmer verstreuten Kleidungsstücke ein.

»Willst du schon weg? Ich dachte, wir könnten noch mal ...«

Bei aller Verlockung, sie wollte nach Hause zu Mirio, bevor Daria ihn ins Bett brachte und sie sich für die Arbeit im »Lioness« fertig machen musste. »Spar dir deine Kräfte für das nächste Mal.« Als sie ihren BH zumachte, zog er sie mit seiner gesunden Hand zurück auf das Bett.

»Nicht, Silvano, ich sollte wirklich ...« Sie ließ es geschehen, dass er erst ihre Lippen und dann ihren Hals küsste. Bevor es ihm gelang, den BH-Verschluss wieder zu öffnen, befreite sie sich. »Wir machen morgen weiter, okay? Hast du am Abend Zeit?«

»Vierundzwanzig Stunden ohne dich?«

Grinsend zeigte sie auf seine Körpermitte. »Wenn's nicht anders geht, hast du zwei, entschuldige, mindestens eine gesunde Hand. Vorher muss ich dich noch etwas fragen.«

Silvano setzte sich auf und schlüpfte in seinen Trainingsanzug. »Ich höre.«

»Sagt dir der Name Ronnie etwas?«

Sein rechtes Bein verhedderte sich in der Hose. Pia half ihm beim Anziehen. »Ronnie wie weiter?«

»Wirz. Der korrekte Vorname ist Ronald, glaub ich.«

»Da klingelt nichts, warum musst du das wissen?«

»Ich habe ihn Samstagnacht in der Nähe des Barzeltes gesehen, zweimal. Gestern war er im Club von diesem Baddour, dem ›Lioness Pub‹ in Bellach. Ich habe ihn verletzt aufgelesen.«

Er sah sie erschrocken an. »Was hattest du im ›Lioness‹ zu tun?«

»Aha!« Pia schob ihn auf Armeslänge von sich. »Du kennst den Füdlibunker also?«

»Komm schon, ich arbeite in einer Bar und kriege mit, was meine männlichen Gäste miteinander bereden, wo sie als Nächstes hingehen. Was um alles in der Welt wolltest du dort?«

»Mich umsehen. Dann bin ich auf Ronnie gestoßen, er hatte einen Unfall.«

»Einen Unfall? Einfach so?«

»Nicht einfach so.« Pia hatte keine Lust, sich mit Silvano darüber zu streiten, weshalb sie dort gewesen war. »Ich habe Ronnie zum Arzt gebracht.«

»Pia.« Silvano hielt sie am Arm fest. »Mit Boran Baddour werde ich selbst fertig. Halt dich da raus.«

***

Friis' Anruf erreichte Dornach beim sehr späten Mittagessen in der Cafeteria. Sie wollte ihn umgehend sprechen, dringend. Ilona Maric hatte anscheinend keine Zeit verloren, sich über ihn zu beschweren.

Im Hof der Schanzmühle stach ihm eine schwarze BMW-Limousine mit Berner Kontrollschild ins Auge. Sie sah offiziell aus. Bundesbern. An sich nichts Besonderes, Besuch vom Fedpol oder anderen Bundesdiensten gab es immer mal wieder. Auffallend war der danebenstehende sportliche Mann mit Bürstenhaarschnitt in Anzug und Krawatte. Das Jackett war so eng geschnitten, dass die Ausbeulung auf der linken Seite sichtbar war, ein Schulterhalfter. Welche VIP beehrte das Solothurner Polizeikommando in Begleitung eines bewaffneten Beamten des Bundessicherheitsdienstes? Konnte das der Grund sein, weshalb ihn Friis sprechen wollte? Er konnte wählen, was ihm lieber war: eine Rüge wegen Baddours Befragung oder ein hohes Tier der Bundesbürokratie, das ihnen vermutlich wieder mal Steine in den Weg legen würde.

Friis' Bürotür stand offen. Dornach klopfte an den Rahmen und ging hinein. Seine Chefin war nicht da, stattdessen eine groß gewachsene Frau, die mit dem Rücken zu ihm vor dem Fenster stand. Sie wandte sich um. Unter einem locker angelegten bunten Hidschab lugten ein paar schwarze Haarsträhnen hervor, die ein Gesicht mit hohen Wangenknochen umrahmten. Dunkelbraune Augen musterten ihn unter schweren Lidern.

Fehlte nur die dunkle Sonnenbrille.

»Sie?«

»Herr Dornach, richtig?« Sie streckte ihm die Hand entgegen. »Tut mir leid, dass ich sie erst jetzt treffe. Mir fehlte bisher leider die Zeit. Ich bin –«

»Dominik, gut, bist du da.« Katrin Friis kam durch die Tür. Sie wandte sich an die Frau. »Frau Omrani, darf ich Ihnen Hauptmann Dominik Dornach vorstellen? Er leitet den Bereich Ermittlungen. Dominik, Kriminaloberkommissarin Aysan Omrani von der Berliner Polizei. Sie sagte mir, dass ihr euch bereits ganz kurz begegnet seid.«

»Stimmt, aus der Ferne und flüchtig, sozusagen.«

»Ich weiß, und es tut mir leid.« Omrani sprach reinstes Hochdeutsch.

»Frau Omrani arbeitet beim Berliner LKA 4, zuständig für Organisierte und Bandenkriminalität. Sie ist Teil einer internationalen Ermittlung gegen den Baddour-Clan. Sie wird uns Hilfestellung geben.«

Immer noch unter dem Eindruck der Begegnung, musste Dornach erst einmal durchatmen. »Erstens bin ich mir nicht bewusst, um Amtshilfe gebeten zu haben, und zweitens«, sagte er zu Omrani, »will ich zuerst wissen, was Sie beim Fundort einer Leiche gesucht haben und weshalb Sie sich unserer Befragung entzogen haben, zweimal. Sie stehen auf unserer Fahndungsliste, Frau Oberkommissarin, ist Ihnen das bewusst?«

»Den Dienstgrad können Sie weglassen«, sagte Omrani gelassen. »Zur Fahndung nach mir: Das hat sich erledigt, glaube ich.«

Dornach wandte sich an Friis. »Wer hat das veranlasst?«
»Ich«, sagte eine Stimme in seinem Rücken.
Dornach schloss kurz die Augen, bevor er sich umdrehte.
»Ciao, Dominik, schön, dich zu sehen«, sagte Casagrande.

ZEHN

»Wie lange fahren wir bis Neviano?«, fragte Maric.
»*Circa quaranta minuti, signora*«, sagte der Fahrer und fügte etwas hinzu, das sie nicht verstand. Ihr Italienisch war leidlich, der lokale Akzent oder was immer dieser Mann sprach, überforderte sie. Sie glaubte »*traffico*« zu verstehen. Die Fahrtdauer schien vom Verkehr abzuhängen.
»*Grazie.*« Sie lehnte sich in ihrem Sitz zurück und trank aus der Wasserflasche, die ihr im Flugzeug ausgehändigt worden war. Obwohl es Herbst war, brannte die Sonne hier noch am späten Nachmittag unbarmherzig auf die karge apulische Ebene herunter. Auf der vierspurigen Autobahn zogen endlos scheinende Flächen von Buschwerk und Olivenfeldern an ihnen vorbei. Beim Einsteigen hatte sie den einsilbigen Fahrer gebeten, die Klimaanlage herunterzuschalten. Sie hatte kein Interesse, sich zu erkälten. Nach der Hektik des Fluges schaffte sie es endlich, sich ein wenig zu entspannen. Wegen der Auseinandersetzung mit Boran hätte sie die Swiss Maschine ab Zürich nach Brindisi um ein Haar verpasst. Ein technisches Problem am Flieger hatte sie gerettet. Ab da hatte alles funktioniert, so weit.
Sie schlug die Augen auf, als der Fahrer die Geschwindigkeit drosselte. Industriekomplexe, Gewerbe- und Siedlungsgebiete hatten Oliven- und Obstflächen abgelöst. Sie mussten sich auf der Umfahrung von Lecce befinden. Sie versuchte, sich auf ihr Handy zu konzentrieren und ein paar Mails zu beantworten. Nachdem ihr zum dritten Mal die Augen zugefallen waren und sie sich deswegen vertippt hatte, legte sie es weg.
Ein abrupter Stopp riss sie erneut aus dem Schlaf. Verwirrt sah sie sich um. Sie hatten die Autobahn verlassen und standen vor einer Toreinfahrt auf einer schmalen, staubigen Landstraße. Landschaft und Vegetation unterschieden sich nicht wesentlich

zu vorher. Olivenbäume herrschten hier vor. Angeblich hatte der Vater ihres Gastgebers sein erstes Geld mit Olivenöl und Mandeln verdient, bevor er in einträglichere Zweige diversifiziert hatte.

Erst jetzt bemerkte sie die auf sie gerichtete Kamera über dem Tor. Der Fahrer sprach durch das offene Seitenfenster in ein für sie nicht sichtbares Mikrofon. Das massive Stahltor glitt zur Seite. Nach wenigen Metern Fahrt stoppten sie erneut. Fünf Männer mit automatischen Gewehren stellten sich rund um den Wagen auf. Der Fahrer betätigte die Fensterautomatik auf Marics Seite. Ein Wächter mit Sonnenbrille, weißem Hemd, schwarzer Hose und schussbereit vorgehängtem Automatikgewehr schaute herein. Mit einer kreisenden Fingerbewegung auf Augenhöhe forderte er Maric auf, ihre Brille abzunehmen. Sie tat wie geheißen und ließ sich mustern.

»*Avanti!*« Der Bewaffnete gab dem Fahrer das Zeichen, weiterzufahren. Maric warf einen Blick zurück. Er sprach in ein Funkgerät. Ihr Gastgeber liebte offenbar keine Überraschungsbesuche. Die Fahrt über eine von hohen Zypressen gesäumte Straße erschien Maric endlos. Nach einer lang gezogenen Rechtskurve tauchte vor ihnen eine breite Front eines Landhauses auf, dessen Mittelbau das restliche Gebäude wie ein Wehrturm überragte. Was es wohl auch war. Zwei Männer mit derselben Bewaffnung wie ihre Kollegen am Tor überschauten von dort Vorplatz und Zufahrtsstraße, einer von ihnen hielt ebenfalls ein Funkgerät. Die weiße Fassade und das Lehmziegeldach des Hauses erinnerten Maric an eine altrömische Villa, die sie in einem Freilichtmuseum gesehen hatte. Das Empfangskomitee bestand aus einer Person. Eine Frau stand unter dem zentralen Mauerbogen der gedeckten Terrasse. Im Wesentlichen war sie gleich gekleidet wie die Wachmannschaft, nur in teurerem Zwirn. Der Hitze trotzend, trug sie zusätzlich ein passendes maßgeschneidertes Veston. Sie steckte ihr Funkgerät in den Gürtel. Als sie dafür ihr Veston zurückschlug, gab sie den Blick auf eine großkalibrige Waffe in einem Holster frei.

»Dottoressa Maric. Willkommen in der Villa Ceres«, sagte sie. Ihr Gesicht war schmal, blass und ausdruckslos. »Ich bin Liliana Angeli, Don Sergios persönliche Assistentin.« Ihr Deutsch war bis auf die leicht in die Länge gezogenen Vokale akzentfrei. Sie war anscheinend keine Apulierin. Sie gaben sich die Hand. Ihre Blicke verhakten sich, sie hatten die gleiche Augenfarbe. Angelis waren vielleicht eine Spur heller als ihre. Wahrscheinlich stellte sie ihr Licht unter den Scheffel. Zweifellos war sie mehr als Sergio Arcuris Assistentin. Maric konnte die Frau nicht ergründen. Das machte Angeli für sie erst mal gefährlich.

»Hatten Sie eine angenehme Reise?«, fragte Angeli. »Die Fahrt vom Flughafen Brindisi bis hierher kann umständlich sein, vor allem zu Stoßzeiten.«

»Es war kein Problem, danke.«

»Don Sergio und Signore Baddour erwarten Sie auf der Terrasse. Falls Sie sich zuerst frisch machen möchten, führe ich Sie in Ihr Zimmer.«

»Sehr gern, danke.«

»Bitte.« Angeli wies mit einer Hand auf eine breite Treppe ins obere Stockwerk. »Folgen Sie mir.«

Angeli geleitete Maric auf die mit weißen Planen überschattete Terrasse. Die tief stehende Sonne tauchte die Landschaft in rotgolden schimmerndes Licht. Einzig das Meer fehlte. Der Golf von Tarent, die Lücke zwischen dem apulischen Absatz und der kalabrischen Spitze des italienischen Stiefels, lag zu Marics Bedauern eine halbe Autostunde entfernt. Es würde keine Zeit bleiben, mit Akim Baddour an die Küste zu fahren, um Erinnerungen an unbeschwerte Tage in Gallipoli aufzufrischen.

Die Typologie der beiden Männer, die aufstanden, sobald die Frauen die Terrasse betraten, konnte unterschiedlicher nicht sein. Akim Baddour war gut einen Kopf kleiner als sein Gesprächspartner. Im Vergleich zu Arcuri, dessen Erscheinung Maric an eine Büste Julius Cäsars erinnerte, wirkte er vierschrötig. Sie verstand, was Kleopatra bei ihrer ersten Begegnung mit dem römischen Feldherrn gefühlt haben musste. Sergio Arcuri atmete und strahlte das aus, was Kriegsherren, Diktatoren und Verbrecherbosse von den Anfängen bis heute gemein hatten: dunkle, zerstörerische Macht.

»Dottoressa Maric.« Der Italiener neigte den Kopf über ihre Hand und deutete einen Handkuss an. »*Piacere*. Ich bin Sergio Arcuri. Mein guter Freund Akim berichtet viel Gutes über Sie.«

»Don Sergio«, erwiderte Maric distanzierter. »Es ist mir eine Ehre, Ihr Gast sein zu dürfen.«

»Ich bitte Sie, es ist eine Gnade Gottes und ein Privileg, von Frauen umgeben zu sein, die Eleganz, Schönheit und Kompetenz so vereinen wie Sie, verehrte Dottoressa.« Er deutete auf Angeli. »Liliana haben Sie ja schon kennengelernt. Kein Mann könnte besser als sie für meine Sicherheit und die meiner Unternehmungen sorgen.« Trotz einer ausgeprägten Färbung war Arcuris Deutsch demjenigen Angelis ebenbürtig. Maric hatte geglaubt, italienische Mafiabosse duldeten nur direkte Familienmitglieder in ihrem engsten Umfeld.

Arcuri schien ihre Gedanken zu lesen. »Liliana ist die Tochter meiner Schwester Livia, ihr Vater stammte aus Bolzano.«

»Stammte?« Maric bedauerte den spontanen Ausspruch sofort. Arcuris Miene verdunkelte sich. Angeli senkte den Kopf. »Bitte entschuldigen Sie. Ich wollte Ihnen nicht zu nahe treten.«

Arcuri legte seine Hand auf ihre. Der Druck war kräftig und von einer Wärme, die sich sofort auf Maric übertrug. Wie viele Frauen hatte er auf diese Art in seinen sexuellen Bann gezogen? »Livia und ihr Mann wurden vor einem Jahr ermordet. Es war eine Autobombe, platziert von unseren Rivalen, den Amorusos.«

Täuschte sie sich, oder hatte Arcuri Tränen in den Augen?

»Die Idioten haben gepfuscht«, sagte er. »Der Bombenbastler konnte verhaftet werden. Er hat ausgesagt, die Bombe sei zu früh hochgegangen, vor einer Schule. Sie hat eine unbeteiligte Mutter und ihr Kind getötet.« Er streckte die Hand nach Angeli aus, die hinter ihm stand. »Liliana hat auch sie gerächt. Die Schuldigen sind alle tot, einschließlich des Bombenlegers. Er ist im Gefängnis an einer Lebensmittelvergiftung gestorben.« Angeli räusperte sich. Arcuri lächelte ihr entschuldigend zu. »Liliana schätzt es nicht, wenn ich ihre Heldentaten preise.« Angeli verriet keine Gefühlsregung, sie war, wie Maric sich eine Amazone vorstellte: stoisch, schön und tödlich.

Sie suchte Augenkontakt mit Akim Baddour. Hatten er und Arcuri über die bevorstehende Transaktion gesprochen? Sie hatte gehofft, sich vor dem Treffen mit ihm absprechen zu können.

Eine Bedienstete schenkte eisgekühlten Weißwein ein. Maric lehnte ab. Es entging Arcuris Aufmerksamkeit nicht. »Möchten Sie etwas anderes trinken, Dottoressa? Vielleicht ohne Alkohol?«

»Wasser bitte, ich habe heute noch fast nichts gegessen.«

Arcuri gab der Kellnerin ein Zeichen. Keine Minute später hatte Maric ein Glas Eiswasser mit zwei Limonenscheiben vor sich. »Versprechen Sie mir, trotzdem von diesem Wein zu probieren? Es ist ein Moscato von meinem eigenen Gut in Trani, etwa fünfzig Kilometer von Bari entfernt.«

Maric erfüllte ihm den Wunsch und kostete ein wenig. Sie bevorzugte Rotwein, dennoch sprachen ihr die samtige Konsistenz und die Würze des Moscato zu.

»Regeln wir das Geschäftliche zuerst«, sagte Arcuri. »Akim versichert mir, die Transaktion wird in drei Tagen problemlos über die Bühne gehen.«

Der fruchtige Nachgeschmack des Moscato in ihrem Mund kippte ins Säuerliche. Maric hatte das Gefühl, als würden sich die Blicke der beiden Männer in sie einbrennen. »Selbstverständlich. Boran hat alles unter Kontrolle.«

»Ist das so?«, fragte Arcuri. Die scharfe Spitze war nicht zu überhören.

Maric hob den Kopf und reckte das Kinn etwas vor. »Wie muss ich diese Frage verstehen?«

»Es wurde mir berichtet, Boran sei in den Fokus der Schweizer Polizei geraten, ein Mordfall.«

Woher hatte er das?

Arcuri legte die linke Hand auf seine rechte Schulter. Angeli drückte sie kurz. Ihr Ausdruck glich dem einer Wachsfigur. Ihr Mund verzog sich lediglich zum Anflug eines Lächelns, als wollte sich diese Viper für eine Indiskretion entschuldigen. Angeli war noch heimtückischer, als sie dachte. Maric wagte nicht, Akim anzuschauen, der keine Anstalten machte, ihr zu helfen. Wenn sie sich nicht vorsah, würde sie am Ende diejenige sein, die hängte. Sie räusperte sich. »Das trifft leider zu.« Sie tastete nach Worten wie nach einem festen Pfad in einem Sumpf. »Allerdings steht Boran nicht unter Verdacht. Die Polizei hat ihn routinemäßig befragt, weil ihm das Haus gehört, in dessen Wohnung eine junge Frau tot aufgefunden wurde. Sie war Studentin, die sich in einem seiner Lokale etwas dazuverdient hatte. Der leitende Ermittler ist mir bekannt. Er schaut etwas genauer hin, weil seine Tochter Kommilitonin der Ermordeten war. Es gibt keinerlei Anhaltspunkte für einen Verdacht gegen Boran. Die polizeilichen Ermittlungen stehen in keinem Zusammenhang mit unsrer Transaktion. Dieser steht nach wie vor nichts im Weg.«

»Ein Zufall also?«, fragte Arcuri. »Eine, *come si dice*, Verkettung unglücklicher Umstände.«

»Ja, die Polizei fischt im Trüben.«

»Ilona hat beste Verbindungen zu den Schweizer Bundesbehörden«, eilte ihr Baddour endlich zu Hilfe. »Wir brauchen uns wegen der lokalen Polizei keine Sorgen zu machen.«

Die darauffolgende Stille fühlte sich unendlich an. Arcuri gab Angeli ein Zeichen. Sie beugte sich zu ihm hinunter. Er flüsterte ihr etwas ins Ohr. Sie nickte knapp und antwortete mit ein paar Worten.

»*Va bene*«, sagte Arcuri. »Wir haben noch etwas Zeit und können korrigierend eingreifen, falls nötig. Im Übrigen wird es ablaufen wie geplant. Wir übernehmen die Ware am Treffpunkt in … wie heißt die Stadt?« Die Frage richtete sich an Angeli.

»Soletta«, antwortete diese.

»*Giusto*, Soletta. Akim, Ihr Sohn übergibt uns die Ware im Gegenzug zu geschliffenen handelsüblichen Diamanten im Wert von hundert Millionen Euro.«

Maric war froh, das zu hören. Diamanten waren wesentlich einfacher zu handhaben als Bargeld. »Werden Sie vor Ort sein, Don Sergio?«

»Ich werde dort sein, mit Liliana.«

Es klang wie eine Drohung.

»Boran wird mich vertreten«, sagte Akim. »Als mein Sohn und Erbe hat er alle Vollmachten.« Das stimmte nicht. Die Vollmachten hatte Maric. Sie hütete sich, es richtigzustellen.

»Zusätzlich erhalten Sie, Akim, Reinkokain unserer kolumbianischen Partner zu Sonderkonditionen«, sagte Arcuri. »Damit können Sie unsere Rivalen, die Amorusos, vom Schweizer Markt verdrängen. Liliana?«

Angeli trat einen Schritt vor. »Amoruso bezieht seine Ware aus dem Osten. Sie ist minderwertiger als das kolumbianische Produkt und kommt über das Mittelmeer oder die Balkanroute nach Europa. Wir haben der Guardia di Finanza und den Carabinieri einen Tipp zukommen lassen. Das Kokain wird mit Schnellbooten von Kroatien nach Triest gebracht, oder es wird auf offenem Meer von größeren Schiffen auf Fischerboote umgeladen, die es nach Bari bringen. Die nächsten Sendungen werden abgefangen. Das wird Amoruso nachhaltig schaden und den Weg für unsere Ware über den Atlantik frei machen.«

Arcuri nahm ihre Hand und küsste sie. »Sie müssen wissen, meine Frau ist früh an einer schweren Krankheit verstorben. Sie konnte mir keine eigenen Kinder schenken. Ich bin glücklich, dass Liliana nach Hause zurückgefunden hat. Sie soll meine Nachfolgerin werden.«

»Waren Sie fort?«, fragte Maric.

»Zuerst in Südamerika«, sagte Angeli. »Danach bin ich nach Kanada gegangen, um zu studieren. Der Tod meiner Eltern hat mich zurückgeholt.« Sie griff unvermittelt in die Innentasche und zog ein vibrierendes Handy hervor. Sie nickte entschuldigend und wandte sich ab.

Die Bedienstete trat auf die Terrasse und verkündete, dass das Essen bereit sei.

»*Momento*«, sagte Angeli. Sie reichte Arcuri ihr Handy.

Er warf einen Blick darauf und gab es mit finsterer Miene Akim Baddour weiter. »*La strega*, sie wird uns Probleme bereiten.«

Maric sah nur kurz das Bild einer Frau, die sie kannte und die von männlichen Anwaltskollegen manchmal als Hexe bezeichnet wurde.

»Ich kümmere mich um sie«, sagte Angeli.

»*Bene.*« Arcuri klopfte Akim Baddour auf die Schulter. »Alle Probleme sind so gut wie gelöst, mein Freund.«

Sie gingen zu Tisch.

***

Über ein Jahr hatten sie sich nicht gesehen. Für Dornach waren es gefühlte Jahrzehnte. Er hatte viele Fragen, keine davon gehörte hierher. »Was tust du hier?« war alles, was er über die Lippen brachte.

Friis antwortete an Casagrandes Stelle. »Angela ist in einer Sondermission in Solothurn. Wir wurden vom EJPD angehalten, ihr größtmögliche Unterstützung zu geben.«

»Was heißt das konkret?«, fragte Dornach. Die Affäre um den Export verbotener Chemiewaffenkomponenten an einen arabischen Golfstaat vor einem Jahr hatte seine skeptische Haltung gegenüber den Bundesorganen verstärkt. Wenn er sie vermeiden konnte, ging er der Zusammenarbeit aus dem Weg. »Was hast du mit denen zu schaffen?«, fragte er Casagrande.

»Also gut«, sagte sie. »Die Erklärung bin ich dir schuldig.«

Bevor sie weiterfahren konnte, warf Dornach einen fragenden Seitenblick in Richtung der deutschen Polizistin.

»Schon in Ordnung.« Casagrande winkte ab. »Aysan kennt

meine Geschichte. Hör zu: Dass ich den Job in Schwyz nicht angenommen habe, hatte einen Grund. Es war alles unter Dach und Fach, aber dann bekam ich einen Anruf.«

»Von der Bundesanwaltschaft?«

»Nicht direkt. Seit dem Debakel im ›Schweizerhof‹ in Bern haben der Bundesanwalt und ich das Heu nicht mehr auf der gleichen Bühne. Aber das weißt du ja selbst.«

Und ob er es wusste. Drei prominente Tote in einem Berner Hotelzimmer. Bundesanwalt Hofmann, Casagrandes ehemaliger Vorgesetzter in Solothurn, bekam den Kopf gewaschen. Zuvor hatte er versucht, die Verantwortung auf die Solothurner Staatsanwaltschaft zu schieben, namentlich auf Casagrande. Nachdem der von der unabhängigen Aufsichtsbehörde eingesetzte Sonderanwalt zum Schluss gekommen war, ihr sei nichts vorzuwerfen, machte er einen Rückzieher.

»Das EJPD hatte mich kontaktiert«, sagte Casagrande. »Die Chefin persönlich.«

»Bundesrätin Kälin?«

»Wir kennen uns aus meiner Zeit in Zug, als sie noch Oberstaatsanwältin in Luzern war. Eurojust und Europol haben ein Joint Investigation Team, eine internationale Ermittlergruppe gegen Clankriminalität, etabliert. Sie wollten jemand aus der Schweiz drinhaben. Kälin hat mich bekniet mitzumachen.«

»Geht es um den Baddour-Clan?«, fragte Dornach.

»Was weißt du über arabische Familienclans in Deutschland, Dominik?«

»Wenig«, antwortete er. »Die Oberkommissarin kann uns mehr dazu sagen. Deswegen ist sie doch da, oder nicht?«

Omrani neigte den Kopf. »Gern, wenn Sie gestatten, Frau Kriminalrätin.« Das war an Friis gerichtet.

»Ich bitte darum. Und es reicht, wenn Sie mich mit Namen ansprechen.«

»Gern. Der Baddour-Clan ist nur eine der Familien, die in Berlin und Brandenburg, aber auch in anderen Städten in Bremen, Nordrhein-Westfalen und Niedersachsen ganze Stadtbezirke kontrollieren. Die größten darunter sind die Familien Remmo, Abou-Chaker, Miri und Al-Zein. Meist handelt es sich bei ihnen um Migranten, die aus politischen oder wirtschaftlichen Gründen aus der Türkei und dem Mittleren Osten nach Deutschland migrierten. Andere stammen aus dem Balkan oder Osteuropa. Sie sind patriarchalisch-hierarchisch strukturiert und leben in kulturell abgeschotteten Subkulturen. Ihre Einkünfte stammen größtenteils aus dem Drogenhandel, der Prostitution und aus Schutzgelderpressung. Sie scheuen auch nicht vor Raubüberfällen, Einbrüchen und Diebstählen zurück. Ein weiteres übereinstimmendes Merkmal ist ihre Verachtung gegenüber den Ordnungs- und Justizorganen des Staates. Einige von ihnen haben eine Paralleljustiz mit eigenen Friedensrichtern etabliert.«

»So viel zur ›Wir schaffen das‹-Integrationspolitik«, bemerkte Dornach.

Omrani lächelte. »Das heißt nicht, dass Integration nicht möglich ist. Es gibt unzählige positive Beispiele, die keine Schlagzeilen machen. Nachdem das Mullah-Regime im Iran meinen Eltern verboten hatte, ihre Berufe auszuüben, haben sie die Heimat verlassen, bevor man sie einsperrte. Sie sind vor fünfunddreißig Jahren nach Deutschland gekommen, als ich zwei Jahre alt war. Beide waren Akademiker und bekamen in Deutschland Jobs in ihren angestammten Berufen. Ich habe mich gegen ihren Wunsch entschieden, ebenfalls zu studieren, und habe eine Polizeilaufbahn eingeschlagen. Ihre Integration ist zwar fünfunddreißig Jahre her, aber sie passiert auch heute, mehr denn je. Integration ist eine Frage des Charakters, der Bildung und der persönlichen Einstellung. Sie passiert weder auf Kommando, noch lässt sie sich herbeiträumen, wie das gewisse Sozialromantiker gerne hätten.«

»Danke für die Ausführungen, Frau Omrani«, sagte Dornach. »Wie können wir Frau Casagrande und Ihnen helfen? Vor allem möchte ich gern wissen, wie ihr darauf gekommen seid, dass die Baddours im Fokus unserer Ermittlungen stehen?«

»Die Ermittlergruppe hat seit geraumer Zeit ein Auge auf Akim Baddour«, sagte Casagrande. »Und um deine Frage zu beantworten, Dominik: Es war eure Anfrage auf dem kleinen Dienstweg an das BKA.«

»Google?«

»Genau, er hat sich nach Daniel Allemann erkundigt.«

»Und dabei auf Granit gebissen. Deswegen hat er gestern fast die Schraube gemacht. Du hättest ihn sehen sollen.«

»Tut mir leid für ihn. Ich werde mich später persönlich bei ihm entschuldigen.«

»Ihr wisst aber schon, dass Allemann in der Gerichtsmedizin in Bern liegt?«

»Ja, und seine Akte bei uns. Das heißt, bei der Ermittlergruppe unter höchster Geheimhaltung.«

Dornachs Blick wanderte von Casagrande zu Friis und Omrani. »Kommt die Erklärung noch, oder muss ich raten? Davon wird aber meine Laune nicht besser.«

»Das sollten wir lieber nicht riskieren«, sagte Casagrande. Sie machte eine auffordernde Geste zu Omrani. »Bitte, Aysan.«

ELF

Berlin, Stadtbezirk Kreuzberg, sechs Monate zuvor

Heike Grabow zog ihre Uniformhose hoch und stopfte das Hemd hinein. Den positiven Schwangerschaftstest steckte sie in die Brusttasche. Im Personalwaschraum grinste sie ihr Spiegelbild mit geröteten Wangen an. »Alles wird gut«, rief sie ihm zu. Ein schriller Pfeifton zerriss die Stille. Der Einbruchalarm. Das Funkgerät im Holster ihres Gürtels knackte erneut. »Heike, verdammt, ich brauche dich, wo steckst du?« Bodos Stimme klang blechern und gehetzt.

»Toilette. Ich musste mal.« Typisch. Während die Kerle außerhalb ihrer Runden ungeniert rausgingen, um eine zu paffen, plagte sie das schlechte Gewissen, wenn sie bloß schnell auf die Toilette ging. »Was ist los bei euch?«

»Alarm in der Klunkerbude.«

Klunkerbude war der wächterinterne Kosename für die neu eröffnete Juwelenkammer der Oranienhalle. Heike schnaubte. »Bestimmt wieder ein verirrter Vogel, wie vorgestern.«

»Nachsehen müssen wir trotzdem.«

»Ich mache mich auf den Weg.« Hatten die Deppen den Raum vor der Verriegelung wieder nicht gecheckt?

»Ich komme gleich«, sagte Bodo. »Du gehst nicht allein rein, hörst du?«

»*Roger.*« Gemäß Vorschrift mussten sie stets zu zweit einem Alarm nachgehen. Das Funkgerät knackste erneut. »Sind auf dem Weg zu euch.« Das andere Team mit Heinz und Semir patrouillierte bei den Gemälden und Bildhauereien im hinteren Teil des weitläufigen Museums im Waldeckpark. Es würde mindestens eine Minute dauern, bis sie hier waren.

»Glaubt ihr, ich werde mit einem verirrten Vögelchen nicht allein fertig?«, spöttelte Heike.

Die eigens für die Juwelenkammer entwickelte Alarmanlage war auf die höchste Sensibilitätsstufe eingestellt. Nachtsüber durfte man dort fast nicht atmen. Vor zwei Tagen ging der Alarm los, kaum war die Anlage scharf gestellt worden. Während der Besuchszeit musste ein Vogel hineingeraten sein. Manchmal nisteten sie in Nischen an der Decke der Hallen. Das Nest hatte ihr Team noch nicht entdeckt. Wie es der gefiederte Kollege heute erneut in die Juwelenkammer geschafft hatte, war ihr ein Rätsel.

Sie trat aus dem Personalbereich in die öffentlich zugänglichen Räume des Museums. Die straßenseitige Fassade der Oranienhalle bestand fast komplett aus Glas. Um diese Zeit rollte nur wenig Verkehr über die Oranienstraße. Selbst in der Vierundzwanzig-Stunden-Stadt Berlin ging es zwischen Mitternacht und frühmorgens ruhiger zu und her.

Ein Klirren und ein Aufschrei aus der Richtung, in der die Juwelenkammer lag, ließen sie zusammenzucken. War Bodo dort? »Bodo, alles in Ordnung bei dir?«, sprach sie ins Funkgerät.

Keine Antwort.

Sie hatte den Eingang der Juwelenkammer im Blick. Die Panzertür, mit der sie nachts verschlossen wurde, stand offen. »Bodo?« Sie blieb stehen. Wenn wenigstens jemand den Alarm abstellen könnte. Das Gepfeife verursachte ihr Kopfschmerzen. Alles wegen so einem blöden Flattermann.

Der Gedanke durchzuckte sie wie ein Blitz.

Der Vogel.

Er musste während der Öffnungszeiten in die Juwelenkammer geraten sein. Wie konnte er stundenlang dort drinbleiben, ohne den Alarm auszulösen? Die Ausstellungsobjekte lagen in zusätzlich gesicherten Einzelvitrinen. Sie waren kreisförmig im Raum verteilt. Von der Decke hängende Banner mit großformatigen Bildern der Exponate und Informationen dazu hatten die Funktion von Separatoren. Das »Blaue Schweigen« stand im Zentrum des Kreises. Es war das Herzstück der Ausstellung.

Da war kein Vogel. »Bodo?«, rief sie noch mal ins Funkgerät. »Wo bist du?«

Zwischen den Vitrinen und den Bannern sah sie eine Bewegung. Wie ihre Kollegen war sie nicht bewaffnet. Nach Vorschrift musste sie sich bei verdächtiger Sichtung zurückziehen, wenn möglich die Panzertür verriegeln und auf die Polizei warten. Stattdessen ging sie auf die Vitrine mit dem »Blauen Schweigen« zu. Die Angst kam urplötzlich.

Nichts wie raus hier. Sie machte kehrt.

Er stand vor ihr, ein Schatten ohne Gesicht, ein vertrauter Schatten.

»Du? Was soll –«

Sie sah nur den Blitz, dann spürte sie den Schlag, bevor die Dunkelheit die Erkenntnis verschluckte.

ZWÖLF

»Ziel des Raubüberfalls im Museum Oranienhalle war dieses Schmuckstück.« Omrani befestigte ein Foto an der Magnetwand. Ein ovaler blauer Edelstein füllte das Bild aus. Der facettenreiche Schliff reflektierte das Licht in schillernden Farben.
»Ein Edelstein«, sagte Dornach. »Das ist alles, was gestohlen wurde?«
»Es ist nicht irgendein Edelstein, Herr Dornach. Der ›Blue Silent‹ oder das ›Blaue Schweigen‹ ist ein blauer Cullinan.«
»Cullinan? Wie die britischen Kronjuwelen?«
»Er stammt aus derselben Quelle, der Cullinan-Mine in Südafrika. Es ist einer der reinsten und wertvollsten Diamanten der Welt.«
»Sie müssen entschuldigen, ich bin kein Spezialist auf dem Gebiet. Wie viel ist dieser Diamant wert?«
»Der ›Blue Silent‹ hat hundertdreiundvierzig Karat. Sein Marktwert beträgt siebzig bis achtzig Millionen Euro. Es gibt Sammler, die bereit sind, weit über hundert Millionen Dollar dafür zu bezahlen.«
»Dafür wurde die Wachfrau Heike Grabow erschossen?«
»Angeschossen. Das Projektil traf sie an der Schulter. Leider stürzte sie so unglücklich, dass sie den Kopf heftig an der Betonkante einer Vitrine aufschlug. Die Folge waren ein Schädelbruch und eine Gehirnblutung. Sie wurde per Helikopter in die Charité gebracht und notoperiert. Zunächst sah es aus, als würde sie es überstehen. Später traten leider neue Blutungen auf, und sie fiel ins Koma. Bis vor etwa fünf Monaten wurde sie am Leben erhalten. Schließlich willigten ihre Eltern ein, die Maschinen abzustellen. Heike Grabow war schwanger gewesen, Anfangsstadium, fünfte oder sechste Woche. Der Fötus hat nicht überlebt. Ihr Kollege Bodo Frey wurde ebenfalls angeschossen, aber nur leicht verletzt.«

»Der Vater des Kindes?«, fragte Friis. »War Frau Grabow verheiratet?«

»Der Erzeuger ist unbekannt. Soviel wir wissen, war Grabow alleinstehend. Sie hatte keinen festen Freund. Ein paar Wochen vor dem Überfall verbrachte sie einen Kurzurlaub auf Ibiza. Möglicherweise wurde sie dort schwanger, ein Urlaubsflirt mit Folgen.«

»Wenn ich das richtig verstanden habe, bringen Sie den Baddour-Clan mit dem Diamantenraub in Verbindung?«, fragte Dornach.

»Das ist hinlänglich erwiesen«, sagte Omrani. »Nach dem Überfall wurde die SOKO ›Diamant‹ ins Leben gerufen, deren Leitung mir übertragen wurde. Natürlich haben wir zunächst in alle Richtungen ermittelt, angefangen bei den Eigentümern des ›Blue Silent‹, einem indo-südafrikanischen Familienkonglomerat mit Sitz in Kapstadt – ohne Ergebnisse. Aufgrund von Hinweisen unserer Informanten verdichtete sich der Verdacht, dass ein bedeutender arabischer Familienclan dahinterstecke. Von den üblichen Verdächtigen blieb schließlich nur der Baddour-Clan übrig.«

»Gab es Festnahmen?«

»Leider keine. Akim Baddour hat die Ermittlungen mit einer Armee von Rechtsanwälten und gekauften Alibis zugekleistert, bis einer der Täter sich eines Tages stellte.«

»Jemand von den Baddours?«

»Nein, ein außenstehender Komplize. Er war dabei, als Boran Baddour auf Heike Grabow geschossen hatte.«

Omrani heftete ein weiteres Bild an die Pinnwand neben dasjenige des Diamanten.

»Daniel Allemann«, sagte Dornach.

»Sein wirklicher Name ist Manfred Schröter, ein ehemaliger Wachmann der Firma, die für die Sicherheit der Oranienhalle verantwortlich war.«

»Ein Kollege von Heike Grabow? Bestand eine Verbindung zu ihr?«

»Das wurde überprüft. Sie waren mal zusammen gewesen, jedoch zum Zeitpunkt des Überfalls nicht mehr. Wir konnten ausschließen, dass Frau Grabow Schröter mit Informationen über die Sicherheitsvorkehrungen des Museums versorgt hatte. Dasselbe gilt für ihren Kollegen Bodo Frey. Schröter hatte als Informatiker bei der Sicherheitsfirma gearbeitet. Es war ihm gelungen, die Server der Sicherheitsfirma zu hacken und an das Alarmdispositiv der Oranienhalle zu kommen.«

»Warum hat er sich gestellt?«

»Aus einem ganz simplen Grund: Er hatte Angst.«

»Weshalb? Wollten die Baddours ihn als Mitwisser aus dem Weg räumen?«

Omrani gab ein lachendes Schnauben von sich. »Sie werden es nicht glauben, Schröter hat den Baddours den Stein gestohlen.«

»Die haben sich bestehlen lassen? Hat Schröter den Diamanten zurückgegeben?«

»Nein, er handelte im Gegenzug eine Kronzeugenregelung mit Zeugenschutzprogramm im Ausland aus. Er hat versprochen, den Stein zurückzugeben, sobald er in Sicherheit sei. Er wollte in der Schweiz ein neues Leben beginnen. Trotz meiner Einwände ist der Staatsanwalt darauf eingegangen. Schröter bekam eine neue Identität. In Zusammenarbeit mit der Schweizer Polizei wurde er an seinen neuen Wohnsitz in Altstätten, Kanton St. Gallen, gebracht. Das hat uns einiges gekostet. Eine Verurteilung der Baddours wäre das wert gewesen.«

»Warum der Konjunktiv?«

»Schröters Übersiedlung war vor fünf Monaten. Zwei Wochen danach verschwand er spurlos.«

»Wie konnte das passieren? Wurde er nicht bewacht?«

»Schon, Sie müssen sich vorstellen, dass ein Zeugenschutzprogramm kein Gefängnis ist. Bei einem Spaziergang ist es ihm gelungen, den Personenschutz abzuhängen.«

»Und wo kein Schröter, da kein Diamant.«

»So ist es.«

Dornach wechselte Blicke mit Casagrande und Friis, die das Gespräch schweigend verfolgt hatten.

»Da Sie hier sind, vermute ich, der ›Blue Silent‹ ist in Solothurn.«

»Sie vermuten richtig, Herr Dornach.«

»Und? Was erwarten Sie von uns?«

Omrani setzte sich auf ihren Platz. »Diese Frage wird Frau Casagrande beantworten.«

Casagrande stellte sich vor die Magnetwand. Sie war schmaler als vor einem Jahr. Dafür waren die silbernen Fäden in ihrem Haar mehr geworden.

»Das ›Blaue Schweigen‹ zu finden ist nicht die eigentliche Mission der Ermittlergruppe, eher der Weg zum Ziel. Deren Fokus richtet sich auch nicht auf den Baddour-Clan allein. Der Stein und die Baddours sind nur die sichtbare Spitze des Eisbergs.«

»Verstehe ich richtig?«, fragte Dornach. »Der Ermittlergruppe geht es nicht um den ›Blue Silent‹?«

»Ja.«

»Aber was –«

»Und nein«, unterbrach ihn Casagrande. »Die Ermittlergruppe hat den Auftrag, dem organisierten Clanverbrechen in Europa in einer koordinierten Aktion einen empfindlichen Schlag zu versetzen. Der Kern des Teams setzt sich aus Vertretern des deutschen BKA, des Fedpol und der italienischen DIA zusammen.«

»Die Direzione Investigativa Antimafia ist auch dabei?«

»Ist dir die Arcuri-Familie ein Begriff?«, fragte Casagrande.

»Ich habe schon von ihr gehört. Bei uns ist sie bisher nicht in Erscheinung getreten.«

»Das könnte sich in der nächsten Zeit ändern. Vor etwa vier Monaten verdichteten sich die Hinweise, dass es eine Zusammenarbeit zwischen dem Baddour-Clan und Sergio Arcuri, dem Capo der Arcuri-Familie, gibt.«

»Ein arabischer Clan und die italienische Mafia spannen zusammen? Klingt auf Anhieb exotisch.«

»Ist aber durchaus nicht unüblich«, schaltete sich Omrani ein. »In Deutschland gibt es seit einiger Zeit Kooperationen zwischen der italienischen Mafia und albanischen oder türkischen Banden. Die Globalisierung macht vor dem Verbrechen nicht halt.«

»Das ist milde ausgedrückt«, sagte Casagrande. »Die Mitarbeit in der Ermittlergruppe führte mir vor Augen, wie stark kriminelle Organisationen in Europa miteinander vernetzt sind. Und sie werden immer mächtiger und dreister. In Skandinavien liefern sich rivalisierende Banden Schießereien auf offener Straße, zum Beispiel in Kopenhagen oder Göteborg. In den Niederlanden bedrohten sie die königliche Familie. In Belgien wurde die Entführung des Justizministers durch die Drogenmafia im letzten Moment verhindert. Die EU-Justizminister sind übereingekommen, dieser Entwicklung energischer entgegenzutreten, bevor in Europa kolumbianische oder mexikanische Verhältnisse herrschen. Aufgabe der Ermittlergruppe ist es, die kriminellen Strukturen zu stören, sie zu zerschlagen und wo möglich zu eliminieren.«

Zerschlagen und eliminieren? Dieses Vokabular entsprach nicht Casagrande. Die brachiale Problembeseitigung war Jana Cranachs Kompetenz. Die eingefleischte Juristin Casagrande war dem zivilen Recht verpflichtet. Es sei denn, Dornach hätte in der Zwischenzeit etwas verpasst. »Das klingt nach Polizeiarbeit, was ist deine Rolle im Ganzen?«, fragte er.

»Du erinnerst dich an die Enthüllungen zur unrühmlichen Rolle der Schweiz in der Affäre um die Chemiewaffenproduktion im Emirat Al-Kershah?«

Wie sollte er sich nicht daran erinnern können? Es hatte hohe Wellen geschlagen, insbesondere die drei hochrangigen Leichen mit Kopfschuss im Hotel Schweizerhof in Bern. Die Akten wurden mit Befund Selbstmord geschlossen. Dornach hatte den Verdacht für sich behalten, dass Jana Cranach die drei, einen Staatssekretär, einen Nationalrat und einen Fabrikanten, eliminiert hatte. Sie waren Drahtzieher einer Chemiewaffenfabrik in

Al-Kershah gewesen und hatten die gezielte Vernichtung eines jemenitischen Dorfes mit mehreren hundert Männern, Frauen und Kindern für einen Waffentest gebilligt. Wenn sie es wirklich gewesen war, hatte Jana bestimmt nicht aus eigenen Stücken gehandelt, wohl eher mit dem Segen ihrer obskuren Auftraggeber innerhalb der EU-Administration. Zuweilen demonstrierten europäische Demokratien ihre Fähigkeit zuzubeißen. Dornach schmerzte der Gedanke, Jana an eine Sache verloren zu haben, hinter der er bei allem Verständnis nicht stehen konnte. »Du bist Staatsanwältin, Angie. Ich sehe dich nicht in Kampfmontur und Vollbewaffnung auf Verbrecherjagd.«

»Al-Kershah und kürzliche Enthüllungen investigativer Journalistennetzwerke haben gezeigt, wie nachlässig Schweizer Finanzakteure mit unseren Geldwäschereigesetzen und der Überwachung des Finanzplatzes umgehen. Die Führungsriege unserer zweitgrößten Großbank hat diesen Frühling den zweiten Beinahe-Zusammenbruch des Schweizer Finanzsystems mit globalen Auswirkungen innerhalb von fünfzehn Jahren verursacht und damit einmal mehr die Stabilität der globalen Finanzmärkte aufs Spiel gesetzt. Wie sehr das dem internationalen Ruf unseres Landes schadet, muss ich hoffentlich nicht erläutern.«

Harsche Worte, die Dornach so noch nie von Casagrande gehört hatte. Im großen Ganzen gab er ihr recht. Der Reputationsschaden für die Schweiz in einem Bereich, den sie als ihre Kernkompetenz bezeichnete, ging mit dem rasch schwindenden internationalen Verständnis für ein weiteres Schweizer Alleinstellungsmerkmal einher: die Neutralität. Die unflexible Haltung der Eidgenossenschaft im Ukrainekrieg und ihre Weigerung, russische Oligarchengelder zu beschlagnahmen, wurden als zynische Paragrafenreiterei eines Landes ausgelegt, das die Neutralität als Feigenblatt für mangelnde Solidarität missbrauchte.

»Bundesrätin Kälin ist nicht länger bereit zu akzeptieren, dass eine Banken- und Industriellenclique mit dem moralisch-

ethischen Kompass lateinamerikanischer Drogengangster die Schweiz erpressbar macht«, fuhr Casagrande fort. »Sie will gegenüber den europäischen Partnern Zeichen setzen und unsere Entschlossenheit demonstrieren, mit aller Härte gegen das organisierte Verbrechen und kriminelle Oligarchen vorzugehen.«
»Banken- und Industriellenclique?«, fragte Dornach augenzwinkernd. »Hat die Justizministerin unsere Wirtschaftselite wirklich so genannt?«
»Nach dem dritten Gin Tonic nachts um halb zwölf in der Bellevue Bar«, erwiderte Casagrande. »Sie hatte noch ein paar saftigere Ausdrücke für ein paar von denen parat gehabt, besonders für die Banker, aber das ist nicht mal hier zitierfähig.« Sie blickte in die Runde. »Und falls man mich danach fragt, habe ich nie so was von ihr gehört.«
»Wollte dich Kälin aus diesem Grund in der Ermittlergruppe haben? Um unseren Nachbarn zu zeigen, dass wir auch anders können?«, fragte Dornach.
»Die Schweiz beteiligt sich laufend an internationalen Ermittlungen. Dieses Mal will Kälin, dass wir eine führende Rolle spielen. Insofern kann man es tatsächlich als eine Art Goodwill-Mission bezeichnen, die unser Image ein wenig aufpolieren soll«, sagte Casagrande. »Vermutlich nicht zuletzt unter dem Eindruck des jüngsten Debakels mit der Großbank hat Kälin im Bundesratskollegium einen Antrag durchgebracht, die Geldwäschereigesetze zu verschärfen und die Beschlagnahmung verdächtiger Gelder zu vereinfachen. Die bundesrätliche Botschaft liegt den juristischen Kommissionen beider Parlamentskammern vor. Bis ein entsprechendes Bundesgesetz in Kraft ist, haben Bundesanwaltschaft und Fedpol die Weisung, aktiv international zu kooperieren, in der Schweiz und im Ausland. Das ist meine Hauptaufgabe. In Deutschland sind Staatsanwälte dazu übergegangen, die Clans nicht mehr mit Razzien und Festnahmen zu piksen. Stattdessen werden sie regelmäßig mit Beschlagnahmungen ihrer Vermögen drangsaliert. Die Italiener verfahren gleich mit der Mafia. Das mag wie Perseus' Kampf

gegen die Medusa scheinen. Nur wenn wir geeint zusammenarbeiten, haben wir eine Chance.«

Das klang schön und gut in Dornachs Ohren, bis auf die entscheidende offene Frage. »Wie willst du das konkret anstellen? Was können ich und meine Kollegen für die Ermittlergruppe tun?«

»Ganz einfach«, sagte Casagrande. »In einem ersten Schritt müsst ihr den Diamanten finden.«

***

Das Minikleid mit durchsichtigem, spitzenbesetztem Oberteil hatte Pia vor Jahren wegen Rafik gekauft. Sie waren nie damit ausgegangen. Getragen hatte sie es ein einziges Mal, als sie und Rafik die Villa ein Wochenende für sich gehabt hatten. Das Bett hatten sie nur für einen Spaziergang verlassen oder um in der Küche etwas zu essen zu holen. Das Kleid hatte dazu gedient, es sich von Rafik ausziehen zu lassen. Heute trug sie einen schwarzen Sport-BH unter dem Oberteil.

Die Mehrheit der Kundschaft war männlich, vereinzelt in Begleitung von Frauen. Ein paar Geschäftsleute ließen ein Nachtessen ausgiebig mit Alkohol ausklingen. Gemessen an der Anhänglichkeit der Hostessen mussten es Stammkunden sein. Einer von ihnen verfügte anscheinend über ein großzügiges Spesenkonto, in diesen Zeiten eine Seltenheit. Sie beanspruchten eine Sitzgruppe in der Lounge und ließen sich von Meryem bedienen, einem verschüchterten Mädchen, dessen Deutsch bruchstückhaft war. Kamila und ihre Kolleginnen gingen ihr zur Hand, wo sie konnten. Wer nicht an der Stange tanzte oder an anderen Tischen Gäste zu bezirzen hatte, half Meryem.

Pia war vollauf damit beschäftigt, bestellte Getränke zuzubereiten und die Gäste an der Theke zu bedienen.

Kamila bestellte zwei Flaschen Champagner für den Tisch mit den Geschäftsleuten. Das musste nicht heißen, dass die Herren gern überteuerten Schaumwein tranken. Die Regel besagte, dass die drei Frauen, die sich zu ihnen gesetzt hatten, unter der Bedingung bei ihnen bleiben durften, dass pro zwei Damen eine Flasche Champagner konsumiert wurde. Alternativ wurde eine Bargebühr fällig. Auf diese Weise sicherten sich die Männer die Gesellschaft ihrer Lieblingsfrauen. Weitere Leistungen waren Verhandlungssache. Die Frauen hatten sich an einen vorgegebenen Mindesttarif zu halten. Davon zog Sascha eine happige Provision ein, welche offiziell die Mietkosten der Zimmer deckte. Pia hatte die Rechnung überschlagen. Bei der Risiko- und Gewinnrechnung lag Letzteres bestimmt nicht aufseiten der Frauen, die hier arbeiteten.

Pia nahm aus einer Kühlschublade zwei Flaschen »Haus-Champagner«. Die Marke war ihr nicht bekannt. Wenn sie die bei den übrigen Getränken angewandte Marge darauf übertrug, musste der Gewinn schwindelerregend sein. Sie stellte die Flaschen mit sechs Gläsern auf ein Tablett.

»Wie geht's Ronnie?«, fragte Kamila.

»Er kommt wieder in Ordnung.«

»Das ist gut.«

»Du magst ihn, nicht wahr?«

Kamilas Grinsen legte zwei Wangengrübchen frei. »Vielleicht.« Sie zog das Tablett zu sich.

»Viel los heute«, sagte Pia.

»Findest du? Die Kunden werden immer weniger. Wegen Seitensprung-Apps und Pop-up-Puffs, es hat immer weniger Kerle, die ihre Hintern in Clubs bewegen. Internet geht schneller, kostet weniger, muss nicht viel Geld für billigen Schampus ausgeben für lustige Zeit mit Nutte.«

Pia nickte zu Meryem hinüber, die von einem Tisch zum anderen hetzte. »Was ist mit ihr?«

»Du meinst Meryem?«

»Ja, warum ist sie so … ich weiß nicht. Sie sieht aus, als hätte sie Angst.«

Kamila blickte um sich, bevor sie sich über die Theke beugte. »Du weißt nicht von mir, klar? Meryem ist Frau vom Boss.«

»Von Sascha?«

»Bist du dumm? Von Boran.«

»Boran Baddour lässt seine Frau im Bordell arbeiten? Macht sie etwa auch ... Du weißt schon.«

»Meryem macht alles, was Boran will. Sein Vater hat ihn zu Heirat mit ihr gezwungen. Sie kommt aus Türkei und ist Tochter von Cousin oder so. Boran muss sie richtig hassen, wenn er sie hier arbeiten lässt.«

Wut krallte sich an Pias Magenwänden fest. Warum wunderte sie sich noch darüber, dass Männer so mit Frauen verfuhren?

»Kamila!«

Sie waren dermaßen vertieft in ihr Gespräch gewesen, dass sie Sascha nicht bemerkt hatten.

»Was laberst du hier rum?«, fuhr er Kamila an. »Die Gäste an Tisch vier warten auf ihre Getränke.«

»Geh ja schon, man wird wohl noch reden dürfen.« Kamila nahm das Tablett auf. Sascha packte sie am Arm. Kamilas Geschicklichkeit war es zu verdanken, dass sie das Tablett nicht fallen ließ. »Was hattet ihr zu bereden?«

»Nichts. Haben einfach geredet, unter Kolleginnen.«

»Erzähl keinen Scheiß, sonst nehme ich dich mit nach hinten.«

»Lass mich los, oder ich schreie Bude zusammen.«

Sascha hob die Hand.

»Bierdeckel«, sagte Pia schnell.

»Was?« Saschas Kopf fuhr herum.

»Ich habe Kamila gefragt, wo ich Bierdeckel finde. Sie hat mich nicht verstanden und sich deshalb über die Theke gebeugt.«

Sascha ließ Kamila los, die sich schleunigst aus der Gefahrenzone begab. Er umrundete die Theke und baute sich vor Pia auf. »Bierdeckel? Willst du mich verarschen?«

»Es sind keine mehr da, ehrlich«, sagte sie. »Sieh selbst nach. Dann sagst du mir, wo ich welche holen soll – bitte.«

»Da, wo sie immer sind, blinde Kuh.« Er zeigte auf eine Schranktür.

»Ist leer, sorry.« Pia setzte ihr bestes Unschuldsgesicht auf. Sascha öffnete das Schrankfach, in dem normalerweise ein Vorrat der von einer Brauerei mitgelieferten Deckel liegen sollte. Es war leer. Er grunzte. »Sag's Meryem, sie holt dir welche. Ist ja sonst zu nichts zu gebrauchen. Jetzt marsch an die Arbeit, sonst hast du dein Geld für heute Abend gesehen.« Er kehrte Pia den Rücken zu und stampfte davon.

Von der Theke aus hatte Pia den Eingang im Blick. Dort lümmelte Marko herum, einer von Saschas Zudienern, und mimte den Türsteher. Jemand kam herein. Marko stand sofort auf. Er begrüßte den Ankömmling. Pia hatte mit vielem gerechnet, nur nicht damit, dass Silvano auftauchen würde. Aufgeregt winkte sie Kamila zu sich und ging hinter der Theke auf Tauchstation. Kamila sah auf sie herab. »Was du suchst da unten?«

»Lange Geschichte. Was macht der Mann, der gerade hereingekommen ist? Und hör auf, herabzuschauen.«

»Er spricht mit Marko. Warum?«

»Egal, sag mir einfach, was er tut.«

»Kommt hierher.«

»Shit.« Pia drückte sich in eine Nische neben ein paar leere Flaschen.

»Hallo, großer Mann«, flötete Kamila über ihr. »Was darf es sein?«

»Ist Boran da?«, hörte Pia Silvanos Stimme.

»Keine Ahnung. Sascha da.«

»Kannst du ihn holen?«

Pia hörte, wie Kamila über das Haustelefon mit Sascha sprach. »Sascha kommt runter«, meldete sie danach.

Pia machte sich in ihrer Nische kleiner. Dabei stieß sie eine Flasche um. In ihren Ohren klang es wie eine Explosion.

»Sorry, ungeschickt von mir.« Kamila kicherte dümmlich und kauerte sich neben Pia und stellte die Flasche auf. Ihre Lippen formten stumme Worte. »Was ist los?«

Pia bedeutete ihr, wieder aufzustehen.

»Was geht hier ab?«, hörten sie Sascha bellen. Kamila richtete sich auf, als hätte sie eine Feder anstelle des Rückgrats. Pia hörte, wie sich die beiden Männer freundschaftlich begrüßten. Zweifel nagte an ihr. Vor ein paar Stunden hatte sie neben Silvano im Bett gelegen. Jetzt unterhielt er sich mit denjenigen, die ihn angegriffen hatten, als wäre nichts gewesen. Was sollte die Komödie?

»Boran ist in seinem Büro«, sagte Sascha. »Ich bringe dich rauf. – Wo steckt die Neue?« Die Frage galt wohl Kamila. Wenigstens hatte er Pias Namen nicht ausgesprochen.

»Musste auf Klo.«

»Soll sie gefälligst in der Pause machen.«

»Ich ihr sagen, nächstes Mal sie soll in Glas pissen. Manche Kerle das vielleicht mögen.«

Pia hörte Kamilas erstickten Aufschrei. Sascha musste sie an der Gurgel gepackt haben. Sie machte sich bereit, aufzuspringen und ihr zu helfen, Silvano hin oder her.

»Lass sie los, Sascha«, hörte sie Silvano. »Wir sollten Boran nicht warten lassen.«

Pia hörte Kamila nach Luft schnappen. Die Stimmen der Männer entfernten sich.

»Kannst hochkommen«, krächzte Kamila.

Pia richtete sich auf. »Hast du einen Todeswunsch, oder was?«, fuhr sie Kamila an, die sich den Hals rieb. »Warum kannst du nicht mal deine freche Klappe halten?«

»Und du? Warum getaucht unter?«

Pia sparte sich eine Antwort. »Ist der Mann oft hier?«

»Silvano? Ja, oft.«

»Als Kunde, hast du etwa schon mit ihm …«

Kamila schüttelte den Kopf. »Bin nicht sein Typ.«

»Und mit anderen?«

»Warum du musst das wissen? Etwa du bist seine Freundin?«

»Geht dich nichts an. Wo sind sie hin?«

»Sie wollten zu Boran.«

»Kannst du mich kurz vertreten. Ich muss oben aufs Klo.«

»Warum nicht hier unten? Ist gleich da.« Sie zeigte zur Toilettentür.

»Ich muss groß. Das geht nicht, wenn ständig Leute rein- und rausrennen.«

»Na schön, aber mach schnell. Wenn Sascha kommt und sieht, dass du bist immer noch nicht da, wir haben Riesenproblem. Zweiter Stock.«

»Danke. Verrat mich nicht, bitte.«

Kamila verschloss die Lippen mit zwei Fingern wie einen Reißverschluss. Sie schlug ein großes Kreuz, wohl eine Art orthodoxer Schwur. »Geh schon.«

Pia schaffte es bis zur zweiten Etage, ohne jemandem zu begegnen. Wo lag Borans Büro? Vom hinteren Teil des Korridors drangen gedämpfte Stimmen zu ihr. Sie schlich der Wand entlang darauf zu. Kurz bevor sie Borans Büro erreichte, wurden die Stimmen lauter. Sie zog sich zurück bis zur Tür, die sie gerade passiert hatte. Ihr Blitzgebet war erhört worden, sie ließ sich problemlos öffnen. Sie stand in einer Art Abstellraum mit Schreibtisch. Auf einem Regal lag verschiedenes Material: Besteck, Servietten, drei Stapel in Plastik eingeschweißte Bierdeckel. Sie nahm sich einen Stapel als Alibi, falls sie eines benötigte. Die Stimmen blieben vor ihrer Tür stehen. Kamen die etwa hier rein? Panisch sah sie sich nach einem Versteck um. Die Fußnische des Schreibtisches war vorne zu. Sie schlüpfte hinein und hoffte, dass sich niemand an den Tisch setzen würde.

Keine Sekunde zu früh. Die Tür wurde aufgestoßen. »Wenn ich dir sage, wir sind quitt, dann sind wir quitt. Die Sache ist erledigt.« Pia kannte die Stimme nicht. Es musste Boran Baddour sein.

»Keine unangenehmen Überraschungen mehr?«, fragte Silvano.

»Nicht, wenn du dich ab jetzt an Abmachungen hältst.«

Hatte Silvano Boran Baddour wegen des Angriffs zur Rede gestellt? Das war entweder ganz schön dumm oder mutig. Oft lag beides nicht weit auseinander.

»Ich kann mich darauf verlassen?«

»Habe ich jemals ein Versprechen nicht eingehalten?«

Bei einem der Gestelle raschelte es. »Suchst du was, Sascha?«, fragte Boran.

»Bierdeckel. Der neuen Schlampe an der Bar ist es erst eingefallen, als sie den letzten rausgegeben hat.«

»Ich gehe dann mal«, sagte Silvano.

Schritte entfernten sich. Pia seufzte verhalten. Was dachte sich dieser Idiot dabei, allein herzukommen? Wahrscheinlich nicht viel mehr als du, gab ihr eine innere Stimme zur Antwort.

»Wie macht sich die Neue?«, fragte Boran.

»Ich traue ihr nicht. Sie stellt zu viele Fragen«, antwortete Sascha.

»Behalt sie im Auge. Komm, wir müssen los.«

Pia war allein. Ihre »Undercover-Legende« war alles andere als wasserdicht. Es wurde Zeit, sich auf Französisch zu verabschieden.

Sie kroch unter dem Schreibtisch hervor. Bevor sie den Raum verließ, legte sie die Bierdeckel zurück. Dabei fiel ihr Blick auf eine Pinnwand mit Fotos hinter dem Schreibtisch. Es war offensichtlich Saschas Arbeitsplatz.

Mit ihrem Handy machte sie ein paar Bilder.

***

»Sachte«, sagte Casagrande, als Dornach ihr ein Glas Walliser Syrah einschenkte. »Ich habe seit Mittag nichts in den Magen gekriegt.«

Er zeigte auf die Fleisch-Käse-Platte, die er auf die Schnelle vorbereitet hatte. »Bedien dich.«

Herzhaft biss sie in ein Stück Brot und schloss die Augen. »Von der Holzofenbäckerei Müller. Du ahnst nicht, wie ich das vermisst habe.«

»Frisch gekauft heute Nachmittag. Daria hat es besorgt.«

Sie widmeten sich eine Weile allein dem Essen.

»Daria? Habe ich was verpasst?«, fragte sie unvermittelt.

Dornach schmunzelte. »Ich dachte schon, du fragst gar

nicht.« Er erzählte ihr die Geschichte von Daria und ihren Töchtern. »Sie ist verheiratet, ihr Mann geriet in russische Gefangenschaft. Ob er noch am Leben ist, weiß niemand.«

»Ich fürchtete schon, dass du …«

»Du fürchtetest was?«

»Nichts. Ich habe keinen Grund mehr, eifersüchtig zu sein, wenn du das denkst.«

»Ach nein?«

»Nein. Du wolltest nichts mehr von mir wissen. Es war hart für mich. Jetzt bin ich drüber hinweg.«

»Ich wollte nicht nichts mehr von dir wissen, Angie. Ich brauchte Abstand zum Nachdenken.«

»Wo ist der Unterschied?«

»Ich wollte nicht, dass Schluss ist zwischen uns.«

Ihre Augen funkelten im Widerschein der Flammen des Cheminées. Ihrem kastanienbraunen Haar verliehen sie einen rötlichen Schein. Der Vulkan brodelte. »Ich habe dich unzählige Male angerufen. Was kam von dir? Kein Rückruf, nichts.«

»Es war zu früh.«

»Wann hätte es dir gepasst? In einem Jahr oder zwei, wenn ich alt und schrumpelig bin? Ich hätte dich auch gebraucht, Dominik. Glaubst du, die Geheimnistuerei um Jana ist mir leichtgefallen?«

»Nein, aber –«

»Aber was?« Sie setzte das Weinglas hart ab. »Du glaubtest, ich wollte sie dir fernhalten, nicht wahr, weil ich dich für mich haben wollte.«

»Wolltest du das nicht?«

»*Madonna!*« Sie musste das Glas loslassen, damit sie beide Hände verwerfen konnte. »Natürlich war ich eifersüchtig auf Jana. Ich bin es heute noch und werde es immer sein. Ich bin so. Das hatte nichts damit zu tun, dass ich es dir nicht sagen konnte. Ich tat es, um dich zu schützen.«

Dornach starrte ins Feuer. Zwei Jahre lang hatte er an Jana Cranachs Tod geglaubt. Als er erfahren hatte, dass Casagrande die ganze Zeit gewusst hatte, dass sie lebte, war eine Welt für ihn zusammengebrochen.

»Gut«, sagte sie, als keine Antwort kam. »Du hast recht, ich hätte es dir sagen müssen, aber ich war zu feige, weil … weil … ich hatte Angst, dich zu verlieren. Ich tat es aus Liebe.«

Ihm ging so viel durch den Kopf, er wusste nicht, womit er beginnen sollte.

Casagrande sah ihn kopfschüttelnd an. »Sagst du vielleicht auch mal was?« Sie leerte ihr Glas und hielt es ihm hin.

Er schenkte ihr nach. »Ich habe dich vermisst, Angie.«

Diesmal verwehrte sie ihm die Antwort.

»Angie?«

»Ich habe dich verstanden.«

»Und?«

Sie sah ihn an, während sie trank. Das wütende Funkeln in ihren Augen war weg. »Reden wir über die Arbeit?«

***

Für Hannah Wirz waren die letzten vierundzwanzig Stunden zum Vergessen. Am Vorabend war Ronnie mit einer gebrochenen Hand nach Hause gekommen. Diesen Nachmittag hatte sie der Oberstaatsanwalt zu einem Gespräch in sein Büro gebeten. Nie im Leben hatte sie damit gerechnet, Angela Casagrande zu begegnen, geschweige von ihr auf ein Nebengleis gestellt zu werden. Bis auf Weiteres würde sich Wirz' Rolle darauf beschränken, ihrer Vorgängerin zuzudienen.

Ausgerechnet Casagrande, Dornachs Zuckerpüppchen.

Vor der roten Ampel an der Kreuzung beim Konzertsaal schlug sie auf das Lenkrad ihres E-Bikes ein. Dornach hatte gewonnen. Es fühlte sich richtig schlecht an.

Auf der ab dem Glutzenhübeli steil ansteigenden Bergstraße trat sie derart heftig in die Pedale, dass sie ohne Elektroantrieb hochgekommen wäre. Am liebsten hätte sie ihre Wut in die kühle Nacht hinausgeschrien. Doch im bürgerlichsten aller

Solothurner Quartiere, mit Wohnhäusern und Villen inmitten parkähnlicher Gärten, war so etwas nicht opportun.

Die dunkelfarbene Limousine gegenüber ihrer Hauseinfahrt fiel ihr sofort auf. Wirz hatte das Auto in der Straße nie gesehen. Sie stellte ihr Fahrrad neben Ronnies Rad und ihrem Citroën C3 ab, den sie nur selten fuhr. Sie steckte die Hände in ihre Manteltaschen. Die Rechte erfühlte die Dose Pfefferspray, die Linke das Handy. Sie stellte den Aufnahmemodus der Kamera auf Video. Solothurn, vor allem ihre Wohngegend, war kein gefährliches Pflaster. Trotzdem kamen Übergriffe immer wieder vor. Dieses Auto gehörte nicht hierher. Sie ging darauf zu.

Die Fahrertür wurde aufgestoßen. Ein Mann stieg aus, ein Riese mit Bart und nach hinten gekämmtem, gegeltem Haar. Wirz blieb mitten auf der Straße stehen. Sie sah seine Hände. Sollte er sie angreifen, würde ihr Schädel ihrem Druck nicht länger widerstehen als ein rohes Ei. Sie nahm die Hand mit dem Pfefferspray aus der Manteltasche und hielt sichtbar ihr Handy in die Höhe.

»Bleiben Sie, wo Sie sind. Ich habe die Polizei gerufen.«

Der Riese hob beschwichtigend die Arme. »Mein Boss will mit Ihnen sprechen.« Er öffnete die hintere Tür auf der Fahrerseite. Die Innenbeleuchtung schaltete sich ein. »Bitte.« Er trat ein paar Schritte zurück.

Der Mann, der auf der Beifahrerseite gesessen hatte, rutschte herüber, sodass sie ihn sehen konnte. »Staatsanwältin Wirz, ich freue mich, Sie persönlich kennenzulernen. Sie haben nicht wirklich die Polizei gerufen, oder? Das wäre besser für Sie und für mich.«

Sie kannte ihn von Bildern in ihren Akten. »Herr Baddour? Woher wissen Sie, wo ich wohne?«

»Man hat seine Quellen.«

»Was wollen Sie von mir?«

»Mit Ihnen sprechen.«

»Ich habe Feierabend. Machen Sie einen Termin mit dem Sekretariat der Staatsanwaltschaft.«

Baddour lächelte hintergründig. »Glauben Sie mir, es ist in unser beider Interesse, wenn wir dieses Gespräch, sagen wir, privat und vertraulich halten.« Er rutschte zurück auf seine Seite. »Bitte steigen Sie ein, es spricht sich komfortabler. Außerdem ist es vielleicht besser, wenn man uns nicht zusammen sieht.«

Hannah Wirz sah sich nach dem Riesen um. Er hatte sich ein paar Meter entfernt und rauchte eine Zigarette.

»Ich kann mir nicht vorstellen, was wir beide Vertrauliches zu besprechen hätten«, sagte sie zu Baddour. »Gehen Sie bitte.« Sie machte kehrt und ging zu ihrem Haus.

»Es ist wirklich wichtig«, rief Baddour ihr nach. »Es geht um Ronnie, ein guter Junge.«

Wirz erstarrte, als hätte jemand einen Kübel Eiswürfel über ihr ausgeschüttet. Sie sah hoch zum Fenster von Ronnies Zimmer. Es war dunkel. Sie hoffte, er schlief. Oder hatten sie ihn … Sie fuhr herum. »Was ist mit Ronnie? Wo ist er? Ich warne Sie, ich mache Sie fertig.«

Baddours Lächeln zeigte zwei perfekt geweißte Zahnreihen. »Keine Ahnung, wo Ronnie steckt. Sollte er um diese Zeit nicht im Bett sein? Nach seinem bedauerlichen Unfall braucht er viel Ruhe.«

»Woher wissen Sie …? Sie waren das, Sie haben ihm die Hand gebrochen. Ich werde Sie anzeigen.«

Baddour stieg aus. Der Riese rührte sich nicht von der Stelle. »Ich weiß nicht, wovon Sie sprechen«, sagte Baddour unverändert freundlich. »Ich war bei Ronnies bedauerlichem Unfall dabei. Ich versichere Ihnen, er hat ihn selbst verschuldet, dumme Sache. Ich bin hier, weil ich ihm helfen will. Das müssen Sie mir glauben, Frau Staatsanwältin.«

»Na schön, was wollen Sie?«

»Möchten Sie nicht doch lieber einsteigen? Es dauert nur ein paar Minuten.«

Alles in Wirz drängte sie zu fliehen. Wenn es nicht um Ronnie gegangen wäre … Sie setzte sich neben Boran Baddour auf den Hintersitz. Der Gorilla rührte sich nicht. »Die Tür bleibt offen. Der Riese bleibt, wo er ist, oder ...« Sie zeigte ihm das Pfefferspray.

»Ganz wie Sie wünschen, Frau Staatsanwältin.« Baddour hielt ihr sein Handy hin. »Sehen Sie sich zuerst das an. Dann reden wir.«

***

Casagrande erschrak, als eine Katze mit einem kühnen Sprung auf ihrem Schoß landete. »Was bist denn du für eine?«

»Das ist *einer* und heißt King Louie«, sagte Dornach. »Vanessa Kurths Kater. Pia gewährt ihm vorübergehend Asyl. Er scheint dich zu mögen. Bei mir ist er zurückhaltender.«

»Er spürt, dass du nicht viel für Kater übrighast. Wenn es eine Katze wäre, vielleicht ...«

»Sehr witzig, ich lache ein andermal.«

»Entschuldige, der war wirklich flach.«

»Du kannst ihn haben«, sagte Dornach. »Ansonsten kommt er ins Tierheim, sobald ein Platz frei ist.«

»Du glaubst ja selbst nicht, dass Pia das Viech wieder abgibt.«

Dornach sah ihrer Schmuserei mit dem Kater eine Weile zu, bevor er versuchte, auf das Thema zurückzukommen. »Du hast mir immer noch nicht gesagt, warum du absolut sicher bist, dass der Stein hier in Solothurn ist.«

Casagrande setzte King Louie auf den Boden. Sie streifte ihr Pumps ab und setzte sich mit seitlich angewinkelten Beinen auf das Sofa. »Was ich dir jetzt sage, ist streng geheim. Nur Katrin Friis weiß Bescheid und natürlich Aysan Omrani.«

»Mein Team, Mike, Maja und Karin? Dürfen sie nichts wissen?«

»Vorderhand nur so viel, wie ich für nötig halte. Du wirst gleich verstehen, warum.« Sie rieb ihre bestrumpften Beine. »Machst du mehr Feuer, bitte. Ich habe vergessen, wie fröstelig es hier im Herbst sein kann.«

Dornach legte ein Scheit ins Feuer.

»Akim Baddour braucht Geld«, sagte sie.

»Wofür?«

»Waffen, präziser formuliert, er diversifiziert in Rüstungsgüter. Bewaffnete Konflikte haben weltweit zugenommen. Der Mittlere Osten strotzt vor Waffen. Man denke an das Arsenal, das der IS nach der Zerschlagung seines Kalifats hinterlassen hat. Dazu kommt, dass Saudi-Arabien und die Golfstaaten den internationalen Terrorismus nicht nur finanzieren, sie versorgen ihn auch mit Waffen. Das macht die Region zu einem Eldorado für Waffenhändler. Mit den wachsenden Konflikten steigen die Preise. Dabei geht es nicht nur um Waffen an sich. Gewisse Kreise suchen verzweifelt nach modernen Technologien, die sie auf normalem Weg nicht mehr beschaffen können, weil sie mit Sanktionen belegt sind.«

»Russland?«

»So ist es. Wegen der gegen sie verhängten Sanktionen sind die Russen händeringend auf der Suche nach Ersatzteilen und westlicher Waffentechnik, die sie für ihre Produktion, aber auch zur Instandstellung ihres Arsenals benötigen. Sie kaufen zusammen, was sie kriegen können, auch illegal.«

»Haben die Russen nicht ihre eigenen Quellen?«

»Anscheinend sind sie nicht in der Lage, den Bedarf zu decken. Akim Baddour hat gute Beziehungen zu Schiebern, die über Saudi-Arabien, Dubai, Südafrika und China an Hightech-Komponenten herankommen. Die rechte Hand seines Sohnes ist ein Tschetschene.«

»Aslan Pawlowitsch Poljakow.« Dornach hatte keine Ahnung, weshalb ihm dieser Name im Gedächtnis haften geblieben war. »Seine Freunde nennen ihn Sascha.«

»Angeblich hat er beste Kontakte zu Leuten mit Verbindungen in den Kreml. Er soll Mitglied der Gruppe Wagner gewesen sein. Meinen Informationen zufolge sind sich Boran Baddour und er im türkisch-syrischen Grenzgebiet begegnet.«

»Ich hab's verstanden«, sagte Dornach. »Akim Baddour braucht Geld, damit er sich auf dem Schwarzmarkt Waffentechnik beschaffen kann, die er mit Profit an die Russen weitergibt. Dafür müsste er den von Boran in Berlin gestohlenen ›Blue Silent‹ zu Geld machen. Dumm nur, dass der sich den Stein hat abnehmen lassen. Aber mal angenommen, er hätte den Stein, was dann?«

»Wäre er mit einem weiteren Problem konfrontiert. Gestohlene Goldmünzen, -barren oder -schmuck kannst du einschmelzen und zu neuen Barren gießen. Bei einem Diamanten wie dem ›Blauen Schweigen‹ ist es ungleich komplizierter. Sein Marktwert beziffert sich auf rund achtzig Millionen Euro. Um ihn zu verflüssigen, müsste er entweder durch Umschleifen unkenntlich gemacht und mit Abschlag weiterverkauft werden. Oder aber es findet sich ein Sammler, der jeden Preis zu bezahlen bereit ist. Baddour verfügt weder über das Know-how für das eine noch über die Beziehungen für das andere. An Sammler, die bereit sind, hundert oder mehr Millionen Euro hinzublättern, muss er erst herankommen. Baddour kann es nicht, ein anderer schon.«

»Sergio Arcuri«, sagte Dornach.

»Nach dem Tod seines Vaters Giuseppe hat Sergio Arcuri in andere Bereiche expandiert, darunter in den Handel mit illegalen Diamanten. Zudem erhebt er Anspruch auf die Führungsrolle der ›Sacra Corona Unita‹, dem apulischen Gegenstück zur kalabrischen 'Ndrangheta, nicht ganz so groß, aber nicht weniger gefährlich. Sergio Arcuri liegt in blutigem Konkurrenzkampf mit der in Bari beheimateten Amoruso-Familie um die Führung der SCU.« Casagrande sprach die Abkürzung italienisch aus – *Esse-Ci-U*.

»Und die Arcuris verfügen über die notwendigen Beziehungen, ›Blue Silent‹ zu verflüssigen?«

»Sergio Arcuri liebt das Schöne und Wertvolle, Kunst, Schmuck, erlesene Weine, exquisites Essen.«

»Keine Frauen?«

Casagrande schüttelte den Kopf. »Arcuri liebte seine verstorbene Frau über alles. Seit ihrem Tod wurde er nie mit einer anderen gesehen. Er lebt wie ein Mönch in seinem Anwesen in der Nähe von Neviano. Er hat ausgezeichnete Beziehungen zu Händlern und Sammlern illegalen Schmuckes. Er will Akim Baddour das ›Blaue Schweigen‹ für hundert Millionen Euro abnehmen.«

»In bar?«

»Diamanten. Bei einem ungefähren Marktwert von rund fünftausend Euro pro Karat ergibt das zwanzigtausend Karat oder etwa vier Kilo, leichter und praktischer zu transportieren als Bargeld oder Goldbarren. Weiter erhält Akim Baddour hochwertiges Kokain zu Sonderpreisen von Arcuris kolumbianischen Partnern. Wenn Baddour alles im Schweizer Markt absetzen kann, wird es ihm zwanzig Millionen Franken einbringen. Eine erste Teillieferung von zweihundert Kilo Reinkokain in die Schweiz soll bereits nach Basel unterwegs sein. Insgesamt erhält Baddour einhundertzwanzig Millionen Euro für das ›Blaue Schweigen‹.«

Dornach überschlug die Zahlen. Bei einem Ankaufswert pro Kilo von ungefähr dreißigtausend Euro hatte diese Teillieferung einen Wert von acht Millionen Euro. Bei einem Streckungsgrad von achtzig Prozent und einem ungefähren mittleren Straßenpreis von hundert Franken pro Gramm ergab das ... Er stieß einen Pfiff aus. »Das ist im ersten Anlauf Koks im Wert von fünfundzwanzig Millionen Franken. Und da soll noch mehr kommen?«

»Das ist noch nicht alles. Sollte er das Geld, das ihm die Russen für seine Waffentechnologielieferungen bezahlen, in den Drogenhandel reinvestieren, kommt ein regelrechter Tsunami auf uns zu. Verstehst du jetzt den Zweck meiner Ermittlergruppe?«

»Ihr wollt den Deal verhindern. Aber wie?«

»Er soll am Samstag irgendwo in Solothurn selbst oder in der Umgebung über die Bühne gehen. Den genauen Standort und Zeitpunkt erfahre ich vierundzwanzig Stunden vorher. Sobald die Übergabe vollzogen ist, greifen wir zu.«

»Wer wird die Transaktion durchführen?«

»Boran Baddour mit Sergio Arcuri, der selbst vor Ort sein wird. Vermutlich wird ihn Liliana Angeli begleiten. Sie ist Arcuris Nichte und die einzige Frau, mit der er sich seit dem Tod seiner Gattin blicken lässt.«

»Eine Frau?«

»Was ist das für eine Frage?«, fragte Casagrande. »Du bist sonst in dieser Beziehung weltoffener.«

»Entschuldige, aber die Mafia ist doch eher ein Männerverein.«

»Die Zeiten ändern sich, mein Lieber. Angelis Mutter ist Arcuris Schwester. Sie und ihr Mann sind bei einem Bombenanschlag in Bozen ums Leben gekommen. Daraufhin ist Angeli, die bis dahin in Kanada lebte, nach Apulien zurückgekehrt. Lass dich von ihrem Namen nicht täuschen. Die Frau ist skrupellos und brutal. Sie hat die Mörder ihrer Eltern eigenhändig gefoltert und hingerichtet.«

»Das heißt, es könnte am Samstag gefährlich werden.«

»Die Baddours und Sergio Arcuri wollen die Transaktion diskret über die Bühne gehen lassen. Wir erwarten nicht, dass sie mit einer Armee aufkreuzen.«

»Wer leitet den Zugriff?«

»Ich«, sagte Casagrande. »Aber ich bin froh, wenn du mir beistehst. Unterstützt werden wir durch die Einsatzgruppe ›Tigris‹ des Bundes und von eurer Sondereinheit ›Falk‹. Katrin Friis brieft in diesem Moment den Polizeikommandanten. Das Netz um den Treffpunkt wird so engmaschig geknüpft sein, dass keine Maus durchschlüpfen kann.«

Dornach war skeptisch. Solche Aktionen ließen sich nie bis ins letzte Detail planen. »Wie kommt es, dass die Ermittlergruppe so detailliert über die Transaktion Bescheid weiß? Das klingt fast nach Insiderwissen.«

»Ist es auch. Es ist uns gelungen, einen verdeckten Agenten einzuschleusen.«

»Bei wem, Baddour, Arcuri oder bei beiden?«

»Tut mir leid, das darf ich dir nicht sagen. Unser Agent hat bisher keinerlei Verdacht erregt. Weder Baddour noch Arcuri haben die geringste Ahnung, was auf sie zukommt. Der Agent riskiert unglaublich viel, und das seit Monaten. Es liegt mir viel daran, ihn lebend da rauszubekommen.«

»Schade, dass Akim Baddour nicht dabei sein wird«, sagte Dornach. »Er wird danach bestimmt untertauchen.«

»Ist anzunehmen, spielt aber keine große Rolle. Nach diesem Streich werden wir das ›Blaue Schweigen‹ zurückbekommen. Dazu die Beschlagnahmung der Rohdiamanten und der Lieferung Reinkokain, die dem Zoll in Basel in die Hände fallen wird, sobald der Container im Rheinhafen eintrifft. Insgesamt werden wir Arcuri und Baddour um mehr als zweihundertzwanzig Millionen Euro erleichtern. Davon werden sich die beiden so rasch nicht erholen, wenn überhaupt. Ganz zu schweigen davon, was die Russen mit Baddour anfangen werden, wenn sich herausstellt, dass sie ihre Waffentechnologie in den Kamin schreiben oder woanders beschaffen müssen.«

»Ihr werdet eine Schlacht gewonnen haben«, sagte Dornach. »Der Krieg geht weiter.«

Casagrande lächelte. »Was soll ich sagen, Dominik? Das ist unser Job. Vorerst haben wir aber noch ein ganz anderes Problem, und zwar ein riesiges.«

»Welches?«

»Der Diamant. Wir müssen das ›Blaue Schweigen‹ finden.«

Diese Kleinigkeit war ihm vorübergehend entfallen. »Dummerweise ist der Dieb verstorben, ohne einen Hinweis auf das Versteck zu hinterlassen.«

»Schröter/Allemann hatte eine Freundin, die in Solothurn wohnte. Omrani ist überzeugt, dass sich der Stein hier in der Nähe befindet.«

»Aber wo? Wir haben die Wohnungen von Vanessa Kurth durchsucht und nichts entdeckt. Die Durchsuchung der Wohnung von Schröter/Allemann in Niederbuchsiten hat nichts ergeben.«

»Ihr habt lediglich Spuren gesichert, um Hinweise auf die

Täterschaft zu finden. Jetzt wisst ihr, wonach ihr suchen müsst. Wenn Arcuri erfährt, dass Baddour den Stein nicht hat, bläst er die Transaktion ab, und uns entgeht die einmalige Gelegenheit, ihn und die Baddours mit unserem Coup empfindlich zu treffen. Eure Mordermittlung muss vorläufig hintenanstehen.«

»Boran Baddour sucht garantiert auch nach dem Stein. Was ist, wenn er ihn vor uns findet?«

»Es klingt jetzt merkwürdig, aber genau das wäre in diesem Fall zu begrüßen. Die Transaktion kann wie geplant ablaufen, und wir nehmen ihm das ›Blaue Schweigen‹ wieder ab.«

Dornach kratzte sich am Hinterkopf. »Ich hätte die Frage anders stellen sollen. Was ist, wenn wir den Stein vor Baddour finden?«

»Dann wirst du dafür sorgen, dass Baddour ihn bekommt.«

»Wie bitte? Wie soll das gehen?«

»Ich bin sicher, du lässt dir was einfallen.«

Dornach kniff die Augen zusammen und packte sie am Arm. »Wer sind Sie, und was haben Sie mit meiner Freundin Angela Casagrande gemacht? Ich will sie zurückhaben.«

Casagrande machte sich lachend von ihm los. »Ich habe vom Meister gelernt. Der Zweck heiligt die Mittel.« Sie sah auf die Uhr. »Rufst du mir ein Taxi?«

»Warum übernachtest du nicht hier? Das Gästezimmer ist –«

Sie nahm seinen Kopf in die Hände und gab ihm einen Kuss auf den Mund.

»Ich vermisse dich auch, Dominik. Aber bis diese Aktion abgeschlossen ist, will ich die Dinge so lassen, wie sie sind.«

※※※

Ilona Maric raffte mit einer Hand die Aufschläge ihres Morgenmantels zusammen. Die andere hielt die brennende Zigarette. Eine leichte Brise wehte kühl von der Küste her. Sie fröstelte, am liebsten wäre sie hineingegangen, aber sie brauchte das Nikotin. Sie rauchte nur zu wenigen Gelegenheiten, wenn sie aufgeregt war, nach einem guten Essen und nach dem Sex. Sie sah durch den offenen Spalt der Balkontür ins Zimmer. Akim Baddour lag moderat schnarchend im Bett. Seine Abscheu gegenüber Tabak war der Grund, weshalb sie hier draußen stand und fror.

Der Wind frischte auf. Maric drückte die Zigarette im muschelförmigen Aschenbecher auf dem Balkontisch aus und ging zurück ins Zimmer. Vom Fußende des Bettes betrachtete sie den schlafenden Mann. Im Vergleich zum antik-asketischen Sergio Arcuri konnte man Akim Baddour nicht als ausgesprochen attraktiv bezeichnen. Was sie an ihm anziehend fand, war seine Vitalität trotz seiner achtundsechzig Jahre. Eine Kostprobe hatte sie gerade erhalten, zweimal und ohne chemische Hilfsmittel. Gleich darauf war er eingeschlafen.

Schon bei ihrem ersten Treffen hatte er sie in den Bann gezogen, auf einem Cocktailempfang eines Juristenkongresses in Düsseldorf. Sie waren sich zuvor nie begegnet. Er war verblüffend gut über sie informiert gewesen. Nachdem sie auf ihrem Zimmer das erste Mal miteinander geschlafen hatten, hatte er es ihr gestanden. Er hatte Informationen eingeholt, und Angestellte des Hotels arbeiteten für ihn. Beim darauffolgenden Nachtessen in einem der besten Restaurants der Stadt hatte er sie überzeugt, die Interessen seiner Familie in der Schweiz zu vertreten und seinem Sohn beizustehen. Sie hatte nicht anders gekonnt, als das lukrative Angebot anzunehmen.

Akim erinnerte sie an ihren Vater, der 1991 in der Schlacht um Vukovar sein Leben für ihre kroatische Heimat gelassen hatte. Kurz zuvor hatten sie gemeinsam ihren siebten Geburtstag gefeiert. Die Lücke, die er hinterlassen hatte, füllte sie seither mit der Hingabe zu älteren Männern aus. Dass sie auch mit Boran geschlafen hatte, war eher ein Unfall gewesen. Er würde es seinem Vater nicht sagen. Jedenfalls zählte sie darauf.

Sie setzte sich zu Akim an den Bettrand. Sanft wischte sie eine weiße Haarsträhne aus seiner Stirn. Akim seufzte und schlug die Augen auf.

»Bin ich eingeschlafen?«

»Und wie.«

Er zog sie zu sich herunter und küsste sie. Er verzog den Mund. »Du hast geraucht.«

»Entschuldige, ich dachte nicht, dass du mich heute Nacht noch mal brauchst.« Sie ging zu einer Anrichte und schenkte sich ein Glas Vecchia Romagna ein. »Willst du auch?«

Er nickte. Akim war gläubiger Muslim, obschon er sich den in seiner Religion verpönten weltlichen Genüssen nicht verschloss. Sie hielt ihm das Glas hin. Anstatt es zu nehmen, zerrte er sie mitsamt Glas auf das Bett. Etwas vom Brandy geriet auf das Laken. Sie stellte das Glas auf das Nachttischchen. »Der war zum Trinken gedacht.«

»Ich trinke lieber dich.« Seine Hände glitten unter den Aufschlag ihres Morgenmantels.

»Warte.« Sie hielt seine Hände fest. »Wir müssen reden.«

»Worüber willst du ausgerechnet jetzt reden?«

»Die Transaktion.«

»Was ist damit?«

»Dir ist klar, dass Boran ihn noch nicht hat.«

»Was meinst du mit ›ihn‹?«

»Den ›Blue Silent‹.«

Akims Miene verdüsterte sich von einer Sekunde zu anderen. »Boran hat den Stein noch nicht? Er hat mir versichert, dass alles nach Plan läuft.«

»Er will dich nicht enttäuschen.«

»Warum sagst du mir das erst jetzt?« Es lag kein Vorwurf in seiner Stimme. Die Enttäuschung richtete sich gegen Boran, gut für sie.

»Er hat es mir erst kurz vor meiner Abreise gebeichtet.«

»Ilona, wenn wir den Stein in drei Tagen nicht haben, platzt der Deal mit Arcuri. Du weißt, was das bedeutet?«

»Wir verlieren einen Haufen Geld.«

»Nicht nur das. Wir sind Verpflichtungen eingegangen, mit mächtigen und gefährlichen Leuten. Ich werde nicht nur meine Ehre verlieren.«

»Boran hat eine Lösung.«
»Etwa wieder die Idee mit einer Fälschung. Das soll er vergessen. Arcuri und Angeli werden es sofort merken.«
»Keine Fälschung«, sagte Maric. »Er ist sicher, dass die Polizei den Stein hat. Er vertraut auf seinen Plan.«
»Dann müssen wir ihm vertrauen, so ungern ich das sage. Wir haben keine Zeit mehr. Du musst ihm helfen.«
»Nein, Akim, ich bin Anwältin und darf damit nicht in Verbindung gebracht werden, wenn ich euch weiterhin zur Seite stehen soll, das weißt du.«
»Das wird keine Rolle mehr spielen, wenn wir unseren Teil des Handels nicht einhalten. Du hast seine Nichte gesehen.«
»Liliana Angeli, was ist mit der?«
»Eine schöne Frau, und gefährlich. In der kurzen Zeit, in der sie für Arcuri arbeitet, nennt man sie schon *la dea della morte*, Todesgöttin. Sie wird bei der Transaktion dabei sein, vergiss das nicht.«
Das tat Maric auf keinen Fall. Es gab nur einen Weg, den Zorn der Göttin nicht auf sie zu lenken. »Du hast ja gehört, was sie vorhat und dafür von uns erwartet«, sagte sie.
Akim nickte stumm.
»Also geben wir es ihr, gleich morgen.«

DREIZEHN

Pia war in der Nacht nicht nach Hause gekommen. Nachdem Casagrande gegangen war, hatte Dornach die Küche aufgeräumt und war zu Bett gegangen. Auf dem Weg in sein Zimmer hatte er gesehen, dass Pias Zimmertüre offen war. Ihr Bett war unberührt gewesen. Auch das Kinderzimmer war leer. Mirio schlief bei Daria im »Stöckli«. Pia hatte ihm am frühen Abend eine Nachricht geschickt, sie würde sich mit Kommilitonen treffen, um eine Arbeit zu besprechen. Sie hatte nichts davon erwähnt, die ganze Nacht wegzubleiben.

Er traf Daria in der Küche an. Sie bereitete das Frühstück für Mirio vor. »Hast du Pia heute Morgen schon gesehen?«

»Sie hat mir eine Nachricht geschickt und gebeten, das Essen für Mirio zu machen. Sie hat in Bern bis spät in der Nacht an einem Vortrag gearbeitet und übernachtete bei einer Freundin. Von dort geht sie direkt zur Uni.«

Was für eine Freundin konnte das sein? »Sie hat nicht gesagt, bei wem sie übernachtet?«

»Nein, ich kenne ihre Freundinnen auch nicht.«

»Ist Mirio bei dir?«

»Er spielt mit Anna in seinem Zimmer. Ihr Unterricht ist ausgefallen, die Lehrerin ist krank.«

Was führte Pia im Schilde? Oder machte er sich zu viele Gedanken? Sie war vierundzwanzig, bald fünfundzwanzig Jahre alt. Nur weil sie bei ihrem Vater wohnte, war sie nicht verpflichtet, ihm Rechenschaft über ihr Kommen und Gehen abzulegen. Dennoch, nach dem, was sie ein Jahr zuvor erlebt hatten, hatten sie vereinbart, sich gegenseitig über ihre Aufenthaltsorte auf dem Laufenden zu halten. Er griff zum Telefon.

***

In ihrem Gehörgang summte und vibrierte es.

»Pia?«, flüsterte ihr eine Stimme sanft ins Ohr.

Sie döste weg, bis ihr ein sattes bitter-würziges Aroma in die Nase stieg. Das Vibrieren war immer noch da oder schon wieder. Es war lauter.

»Pia, dein Handy.«

Sie schlug die Augen auf. Silvano hielt ihr Handy in der einen Hand, in der anderen eine Tasse dampfenden Kaffees.

»Mist. Wie viel Uhr ist es?«

»Halb acht.«

Sie hatte das Handy auf Silvanos Esstisch liegen lassen.

Fünf verpasste Anrufe von ihrem Vater, allein heute Morgen. Beste Voraussetzungen für ein weiteres peinliches Verhör einschließlich Standpauke von wegen Vereinbarung, Vertrauen et cetera. Sie nahm Silvano die dampfende Tasse ab. »Danke.«

»Was Wichtiges?«, fragte er.

Sie schnaubte. »Väter.«

»Alles eine Frage der Perspektive. Würde Severina die ganze Nacht wegbleiben, würde ich ihre Combox auch zutexten.«

»Wie alt ist Severina? Dreizehn. Ich bin vierundzwanzig. Paps soll sich gefälligst um sein eigenes Privatleben kümmern.«

»Willst du nicht wenigstens zurückrufen?«

»Später, jetzt habe ich erst mal Hunger.«

»Bleib liegen und gib mir fünf Minuten.«

Pia setzte sich auf und zog die Bettdecke bis zum Kinn über das T-Shirt, das sie sich von Silvano geliehen hatte. Ihr Kleid lag über einer Stuhllehne. Das musste Silvano dort hingelegt haben. Sie erinnerte sich, es achtlos abgestreift zu haben.

Sie hörte die letzte Nachricht ihres Vaters auf der Mailbox ab. Er klang besorgt und leicht verärgert. Am besten zögerte sie den Rückruf nicht zu lange hinaus, oder sie wartete erst recht damit zu. Sein Zorn pflegte mit der Zeit zu verrauchen. Das war unter Umständen geschickter. Sie wollte ihm erzählen, was sie im »Lioness« über Sascha herausgefunden hatte.

Von dort war sie direkt zu Silvano gefahren. Er hatte bereits im Bett gelegen. Pia hatte nicht um den heißen Brei geredet und ihren Ärger abgeladen. Mit Rafik hatte sie zu Beginn eine ähnliche Situation durchgemacht. Sie war sich verraten und ausgenutzt vorgekommen. Sie hatte sich erst beruhigt, als Severina vor ihnen gestanden und gefragt hatte, ob es auch leiser ginge. Pia mitten in der Nacht in der Wohnung ihres Vaters anzutreffen hatte sie hingegen nicht sonderlich beeindruckt.

Sie und Silvano hatten das Gespräch in seinem Schlafzimmer fortgesetzt. Er hatte zugegeben, mit einem Darlehen von Baddour im Rückstand zu sein. Dieser wollte die Rückzahlung erlassen und sich dafür am »Berna« beteiligen. Silvano hatte abgelehnt. Baddours Auftauchen an der HESO und die Abreibung von Montagnacht hätten ihn zum Einlenken bewegen sollen. Silvano war letzte Nacht ins »Lioness« gekommen, um das Darlehen bar einschließlich Zinsen zurückzuzahlen. Dafür stellte er eine fällige Investition in Küchenausrüstung und einen neuen Kaffeeautomaten zurück.

Die Diskussion hatte Pia erschöpft. Silvano hatte sie überzeugt, bei ihm zu übernachten. Zu mehr als einem Versöhnungskuss war es nicht gekommen. Kaum hatte sich Pia ins Bett gelegt, war sie eingeschlafen.

»Darf ich reinkommen?«

Severina stand mit einem Frühstückstablett in der Tür.

»Danke, lieb von dir.« Pia nahm ihr das Tablett ab und legte es auf ihren Schoß.

»Dad hängt am Telefon mit Mam«, sagte Severina, als wäre es das Natürlichste der Welt, eine fremde Frau im Bett ihres Vaters vorzufinden. »Du bist doch nicht fremd«, sagte sie, als Pia sie darauf ansprach. »Ihr kennt euch wie lange? Fünf, sechs Monate, so was?«

»Ungefähr. Ich dachte nur, weil doch deine Mutter –«

»Die lassen sich eh scheiden. Mam hat auch schon einen Neuen.« Severina machte eine Grimasse, als hätte sie in einen sauren Apfel gebissen. »Ich hoffe, er wird nicht mein Stiefvater, voll *cringe*, der Typ.«

Um nicht darauf antworten zu müssen, biss Pia in ihr Konfitürenbrot.

»Schmeckt's?«, fragte Severina.

»Mega, woher habt ihr das Brot?«

»Von nirgendwo. Hat Dad selbst gebacken.«

»Backen kann er auch?«, fragte Pia kauend.

»Meinen Dad kann man brauchen, was?«

»Absolut«, sagte Pia und nahm einen zweiten Bissen.

»Darf ich dich was fragen?«

»Klar.«

»Wirst du meine Stiefmutter, oder vögelt ihr nur?«

Es dauerte einen Moment, bevor Pia sich von dem Hustenanfall erholt hatte. »Weißt du, wir sind noch nicht so lange –«

»Wollte nur sagen, dass ich es cool fände, mit dir so.«

»Okaaay, danke. Ist vielleicht noch etwas früh, aber das bedeutet mir viel.« Sie beugte sich zu Severina vor. »Sag mal, waren vor mir schon andere Frauen hier?«

»Nö«, sagte Severina rundheraus. »Da gab's mal eine, ist lange her und dauerte nur ganz kurz. Sie hieß Vanessa, war ganz nett. Jetzt muss ich aber, sonst bin ich zu spät.« Severina drückte ihr einen Kuss auf die Wange. »*See you.*«

»*See you*«, erwiderte Pia verdattert.

Vater und Tochter kreuzten sich an der Tür. Silvano hatte ebenfalls Anrecht auf einen Abschiedskuss. Er setzte sich neben Pia aufs Bett.

»Deine Tochter ist ganz schön ... direkt.«

»Hat sie dich gefragt, wann wir beide heiraten?«

»In etwa.«

»Willst du?«

»Was?«

»Heiraten?«

»Solche Diskussionen führe ich nicht mit knapp vier Stunden Schlaf und nach nur dem ersten Mal mit einem Typ.« Sie legte das Tablett zur Seite, bevor seine Hände unter ihrem T-Shirt auf Wanderschaft gingen. »Ich muss nach Hause, nach Mirio sehen. Am Nachmittag sollte ich mich mal wieder an der Uni zeigen.« Sie hatte Daria geschrieben, sie würde direkt an die Uni gehen. Später war ihr eingefallen, dass sie schlecht mit dem kleinen Schwarzen dort aufkreuzen konnte. Sie zog das T-Shirt aus und schnupperte an ihrem Kleid. Nadal würde sagen, es rieche nach sündiger Nacht. Was hätte Pia darum gegeben, mit ihr reden zu können.

»Sehen wir uns heute Abend?«, fragte Silvano.

Sie wusste es nicht. Das Gerede über Heirat rief nach etwas Abstand. »Ich rufe dich an.«

**

Dornachs Team begrüßte Casagrande mit großem Hallo. Was die Vorstellung von Omrani betraf, befürchtete Dornach für einen Moment, Karin würde mit der vollen Bäckertüte auf die deutsche Polizistin losgehen.

»Sie haben einen unserer Kollegen angegriffen und verletzt«, fuhr sie Omrani an. »Wenn es nach mir ginge, gehörten Sie eingesperrt, Oberkommissarin hin oder her.«

Sie beruhigte sich ein wenig, nachdem Dornach und Casagrande den Sachverhalt dargelegt hatten.

»Ich bedaure den Vorfall zutiefst«, sagte Omrani, als sie Karin die Hand schüttelte. »Ich war zu diesem Zeitpunkt nicht befugt, mich zu erkennen zu geben. Noch gestern habe ich mit Frau Frei von der Berner Polizei alles geklärt und mich bei Ihrem Kollegen entschuldigt. Er ist bereits wieder im Einsatz.«

»Geschenkt«, brummte Karin und hielt ihr die Tüte hin. »Gipfeli?«

»Was?«, fragte Omrani verdutzt.

Das Eis brach, als Karin der Berlinerin erklärte, dass Gipfeli nichts anderes waren als Hörnchen oder Croissants. Der Rest des Teams begrüßte Omrani mit distanzierter Freundlichkeit. Google entdeckte sofort eine Gemeinsamkeit mit ihr: den Enthusiasmus für digitale Technologie.

Während man sich gegenseitig beschnupperte, versorgten Dornach und Casagrande alle mit Kaffee. Eine Aufgabe, die sich sonst Karin, ungeachtet verpönter Stereotypen, nicht nehmen ließ. Obwohl die Jüngste im Team, hatte sie den Ruf der Mutter der Abteilung. Jetzt war sie in ein fachliches Dreiergespräch mit Omrani und Google vertieft.

Bevor die Sitzung begann, stieß Katrin Friis in Begleitung von Hannah Wirz dazu. »Lasst euch nicht stören.« Sie nahm auf dem letzten freien Stuhl Platz.

Nach einem knappen Gruß in die Runde und einem flüchtigen Kopfnicken in Richtung Casagrande setzte sich Wirz auf Dornachs Sofa.

»In Bezug auf den Tötungsfall Allemann sind wir dank unserer Kollegin vom LKA Berlin einen bedeutenden Schritt vorwärtsgekommen«, sagte Dornach. »Bitte, Frau Omrani.«

Sie stand auf. »Zuerst entschuldige ich mich noch einmal in aller Form für die Unannehmlichkeiten, die ich einigen von Ihnen bereitet habe. Ich sichere Ihnen die uneingeschränkte Kooperation der Berliner Polizei zu.« Sie wechselte einen kurzen Blick mit Casagrande. »Vorbehältlich Einschränkungen seitens der Europol-Ermittlergruppe, die von Frau Casagrande vertreten wird.« Sie schilderte den Ablauf des Diamantenraubes und die Rolle Manfred Schröters.

Maja meldete sich als Erste. »Das heißt, nebst den Mördern von Kurth, Allemann/Schröter und Spirig müssen wir auch noch einen Klunker ausfindig machen, der noch mal wie viel wert ist?«

»Zwischen siebzig und hundertfünfzig Millionen«, sagte Google. »Euro im Fall, nicht Lire.«

»Vor allem heißt es, wir müssen die Fälle Kurth und Schröter/Allemann aus einer neuen Perspektive betrachten«, beeilte sich Dornach zu betonen. »Vanessa Kurth und er waren liiert. Das belegen die abgeglichenen Verbindungsnachweise der beiden. Sie haben regelmäßig miteinander gesprochen. Sie waren zur Tatzeit am Freitag in der gleichen Funkzelle eingeloggt.«

»Somit könnte ein und dieselbe Person für beide Taten verantwortlich sein«, sagte Maja.

»Oder Personen«, ergänzte Karin. »Wir haben ein Motiv für die Tat, den Diamanten. Wir können annehmen, dass Vanessa von dem Stein wusste und wo Schröter/Allemann ihn verborgen hatte. Vielleicht hat sie ihn sogar selbst versteckt.«

»Warum engen wir den Täterkreis nicht auf eine Person ein?«, fragte Maja.

»Die da wäre?«, fragte Dornach.

»Das ist doch klar: Boran Baddour. Schröter hat ihm den Stein in Berlin abgenommen. Boran wollte ihn sich zurückholen.«

»Und bringt beide um, bevor er den Stein hat? Die Einzigen, die wissen, wo er sein könnte.«

»Na ja, kann doch sein, die beiden haben beharrlich geschwiegen, er hat die Geduld verloren. Voilà.« Das klang schon weniger überzeugt. Maja war sich des dünnen Eises bewusst. »Wer sagt uns, dass Baddour nicht schon längst im Besitz des Klunkers ist?«

»Boran Baddour hat den Stein nicht«, schaltete sich Casagrande ein. »Das ist sicher.«

Wieder kam Dornach Majas Einwand zuvor. »Möglicherweise ist es so, wie du sagst, Maja. Mir stellt sich eine andere Frage. Weshalb ist Schröter ausgerechnet nach Solothurn gekommen, in die Höhle des Löwen?«

Aller Blicke richteten sich auf Omrani. »Darüber können wir zum jetzigen Zeitpunkt nur spekulieren«, sagte sie. »Meiner Ansicht nach hatte Schröter Angst vor den Baddours. Dass er Baddour den Stein gegen einen angemessenen Betrag zurückgeben wollte, erachte ich als die plausibelste Erklärung. Was hätte ihm Boran dafür geben müssen? Eine oder zwei Millionen Euro? Die hätten Schröter wahrscheinlich gereicht, um sich an einem sonnigen Ort für immer zur Ruhe zu setzen. Angesichts des Wertes des ›Blue Silent‹ ein Klacks. Das bringt uns zurück zur Frage, weshalb Boran ihn umbringen sollte, bevor er den ›Blue Silent‹ zurückbekommt?«

»Schade«, sagte Maja. »Ich hätte mir Baddour und seinen Sascha liebend gern noch mal vorgeknöpft.«

»Ohne handfeste Indizien vergessen wir das vorerst«, sagte Casagrande. »Ich schlage vor, ihr nehmt euch die Wohnungen noch mal vor, und zwar alle drei, die von Vanessa Kurth hier, die in Bern sowie diejenige von Schröter/Allemann in Niederbuchsiten.«

»Vanessa Kurths WG-Zimmer und die Gemeinschaftsräume in Bern wurden schon durchsucht«, sagte Karin.

»Ich dachte an die ganze Wohnung«, sagte Casagrande, »das heißt einschließlich der Zimmer der Mitbewohner. Ich sorge dafür, dass ihr beziehungsweise Bea Frei den entsprechenden Beschluss bekommt. Ihr seht zu, dass jeder Zentimeter auf den Kopf gestellt wird.«

»Ich übernehme Bern«, sagte Karin.

»In Ordnung«, sagte Dornach. »Maja und Frau Omrani sehen sich noch mal am Rossmarktplatz um. Mike kümmert sich um Niederbuchsiten. Fragen dazu?« Er blickte in die Runde.

»Kommen wir zum Fall Alex Spirig. Wo stehen wir?«

»Der Obduktionsbericht vom IRM ist gerade eingetroffen«, sagte Karin. »Todesursächlich war die Verletzung am Hinterkopf. Knochensplitter der Schädeldecke sind ins Hirn eingedrungen, was zu einer Blutung geführt hat. Exitus. Die Verletzung an der Schläfe war sekundär. Vermutlich hat der Täter –«

»Oder die Täterin«, sagte Maja spitz.

Karin räusperte sich. »Jedenfalls dürfte Spirig zuerst an der Schläfe getroffen worden sein, bevor der tödliche Hieb am Hinterkopf erfolgte.«

»Ein und derselbe Täter?«, fragte Dornach.

Karin hob die Schultern. »Anzunehmen, ziemlich sicher dieselbe Tatwaffe, eine Betonplatte oder ein Teil davon. Das IRM hat identische Rückstände von Sand und Beton in beiden Wunden gefunden.«

»Zeugen?« Dornach machte sich keine Hoffnungen, auch nicht, was Aufnahmen von Sicherheitskameras betraf. Glückliches Solothurn. Bis auf die Verkehrsüberwachung, in Parkhäusern und vereinzelt in Schulanlagen als Prävention gegen Fahrraddiebstahl, waren Überwachungskameras im öffentlichen Raum im Gegensatz zu den Nachbarkantonen nahezu inexistent. Von den drei Städten im Kanton verfügte einzig Olten über ein paar wenige Standorte mit Kameras. Der Segen für die Privatsphäre konnte in Fällen wie diesem auch Fluch sein.

»Manchmal hat die Vorsehung Erbarmen mit armen Ermittlern«, verkündete Maja. »Zeig's uns, Google.«

»Danke, geschätzte Kollegin.« Google hatte seinen PC mit der interaktiven Wandtafel verbunden. »Der uns bestens bekannte Club ›New Extasy‹ befindet sich in der Nachbarschaft des Tatortes an der Hans-Huber-Straße. Dessen Eingangsbereich und der Parkplatz werden mit zwei Kameras abgedeckt, von denen eine zur Tatzeit Sehenswertes festgehalten hat.« Auf der Leinwand erschien ein bemerkenswert gut aufgelöstes Bild in Farbe. Es zeigte die beleuchtete Hans-Huber-Straße. Ein Mann im Hoodie pedalte von der Brücke her Richtung Stadt, als wäre der Leibhaftige hinter ihm her.«

»Kann man die Person deutlicher machen?«, fragte Dornach.

»Man kann, bitte sehr.« Ein Kopf wurde im Schein der Straßenlampe erkennbar. Auf Anhieb sagte Dornach das schmale Gesicht mit den wirren Haaren nichts. Er war jung. Entfernte sich hier der Mörder von Alex Spirig vom Tatort? Vom Sofa kam ein erstickter Aufschrei. Alle Köpfe drehten sich zu Wirz um. Sie saß vornübergebeugt auf der Sofakante und presste eine Hand auf die Brust. Ihr Gesicht war totenblass.

»Ist Ihnen nicht gut, Frau Wirz?«, fragte Dornach.

Friis setzte sich neben sie auf das Sofa. »Komm, Hannah, leg dich hin.«

Wirz straffte sich. »Es geht schon wieder. Ich muss gestern was gegessen haben, das … plötzlich war mir schlecht. Ich muss auf die Toilette.«

»Soll ich dich begleiten?«

»Nicht nötig, bitte entschuldigt.« Wirz stand auf und eilte

hinaus. Sie presste sich ein Papiertaschentuch vor den Mund. Friis folgte ihr. »Ich passe auf, dass sie nicht umkippt. Macht ohne mich weiter.«

»Ich bin so weit durch«, sagte Google. »Ich bitte nur noch, den Zeitstempel im Bild zu beachten.«

»Zwei Uhr neunundvierzig«, las Dornach.

»Das passt«, sagte Maja. »Aber wir haben noch was Besseres.«

»So viele gute Nachrichten auf einmal«, sagte Mike. »Dabei sind's noch drei Monate bis Weihnachten.«

»Das ›Extasy‹ ist jeweils am Montag geschlossen‹«, fuhr Maja ungerührt fort. »Trotzdem hat sich jemand auf unseren Zeugenaufruf in den sozialen Medien gemeldet. Ein Pärchen befand sich um diese Zeit in einem Auto auf dem Parkplatz.«

Dornach guckte auf die Wandtafel mit dem Standbild der Videoaufnahme. »Ich sehe niemanden.«

»Sie befanden sich in einem toten Winkel, wegen der Privatsphäre. Darin wurden sie gestört, als sie von der Leporellobrücke her Geschrei hörten. Kurz darauf sahen sie den Velofahrer vorbeisausen. Die Zeitangaben sind kongruent.«

»Konnte der Mann auf dem Velo identifiziert werden?«

»Noch nicht. Der Gesichtsabgleich ist negativ, scheint kein Kunde von uns zu sein. Er figuriert auch nicht im Jugendstrafregister.«

»Bei uns erfasst das Jugendstrafregister Gefängnisstrafen oder Aufenthalte in einer geschlossenen Unterbringung, die nach Erreichen des vierundzwanzigsten Lebensjahres gelöscht werden«, erklärte Dornach Omrani, welche die ganze Zeit aufmerksam zuhörte. Aus Rücksicht auf sie sprachen alle während der Sitzung Hochdeutsch. »Das heißt nicht, dass der junge Mann nicht schon mit Polizei oder der Jugendstaatsanwaltschaft in Berührung gekommen ist.«

»Ich bin mit den Giftlern dran.« Maja hatte Dornachs Gedanken erraten. »Ebenso mit der Sicherheitsabteilung. Vielleicht wurde er mal wegen Drogenbesitz oder Kleindelikten hopsgenommen, und jemand kann sich erinnern.«

Im Vergleich mit den vergangenen Tagen war die Ausbeute ganz gut. Karins Wortmeldung hinderte Dornach daran, die Sitzung zu beenden.

»Ich bekomme gerade den Bericht des Labors zur Vergleichsanalyse der Fremd-DNA, die wir bei Vanessa Kurth gefunden haben. Moment ...« Sie scrollte konzentriert durch ihr Display. »Leider negativ«, sagte sie.

»Was heißt negativ?«, fragte Dornach.

»Keine Übereinstimmung mit Schröter/Allemann, sorry.«

»Das heißt, weder Boran Baddour noch Schröter/Allemann hatten am Tatabend Sex mit Vanessa Kurth.«

»Sieht ganz so aus«, sagte Karin.

»Yippie«, murrte Maja beim Hinausgehen. »Ein neuer Mr. Unbekannt. Ich hatte schon Angst, man will es uns einfach machen.«

Pia hatte sich noch immer nicht gemeldet. Ein Klopfen ließ Dornach von seinem Handy aufschauen. Friis stand in der Tür. »Wie geht es Frau Wirz?«, fragte er.

»Etwas besser.«

»Du hast einen besseren Draht zu ihr als ich«, sagte Dornach, »und ich will ihr nicht zu nahe treten. Ich finde, sie sieht seit ein paar Tagen nicht gut aus.«

»Du hast recht, ist mir auch aufgefallen.«

»Oder nimmt sie es sich zu Herzen, dass Angela ihr die Ermittlung abgenommen hat?«

»Normalerweise ist Hannah nicht so. Keine Ahnung, was mit ihr los ist. Ich rufe sie heute Abend an.« Friis war halb zur Tür hinaus, als sie sich noch mal umdrehte. »Ich bin froh, dass ihr gute Fortschritte macht, danke, Dominik.«

***

»Ronnie, bist du da?«, rief Hannah Wirz, kaum hatte sie die Haustür aufgestoßen. Sie rannte die Treppe hoch und riss, ohne anzuklopfen, seine Zimmertür auf. Er hasste es. Für einmal war es ihr egal.

Anklopfen hätte nichts genützt. Ronnie lag mit geschlossenen Augen und aufgesetztem Kopfhörer auf dem Bett. Durch die Membrane drang Heavy Metal. Die Lautstärke musste ohrenbetäubend sein. Hatte er Hornhaut auf dem Trommelfell? Sie beantwortete sich die Frage selbst. In Ronnies Alter hatten sie und ihre Schwester so laut Musik gehört, dass der Putz von der Decke bröckelte. Vor allem Eva hatte es jedes Mal geschafft, ihre Mutter damit auf die Palme zu bringen.

Ronnie hatte sein Handy neben sich auf dem Bett liegen. Er merkte nicht mal, dass sie es nahm und die Spotify-Wiedergabe stoppte. Als hätte die plötzliche Stille in seinem Kopf einen Toten aufgeweckt, schlug er die Augen auf. »Hey, geht's noch?«

»Hast du ihn getötet?«

»Hä?« Die verbundene Hand erlaubte es ihm nicht, sich schnell aufzusetzen.

»Es gibt Zeugen, die dich Montagnacht bei der Leporellobrücke gesehen haben.« Wirz setzte sich neben ihn auf das Bett. »Ronnie, die Polizei sucht dich.«

Er wechselte seine Gesichtsfarbe.

Wirz wiederholte ihre Frage. »Alex Spirig, hast du ihn umgebracht?«

»Montagnacht, aber dann war ich doch –«

Wirz hatte Ronnie nie geschlagen. Jetzt kämpfte sie zum ersten Mal mit ihrer Selbstbeherrschung. Prompt hatte sie ein schlechtes Gewissen. Sie fasste seinen Kopf mit beiden Händen. »Warum lügst du mich an? Du wurdest gesehen. Eine Überwachungskamera hat dich erfasst.«

»Eine Kamera? Das kann nicht sein.«

Wirz öffnete eine Videodatei auf ihrem Handy und hielt es ihm hin. »Das hier wurde mir gestern Abend zugespielt. Ich wollte sie dir erst nicht zeigen. Jemand hat dich und Alex Spirig beobachtet.« Sie startete das Video.

Die Szene war aus mehreren Metern Entfernung mit einem

Handy aufgenommen worden. Die Bilder waren leicht verwackelt. Zwei Männer kämpften miteinander. Sie waren von unterschiedlicher Statur. Der Kräftigere war im Vorteil. Mit Tritten und Schlägen beförderte er seinen schmaleren Gegner, eindeutig Ronnie, zu Boden und warf sich auf ihn. Ob er Ronnie lediglich auf den Boden presste oder ihn würgte, war nicht zu erkennen. Dafür sprachen die Würgemale an Ronnies Hals eine deutliche Sprache. Im Clip versuchte der Unterlegene den anderen mit einer Hand abzuwehren. Die andere tastete den Boden ab und bekam etwas zu fassen. Was, war nicht zu erkennen, ein Stein oder ein Stück Holz. Wirz wusste es, das Fragment einer Betonplatte. Ronnie schlug es dem auf ihm Knienden seitlich an den Kopf. Ein gedämpfter Aufschrei war zu hören. Ronnie raufte sich die Haare. Ohne sich weiter um seinen bewusstlosen Gegner zu kümmern, stieg er auf sein Fahrrad und fuhr unter der Autobrücke Richtung Stadt davon. Das Display wurde schwarz.

»Er lebte noch.« Flehend sah Ronnie sie an. »Bitte, das musst du mir glauben. Ich habe nicht so hart zugeschlagen. Alex lebte noch.«

»Jetzt ist er tot«, sagte Wirz. »Warum hast du nicht die 144 angerufen?«

»Die hätten die Tschugger alarmiert. Ich hatte Panik. Du weißt doch, wie das geht.«

Sie wusste es. Ronnie wäre wegen gefährlicher Körperverletzung belangt worden. Ein geschickter Anwalt hätte auf Notwehr plädieren können. Nun war Spirig tot, und Ronnie stand unter Mordverdacht.

»Du bist dorthin zurückgekehrt«, sagte sie. »Weshalb? Und warum hast du ihn getötet?«

»Was?« Ronnie blinzelte verwirrt.

»Alex Spirig hat eine zweite Verletzung, zugefügt mit dem gleichen Gegenstand wie die erste. Dann wurde er in einen Container gelegt. Hast du das getan?«

»Das ... das ist nicht wahr. Ich bin direkt nach Hause gefahren. Keine Ahnung, womit ich zugeschlagen habe, ein Stein oder so, nur einmal. Ich hatte keine Wahl, sonst hätte Alex mich abgemurkst. Als ich weggefahren bin, lag Alex genau an der Stelle, die du auf dem Video sehen kannst.«

»Du hast ihn nicht weggeschafft, nach hinten zum Fluss, und ihn dann in den Müllcontainer gelegt?«

»Geht's noch? Das Einzige, was ich wollte, war weg von dort. Warum hätte ich zurückgehen sollen? Woher hast du überhaupt dieses Video?«

»Man hat es mir gegeben.«

»Wer?«

»Boran Baddour.«

»Boran? Wieso? Wie kommt der dazu?«

»Er erpresst mich«, sagte Hannah Wirz. »Er will Informationen von mir.«

»Und wenn du das nicht machst?«

»Das spielt jetzt keine Rolle mehr. Die Polizei weiß schon, dass du dort warst, sie muss dich nur noch identifizieren. Dann werden sie dich verhaften.«

»Du hast mich nicht verraten?«

Wirz umarmte Ronnie. »Ich bin deine Mutter, wie könnte ich.«

Ronnie erwiderte den Druck.

Wirz küsste seinen Scheitel. »Wenn Dornach dich in die Finger bekommt, wird er keine Ruhe geben, bis er dich drankriegen kann. Er braucht Erfolge. Ich lasse nicht zu, dass du ins Gefängnis gehst.«

Ronnie machte sich los. »Dornach? Ist das der, mit dem du arbeiten musst und der dich ständig nervt?«

»Ja, warum?«

»Hat der eine Tochter, die Pia heißt? Wohnt in einer Nobelbaracke unten in den Steingruben.«

»Ja und ja, warum fragst du?«

»Ich war bei denen zu Hause, glaub ich. Auf einem Möbel in der Garderobe habe ich einen Briefumschlag gesehen, der an ihn adressiert war. Ihn selbst habe ich nicht gesehen, aber Pia ist in Ordnung. Sie hat mir damit geholfen.« Er hob die verbundene Hand an.

Den Namen seiner Samariterin hatte Ronnie ihr bisher nicht genannt. »Dornachs Tochter hat dir also geholfen. Was hast du ihr von dir erzählt und von uns?«

»Nichts, wir haben über alles Mögliche gequatscht. Sie hat mir auch nicht gesagt, dass ihr Vater Bulle ist. Glaubst du mir wenigstens, dass ich Alex nicht umgebracht habe?«

Sie streichelte seinen Kopf. »Natürlich glaube ich dir, aber erst mal musst du verschwinden, bis ich die Dinge unter Kontrolle habe, hörst du? Ich will nicht, dass Dornach dich einsperrt.«

»Okay«, sagte Ronnie zögernd. »Aber wohin?«

»In das Ferienhäuschen deiner Großeltern auf dem Belchen. Dir hat es dort immer gefallen, weißt du noch?«

»Da war ich ein Baby. Das ist voll in der Pampa.«

»Dafür weiß keiner davon. Es ist nur für ein paar Tage, bis die Sache geklärt ist.«

***

Ilona Maric goss zwanzigjährigen Single-Malt-Whisky in zwei Gläser.

»Was ist mit Eis?«, fragte Boran, nachdem sie ihm ein Glas gegeben hatte.

»Single Malt trinkt man ohne Eis, wie oft muss ich dir das sagen.«

»Egal, ich will meinen Whisky mit Eis.«

Sie ging zur Hausbar und fischte mit einer Zange den größten Eiswürfel aus dem Behälter, den sie fassen konnte. Sie stellte sich hinter Boran, der auf der Couch seines Wohnzimmers saß. Zwei Handbreit über seinem Kopf ließ sie das Eis in sein Glas plumpsen, dass es spritzte.

Boran sprang auf. »Bist du verrückt?« Er holte mit der Hand

aus. Anstatt zurückzuweichen, reckte sie den Kopf vor. »Mach schon, schlag zu. Zu mehr bist du nicht fähig. Was glaubst du, wird dein Vater sagen, wenn ich das nächste Mal mit ihm chatte und er mein Veilchen sieht?«

Boran ballte die Faust, ließ sie aber sinken. Maric verzog abschätzig den Mund.

»Habt ihr wieder zusammen …?«, fragte Boran.

»Haben wir was?«, fragte sie. »Gefickt? Ja, haben wir. Dein Vater hat es immer noch richtig drauf. Kann man nicht von jedem behaupten in dieser Familie.«

Der Hieb saß, in Borans Augen lag purer Hass. Er würde sie mit seinen bloßen Händen töten. Sie wusste das. Wenn er es könnte. Aber er konnte nicht. Die Drecksarbeit überließ er Sascha.

Boran wandte sich ab.

Sie lachte.

Mit einer Gewandtheit, die sie ihm nicht zugetraut hätte, fuhr er herum und rammte ihr seine Faust mit voller Wucht in den Bauch. »Verfluchte Tochter einer Hündin.«

Maric klappte zusammen wie ein Taschenmesser und ging zu Boden. Der Hieb hatte alle Luft aus ihrem Körper gepresst. Verzweifelt versuchte sie, Atem zu holen. Sie hustete und erbrach sich auf den Teppich. Es war das erste Mal, dass Boran sie schlug. Bisher war er nie so weit gegangen, egal, was sie ihm an den Kopf geworfen hatte. War dieser Idiot tatsächlich so dumm, sie umzubringen? Ausgerechnet jetzt? »Du bist ein Schwein, Boran.« Sie saß auf dem Boden und hatte die Hand schützend auf ihren Bauch gelegt.

»Wenigstens kannst du meinem Vater noch deine hässliche Fratze zeigen.« Boran zog sie an den Haaren hoch und schleuderte sie aufs Sofa. Er beugte sich über sie, bis sich ihre Gesichter beinahe berührten. »Wenn das alles vorüber ist, wird sich *baba* einen Dreck um dich scheren. Dann gehörst du mir.«

Sie drehte ihren Kopf zur Seite, um seinen knoblauch- und alkoholdurchsetzten Atem nicht riechen zu müssen. Ihr Magen rebellierte. Der Klumpen hatte sich nicht gelöst. Oder war es Angst? Diesmal war sie zu weit gegangen.

Boran machte es Spaß, sie in diesem Zustand zu sehen. »Ich werde dich mit Sascha allein lassen. Eine Stunde lang wird er mit dir machen können, was er will. Er ist gut darin, ein richtiger Künstler im Zufügen von Schmerzen. Hast du eine Ahnung, wie lang eine Stunde sein kann, wenn du dich nach dem Sterben sehnst?«

»Das wagst du nicht.«

Er holte mit der Faust aus. Mit einem Aufschrei wich sie zurück und hob abwehrend die Hände über den Kopf. Er stoppte den Schlag Millimeter vor ihrem Gesicht. »Noch ein Wort und du wirst sehen, was ich wage.« Er richtete sich auf. Von der Anrichte nahm er ein Geschirrtuch und warf es ihr an den Kopf. »Du stinkst, wisch dir die Kotze ab. Dann mach den Boden sauber.«

Maric reinigte ihren Mund. Sie hatte Boran unterschätzt. Wollte sie die nächste Woche noch erleben und darüber hinaus, musste sie anders vorgehen. »Es … es tut mir leid, Boran. Ich wollte dich nicht …«

Er füllte ein neues Glas mit Whisky, ohne Eis, und gab es ihr.

»Danke.« Sie spülte den Mund aus und überwand sich, die Flüssigkeit zu schlucken. Sie wollte vor ihm nicht ausspucken.

Sie setzte sich neben ihn aufs Sofa. »Habt ihr den Stein?«

»Nein.«

»Glaubst du, die Polizei hat ihn gefunden?« Dann platzte der Deal. Einerseits erleichterte sie das. Andererseits war nicht auszudenken, was dieses satanische Weibsstück Angeli mit ihnen anstellen würde, sollte es richtig schieflaufen. Eine Kostprobe dessen, was es für sie heißen könnte, hatte Maric gerade bekommen.

»Wenn Dornach den Stein hätte, wüsste ich es«, sagte Boran mit dem satten Ton eines Triumphators.

Maric brauchte einen Moment, bis sie verstand, was er

meinte. »Die Staatsanwältin?« Hatte er es also geschafft, Hannah Wirz hinzubiegen?

»Sie wird mich haarklein auf dem Laufenden halten, verlass dich drauf.«

Die Worte echoten in ihr. Bevor ihr Vater umgekommen war, hatte er ihr gesagt, sich auf nichts zu verlassen und niemandem zu vertrauen, den sie nicht kontrollieren konnte. Sie hatte stets danach gelebt. Jetzt musste sie überleben. Das hieß agieren, sofort.

Sie ließ ihre Hand auf seinem Oberschenkel höhergleiten. »Bist du mir noch böse?« Boran grunzte, als sie sich am Reißverschluss seines Hosenbunds zu schaffen machte.

VIERZEHN

»Paps, du wolltest mich ...«

Anstelle ihres Vaters stand eine Frau mit dem Rücken zu ihr am Fenster in dessen Büro und telefonierte. »Angie?«

»Okay, wir sehen uns wie vereinbart«, sagte Casagrande in den Apparat, bevor sie aufhängte. »Pia, schön, dich wiederzusehen.«

Mechanisch erwiderte Pia die Umarmung. »Was machst du hier? Wo warst du so lange?«, war sie endlich in der Lage zu fragen.

»Was willst du zuerst beantwortet haben?«

»Sorry.« Pia massierte sich den Nasenrücken. »Bin gerade perplex. Warum hast du dich nie gemeldet?« Sie hoffte, es klang nicht wie ein Vorwurf.

»Es war kompliziert. Ist es noch.«

»Warum sagt mir Paps nicht, dass du wieder da bist?« Oder hatte er deswegen versucht, sie die ganze Zeit zu erreichen?

»Er weiß es selbst erst seit gestern. Ich bin auch nur dienstlich hier.«

»Habe ich mir gedacht. Bist du wieder bei der Staatsanwaltschaft?«

»Wie man's nimmt. Ein Spezialauftrag.«

»Das klingt so geheimnisvoll wie früher bei Jana. Ich dachte, du bist im Sabbatical oder so was.«

»Bin ich auch – irgendwie. Internationales Sondermandat für den Bund. Mehr solltest du nicht wissen.«

»Und Paps? Steckt mittendrin, wieder mal.«

»Mehr oder weniger.«

»Euch beide kann man nicht allein lassen, echt.«

»Das sagt die Richtige. Wie geht es Mirio?«

»Gleicht immer mehr seinem Vater, er wird frech. Das kann er unmöglich von mir haben.«

»Kann ich mir auch nicht vorstellen.« Casagrande ging zur Kaffeemaschine. »Auch einen?«

»Warum nicht, Espresso bitte.«

Pia freute sich, dass Casagrande zurück war. Anfangs hatte sie sie für eine Spießerin gehalten und sie mehr toleriert denn akzeptiert. Ihr Verhältnis hatte den Gefrierpunkt unterschritten, als Casagrande Jana hatte verhaften lassen, die für Pia eine Art große Schwester gewesen war. Sie hatte Casagrande die Pest an den Hals gewünscht und ihren Vater vor ein Ultimatum gestellt. Entweder wurde Jana freigelassen, oder sie würde ihr Zuhause verlassen. Jana war in Haft geblieben und Pia mit Rafik in den Irak gegangen. Nach ihrer Rückkehr war sie entführt worden. Casagrandes Geistesgegenwart hatte sie es zu verdanken, dass sie noch am Leben war. Mirio ebenso. Ihre Freundschaft hatte nicht dieselbe kumpelhafte Qualität, wie es mit Jana der Fall gewesen war. Pia verdankte Casagrande nicht nur ihr Leben. Sie musste ihr anrechnen, ihr ein Gefühl von Mütterlichkeit zu vermitteln, das sie bei ihrer leiblichen Mutter Laure vermisste.

»Paps braucht dich, weißt du.« Sie nahm Casagrande eine volle Tasse ab. »Er bereut es jeden Tag, dass er dich hat gehen lassen.«

»Und du?«, fragte Casagrande. »Habe ich dir auch gefehlt?«

Pia wackelte mit dem Zeigefinger. »Ich bin hier nicht das Problem. Gibst du euch noch eine Chance?«

Casagrandes Reaktion war schwer zu deuten. »Typisch Pia, fadengerade wie immer. Es ist kompliziert.«

»Sagtest du bereits. In dem Fall *business as usual* zwischen euch beiden, oder wie soll ich das verstehen?«

»Ist doch ein Anfang, oder nicht?«

Pia zuckte mit den Achseln. Das mussten die beiden unter sich regeln. »Wo steckt Paps eigentlich? Zuerst müllt er meine Mailbox mit seinen Anrufen und Nachrichten zu, dann muss ich ihm nachlaufen.«

»Er musste rüber zu Katrin. Er kommt gleich wieder.«

Pia stellte ihre Tasse auf Dornachs Schreibtisch. Sie stutzte, als sie die ausgedruckte Vergrößerung des Screenshots einer

Überwachungskamera sah. Das Bild war körnig. Das weiß leuchtende Gesicht vor einem undefinierbaren schlierigen Hintergrund erkannte sie sofort.

»Ronnie«, murmelte sie.

»Was hast du gesagt?«, fragte Casagrande.

Pia nahm das Bild vom Tisch und zeigte es ihr. »Ich kenne den Typ auf dem Bild. Das ist Ronnie Wirz.«

»Wirz? Wie in Staatsanwältin Wirz?«

»Genau die, das ist ihr Sohn.«

»Woher kennst du ihn?«

Pia erzählte in knappen Worten, wie sie Ronnie Wirz kennengelernt hatte. »Er hat einen, weiß nicht, hilflosen Eindruck gemacht. Da habe ich mich um ihn gekümmert.«

»Was hattest du in diesem Nachtclub in Bellach gesucht?«

»Bitte sag Paps nicht, dass ich dort war. Der macht bestimmt eine Staatsaffäre draus.«

Casagrande sah an ihr vorbei. »Ich glaube, ich muss ihm gar nichts sagen.«

Pia drehte sich um.

Mist. Wie lange stand er schon dort.

»Hallo, junge Dame«, sagte Dornach zu ihr. »Wer sind Sie denn, Sie kommen mir vage bekannt vor.«

»Ich habe dich auch gern, Paps.«

Casagrande schulterte ihre Tasche.

»Ich habe noch eine Verabredung. Bleibt friedlich, ihr zwei.«

***

»Zu uns beiden«, sagte Dornach. Nach Rücksprache mit Friis hatte er zwei Fahnder in die Bergstraße geschickt. Sie sollten Ronnie Wirz zur Befragung in die Schanzmühle bringen. Hannah Wirz war weder im Franziskanerhof noch auf ihrem Handy erreichbar, obschon sie krankgeschrieben war.

»Dürft ihr Ronnie allein vernehmen, ohne sie?«, fragte Pia.

»Er ist erwachsen und mündig«, sagte Dornach. »Ob seine

Mutter Staatsanwältin oder Putzfrau ist, spielt keine Rolle. Außerdem geht es gerade nicht darum.« Er deutete auf den Stuhl vor seinem Arbeitstisch und wartete, bis Pia sich gesetzt hatte. »Ich habe grundsätzlich nichts dagegen, dass du als Bardame arbeitest. Aber welcher Teufel hat dich geritten, ausgerechnet in Baddours Puff anzuheuern? Die Frau, die vor dir dort gearbeitet hat, ist tot.«

»Ich wollte mich nur umhören, mit den Frauen dort quatschen und sehen, was ich rausfinden kann. Borans Leute haben Silvano zusammengeschlagen. Ich wollte ihm helfen.«

»Seit wann reden wir nicht mehr über solche Dinge?«, fragte er. »Weißt du, was ich mir für Sorgen gemacht habe? Du kennst unsere Abmachung. Wir ...«

»... halten uns ständig auf dem Laufenden. Wie wär's mit ein bisschen Vertrauen? Erstens weiß ich mich zu wehren, und zweitens, was hättest du getan, wenn ich dir vorher erzählt hätte, dass ich mich im ›Lioness‹ umhöre?«

»Was ich in solchen Fällen immer tue: dich im tiefsten Keller der Villa einsperren. Komm mir nicht damit, dass du volljährig bist. Dein Problem ist, dass du dich, ohne groß zu überlegen, in Situationen begibst, deren Risiko du nicht abschätzen kannst.«

»Das stimmt gar nicht, ich –«

»Und ob das stimmt. In den letzten vierundzwanzig Stunden hat dieser Fall eine neue Dimension bekommen. Wir haben es mit zwei internationalen Banden zu tun, darunter die Mafia.«

»Ist Angela deswegen zurück? Das hast du mir auch verschwiegen, von wegen auf dem Laufenden halten.«

»Wann hätte ich dir das sagen sollen? Du bist ja nie da. Apropos, wo hast du letzte Nacht gesteckt? Mirio hast du einfach Daria überlassen?«

Pia brummte etwas Unverständliches.

»Wie? Ich hab's nicht gehört.«

»Ich sagte, ich war bei Silvano.«

»Moretti? Du hast bei ihm geschlafen? Habt ihr ...« Er verwarf die Hände. »Ich will's nicht wissen.«

Sie lehnte sich mit verschränkten Armen zurück. »Das wäre ja noch schöner. Ich schaue bei dir auch nicht unter die Bettdecke.«

Pia würde sich nie ändern. Seit dem Kindergarten hatte sie sich mit den älteren Jungs geprügelt, die sie oder ihre Freundinnen abgepasst hatten, um sie mit Steinen zu bewerfen oder an den Haaren zu ziehen. Nie hatte sie sich etwas gefallen lassen, war ständig für alle und alles eingestanden, selbst wenn es bedeutete, sich ein blaues Auge oder eine blutige Nase einzufangen. Das hatte sie erst recht angespornt.

»Ich wollte mit Silvano reden«, sagte sie. »Er ist plötzlich im ›Lioness‹ aufgetaucht.«

»Was wollte er dort?«

»Es ging um ein überfälliges Darlehen, das Silvano Boran zurückzahlen sollte. Deswegen hatte ihm Baddour am Montag seine Schläger geschickt. Silvano wollte es gestern gütlich regeln.«

»Und?«

»Nichts und, Paps. Ich vertraue ihm, der Rest geht nur ihn und mich etwas an.«

Es überzeugte Dornach nicht ganz, aber sie hatte recht – grundsätzlich. Er wechselte das Thema. »Was kannst du mir zu Ronnie Wirz sagen?«

»Nicht mehr, als was du schon weißt. Ich könnte hinzufügen, dass ich ihm nicht zutraue, einen Menschen zu töten, fürchte aber, dass es ihm nicht viel hilft.«

»Trotzdem danke für deine Einschätzung. Mal sehen, was er zu sagen hat. Fest steht, dass er die letzte Person ist, die Alex Spirig lebend gesehen und sich zur Tatzeit am Tatort befunden hat. Ich muss dir nicht erklären, was das heißt.«

»Schon gut.« Sie stand auf. »Brauchst du mich noch? Ich will zu Mirio.«

»Ich komme nach, sobald ich kann.«

»Bringst du Angie mit?«

»Wenn du das möchtest.«

Schnaubend schüttelte Pia den Kopf. »Tu mir in dieser Beziehung einen Gefallen, Paps. Denk bei solchen Dingen an Angie und dich, nicht an mich.«

***

Die Tatortreiniger waren noch nicht da gewesen. In der abgestandenen Luft hing ein undefinierbarer Geruch, eine Mischung von Blut und Chemikalien. Der rostrote Blutfleck auf dem beigegrauen Bodenbelag war eine schreiende Anklage.

»Fenster auf?«, fragte Omrani naserümpfend.

»Auf jeden Fall«, antwortete Maja.

Omrani riss die Fenster auf, während Maja den elektronischen Tatortbericht in ihrem Tablet aufrief. Die Rekonstruktion der Fundsituation zeigte die Lage des Opfers und den möglichen Tathergang. Es war ein gutes Hilfsmittel, auch wenn Maja die analoge Methode den Bits und Bytes vorzog. Sie traute immer noch am ehesten dem, was sie mit eigenen Augen vor Ort sah. Sie und Omrani hatten Vanessa Kurths Wohnung aus einer neuen Perspektive zu betrachten. Sie war kein Tatort mehr, sondern das potenzielle Versteck eines millionenschweren Edelsteins. So was legte man nicht einfach schnell mal im Büchergestell hinter die zum Staubfänger verkommene Enzyklopädie. So was fand sich in Vanessas Bücherregal nicht, dafür drei Regale mit Lehrbüchern, Bildbänden mit Landschaften und Tieren sowie Belletristik. Neben Liebesschnulzen hatte Vanessa eine Vorliebe für harte Psychothriller gehabt.

»Was gefunden?«, fragte Omrani. Sie war daran, die Sitzpolster abzutasten.

»Nichts Besonderes.« Maja legte einen sechshundertseitigen Schmöker ins Regal zurück. Bei allen Büchern vergewisserte sie sich, dass sich außer bedruckten Seiten nichts weiter zwischen den zwei Buchdeckeln befand. Kein Klischee ist abgedroschen genug, um nicht Realität zu werden.

Als sie mit den Regalen durch war, übernahm sie das Bad.

Omrani sah sich in der Küche um. Maja hätte sie gern besser kennengelernt und etwas über die Arbeit bei der Berliner Polizei erfahren. Omrani war nicht sehr gesprächig. Ob der modische Hidschab für oder gegen ein gemeinsames Feierabendbier sprach, musste sie noch herausfinden.

»Können Sie bitte mal kommen, Frau Hartmann?«, rief Omrani aus der Küche. Sie lag auf dem Rücken, den Oberkörper halb im Schrank unter dem Spülbecken, wo normalerweise der Mülleimer stand. Den hatte die Spurensicherung bereits geleert und den Inhalt inventarisiert. Bis auf ein benutztes Kondom, Lebensmittelverpackungen und zwei Gesichtsmasken war die Ausbeute überschaubar gewesen. Was den Produzenten des Kondominhalts betraf, tappten sie noch im Dunkeln.

Omrani hatte den Mülleimer mit dem restlichen Schrankinhalt, bestehend aus einem Eimer mit Reinigungs- und Waschmitteln, einem mit Putzlappen gefüllten Plastikbecken und einer Schachtel Werkzeuge, ausgeräumt. Ihr Hidschab lag sorgfältig zusammengelegt auf dem Tisch.

»Was machen Sie da?«, fragte Maja. »Das Abflussrohr reparieren?«

»Kann man sagen«, klang es dumpf unter der Spüle hervor. »In der Werkzeugschachtel liegt ein Engländer, können Sie mir den mal durchreichen? Hier klemmt was.«

Maja gab ihr die Rohrzange. Omrani fluchte in einer Sprache, die Maja nicht verstand, wahrscheinlich ihre Muttersprache.

»Könnten Sie mir auch einen Plastikeimer geben? Ich will keine Sauerei veranstalten hier.«

Maja nahm die Putzmittel aus dem Eimer und schob ihn hinein. »Geht's?«

»Hab's gleich. Das Miststück hat sich verkantet.«

Unvermittelt war ein Flutschen, gefolgt von einem erlösten Seufzer hörbar. Omrani schob sich unter dem Spülbecken hervor. Ein paar Strähnen ihres lose zu einem Knoten gerafften Haares fielen ihr ins Gesicht. Auf der linken Wange hatte sie einen Schmutzfleck. »Wenigstens hat es sich gelohnt.« Sie zeigte

Maja den Inhalt des Plastikeimers. In einer Pfütze braunen Wassers schwamm ein in Plastik eingeschweißtes Paket.

»Wie sind Sie darauf gekommen, dass da was im Abflussrohr steckte?«, fragte Maja.

»Ich habe das Wasser ins Spülbecken laufen lassen und gesehen, dass es nicht abfließt.«

»Das hätte unseren Spusis auch einfallen können.«

»Seien Sie nicht zu streng mit den Kollegen. Sie haben die Wohnung ja nicht nach versteckten Wertsachen durchsucht, haben Sie selbst gesagt.«

»Zum Glück ist Vanessa nicht auf den Gedanken gekommen, das Ding in der Toilette zu versenken.« Maja zeigte auf Omranis Wange. »Sie haben da was, brauchen Sie ein Nastuch?«

»Was bitte?«

Maja klaubte eine Packung Tempo-Taschentücher aus der Jacke.

»Ach so, ein Taschentuch, ja danke.« Omrani fischte eines heraus und wischte sich die Wange ab. »Schauen wir uns das mal an.« Sie stellte den Mülleimer unter das Abflussrohr, bevor sie das eingeschweißte Paket unter den laufenden Wasserhahn hielt. »Wir brauchen etwas, womit wir die Folie aufschneiden können.«

»Ich habe mein Sackmesser dabei«, sagte Maja.

»Zuerst das Nastuch, jetzt ein Sackmesser? Ihr macht mir langsam Angst.« Omrani nahm Maja das Taschenmesser ab und schnitt die Folie auf.

***

Mit zitternden Händen stellte Wirz den Motor ab. Sie lehnte sich im Sitz zurück und stieß die Luft durch den halb geöffneten Mund aus. Auf dem Hin- und Rückweg hatte sie im Rückspiegel nach Verfolgern Ausschau gehalten und hinter jeder Biegung eine Straßensperre vermutet. Ihr Rücken schmerzte vor Verspannung.

Dafür war Ronnie in Sicherheit. Das Häuschen am Südhang des Belchens lag ziemlich genau über dem rund zweihundert Höhenmeter tiefer liegenden Autobahntunnel, der Basel und Nordeuropa mit dem Schweizer Mittelland, dem Gotthard und Italien verband. Als Kind hatte sie unzählige Sommertage mit ihren Eltern und ihrer Schwester dort verbracht. »D'Mitti vor Wäut« hieß das Häuschen. Sie hatte ihrem Vater geglaubt, der ihr erzählt hatte, dass sie sich dort im Zentrum der Welt befänden.

Ohne die ständige Sorge um Ronnie konnte sie sich eine Strategie überlegen, wie sie aus der Sache mit Baddour und dem »Gefallen«, den er für sein Stillschweigen forderte, herauskam. Ihre Augen füllten sich mit Tränen. Viele Optionen standen ihr nicht zur Verfügung. Sie würde tun, was er verlangte. Es war für Ronnie. Er hatte verdient, ein besseres Leben zu haben als sie. Wenn das alles vorüber war, würde sie sich stellen und die Konsequenzen tragen.

Ein Klopfen an der Seitenscheibe schreckte sie auf. Dass Dornach hier war, überraschte sie nicht wirklich. Sie senkte die Scheibe.

»Guten Abend, Frau Wirz. Ich bin froh, dass Sie gekommen sind. Wir sollten reden, meinen Sie nicht auch?«

Sie warf einen Blick in den Rückspiegel. Er war allein gekommen. »Was wollen Sie?«

»Das besprechen wir besser drinnen.«

Es widerstrebte ihr, diesen Mann in ihr Zuhause zu bitten. Das, worüber er mit ihr sprechen wollte, hier draußen auszubreiten war keine Alternative. Sie stieg aus. »Kommen Sie rein.«

Im Wohnzimmer warf sie Jacke und Handtasche achtlos in einen Sessel und ließ sich auf das Sofa fallen. Dornach blieb stehen. »Bitte.« Sie deutete auf den zweiten freien Sessel. Ein Getränk bot sie ihm nicht an. »Schießen Sie los.«

»Fühlen Sie sich besser?«

»Wie?« Warum ließ sie sich ständig von ihm überrumpeln?

»Ihr Schwächeanfall von heute Vormittag beim Rapport. Geht es Ihnen besser?«

»Danke, ja, ich habe mich hingelegt. Sind Sie hier, um mich das zu fragen?«

Er setzte sein überhebliches Lächeln auf. Glaubte er wirklich, damit jede herumkriegen zu können? »Nicht nur, ich suche Ihren Sohn.«

»Ronnie? Was wollen Sie von ihm?«

»Es geht um den Todesfall Alex Spirig. Ich muss ihn sprechen. Vor rund einer Stunde sollten ihn zwei Kollegen zur Befragung auf die Schanzmühle bringen. Sie standen hier vor verschlossenen Türen. Da ich Sie telefonisch nicht erreichen konnte, habe ich auf Sie gewartet. Wir müssen unbedingt mit Ronnie sprechen. Er ist die letzte Person, die Alex Spirig lebend gesehen hat.«

Sie überlegte fieberhaft. Dornach hatte nicht lange gebraucht, ihn zu identifizieren. Hatte Baddour nicht dichtgehalten? »Wie sind Sie auf ihn gekommen?«

»Wir wissen es erst seit wenigen Stunden. Eine Zeugin hat ihn erkannt.« Dornach stützte das Kinn auf die Fingerspitzen der zusammengelegten Handflächen und beobachtete sie mit halb geschlossenen Augen. Er wusste genau, dass sie Bescheid wusste. Wäre er nicht so ein Mistkerl, würde sie nicht ungern mit ihm zusammenarbeiten. Er zog ein gefaltetes Papier aus seinem Jackett und legte es offen auf den Tisch. Es war eine Vergrößerung eines Standbildes der Videoüberwachung des »Extasy«. Das Gesicht des Radfahrers war deutlich zu erkennen. Sie sah hin und gleich wieder weg.

»Sie haben ihn heute Morgen erkannt, nicht wahr? Es ist Ihr Sohn, Ronnie.«

Ein letztes Aufbäumen. »Wer sagt, dass er es ist?«

»Sie, Frau Wirz, Ihre Reaktion jetzt gerade und Ihr Verhalten heute Vormittag. Dann ist da noch die Zeugin, die ihn auf dem Bild erkannt hat.«

Wie beiläufig fuhr sie sich über die Augen. Dornach sollte sie nicht weinen sehen.

»Frau Wirz«, sagte Dornach eindringlich. »Es geht Ihnen

nicht gut, und ich fange an zu begreifen, weshalb. Helfen Sie mir, damit ich Ihnen helfen kann, bitte.«

»Sie? Mir helfen? Sie wollen Ronnie die Tat anhängen. Das lasse ich nicht zu.«

»Frau Wirz, Sie sollten am besten wissen, wie es läuft. Noch gilt Ronnie nicht als Beschuldigter. Es ist dringend und wichtig, dass er unsere Fragen beantwortet. Sagen Sie ihm, dass er zu uns kommen soll. So helfen Sie ihm am besten und sich selbst auch.«

»Was wollen Sie damit sagen?«

»Außer mir und Angela Casagrande weiß niemand, dass Sie Ihren Sohn decken, weder Katrin Friis noch meine Leute. Ich denke, das gilt auch für den Franziskanerhof. Es gibt Hinweise, dass der Fall im Zusammenhang mit Boran Baddour steht.«

»Woher wollen Sie das wissen?«

»Es liegt auf der Hand. Der Tod von Vanessa Kurth, dann Schröter/Allemann, zuletzt Alex Spirig. Die Fäden laufen bei Baddour zusammen, dazu kommt die zeitliche Nähe der Taten. Ich muss wissen, ob und wie Ronnie in dieses Bild passt.«

»Was, wenn er reinpasst?«

»Tut er es?«

Wenn sie es nur selbst wüsste. »Ronnie hat viel Mist gebaut, aber er würde nie einen Menschen töten.«

»Dann lassen Sie mich mit ihm reden. Es ist der einzige Weg, ihn zu entlasten.«

»Ausgerechnet Sie, Dornach.«

Er runzelte die Stirn. »Können Sie mir bitte erklären, weshalb Sie mich seit Beginn unserer Zusammenarbeit bestenfalls wie Luft behandeln? Sie müssen mich keinesfalls sympathisch finden, und wir müssen auch nicht Freunde werden. Geben Sie mir wenigstens eine Chance, etwas dafür zu tun, dass wir uns besser verstehen.«

»Sie wissen es wirklich nicht?«

»Ich habe nicht die geringste Ahnung.«

»Ich schütze Ronnie vor Ihnen.«

»Vor mir?« Sie erlebte ihn zum ersten Mal verblüfft. »Warum in aller Welt müssen Sie Ronnie vor mir schützen?«

»Weil Sie sein Vater sind.«

***

Daria starrte auf das Handyfoto, das Pia von der Pinnwand im Lagerraum des »Lioness« gemacht hatte. Sie saßen in der Küche der Villa. Im Foyer jagten sich die Mädchen, Mirio und King Louie kreuz und quer durch die Halle.

Es war ein Gruppenfoto, sechs Soldaten vor einem Schützenpanzer mit dem aufgemalten »Z«, dem Symbol des russischen Aggressors in der Ukraine. Einer der Männer überragte die anderen um mehr als Haupteslänge. Im Hintergrund war eine Reihe halb zerstörter Gebäude zu erkennen. Daria bestätigte, dass es dieselben Häuser waren, die sie in Butscha gesehen hatte. Sie gab Pia das Handy zurück.

»Ist er es?« Pia zeigte auf den Riesen.

»Ich glaube schon.«

»Glaubst du oder bist du sicher?«

»Fast sicher. Schickst du mir das Foto auf mein Handy? Ich gebe es einer Bekannten in der ukrainischen Botschaft weiter. Sie kann es für mich herausfinden.«

Pia fragte nicht, wer diese Bekannte war und was sie machte. Ob Daria Beziehungen zum ukrainischen Geheimdienst oder zur Abwehr hatte, war ihr egal, solange es half, einen Kriegsverbrecher zur Strecke zu bringen. Sekunden später erklang das Signal der eingehenden Nachricht auf Darias Telefon. Sie leitete sie unverzüglich an ihren Kontakt in Bern weiter. »Kaum zu fassen, dass dieses Monster in Solothurn sein könnte. Wie ist er hierhergekommen?«

»Keine Ahnung. Paps hat mir erzählt, der Baddour-Clan stamme aus dem Grenzgebiet in Nordsyrien. Die Gruppe Wagner hat auch in Syrien gekämpft. Möglicherweise haben Boran Baddour und Sascha sich dort kennengelernt.«

Daria legte ihr Handy auf den Tisch und griff zum Weinglas. »Ich weiß nicht mehr, ob es für die Mädchen und mich sicher ist, hierzubleiben.«

»Warum nicht? Du warst nicht dabei, als Sascha die Familie in Butscha ermordet hat. Sascha hat dich nie gesehen. Wie soll er dich erkennen?«

»Glaub mir, die haben Mittel und Wege. Wenn sie wissen, wie ich aussehe, finden sie rasch heraus, wo ich bin und ... und wenn sie Anna und Yulia ... Du kennst diese Leute nicht.«

Nein, diese Leute kannte Pia nicht. Dafür andere, die vor nichts zurückgeschreckt und sie qualvoll zu Tode gefoltert hätten, wenn Angela Casagrande und Jana Cranach ihr nicht im letzten Moment zu Hilfe geeilt wären. Sie würde nicht zulassen, dass Daria, Anna und Yulia etwas passierte. »Ich rede mit Paps, uns wird etwas einfallen. Im Moment seid ihr hier am sichersten. Die Kinder schickst du ein paar Tage nicht in die Schule, okay?« Sie bekam ein zaghaftes Nicken als Antwort. »Du hast so viel geschafft, Daria. Lass dich von diesen Drecksäcken nicht unterkriegen, hörst du.«

»Danke, Pia, ich will auch dich nicht in Gefahr bringen.«

»Ich habe Schlimmeres erlebt, glaub mir.«

Ein Scheppern gefolgt von Kinderschreien im Foyer erschreckte sie. Die beiden Frauen rannten aus der Küche.

Anna, Yulia und Mirio standen in der Mitte der Eingangshalle und starrten auf die angerichtete Bescherung. Daria schimpfte mit ihren Töchtern in ihrer Muttersprache. Wie hatten die Kinder es zustande gebracht, den massiven, schweren Kleiderständer zu Fall zu bringen? Dieser hatte den danebenstehenden Katzenbaum mitgerissen. Glücklicherweise war keines der Kinder verletzt worden.

Mirio sah Pia mit großen Augen an. Sie kauerte auf seine Höhe nieder. »Was ist passiert, Mirio?«

»Haben nichts gemacht. King 'ouie.«

»King Louie ist das gewesen? Wo steckt der Schwerverbrecher?«

»Er ist dort.« Daria, die ihre Tirade beendet hatte, zeigte auf eine Kommode. Der Kater hatte sich darunter verkrochen und beobachtete das Geschehen aus sicherer Warte.

Ein näherer Augenschein ergab, dass kein Sachschaden zu beklagen war. Lediglich die Kleidungsstücke, die am Ständer gehangen hatten, waren über den Boden verstreut.

»Wie hat King Louie es fertiggebracht, das schwere Ding umzuwerfen?«, fragte Pia.

»Er kann nichts dafür«, sagte Daria. »Er hat sich nur erschrocken. Anna ist gegen den Kleiderständer gestolpert.«

Pia sah Mirio streng an. »Habt ihr Fangen gespielt?«

Mirio schüttelte vehement den Kopf und steckte den Finger in den Mund. Der Fall war klar.

»Was meint er?«, wollte Daria wissen.

»Sie haben Fangen gespielt.« Das spielte man normalerweise draußen. Pia konnte den Kindern nicht böse sein. Sie selbst hatte als kleines Mädchen auch gern in der geräumigen Eingangshalle herumgetollt. King Louie schien die Lage als sicher zu beurteilen und kam aus seinem Versteck hervor. Bevor er sich davonmachen konnte, hob Pia ihn auf und setzte ihn vor den Fressnapf in der Küche. Dann half sie Daria und den Mädchen, die Kleider zusammenzuräumen und den Kleiderständer wieder aufzurichten, bevor sie sich des Katzenbaums annahmen.

»Oje«, sagte Daria. »Da scheint doch was kaputtgegangen zu sein. Sieh mal, die Katzenhöhle.«

Die Katzenhöhle war eine ungefähr einen halben Meter über dem Boden am Baum angebrachte Box mit einer kreisrunden Öffnung. Die Wucht des Falls hatte die Fixierung am Stamm beschädigt und die Box abgerissen.

»Ob man das noch reparieren kann?«, fragte Daria.

»Mal sehen, sonst besorgen wir einen neuen. In der Zwischenzeit wird King Louie sein Gemach ebenerdig beziehen müssen.«

Als Pia die Box aufhob, hörte sie ein klapperndes Geräusch. Sie schüttelte die Box ein paarmal. »Da drin hat sich was gelöst.«

»Vielleicht ein Futternapf, so was?«, mutmaßte Daria.

»Glaube ich nicht.« Pia langte in die Öffnung. »Da ist ein Paket, zwei sogar.«

Sie starrten auf ihren Fund. »Was soll das sein?«, fragte Daria.

»Frag mich was Leichteres.«

※※※

»Vergessen Sie den nicht. Wäre schade drum.« Maja gab Omrani den Hidschab.

»Danke.«

Maja sah ihr zu, wie sie das Kopftuch bedächtig umlegte, bevor sie sich dem Fund widmeten. Es war nicht das, was sie sich erhofft hatten. »Warum bewahrte Vanessa so was im Abflussrohr auf?«

Omrani hielt einen schmalen Stapel handbeschriebener A5-Blätter und Fotos in der Hand. »Das sind gut zwei Dutzend Briefe an einen Mann«, sagte sie. »Muss die große Liebe gewesen sein. Leider schreibt sie keine Namen. Sie nennt ihn nur ›Bärli‹.«

Die Fotos zeigten Vanessa mit einem gut aussehenden bärtigen Mann. Das Gesicht sagte Maja nichts. »Das ist weder Alex Spirig noch Schröter/Allemann. Muss eine frühere Beziehung gewesen sein.«

»Glaube ich nicht, sehen Sie sich die Daten auf den Briefen an.« Omrani zeigte Maja die Seiten. »Der letzte Brief wurde vor rund zwei Wochen geschrieben. Zu diesem Zeitpunkt war das Opfer mit Schröter/Allemann zusammen.«

»Stimmt«, sagte Maja. »In diesem Fall wette ich um viel, die Fremd-DNA stimmt mit derjenigen von ›Bärli‹ überein.«

»Wir müssen nur noch herausfinden, wer hinter dem niedlichen Kosenamen steckt«, sagte Omrani.

»Und ob er noch lebt.«

»Beschreien Sie es bloß nicht. Diese Frau Kurth erweckt mehr und mehr den Anschein einer Schwarzen Witwe. Sämtliche Männer in ihrem Umfeld sind tot.«

Maja fotografierte die Aufnahmen mit dem Handy ab. »Ich schicke die meinem Kollegen Google. Wie ich den kenne, findet er im Handumdrehen raus, wer das ist.«

»Was sagen Sie dazu?« Omrani deutete auf den weiteren Inhalt des Pakets aus dem Abflussrohr: ein ansehnliches Bündel Banknoten und einen mit weißem Pulver gefüllten Beutel. Sie legte das Geld auf den Tisch.

»Wie viel?«, fragte Maja.

»Rund fünfzehntausend Franken.«

»Nicht schlecht für eine arme Studentin«, sagte Maja und schluckte die aufkommende Enttäuschung herunter. Hatte sie Vanessa falsch eingeschätzt? »Das erklärt, wie sie sich zwei Wohnungen leisten konnte – die sie bar bezahlt hat.«

»Das dürfte dann wohl die Quelle des Geldsegens sein.« Omrani gab ihr den Beutel mit dem weißen Pulver.

Maja wog ihn in der Hand. »Ich sage mal, das ist kein Backpulver, gut und gern ein halbes Pfund davon. Sonst wüsste ich nicht, weshalb sie das im Abflussrohr ihres Spülbeckens aufbewahrte.«

Omrani pflichtete ihr bei. »Ohne der Analyse Ihrer Spezialisten vorgreifen zu wollen, tippe ich auf Kokain. Bei einem Straßenpreis von fünfundsiebzig Euro das Gramm enthält dieser Beutel mehr als zwischen fünfzehn- und zwanzigtausend Euro.«

»Wir rechnen mit hundert Franken pro Gramm«, erwiderte Maja. »Das wären dann rund zwanzig- bis fünfundzwanzigtausend Franken«, erwiderte Maja.

»Stimmt, die Schweiz ist ja ein teures Pflaster, auch für Koks.«

»Was wollte Vanessa mit den Drogen. und weshalb versteckte sie sie zusammen mit den Briefen und Fotos im Abfluss?«

»Vielleicht kann uns das der Mann auf den Fotos sagen, wenn wir ihn ausfindig gemacht haben.«

Sie verließen die Küche und sahen sich ein letztes Mal im Wohnzimmer um. Viel mehr würde die Wohnung nicht hergeben.

»Zeigen Sie mir noch mal die Tatortbilder?«, bat Omrani.
Maja gab ihr das Tablet. Omrani stellte sich in die Mitte des Zimmers und verglich die digitale Nachstellung mit der Wirklichkeit. Sie verharrte bei der nordöstlichen Ecke. »Hier, sehen Sie sich das mal an.« Sie hielt das Tablet so, dass Maja auf den Bildschirm sah. »Suche den Fehler.«
Maja verglich die Ecke im jetzigen Zustand mit dem Tatortbild.
»Der Katzenbaum fehlt«, sagte Omrani.
»Das ist so ...« Maja erklärte Omrani die Sache mit Vanessas Katze und dass der Katzenbaum in der Villa Dornach stand.
»Hat sich vorher jemand die Box vorgenommen?«, fragte Omrani.
»Welche Box?«
Omrani zeigte auf das Foto mit dem Katzenbaum mit der erhöht angebrachten Katzenhöhle.
»Ich weiß es nicht, aber ...« Maja sah Omrani entgeistert an. »Sie meinen ... Scheiße!«
»Wir sollten nachsehen, glauben Sie nicht?«

FÜNFZEHN

Die Erinnerung lag im hintersten Winkel auf einer Geröllhalde seines Gedächtnisses.

Es war lange her, über zwanzig Jahre.

Wie einen Parforceritt hatte er seine Dissertation mehr oder weniger gleichzeitig mit der Polizeischule abgeschlossen. Nach der üblichen Ochsentour durch die Abteilungen der Solothurner Kantonspolizei hatte er in der Kriminalabteilung angefangen.

Während dieser Zeit hatte er Eva Bolliger, eine Juristin beim kantonalen Bau- und Justizdepartement, kennengelernt und in ihr eine Gleichgesinnte gefunden. Vorab hatten sie eine Abmachung getroffen, sich weder von Konventionen noch Verpflichtungen oder Bindungen einschränken zu lassen. Beide hatten nichts anderes gewollt, als das Leben zu genießen. Die turbulente Beziehung an der Grenze zur Toxizität mit der Walliser Medizinstudentin Laure Zenklusen Jahre zuvor hatte ihm in den Knochen gesessen. Die vierjährige Pia lebte damals noch bei ihrer Mutter im Zentralwallis.

Auf die Dauer hatte sich die Beliebigkeit im Alltag abgenutzt. Aus kleinen Meinungsverschiedenheiten wurden ausgewachsene Streitigkeiten. Eines Tages wandte sich Eva von ihm ab, kündigte ihre Stelle und verschwand von der Bildfläche. Es war nicht seine Absicht gewesen, es auf diese Weise enden zu lassen. Er hatte sie nicht kontaktieren können, ihre Eltern verweigerten jede Auskunft über Evas Verbleib. So kam es, dass Dornach nie mehr etwas von ihr gehört hatte.

»Sie hatte eine Depression durchgemacht«, sagte Wirz. »Und sie war schwanger.«

»Von mir?«

»Von wem sonst«, schnappte sie. »Sie sind nicht besser als alle anderen Kerle. Es ist immer die Frau, die herumhurt.«

Es sollte nicht so rüberkommen. »Ich hatte keine Ahnung. Weshalb hat sie sich nie gemeldet?«

»Sie hatten Eva oft und deutlich genug klargemacht, sie wollten keine Verpflichtungen eingehen. Sie hatten ja schon eine Tochter. Eva wollte Sie nicht unter Druck setzen.«

Deshalb war sie ihm gegenüber oft gereizt und aggressiv gewesen. Er hatte keine Erklärung dafür gefunden, und sie hatte geschwiegen.

»Meine Eltern waren sehr konservativ«, sagte Wirz. »Sobald mein Vater von der Schwangerschaft erfuhr, wechselte er kein Wort mehr mit Eva. Meine Mutter hat sie von ihm ferngehalten.«

»Wie?«

»Wir haben ein Sommerhäuschen am Belchen. Eva blieb dort, bis es so weit war. Dann brachte sie meine Mutter ins Kantonsspital Olten. Die Geburt verlief ohne Komplikationen. Es war ein gesunder Junge. Eva ließ ihn Ronald taufen. Sie liebte die nordische Mythologie.«

Die Skandinavienreise, auf der sie den Spuren der Wikinger gefolgt waren. Eva hatte zwei Wochen dafür eingeplant. Wegen ihrer Euphorie und nach ein paar Telefonaten mit verständnisvollen Vorgesetzten war eine mehr daraus geworden.

»Ronald stammt aus dem Altnordischen und bedeutet so viel wie die Gnade der Götter«, sagte Wirz.

Ronnie war sein Sohn. Dornach war noch nicht in der Lage, einzuordnen, was das für ihn bedeutete, für Pia, die Zukunft. Gerade jetzt überwog der Gedanke, dass sein Sohn des Totschlags verdächtigt wurde.

»Die Götter waren Eva nicht gnädig gewesen«, sagte Wirz bitter. »Nach der Geburt verschlimmerten sich ihre Depressionen so sehr, dass sie sich selbst in Langendorf eingewiesen hat. Meine Mutter kümmerte sich in dieser Zeit um Ronnie. Ich hatte kurz zuvor die Matura gemacht und stand vor dem Studium in Zürich. Einen Monat nach ihrer Entlassung hatte Eva sich in Rickenbach eine Wohnung genommen. Nachdem sie sich mehrere Tage nicht gemeldet hatte, fand sie meine Mutter dort, erhängt an einem Lampenhaken. Eva hinterließ einen Abschiedsbrief. Darin stand, dass sie Sie immer noch liebte und sich nichts sehnlicher wünschte, als wieder mit Ihnen zusammen zu sein.«

»Das ist der Grund, weshalb Sie mich hassen. Sie geben mir die Schuld an Evas Schicksal«, sagte Dornach.

Darauf ging Wirz nicht ein. »Keine sechs Monate später starb Mutter, Bauchspeicheldrüsenkrebs. Vater im Jahr darauf bei einer Bergwanderung im Glarnerland. Beim Abstieg von einer Berghütte in alkoholisiertem Zustand war er ausgerutscht und abgestürzt. Innerhalb von zwei Jahren verlor ich meine ganze Familie. Ich hatte nur noch Ronnie. Ich adoptierte ihn nach meiner Heirat. Zwei Jahre später ging die Ehe in die Brüche. Ich behielt den Namen meines Ex-Mannes in der Hoffnung, es würde Ronnie und mir leichterfallen, neu anzufangen.« Wirz war stets seinem Blick ausgewichen. Jetzt sah sie ihm zum ersten Mal in die Augen. »Wen außer Sie soll ich dafür verantwortlich machen?«

Bis wohin konnte jemand für die Entscheidungen der anderen zur Rechenschaft gezogen werden? In wen konnte man Schuld hineinprojizieren, wenn ein unfassbares, schreckliches Schicksal zuschlägt? Wie viel hatte Hannah Wirz für ihre Familie, die Schwester und deren Sohn, der jetzt ihrer war, geopfert? Welche Hoffnungen hatte sie für sich begraben müssen? Währenddessen hatte Dornach ahnungslos sein Leben und seine Karriere gelebt, die eigene Tochter aufgezogen und sah jetzt zu, wie sein Enkel heranwuchs. »Sie kannten mich und wussten, wo ich lebe. Warum haben Sie mich nie konfrontiert? Stattdessen hüllten Sie sich in Schweigen. Weshalb? Ich verstehe es nicht.«

»Weil ich zu viel von Ihnen wusste, Ihre Frauengeschichten, wie Sie alle paar Monate von einer zur anderen wechselten, ohne sich Rechenschaft darüber abzugeben, wie vielen Menschen Sie damit wehtaten.«

Dornach hütete sich vor einer Rechtfertigung. Was half es, zu erklären, dass es mehrere Seiten zu einer Wahrheit gab? Hannah Wirz verurteilte ihn, ohne ihm je Gelegenheit gegeben zu haben, sich damit auseinanderzusetzen. Durfte sie sich einfach so moralisch über ihn stellen? Was brachte es, ihr das vorzuwerfen? »Ich wünschte mir, dass Sie früher so offen zu mir gewesen wären, Frau Wirz. Umso dankbarer bin ich, dass Sie es mir jetzt gesagt haben.« Er wartete auf eine Antwort, die nicht kam. »Trotzdem oder gerade jetzt ist es wichtig, dass sich Ronnie bei uns meldet.«

»Sie wollen ihn immer noch festnehmen?«

»Sie wissen so gut wie ich, dass ich ab sofort nicht mal mehr mit ihm reden dürfte. Ich will ihm nur noch helfen, ihn entlasten, wo immer sich die Möglichkeit bietet. Bitte sagen Sie mir, wo er sich befindet.«

Die Mauer fing an zu bröckeln. Wirz veränderte ihre Haltung, setzte sich gerade hin und suchte den Augenkontakt mit ihm. »Wir sitzen im selben Boot, nicht wahr?«

Aus seiner Sicht taten sie das von Anfang an. »Ich denke, ja.«

»Nur weil Sie wissen, dass er Ihr Sohn ist?«

Diese Frau forderte wirklich seine Geduld heraus. »Sehen Sie, Frau Wirz, ohne Ronnie zu kennen, hätte ich gesagt, er hat nicht das Profil eines Totschlägers. Andererseits kann jeder von uns, selbst Sie und ich, in die Lage geraten, im Affekt zu töten. Sie wissen, wie wir Alex Spirig aufgefunden haben.«

»In einem Container, weggeworfen wie Abfall.«

»Er hat zwei Schläge an den Kopf bekommen, nur der zweite an den Hinterkopf war tödlich. Wie oft hat Ronnie zugeschlagen?«

»Einmal.«

»Hat er Ihnen das gesagt?«

»Ich muss Ihnen etwas zeigen.« Hannah Wirz führte ihm das Video auf ihrem Handy vor.

»Woher haben Sie das?«, fragte er.

»Man erpresst mich damit.« Als hätte diese Offenbarung eine Sperre gelöst, wurde ihre Stimme lebendiger. »Gestern Nacht hat Boran Baddour mich hier bei mir abgepasst und mir das gezeigt.«

»Wie kam er an das Video? In welcher Beziehung steht Ronnie zu ihm?«

Hannah Wirz breitete resigniert die Hände aus, bevor sie sie in den Schoss legte. »Ich konnte mir nicht immer die Zeit für Ronnie nehmen, die er gebraucht hätte. Lange merkte ich nicht, wie er auf die schiefe Bahn geriet und sich mit zwielichtigen Leuten traf. Er hat mir gestanden, einmal als Kleindealer für Boran Baddour gearbeitet zu haben. Spirig hatte ebenfalls für Baddour gedealt, mit Drogen und Medikamenten, aber das wissen Sie ja. Ronnie hat sich von ihm übers Ohr hauen lassen und eine Menge Geld verloren, das eigentlich Baddour gehörte. Dieser drohte Ronnie mit schlimmsten Konsequenzen, wenn er nicht zahlte. Ronnie wusste weder ein noch aus. Ich wollte ihm helfen und habe ihm Geld gegeben, damit er seine Schulden bei Baddour bezahlen konnte.«

Hannah Wirz hatte die Liebe zu ihrem Kind über ihre Karriere als Staatsanwältin gestellt. Dornach musste nicht lange überlegen, wie er in der gleichen Situation für Pia gehandelt hätte. Seine Achtung vor dieser Frau wuchs. »Ich sage Ihnen, was ich denke. Ich kann es nicht beweisen, noch nicht, aber möglicherweise wurde diese Verabredung Montagnacht zwischen Ronnie und Alex Spirig von Baddour arrangiert.«

»Aus welchem Grund? Was sollte es Baddour nützen, wenn sich die beiden zu Tode prügeln. Säße Ronnie im Gefängnis, würde Baddour kein Geld sehen.«

»Stimmt, aber wahrscheinlich ging es Baddour gar nicht um das Geld.«

»Sondern?«

»Um Sie? Was glauben Sie, wie viel eine willfährige Staatsanwältin für einen Bandenchef wert ist? Boran Baddour hat Ronnie eine Falle gestellt, um an Sie heranzukommen und Sie zu erpressen.« Dornach gab ihr das Handy zurück. »Mit diesem Filmchen liefert uns Baddour ein Indiz für Ronnies Unschuld.«

»Wie? Was meinen Sie«, fragte Wirz verdattert.

Dornach ließ den Clip noch mal laufen. »Sehen Sie? Ronnie

hat nur einmal zugeschlagen. Der Hieb hat Spirig seitlich am Kopf getroffen. Das ist die leichte Verletzung. Der zweite Schlag am Hinterkopf war tödlich.« Es war Ironie des Schicksals. Das Video, das Ronnie belasten sollte, entlastete ihn gleichzeitig. Ein einfältiger Streich, wie er bei Verbrechern vom Schlage eines Boran Baddour, die sich über alles erhaben fühlten, nicht selten vorkam.

»Theoretisch könnte Ronnie später zurückgekehrt sein und ein weiteres Mal auf Spirig eingeschlagen haben.« Wirz dachte wieder wie eine Staatsanwältin.

»Glauben Sie das?«, fragte Dornach.

Wirz verknotete die Hände ineinander. »Sosehr ich es wünschte, ich kann Ronnie kein Alibi geben. Ich habe mitgekriegt, wie er an diesem Abend fortging. Als er zurückkam, war ich bereits im Bett. Ich bin kurz aufgewacht, habe aber nicht auf die Uhr geschaut.«

»Ich frage Sie als Mutter. Glauben Sie, Ronnie hat Alex Spirig getötet?«

»Nein, und Sie?«

»Ich auch nicht.«

»Warum nicht? Sie kennen ihn nicht.«

»Ich nicht, aber meine Tochter. Pia hat ihm nach seinem Unfall geholfen und lange mit ihm geredet. Sie mag Ronnie. Das zählt was.«

Die Erleichterung stand Wirz ins Gesicht geschrieben. »Was jetzt?«, fragte sie.

»Sagen Sie mir, wo wir Ronnie finden können. Dann rufen Sie ihn an. Ich schicke eine Patrouille, die ihn abholt. Er soll seine Aussage machen, dann sehen wir weiter.«

»Was passiert mit mir?«

»Darüber sprechen wir mit Angela Casagrande.« Dornach holte sein Telefon hervor.

※※※

Anstatt sich bis vor das Hotel fahren zu lassen, war sie auf dem Platz vor der Kathedrale ausgestiegen. Ohne Personenschutz durchschritt sie die um diese Zeit menschenleere Gasse. Es war eine einmalige Gelegenheit, selbst in diesem Land, das den Schutz seiner wichtigen Leute auf sträfliche Weise vernachlässigte. Er fühlte die groben Fasern der drahtverstärkten Schlinge in seiner Jackentasche, ein ideales Instrument für einen lautlosen Tod.

Sie war eine elegante Frau. Mit energischen Schritten ging sie telefonierend an ihm vorbei, ohne eine Ahnung, was sie erwartete. Von seinem Standort im Schatten des Ladeneingangs einer Apotheke sah er ihr nach. Sie ging am uralten Turm am Marktplatz vorbei.

Sascha blieb beim Brunnen in der Mitte des Platzes stehen. Von hier hatte er den Hoteleingang im Blick, falls sie noch einmal herauskommen würde. Er hasste diesen Auftrag. Zu gerne hätte er ihr selbst den Hals umgedreht. Sein Auftrag lautete anders. Er sollte beobachten, sie im Auge behalten. Das Privileg, diese Hexe ins Jenseits zu befördern, war dieser eiskalten Italienerin vorbehalten.

Wo blieb sie? Respekt war das Mindeste, was er erwarten durfte, wenn er schon Botengänge erledigen musste.

»Ist sie da?«

Sascha fuhr herum. Wie war sie hierhergekommen? Der Platz war leer gefegt. Er hatte sie weder gesehen noch gehört. Vor Liliana Angeli machten sich alle in die Hose, einschließlich Boran und Maric. Zierlich wie ein Vögelchen, dessen dünnes Köpfchen er ohne Weiteres mit einer Hand zerquetschen könnte, reichte Angeli ihm knapp bis zur Brust.

»Na, was ist?«, sagte sie schnarrend. »Ist sie hier?«

Sascha fühlte sich ertappt. »Sie ist vorhin reingegangen.«

»Allein?«

Sascha nickte.

»Danke, du kannst gehen.«

»Soll ich –«

»*Fuori!*«, fuhr sie ihn an. »Verschwinde!« Ohne ein weiteres Wort überquerte Angeli den Platz.

Sascha ballte die Faust. Niemand sprang so mit ihm um, erst recht kein Weibsstück.

***

Gleichzeitig mit Dornach fuhr ein ziviler BMW der Kantonspolizei auf den Vorplatz der Villa Dornach. Maja und Omrani stiegen aus. »Du bist schon da?«, fragte Maja.

»Wenn's recht ist. Zwischendurch muss ich mal zu Hause sein.«

»Ich meinte nur, ich habe dir gerade eine Nachricht geschickt. Dieser blaue Klunker ist vielleicht im Katzen–«

Dornachs Innentasche vibrierte. »Ist offenbar angekommen. Ich weiß schon, worum es geht. Pia hat mich angerufen. Gehen wir rein.«

Im Foyer brannte kein Licht. »Pia?«, rief Dornach.

»Wir sind hier«, kam es aus der Küche.

Auch dort war es dunkel, bis auf den Schein einer kleinen Tischlampe, die sonst auf Pias Arbeitstisch in ihrem Zimmer stand. Pia, Daria und die Kinder waren über den Küchentisch gebeugt. »Wieso sitzt ihr im Dunkeln?«

»Das musst du dir ansehen, Paps. Er ist wunderschön.«

Einen Stein mit einem dreistelligen Millionenwert hatte sich Dornach größer vorgestellt. In dieser Hinsicht war der »Blue Silent« in etwa mit einem Taubenei vergleichbar. Er hatte eine ähnliche Form, unten breit, oben spitz zusammenlaufend. Im weißen Licht der Tischlampe glänzte der fein geschliffene Stein in unzähligen Facetten verschiedener Farben. Anna und Yulia betrachteten das Spiel mit leuchtenden Augen. Mirio, der ihn ständig anfassen wollte, wurde von Pia festgehalten.

»Ist das der Diamant, den sie suchen, Frau Omrani?«, fragte Dornach. Daria schob die Mädchen zur Seite, um der deutschen Polizistin Platz zu machen.

»Ich bin zwar nicht vom Fach«, sagte Omrani nach eingehender Betrachtung des Juwels. »Ich habe ihn erst einmal in natura in einer Vitrine in der Oranienhalle gesehen. Aber soweit ich es beurteilen kann, ist er es.«

»Bisschen klein für so viel Geld«, sagte Maja.

»Es ist der Schliff«, entgegnete Omrani. »Dann die Reinheit. Zudem sind blaue Diamanten selten. So ein Stein ist immer so viel wert, wie jemand dafür zu bezahlen bereit ist. Die heutigen Besitzer haben ihn vor fünf Jahren für achtzig Millionen Euro bei Sotheby's in London ersteigert. Hundertzwanzig Millionen ist der geschätzte Betrag, den ein Sammler für den ›Blue Silent‹ heute hinblättern würde.«

»Das heißt, er könnte noch mehr wert sein?«, fragte Pia.

»Solange es Verrückte gibt, die bereit sind, jeden Betrag zu zahlen. Manche sprechen sogar von hundertfünfzig Millionen oder noch mehr. Solche Steine sind rentable Kapitalanlagen.«

»Krass. Da liegen über hundert Millionen auf unserem Küchentisch.« Sie zückte das Handy.

»Untersteh dich«, sagte Dornach.

»Was? Ich will ihn nur fotografieren.«

»Kommt nicht in Frage. Ihr lasst alle eure Handys stecken. Dass der Stein hier ist, darf auf keinen Fall in den sozialen Medien oder sonst wo kursieren.«

»Ich wollte gar nicht –«

»Ich weiß, ich will kein Risiko eingehen. Stell dir vor, das sickert durch. Ich kann keine campierende Journalistenhorde vor unserer Haustür gebrauchen.«

»Ist ja gut, hab's verstanden.« Pia steckte ihr Handy zurück in die Hosentasche.

»Was machen wir mit dem Ding?«, fragte Maja.

Das hätte Dornach auch gern gewusst. Der Stein gehörte an einen sicheren Ort gebracht. »Ich rufe Angie an.«

Der Anruf ging sofort auf ihre Mailbox. Vor ein paar Minuten hatte er sie von Wirz' Wohnung aus noch erreicht. Es entsprach nicht ihrer Art, in einer solchen Lage das Telefon auszuschalten. Er rief Katrin Friis an, die sich bereit erklärte, gleich zu kommen.

»Was ist mit Angie?«, fragte Pia.

»Ihr Telefon ist ausgeschaltet. Ich versuche es später noch mal. Erzähl mal, wie ihr den Stein gefunden habt.«

Daria verabschiedete sich. »Ich bringe die Mädchen und Mirio zu Bett. Wenn ihr mich braucht, ich bin drüben.«

In jeder Einzelheit gab Pia wieder, wie sie den Stein aus der Katzenhöhle gefischt hatten. »Er war mit einer Plastikfolie umwickelt und an der Innenwand der Höhle festgemacht. Der Schlag durch den Fall muss ihn gelöst haben. Das ist aber nicht alles.« Sie ging zum Kühlschrank und nahm ein in Plastik gewickeltes rechteckiges Paket heraus. »Ich wollte das nicht in Gegenwart der Kinder herumliegen lassen. Ihr könnt euch denken, was da drin ist.«

»Mehr Drogen? Aus Vanessas Wohnung? Ernsthaft?«, fragte Maja. »Frau Omrani und ich sind nämlich dort auch fündig geworden.«

Omrani legte drei Asservatenbeutel auf den Tisch. »Für das Zeug hat sich die junge Dame einen originellen Aufbewahrungsort gewählt.« Sie zeigte Dornach den Beutel mit dem weißen Pulver. »Bemerkenswert viel Schneefall für die Jahreszeit, würde ich sagen.«

»Das muss unverzüglich zur Kriminaltechnik«, sagte Dornach. »Die Verpackungen müssen auf DNA und Fingerabdrücke geprüft werden. – Hast du die Verpackung des Diamanten weggeworfen, Pia?«

Sie sah ihn vorwurfsvoll an. »Wie lange bin ich schon Tochter eines Polizisten?« Sie drückte ihm einen Tiefkühlbeutel in die Hand. »Ist alles hier drin. Daria und ich haben ihn mit bloßen Händen angefasst, die Kinder nicht.« Dornach gab den Beutel weiter an Maja.

»Was ist mit dem Stein?«, fragte diese.

»Den nehme ich.« Dornach wickelte den Diamanten in ein Papiertaschentuch, das er in die Tasche seines Jacketts steckte.

»Da ist noch was.« Maja zeigte ihm die Fotos auf ihrem Handy, die sie in der Wohnung am Rossmarktplatz gemacht hatte. »Vanessa in inniger Umarmung mit einem Unbekannten.«

Pia stand neben Dornach. »Das ist Silvano.«

»Du kennst den?«, fragte Maja.

»Silvano ist der Besitzer des ›Berna‹ im Schöngrün. Ich helfe manchmal dort im Service. Er hat mir gesagt, dass er vor längerer Zeit ein Verhältnis mit Vanessa Kurth hatte.«

»Wann?«

»Bis vor acht, neun Monaten etwa.«

»Ich weiß nicht recht.« Mit einem skeptischen Ausdruck scrollte Maja durch die Bilder. »Sieh dir das hier an. So lange scheint es mir nicht her zu sein. Das wurde diesen Sommer in Interlaken aufgenommen.«

Dornach blickte ihnen über die Schulter. »Woran erkennst du das? Man sieht nur Silvano Moretti und Vanessa Kurth.«

»Nicht nur.« Maja gab ihm das Telefon. »Im Hintergrund ist ein Plakat der Tell-Freilichtspiele erkennbar. Die Jahreszahl ist deutlich zu sehen, es ist die diesjährige Spielsaison.«

Dornach kniff die Augen zusammen. Bald würde er sich eine Lesebrille anschaffen müssen. Pia hatte recht, er wurde alt.

»Da ist noch was«, meldete sich Omrani zu Wort. »Aus den handschriftlichen Briefen, die wir sichergestellt haben, geht hervor, dass die beiden bis vor etwa zwei Wochen korrespondiert hatten, und zwar nicht nur Nettigkeiten.«

»So ein mieses Arschloch!« Pia stürmte aus der Küche.

»Pia, warte.« Sie war schon weg. Sie tat Dornach leid. Er hätte ihr gegönnt, sich einfach wieder verlieben zu können. Er sah die Papiere durch, die Omrani ihm zeigte. »Kurth und Moretti schrieben sich Briefe?«, fragte Dornach. »Keine SMS?«

»Wir haben die Verbindungsdaten von Vanessas Handy erhalten«, sagte Maja. »Die meisten Nummern konnten wir zuordnen, allesamt unverdächtig. Zwei sind prominent vertreten, beides Prepaid. Die Identifikation läuft. Auf die Nachrichten haben wir bisher keinen Zugriff, sie sind verschlüsselt.«

Die Türglocke ertönte. Dornach führte Katrin Friis herein.
»Danke, dass du so schnell gekommen bist. Konntest du Angela erreichen?«

Friis verneinte. »Das sieht ihr nicht ähnlich. Ich habe eine Patrouille zum ›Roten Turm‹ geschickt. Hast du den Stein?«

»Ja.« Dornach klopfte auf seine Jacketttasche. »Ich möchte ihn nicht in den Safe der Asservatenkammer legen.«

»Ich habe mit dem Kommandanten gesprochen. Erstens lässt er dir und deinen Leuten schon mal gratulieren. Zweitens hat er einen gut gesicherten Safe in seinem Büro. Wir können den Diamanten dort aufbewahren, bis die Versicherung ihn übernimmt. Wir bringen ihn zu zweit dorthin.«

»Übrigens«, sagte Friis, »vorhin, beim Reinfahren hatte ich beinahe einen Zusammenstoß mit deiner Tochter. Pia ist ganz schön zackig unterwegs.«

»Pia ist weggefahren?« Wohin, brauchte Dornach nicht zu raten. »Sie fährt bestimmt zu Moretti. Sie will ihn zur Rede stellen.«

»Weshalb?«, fragte Maja.

»Sie ist nicht so recht mit der Sprache rausgerückt. Ich denke, sie karessiert mit Moretti. Jetzt hat sie die Fotos mit ihm und Vanessa gesehen. Du weißt, wie sie ist.«

»Und ob, Moretti sollte sich besser warm anziehen.«

»Fahr ihr nach, Maja. Moretti steht ab sofort in Verdacht, Vanessa Kurth getötet zu haben. Wir wissen nicht, wie er reagiert, wenn Pia ihn damit konfrontiert. Ich schicke euch Verstärkung.«

»Bin unterwegs.« Maja ging zur Tür.

»Ich komme mit«, sagte Omrani.

»Nein«, sagte Friis. »Frau Omrani fährt mit mir zurück in die Schanzmühle.« Sie hielt Dornach die offene Hand hin. »Den Stein bitte. Du und Maja, ihr sorgt dafür, dass deine Tochter keine Dummheiten macht.«

***

Silvano stand die Überraschung ins Gesicht geschrieben. »Pia? Ich habe nicht mehr mit dir gerechnet.«

»Komme ich jetzt ungelegen?«

Er ließ sie eintreten. »Ich wollte dir gerade schreiben, dass ich rüber zum Schanzengraben gehe. Das kann warten, Erika wird noch eine Weile ohne mich auskommen.«

»Ich hatte Sehnsucht nach dir.« Sie mühte sich ein Lächeln ab. »Ich dachte, wir können ein wenig quatschen, ein Glas Wein trinken und … Aber wenn du keine Zeit hast.«

»Kommt nicht in Frage.« Er zog sie an sich.

»Bist du allein?«

»Severina schläft bei ihrer Mutter.« Seine Hände auf ihrem Rücken glitten tiefer. »Warum? Hast du heute Nacht noch was vor mit mir?«

Sie stieß ihn sanft von sich. »Mal sehen. Können wir erst mal was trinken? Ich habe Durst.«

»Wein? Im Kühlschrank steht ein schöner Pinot Grigio. Es ist auch Rotwein da. Muss ihn nur im Keller holen gehen.«

»Auf die Nacht lieber Rotwein für mich, damit komme ich besser in Stimmung.«

»Kommt sofort, nicht weggehen, ja?«

Kaum war Silvano draußen, sah sich Pia suchend um. Wo sollte sie beginnen? Sie entschied sich für seinen Arbeitsplatz im Schlafzimmer. Die Schubladen waren nicht abgeschlossen. Weil sie nichts Verdächtiges enthielten, wie sie beim Durchwühlen feststellte. »Wo hast du das verdammte Ding versteckt?«

Vater und Tochter sammelten gerne. Severina hatte ihre Handys. Silvano war stolz auf seine umfangreiche Weinsammlung. Pia hoffte, er würde sich beim Auswählen Zeit lassen. Sie hatte keine zu verlieren.

Einem Gedankenblitz folgend ging sie in Severinas Zimmer. Wo könnten sie sein? Sie öffnete den Kleiderschrank. Unter einem Stapel Winterpullover fand sie eine Schuhschachtel. Pia hob den Deckel ab. »Hab dich, Scheißkerl«, sagte sie laut. Die

Wohnungstür wurde aufgemacht. Sie huschte in Severinas Toilette und betätigte die Spülung.

Silvano stand mit zwei Flaschen Rotwein im Wohnzimmer. »Was hast du dahinten gesucht?«, fragte er verdutzt.

»Mich frisch gemacht.«

»Bei Severina? Warum benutzt du nicht die in unserem Schlafzimmer?«

Hatte der Drecksack tatsächlich gerade »unser« Schlafzimmer gesagt?

Pia machte eine verlegene Grimasse und kniff andeutungsweise die Beine zusammen. »Ich musste mal für kleine Bardamen. Es pressierte, Severinas WC ist näher.« Sie zeigte auf die Flaschen. »Sieht gut aus. Trinken wir den, oder gucken wir uns die Etiketten an?«

»Setz dich. Ich hole die Gläser.«

Es kostete Überwindung, eng an ihn geschmiegt zu sitzen. Sie zuckte zusammen, als er die Hand um ihren Nacken legte.

»Hoppla, ich wollte dich nicht erschrecken.«

»Deine Hand ist kalt.«

»Im Keller war's kühl.«

Sie prosteten sich zu.

»Schmeckt er?«, fragte er.

»Fein.« Sie trank einen weiteren Schluck.

»Spürst du schon was?«

»Hä?«

»Du hast gesagt, Rotwein macht dich geil. Spürst du's schon?«

»Warte, bis ich zwei Gläser intus habe.« Sie trank erneut.

Er streichelte ihre Nacken- und Schulterpartie. Was vor einigen Tagen ein wohliges Kribbeln in ihr ausgelöst hatte, fühlte sich an, als würde er Eiskristalle auf ihrer Haut zerreiben.

»Merkwürdig.«

»Was?«

»Das letzte Mal war es Weißwein.«

»Ich verstehe nicht.« Pia wurde unbehaglich warm.

»Erinnerst du dich nicht mehr? Neulich haben wir zusammen Pinot Grigio getrunken. Da hast du erwähnt, Weißwein würde dich willenlos machen.«

»Ach ja, das ... so sind wir Frauen eben ... Heute war mir nach Rotem.«

Er nahm ihr das Glas ab und stellte es auf den Beistelltisch vor dem Sofa. Der Druck auf ihren Nacken verstärkte sich.

»Kannst du ein wenig sanfter?«, fragte sie. »Du tust mir weh.«

»Warum? Noch gestern mochtest du es härter.« Der Ton seiner Stimme hatte sich verändert.

»Ja, aber nicht so, bitte.«

»Weshalb bist du wirklich gekommen, Pia? Heute Morgen konntest du dich nicht schnell genug aus dem Staub machen. Jetzt machst du auf *horny*, und das erst noch sehr schlecht.«

»Bitte, Silvano, ich ...« Pia versuchte aufzuspringen. Er war schneller und stieß sie rücklings auf das Sofa. Sein Gewicht presste sie ins Kissen. Er legte die Hände um ihren Hals und drückte zu. Es war so schnell gegangen, dass Pia nicht dazu gekommen war, zu schreien. Sie versuchte, sich aus dem Schraubstockgriff seiner Hände zu befreien. Der Druck drehte ihr langsam die Luft ab.

»Silvano, nicht, bitte ... Vanessa.«

»Vanessa?« Er lockerte den Griff. »Vanessa glaubte auch, sie könne mich verarschen. Dumm, dass sie in ihr eigenes Messer gelaufen ist.« Er erhöhte den Druck auf Pias Hals wieder. Lange stand sie das nicht mehr durch.

»Jackpot.«

Er lockerte den Griff erneut. »Was sagst du?«

»Du wolltest den Jackpot, nicht wahr?«, sagte Pia. »Sie sollte dir den Diamanten geben.«

»Keine Ahnung, was du laberst. Was willst du? Sag's mir und ich lasse dich los.«

»Okay, ich sag's dir.«

Wie versprochen lockerte er den Griff. Pia stieß sich weg,

aus der Gefahrenzone. Ein Poltern an der Wohnungstür ließ ihn herumfahren. »Polizei, öffnen Sie die Tür, Moretti!« Darauf folgte ein heftiger Schlag gegen die Füllung. »Was zum ...« Silvano sprang auf.

Pia legte ihre ganze Wut in den Fußtritt. Sie traf Silvano ins Kreuz. Er stolperte über einen Hocker und stürzte. Pia ließ ihm keine Zeit. Mit einem wütenden Aufschrei stürzte sie sich auf ihn und bearbeitete seinen Kopf mit den Fäusten, bevor er sich wehren konnte. Ihr erster Schlag traf ihn am Kinn und stoppte seine Konter. Pia ließ erst von ihm ab, als zwei Hände sie von ihm wegzogen. »Arschloch!« Sie begann zu schluchzen und vergrub sich in den Armen ihres Vaters.

»Alles gut.« Dornach drückte sie an sich. »Es ist vorbei, tapferes Mädchen.«

SECHZEHN

»Alles in Ordnung.« Die Sanitäterin löste die Blutdruckmanschette von Pias Oberarm. Sie betrachtete ihren Hals. »Da werden Sie eine Zeit lang blaue Flecken mit sich herumtragen.«
»Keine Sache«, sagte Pia. »Endlich ein Grund, mir den Scheidenschal zu kaufen, den ich schon lange wollte.«
»Rechne nicht mit mir«, sagte Dornach neben ihr. »Du bekommst genug Taschengeld.«
»Habe ich als freiwillige Mitarbeiterin der Polizei keinen Anspruch auf Lohn?«
»Schauen wir mal. Warum hast du so lange damit gewartet?«
»Womit?«
»Mit dem Signalwort, es kam recht spät.«
»Du hast gesagt, du brauchst Silvanos Geständnis. Hab ich's rausbekommen oder nicht?«
Sie hatten Pia bei der Berntorkreuzung eingeholt. Maja hatte die Idee, dass Pia Moretti das Geständnis entlocken sollte, Vanessa Kurth getötet zu haben. Bevor sie bei Moretti klingelte, hatte Pia auf Dornachs Handy angerufen und die Verbindung offen gehalten. Der Abbruch der Verbindung oder das Signalwort »Jackpot« waren das Zeichen für Dornach und Maja einzugreifen. »Wir hätten es auch so aus ihm herausgebracht.«
»Kann sein, dafür habe ich in fünf Minuten geschafft, wofür ihr Stunden an Einvernahmen gebraucht hättet.«
»Das hätte schiefgehen können.«
»Ehrlich, Paps, ich hatte es im Griff.« Sie sahen hinüber zu einer Sitzbank, wo eine Sanitäterin Morettis blaues Auge und seine blutige Nase verarztete. »Und ihr seid ja gerade rechtzeitig gekommen«, sagte Pia.
Dornach zeigte auf Moretti. »Ein Glück für ihn – und für uns, sonst hättest du ihn vernehmungsunfähig geprügelt.« Dornach zeigte auf ihren Hals. »Tut's noch weh?«

»Nur wenn ich mich mit dir streite.« Sie lehnte den Kopf an seine Schulter. »Danke, Paps, ich bin froh, dass du da warst.« Sie gab ihm ihr Handy. »Ist alles drauf. Und nur damit das klar ist. Was Silvano gesagt hat, wie er und ich … du weißt schon. Ist natürlich alles nicht wahr.«

»Natürlich. Keine Sorge, es wird nichts gegen dich verwendet. Und es tut mir leid.«

»Was?«

»Das mit dir und Moretti. Ich hätte es dir gegönnt, wieder jemanden zu finden.«

»Schon gut«, sagte Pia achselzuckend. »Wäre schön gewesen, aber ich hätte es wissen müssen. In Silvano habe ich etwas von Rafik gesehen, das hat mich ein wenig blind gemacht.«

Maja kam zu ihnen. »Ich hab's gefunden, in Severinas Schrank, wie du gesagt hast, Pia.« Sie händigte Dornach eine Schuhschachtel aus. »Severina Moretti hat einen beträchtlichen Handyverschleiß.«

»Sie sammelt gebrauchte Handys«, sagte Pia. »Das hat mich auf die Idee gebracht, Silvano könnte sein Prepaid unter ihren alten Geräten versteckt haben.«

»Einen Baum versteckt man am besten im Wald«, sagte Dornach.

»Ich wette um meinen neuen Schal, Vanessas Handy liegt in dieser Schachtel.«

»Arme Severina«, sagte Maja. »Vom eigenen Vater benutzt zu werden, um einen Mord zu vertuschen.«

»Wie geht's ihm?«, fragte Pia.

»Ein paar Prellungen im Gesicht. Die Nase muss gerichtet werden. Sobald die Sanis ihn verarztet haben, ist er vernehmungsfähig.«

Dornachs Handy vibrierte. Es war eine eingehende Nachricht. Seine Miene verdüsterte sich. »Pia, du fährst mit mir zurück in die Schanzmühle. Maja, du wartest, bis sie mit Moretti fertig sind, und bringst ihn dann in die Schanzmühle.«

»Ist was passiert?«

»Zwei Nachrichten. Karin ist zurück aus Bern und hat interessante Neuigkeiten.«
»Tönt gut. Und die zweite?«
»Angela ist unauffindbar.«

***

Die Zimmereinrichtung war eine Fusion der Kulturen, *Barock meets Pop-Art*. Klassische Möbel ergänzten sich mit Kunstdrucken von Andy Warhol an den Wänden. Das Bett war unberührt. Casagrandes Koffer lag offen und unausgepackt auf einem Diwan. Der Inhalt war ihrer Gewohnheit entsprechend peinlich sorgfältig zusammengelegt und verstaut.

»Keine Spuren eines Kampfes«, begrüßte Friis Dornach.
»Dafür das da.«
Eine Spur weniger Blutstropfen führte zur Tür. Ein Beamter im weißen Schutzanzug nahm eine Probe. Seine Kollegin war im Bad zugange.
»Angies Blut?«, fragte Dornach.
»Gleiche Blutgruppe gemäß Schnelltest. Um sicher zu sein, müssen wir die Analyse abwarten.«
»Gibt's weitere Blutspuren?«, fragte Dornach den Spurensicherer. Der schüttelte den Kopf. Damit sie die Kollegen nicht störten, blieben Dornach und Friis bei der Tür.
»Die Patrouille, die ich hergeschickt hatte, hat mich um etwa Viertel nach zehn angerufen, dass Angela nicht in ihrem Zimmer war«, sagte Friis. »Die Frau am Empfang habe gesagt, Angela sei gegen Viertel vor zehn zurückgekommen und gleich auf ihr Zimmer gegangen. Nachdem sie nicht auf die Anrufe über das Haustelefon antwortete, sind die Kollegen hochgekommen und haben es so vorgefunden.«
»Könnte Angela das Hotel zwischen ihrer Ankunft und deinem Kommen unbemerkt verlassen haben?«
Friis winkte eine Mittdreißigerin mit rotem Igelschnitt heran. Sie hatte im Korridor gewartet. »Das ist Frau Vesela vom Emp-

fang. Normalerweise hat sie Feierabend. Ich habe sie gebeten zu warten, falls wir noch Fragen haben.«

»Vielen Dank für Ihre Hilfe, Frau Vesela«, sagte Dornach. »Sie haben Frau Casagrande um Viertel vor zehn reinkommen sehen, sagen Sie?«

»Das ist richtig, um das herum.«

»Sie ist direkt auf ihr Zimmer gegangen?«

»Das ist so. Ich habe ihr den Schlüssel gegeben. Sie ist die Treppe hochgegangen. Seither habe ich sie nicht mehr gesehen.«

»Sie ist bestimmt nicht noch mal runtergekommen, ins Restaurant gegangen oder so?«

Frau Vesela verneinte mit einer energischen Handbewegung. »Das wäre mir aufgefallen.«

»Kann man das Hotel über einen anderen Weg verlassen? Gibt es einen Hinterausgang?«

»Vom zweiten Stock, wo sich die Tagungsräume befinden, führt eine Treppe direkt hinaus in die Schaalgasse. Heute Abend ist dort viel los, und es ist jemand vom Personal dort. Es wäre aufgefallen, wenn sie das Hotel auf diesem Weg verlassen hätte.«

»Gibt es Überwachungskameras?«

»Leider nein.«

»Ist Ihnen sonst etwas aufgefallen? Jemand, der sich auffällig verhielt oder vor dem Hotel herumlungerte?«

»Jedenfalls nicht im Eingangsbereich. Die Hauptgasse und den Marktplatz kann ich von der Rezeption aus nicht einsehen.«

»Ist jemand kurz vor oder nach Frau Casagrandes Eintreffen mit dem Lift nach oben gefahren? Jemand, der kein Zimmergast war vielleicht?«

Frau Vesela legte die Stirn in Falten. »Schwer zu sagen, wir sind voll belegt. Ich war die ganze Zeit da, und es ist niemand nach oben gegangen, der hier nichts zu suchen gehabt hätte.«

»Frau Vesela wird uns eine Liste der Logiergäste zur Verfügung stellen«, kam Friis Dornachs Bitte zuvor. »Die Kollegen durchsuchen bereits alle ungenutzten Räume, nicht belegte

Gästezimmer und die Keller. Frau Vesela war so freundlich, das zu gestatten.«

»Hoffentlich kriege ich deswegen nicht Ärger mit meinen Vorgesetzten«, sagte Frau Vesela. »Aber ich dachte, nur weil ... es schien so dringlich.«

»Das ist es auch«, sagte Dornach und bedankte sich noch einmal bei ihr, bevor er sie gehen ließ.

Friis las seine Gedanken. »Wenn Angela das Hotel nicht allein verlassen hat, muss sie die Person oder Personen gekannt und ihnen vertraut haben. Sonst hätten wir Kampfspuren finden müssen. Ich kann mir nicht vorstellen, dass sie sich nicht gewehrt hätte.«

Dornach deutete auf die Blutspur. »Sie könnte niedergeschlagen oder betäubt worden sein, oder ...«

»Du meinst, sie wurde umgebracht?« Friis sprach aus, was er nicht zu denken wagte. »Wenn Angela nicht auf eigenen Füßen hier rausmarschiert ist, wurde sie weggeschafft. Aber das hätte die Rezeptionistin oder jemand vom Personal auf der zweiten Etage gemerkt.«

»Sofern sie nicht mit dem Entführer zusammenarbeiten.«

»Glaubst du das wirklich?«

»Nicht wirklich.« Dornach kratzte gedankenverloren sein Kinn. Aus einem der Nachbarzimmer trat eine Kellnerin mit einem Tablett und ging zum Aufzug. »Wenn niemand Angela gesehen hat und sie in den unbenutzten Räumlichkeiten oder in einem der unbelegten Gästezimmer nicht aufgetaucht ist, kann das nur eines bedeuten.«

»Sie ist noch im Hotel. Aber wo?«

»In einem der belegten Gästezimmer. Wir müssen sie alle durchsuchen.«

»Wie stellst du dir das vor? Wir können nicht mitten in der Nacht in jedes Zimmer rennen und es durchsuchen.«

»Wenn das die einzige Möglichkeit ist, Angela aus den Fängen von wem auch immer zu befreien, bleibt uns keine andere Wahl, aber ... Wann hat sie dieses Zimmer reserviert?«

»Keine Ahnung«, sagte Friis. »Sie hat mir gesagt, dass sie ursprünglich ins ›La Couronne‹ wollte, aber die waren voll. Warum willst du das wissen?«
»Vielleicht gibt es eine andere Lösung. Komm mit.«
»Wohin?«
»Zum Empfang. Hoffentlich ist Frau Vesela noch da.«

Frau Vesela war schon auf dem Weg nach draußen. Nachdem Dornach ihr sein Anliegen vorgetragen hatte, fuhr sie den Rechner wieder hoch. »Da ist es«, sagte sie. »Das Zimmer wurde am Mittwochvormittag telefonisch gebucht. Jetzt erinnere ich mich auch wieder. Frau Casagrande hat selbst angerufen und gefragt, ob wir ein freies Zimmer haben. Sie hat dann gleich gebucht und ihre Kreditkarte hinterlegt.«

Eine Spontanbuchung, dachte Dornach. Das ließ der Gegenseite nicht allzu viel Zeit zur Vorbereitung. »Wie viele Gäste haben nach Frau Casagrandes Anruf eine Sofortbuchung gemacht?«

Frau Vesela tippte konzentriert, bis sie sich zurücklehnte. »Ich habe drei Buchungen, die passen könnten. Ein asiatisches Paar hat gestern Abend eingecheckt. Sie sind nur eine Nacht geblieben und heute Morgen abgereist.«

»Wir brauchen nur die, die noch hier sind oder es sein sollten.«

»Da ist ein Ehepaar aus der Westschweiz. Sie wollen morgen früh weiter in die Innerschweiz. Sind beide gut über siebzig.«

Damit schieden sie vorderhand aus. »Wer noch?«

»Einzelbuchung, eine Frau, Weinhändlerin aus dem Südtirol auf Geschäftsreise.«

»Geschäftsreise«, sagte Friis. »Reserviert man da nicht im Voraus?«

»Da gibt's alles Mögliche«, sagte Frau Vesela. »Frau Engel hat heute Nachmittag angerufen und nach einem Zimmer gefragt. Sagte, sie habe einen Kunden in Selzach besucht, bevor ihr Wagen eine Panne hatte.«

»Wie heißt sie mit vollem Namen?«, fragte Dornach.

»Liliana Engel, wohnhaft in Meran. – Oh mein Gott!« Frau Vesela schlug sich mit der flachen Hand vor die Stirn. »Es … es tut mir total leid, ich hab's komplett vergessen. Es fällt mir erst jetzt wieder ein.«

»Wir machen Ihnen keine Vorwürfe«, sagte Dornach. »Sagen Sie uns einfach, was passiert ist.«

»Frau Engel ist etwa eine Viertelstunde nach Frau Casagrande zurückgekehrt. Ich hatte ihr ein Restaurant empfohlen, wo sie was Kleines essen konnte. Sie hat sich noch bei mir dafür bedankt und ist dann auf ihr Zimmer gegangen.«

»Können Sie die Frau beschreiben?«

Frau Vesela richtete den Blick zur Decke, als würde dort Liliana Engels Bild hängen. »Mittelgroß, sportlich schlank, etwa so groß wie Sie.« Sie zeigte auf Friis. »Die Haarfarbe ist allerdings dunkel, fast schwarz eigentlich. An die Augenfarbe kann ich mich nicht mehr erinnern. Blau oder grün.«

»In welchem Zimmer logiert sie?«

»Auf der gleichen Etage wie Frau Casagrande. Vor ein paar Minuten ist sie noch mal rausgegangen. Sagte, sie wolle noch etwas frische Luft schnappen.«

»Wann genau?«, fragte Dornach.

»Kurz bevor Sie runtergekommen sind.«

Friis und Dornach sahen sich an. »Die Kellnerin!«, riefen beide gleichzeitig.

»Was für eine Kellnerin?«, fragte Frau Vesela.

»Auf der Etage haben wir eine Kellnerin gesehen«, sagte Dornach. Statur und Pferdeschwanzfrisur stimmten mit Veselas Beschreibung überein.

»Wir servieren nachts nicht auf den Zimmern, außerdem passt die Beschreibung auf niemanden von unserem Personal.«

»Welche Zimmernummer hat Frau Engel?«

Frau Vesela nannte ihm die Nummer.

»Hast du deine Waffe bei dir?«, fragte Dornach Friis.

Sie hob den Daumen.

»Wie viele Leute befinden sich im Zimmer von Frau Engel?«, fragte Dornach.

»Sie hat ein Einzelzimmer gebucht.«

»Ist Frau Engel mal mit anderen Personen hochgegangen?«

»Ich habe sie immer nur allein gesehen.«

»Gibt es einen Etagenplan?«

Frau Vesela zeigte ihnen eine plastifizierte Karte mit den Fluchtwegen. Das betreffende Zimmer lag neben Casagrandes, nahe beim Aufzug. Es war dasjenige, wo er die Kellnerin hatte herauskommen sehen. Er hatte nicht aufgepasst.

»Was sagst du?«, fragte er Friis. »Jede Minute zählt.«

»Wir gehen rauf.«

Mit gezogenen Waffen und Taschenlampen standen sie beidseits der Zimmertür. Dornach horchte an der Füllung. Er bedeutete Friis, dass er keine Geräusche im Zimmer hörte.

»Bereit?«, flüsterte er.

»Bereit.«

Friis sicherte ihn. Er steckte die Waffe ins Holster und öffnete die Tür mit dem Schlüssel. Dann zog er die Waffe erneut. Friis hielt die Türklinke. Mit erhobenen Fingern zählte Dornach von drei herunter. Sobald der letzte Finger unten war, machte Friis die Tür auf. Das Zimmer war hell erleuchtet. Es war kleiner als dasjenige Casagrandes. In der Mitte stand ein Baldachinbett mit zugezogenen Seitenvorhängen. Dornach hielt das Bett in Schach. Friis warf einen Blick darunter. »Sicher.« Sie stieß die Badezimmertür auf, auch nichts. Dornach ging um das Bett herum. Hinter der der Tür abgewandten Seite verbarg sich niemand. Durch den geschlossenen Bettvorhang waren die Umrisse einer reglosen Person auf dem Bett erkennbar.

»Angela.«

Dornach schob den Vorhang zur Seite.

SIEBZEHN

Jemand rüttelte an ihr.
Pia riss die Augen auf. »Was ist?« Nur allmählich begriff sie, wo sie sich befand. Sie hatte auf ihren Vater gewartet und war auf dem Sofa in seinem Büro eingeschlafen. Sie sah auf die Uhr über seiner Tür, sie zeigte ein paar Minuten nach Mitternacht an.
»Bist du in Ordnung?«, fragte Karin.
»Ja.«
Karin war es nicht. Ihre Augen waren gerötet. Spuren von Tränen durchzogen ihre Wangen.
»Ist was mit Paps?« Pia packte Karin mit beiden Händen an den Armen. »Ist ihm was passiert, ist er verletzt? Sag schon.«
Karin löste sich sanft aus ihrem Griff. »Dominik geht's gut.« Ihre Stimme gab ihre Erschütterung wieder. »Angela. Sie haben sie gefunden ... tot.« Die Stimme verließ Karin.
Pia sah Karin vor sich, fühlte das Sofapolster, auf dem sie gelegen hatte, die weiche Wolldecke, mit der sie sich zugedeckt hatte. Sie würde nie vergessen, wo sie war und was sie gesehen hatte, als sie Karins Worte gehört hatte. Angie war tot.
Dann kam die Verneinung.
»Angie.« Es konnte nicht sein, sie hatte sie am Nachmittag noch gesehen. »Was ist passiert?«
Karin schluckte und räusperte sich. »Wir wissen es selbst nicht genau. Katrin und Dominik haben sie in einem Hotelzimmer im ›Roten Turm‹ gefunden. Sie haben versucht, sie wiederzubeleben, aber es war zu spät. Sie ...« Karin musste einmal tief durchatmen. »Sie haben Injektionsspuren gefunden. Man hat ihr etwas gespritzt, vermutlich Gift.«
Pia nahm ihr Handy und wählte die Nummer ihres Vaters.
»Du kannst ihn nicht erreichen«, sagte Karin. »Er hat sein Telefon ausgeschaltet.«

»Weiß man schon, wer –«
»Nichts Genaues. Eine unbekannte Frau wurde in der Nähe von Angelas Zimmer gesehen. Die Fahndung ist raus.«
»Paps. Ich muss zu ihm, er ist ganz allein.«
»Das geht nicht. Er begleitet Angelas Leichnam in die Rechtsmedizin. Katrin hat die sofortige Obduktion veranlasst. Dominik wird dabei sein. Er hat gesagt, ich soll dich nach Hause bringen. Staatsanwältin Wirz wird Moretti befragen. Du kannst deine Aussage später machen.«
»Ich kann doch nicht …« Pia dachte an Mirio. Sie musste zu ihm.
»Lass uns gehen«, sagte Karin.
Pia nahm ihre Jacke. »Du musst mich nicht heimfahren. Ich schaffe das.«
»Bist du sicher?«
»Du musst hierbleiben, Karin, falls Paps euch braucht.«
»Du rufst an, wenn was ist, irgendwas, ja?«
»Sicher.«
Karin begleitete Pia zum Ausgang. Der Schmerz war ihr anzusehen. Gleichzeitig gab sie sich Mühe, kühl zu bleiben, fokussiert, professionell.

Es war ungerecht.

Pia nahm sie zum Abschied in den Arm. Für einen Moment ließen sie ihrer Trauer freien Lauf, bevor sie sich verabschiedeten.

Pia konnte nicht sofort von der Schanzmühle losfahren. Im Auto checkte sie ihr Handy. Weshalb hatte ihr Vater sie nicht selbst angerufen? Wollte er ihr die traurige Nachricht nicht am Telefon überbringen?

Vorhin Silvano, der ihre Liebe verraten hatte.

Nun war Angela tot.

Eine neue Welle der Trauer brach über Pia herein. Sie schrie, bis Weinkrämpfe ihren Körper durchschüttelten. Sie war wütend auf Silvano, ihren Vater, sich selbst.

Silvano – er hatte Gefühle in ihr geweckt, die sie sich lange verwehrt hatte, und ihr nicht mal die Chance gegeben, die Liebe zu erwidern – wenn da überhaupt jemals welche war.

Angela. Warum war sie nach einem Jahr aus heiterem Himmel aufgetaucht, um gleich wieder durch die Hintertür zu verschwinden? Diesmal endgültig.

So viele Paradoxe in so kurzer Folge. Wozu?

Würde Pia an den Gott der Bibel glauben, könnte sie ihn wenigstens dafür verfluchen. Wer immer da oben die Strippen zog, sie, er oder es hatte einen perversen Sinn für Humor.

Ein Klopfen an der Seitenscheibe brachte sie zurück ins Hier und Jetzt.

Was machte Ronnie hier?

Er bedeutete Pia, die Scheiben herunterzulassen. Verstohlen wischte sie sich die Tränen aus den Augen und stieg aus. Sie begrüßten sich mit Wangenküssen. »Was tust du hier?«

»Ich habe Mist gebaut. Die Bullen wollten mit mir sprechen.«

»Um diese Zeit?«

»Meine Ma bestand darauf. Scheint aber was dazwischengekommen zu sein. Sie haben mich nach Hause geschickt, ich soll mich morgen wieder melden.«

Ronnie war nicht allein. Pia begrüßte Hannah Wirz. »Pia Zenklusen, ich bin die –«

»… die Tochter von Herrn Dornach«, sagte Ronnie.

Pia sah ihn verdutzt an. »Woher …«

»Du hättest mir ruhig sagen können, dass dein Vater bei der Tschuggerei ist. Er ist es, der mit mir reden will.«

»Tut mir leid. Du hast aber auch vergessen zu erwähnen, dass deine Mutter Staatsanwältin ist. Können wir uns darauf einigen, dass wir quitt sind?« Pia hob die Ghettofaust, er schlug dagegen. »Worüber wollte Paps mit dir reden, wenn ich fragen darf?«

»Lange Geschichte, erzähle ich dir lieber ein andermal«, sagte er. »Und dir, geht's dir gut? Siehst etwas mitgenommen aus.«

»Ich hatte einen langen, miesen, traurigen Scheißtag.«

Hannah Wirz legte eine Hand auf ihre Schulter. »Ihr Vater hat mich angerufen wegen Angela Casagrande. Es tut mir leid. Ich weiß, dass Sie sich nahestanden.«

Pia war wie vor den Kopf gestoßen. Ihr Vater hatte Zeit, alle und jeden anzurufen, nur nicht sie? »Kann man sagen«, sagte sie, vielleicht eine Spur zu schroff. Sie brauchte kein Beileidsgesäusel. Sie wollte Erklärungen.

Wirz zog verlegen ihre Hand zurück. »Komm, Ronnie«, sagte sie zu ihrem Sohn. »Ich bringe dich nach Hause. Dann muss ich gleich zurück zu einer Einvernahme.«

»Lass nur, Ma, ich gehe zu Fuß.«

»Von mir aus, aber du gehst direkt nach Hause, keine Abstecher.«

»Kein Stress, kannst mich ja in einer halben Stunde zu Hause anrufen, nicht später, dann penne ich schon.« Er umarmte Pia flüchtig. »Vielleicht sehen wir uns?«

Pia hätte ihn nach Hause gefahren, aber sie wollte allein sein. Sie führte die Hand mit einer telefonierenden Geste ans Ohr. »Melde dich.«

***

Auf dem Bildschirm war Mike Lüthi in Großaufnahme zu sehen. Er justierte offenbar die Kamera. Im Hintergrund war das geschundene Gesicht Silvano Morettis zu erkennen. Lüthi verschwand, Moretti war allein im Bild.

Maja betrat ihr Büro, stellte einen Becher vor Karin hin und setzte sich neben sie.

»Fühlt sich nicht gut an«, sagte Karin mit belegter Stimme. »Wir sitzen hier, anstatt Dominik zu helfen.«

»Wobei willst du ihm helfen? Er will allein sein, um sich von Angela zu verabschieden.«

»Er ist bei der Autopsie dabei? Kannst du dir das vorstellen? Üblicherweise macht er einen großen Bogen um die Rechtsmedizin. Jetzt muss er zusehen, wie Angela aufgeschnitten wird.«

Karin trank vorsichtig einen Schluck. Der Automatenkaffee war ihr immer zu heiß. »Wie konnte das passieren? Wo war der Fuzzi vom Bundessicherheitsdienst? Warum stand er nicht vor Angelas Hotelzimmer?«

»Dann hätten wir jetzt wohl zwei Tote.«

»Das wäre aber sein Job gewesen.«

»Was? Zu sterben? Angela wird ihn fortgeschickt haben. Sie machte nicht den Eindruck, dass sie sich bedroht fühlte. So war sie. Sie hasste es, wenn jemand um sie herumscharwenzelte. Meinst du, es ging wirklich nur darum, diesen Klunker zu finden? Sie schien mir eher zugeknöpft zu sein. Dann das Brimborium mit Dienstlimousine und bewaffnetem Chauffeur. Alles ein bisschen viel, meinst du nicht auch?«

»Ich weiß nicht mehr als du«, erwiderte Karin. »Wahrscheinlich sind nur Dominik und Katrin komplett im Bild.«

»Wo steckt Friis überhaupt? Sie hat sich gar nicht mehr blicken lassen.«

»Ist wohl nach Hause zur Familie gegangen. Kann ich ihr nicht verdenken.« Karin stupste Maja an und deutete auf den Bildschirm. »Es geht los.«

Hannah Wirz betrat den Vernehmungsraum in Begleitung eines Mannes im grauen Anzug und mit schütterem Haar.

»Ist das Morettis Rechtsbeistand?«, fragte Karin. »Den habe ich noch nie gesehen.«

»Geht mir gleich. Moretti hat ihn angefordert, kommt von auswärts.«

»Wurde die Wirz nicht abgezogen? Ihr Sohn ist im Fall Spirig tatverdächtig.«

»Es hieß, bei Spirig besteht kein direkter Zusammenhang mit Vanessas Tod, jedenfalls nicht, soweit wir bisher wissen. Die Wirz kennt die Sachverhalte am besten. Jemand muss es ja machen.«

Wirz begann mit der Einvernahme. Mike Lüthi führte das Protokoll. »Vielen Dank, dass sich alle zu dieser ungewöhnlichen Stunde zu dieser Einvernahme bereit erklärt haben.« Sie wandte sich an Moretti. »Sie wissen, wessen wir Sie beschuldigen?«

Moretti nickte.

Wirz deutete auf sein bandagiertes Gesicht. »Wie geht es Ihnen, fühlen Sie sich wirklich in der Lage, an dieser Befragung teilzunehmen?«

Bevor Moretti antworten konnte, räusperte sich sein Anwalt.

»Möchten Sie etwas sagen, Dr. Leopold?«

»Ja, ich möchte festhalten, dass es mein Mandant war, der trotz seiner ... Verfassung die Einvernahme zum jetzigen Zeitpunkt gewünscht hat. Ich bitte, das positiv zu vermerken.«

»Zur Kenntnis genommen«, sagte Wirz und wandte sich wieder Moretti zu. »Was war der Grund für Ihre Attacke auf Frau Zenklusen?«

»Ich war wütend. Sie wollte mich reinlegen.«

»Können Sie das konkretisieren?«

»Sie wollte mir den Mord an Vanessa anhängen. Das hat mich wütend gemacht. Ich bin ausgetickt und dann ...« Seine Stimme wurde bittend. »Ich verstehe nicht, was plötzlich in mich gefahren ist. Ich liebe Pia, wir sind erst seit Kurzem zusammen. Ich habe rotgesehen.«

»Sie haben sie gewürgt.«

»Das ist ein Missverständnis.«

»Es sah aber nicht danach aus.«

»Ich weiß, und ich kann nur sagen, dass es mir unendlich leidtut. Ich wünschte, ich könnte es Pia erklären.«

»Sie sagten, Frau Zenklusen wollte Ihnen den Mord an Vanessa Kurth anhängen. Weshalb? Ist sie dahintergekommen, dass Sie Frau Kurth getötet haben?«

»Ich habe Frau Kurth nicht getötet.«

Vor dem Bildschirm in ihrem Büro sahen sich Maja und Karin an. Das lief nicht in die erwartete Richtung.

»Wir haben Ihr Geständnis«, hörten sie Wirz durch den Lautsprecher. »Frau Zenklusen hat Ihr Gespräch aufgenommen. Darin –«

»Einen Augenblick, Frau Staatsanwältin«, unterbrach sie Dr. Leopold. »In der Aufnahme erwähnt mein Mandant, Vanessa, also Frau Kurth, sei in ihr eigenes Messer gelaufen.«

»Das ist mir bekannt.«

»Herr Moretti hat nicht zugegeben, Frau Kurth getötet zu haben, und er bestreitet es erneut. Außerdem hat er für die Tatzeit ein Alibi.«

»Die Umstände sind uns bekannt«, sagte Hannah Wirz. »Deshalb sitzen wir hier. Wir wollen den Hergang aufklären.«

Dr. Leopold lehnte sich zurück.

»Wann haben Sie Frau Kurth zum letzten Mal gesehen?«, fragte Wirz.

»Darauf müssen Sie nicht antworten«, belehrte Dr. Leopold Moretti.

»Schon gut, es hilft ja nichts. Ich habe mich mit Vanessa am letzten Freitag getroffen.«

»An ihrem Todestag? Können Sie den Zeitraum eingrenzen?«

»Ich war etwa ab sechzehn Uhr bei ihr und ging gegen halb acht. Ich musste zurück zum HESO-Gelände, meine Bar für den Ansturm nach Messeschluss vorbereiten.«

»Was war der Zweck Ihres Besuches bei Frau Kurth?«

»Wir haben etwas getrunken und geredet.«

»Und zusammen geschlafen.«

Moretti zuckte mit den Achseln. »Es hat wohl keinen Zweck, es zu leugnen«, sagte er.

»Dann haben Sie sich mit ihr gestritten«, erweiterte Wirz die Bresche.

»Sie legen meinem Mandanten Worte in den Mund«, protestierte Dr. Leopold.

»Das tue ich nicht«, sagte Wirz. »Wir haben Zeugen, Nachbarn, die in diesem Zeitraum einen heftigen Wortwechsel gehört haben. Also?«

»Ja, gut«, sagte Moretti. »Vanessa und ich hatten eine Meinungsverschiedenheit.«

»Worum ging es?«

»Es ist so, eigentlich waren Vanessa und ich getrennt.«
»Eigentlich?«
»Wir hatten uns getrennt, schon vor geraumer Zeit. Aber Vanessa hatte noch Sachen bei sich, die mir gehören. Ich wollte sie zurück.«
»Was für Sachen?«
»Nichts Besonderes, Briefe, Fotos, solche Sachen. Sie sind von einem gewissen sentimentalen Wert für mich, Andenken an eine Zeit, in der sie und ich glücklich waren.«
»Als Sie mit einer anderen Frau verheiratet waren?«, bemerkte Hannah Wirz spitz.
»Autsch«, sagte Karin. »Der ging unter die Gürtellinie.«
Dr. Leopold war derselben Meinung. »Bitte, Frau Staatsanwältin. Die Ehe meines Mandanten steht hier nicht zur Debatte.«
»In gewissem Sinne schon. Doch lassen wir das vorerst und kommen zurück zum Gegenstand des Streits mit Frau Kurth.« Wirz nahm ein Dokument zur Hand. »Dass die Briefe und Fotos für Herrn Moretti wichtig waren, lasse ich mal dahingestellt. Ich habe hier eine Liste der Gegenstände, die während einer Durchsuchung der Wohnung von Frau Kurth in der Liegenschaft am Patriotenweg 1 in Solothurn sichergestellt wurden.« Sie richtete den Blick auf Moretti. »Soll ich sie vorlesen?«
»Ich bitte darum.«
»Nebst besagten Briefen und Fotos sind wir auf zweihundertsiebenunddreißig Gramm Kokainpulver gestoßen. Der Straßenwert dafür beläuft sich auf rund fünfundzwanzigtausend Franken. Ein wenig zu viel für den Eigenbedarf.«
»Damit habe ich nichts zu tun.«
»Nicht? Wie erklären Sie sich, dass wir auf den Beuteln mit dem Pulver unter anderen Ihre Fingerabdrücke sichergestellt haben?«
»Wow, das ging aber mal schnell«, sagte Karin.
»Ich habe Sebis Leuten eine Runde Bier versprochen, wenn

sie's schaffen«, antwortete Maja seufzend. »Werde ich wohl in den sauren Apfel beißen müssen.«

Sowohl Moretti als auch der Anwalt zogen es vor, sich eines Kommentars zu enthalten.

»Das ist noch nicht alles«, fuhr Hannah Wirz fort. »Frau Kurth war im Besitz einer Katze, für die sie sich einen Kratzbaum mit einer sogenannten Wohnhöhle angeschafft hatte. Diese diente nicht nur als Rückzugsort für das Tier, sondern auch als Versteck für Drogen in Pulver- und Pillenform. Die Verpackungen weisen ebenfalls Ihre Fingerabdrücke auf. Möchten Sie sich jetzt dazu äußern?«

»Mein Mandant verweigert die Aussage«, sagte Dr. Leopold.

»Wie Sie wollen. Die Fakten sprechen für sich.«

Maja und Karin beugten sich vor, um jede Regung in Morettis Gesicht zu beobachten. Das hochauflösende Bild gab weder ein Zwinkern noch ein Aufblitzen der Augen oder ein Zucken der Mundwinkel wieder.

»Wirz hat wie abgemacht den blauen Klunker mit keiner Silbe erwähnt«, sagte Maja. »Wüsste Moretti davon, müsste er eine Regung zeigen.«

»Möglich, dass er keine Ahnung hat«, meinte Karin. »Vanessa scheint den Stein für Schröter/Allemann oder vor ihm versteckt zu haben. Die Gute hat ganz schön mit dem Feuer gespielt.«

»Sind wir fertig?«, fragte Dr. Leopold.

»Im Gegenteil, ich fange erst an.« Hannah Wirz tauschte das eine Dokument mit einem anderen aus. »Nebst ihrer Wohnung in Solothurn bewohnte Frau Kurth ein WG-Zimmer am Zielweg in Bern als Pied-à-terre. In Zusammenarbeit mit der Berner Staatsanwaltschaft wurde dort auch eine Durchsuchung durchgeführt, und man ist ebenfalls auf Drogen in größeren Mengen gestoßen. Haben Sie etwas damit zu tun?«

»Wurden Fingerabdrücke gefunden?«, fragte Dr. Leopold.

»Ja, die Berner Kollegen werten sie gerade aus.«

»Mit anderen Worten, Sie haben nichts.«

»Wir werden sehen«, sagte Wirz gelassen. »Fassen wir zusammen. Herr Moretti, Sie hatten am letzten Freitagabend einen Streit mit Frau Kurth, bei dem es um besagte Drogen ging. Die Auseinandersetzung ist eskaliert, und Vanessa Kurth ist zu Tode gekommen.«

»Mein Mandant hat dazu nichts –«

»Ich war's nicht«, unterbrach Moretti den Rechtsanwalt. »Ich habe Vanessa nicht erstochen.«

»Bingo!«, sagte Karin.

»Erklären Sie mir Folgendes«, sagte Wirz. »Eingangs erwähnten Sie, Frau Kurth sei in ihr eigenes Messer gelaufen. Gerade haben Sie bestritten, sie erstochen zu haben. Das ist Täterwissen. Auf welche Weise Frau Kurth zu Tode gekommen ist, wurde weder in den Medien noch in anderen offiziellen Verlautbarungen verbreitet.« Sie blickte Moretti erwartungsvoll an.

»Mein Mandant –«

»Schon gut«, sagte Moretti. »Es hat keinen Zweck. Es stimmt, ich habe mich mit Vanessa gestritten. Die Drogen hat sie auch für mich aufbewahrt. Sie wollte sie nicht herausrücken. Sie wollte Geld dafür.«

»Wie viel?«

»Zehntausend Franken für alles.«

»Einschließlich der Ware in Bern?«

»Ja, wenn Sie es unbedingt wissen müssen.«

»Und?«

»Ich wollte bezahlen. Was Vanessa verlangte, war ein Bruchteil dessen, was alles zusammen wert ist. Sie bewahrte regelmäßig Drogen für mich auf, gegen Bezahlung. Diesmal war recht viel zusammengekommen. Ich war gerade knapp an Bargeld, weil ich einen größeren Betrag brauchte, um einen Gläubiger zu bezahlen.«

»Dieser Gläubiger heißt nicht zufällig Boran Baddour?«

»Ja, aber das spielt keine Rolle. Er musste halt warten. Ich habe Vanessa versprochen, das Geld noch am gleichen Abend vorbeizubringen. Also habe ich mich unter dem Vorwand, draußen ein paar Bekannte zu treffen, um halb zehn Uhr abgesetzt. Pia, Frau Zenklusen, und Erika Hauser, meine Angestellte, waren so beschäftigt, dass sie es nicht mal richtig bemerkten. Dann habe ich Vanessa das Geld gebracht. Das heißt, ich wollte es ihr bringen.«

»Wie meinen Sie das?«

»Als ich bei Vanessas Wohnung ankam, stand die Tür offen. Ich bin rein und habe sie blutend am Boden liegen sehen. Das Messer lag daneben. Ich habe Panik gekriegt und bin gleich wieder raus.«

»Sie haben nicht die Rettung gerufen?«

»Wofür? Sie lebte nicht mehr.«

»Nein, Herr Moretti. Als Polizei und Rettungskräfte dort eintrafen, lebte Frau Kurth noch. Hätten Sie die Notfallnummer angerufen, hätte sie möglicherweise gerettet werden können.«

»Das konnte ich doch nicht wissen. Da war überall Blut, Vanessa lag da. Ich ... ich bin einfach weggerannt.«

»Lassen wir das mal so stehen«, sagte Wirz. »Sie sagten, das Geld wäre ursprünglich für Herrn Baddour bestimmt gewesen. Warum haben Sie es ihm dann am Freitag nicht gegeben? Damit hätten Sie sich einen Haufen Ärger erspart?«

Zum ersten Mal seit Beginn der Einvernahme suchte Moretti nach einer Antwort. »Ich ... ich schulde vielen Leuten Geld, einige davon machen noch mehr Druck als Baddour. Ich dachte mir, ich hätte ihn eh hinhalten müssen, wenn ich Vanessa das Geld gegeben hätte. Also habe ich beschlossen, das mit dem Hinhalten durchzuziehen, und das Geld in meinem Lokal im Schöngrün in den Safe gelegt.«

Maja grinste. »Ist immer wieder lustig zu sehen, wie sich die Gauner gegenseitig bescheißen.«

»Ja«, brummte Karin. »Nur blöd, wenn wir deswegen noch mehr zu tun kriegen. Moretti muss das Wasser bis zum Hals stehen. Dann verarscht er auch noch Pia.«

»Dafür hat er wenigstens sofort von ihr die Quittung bekommen«, erwiderte Maja. »Wenn ich dran denke, dass das alles nur ein paar Minuten vor meiner Ankunft bei Vanessa passiert ist. Wäre ich nur etwas früher dort gewesen, vielleicht –«

»Hör auf damit«, sagte Karin. »Du kannst nichts dafür. Aber wenn Moretti Vanessa nicht getötet hat, wer dann?«

»Da war noch jemand«, hörten sie Moretti aus dem Bildschirmlautsprecher, als hätte er die Frage gehört. »Als ich Vanessas Wohnung verlassen hatte, habe ich eine Frau gesehen. Wir kreuzten uns beim Eingang, sie kam rein, ich ging raus.«

»Können Sie die Frau beschreiben?«, fragte Wirz.

»Das brauche ich nicht. Sie kennen sie.«

Zum ersten Mal seit Beginn der Einvernahme zeigte sich Hannah Wirz irritiert. »Wen meinen Sie?«

»Ich habe sie gesehen, vorhin, als ich hergebracht wurde. Sie hat vor dem Eingang geraucht. Es muss eine Kollegin von Ihnen sein. Sie trägt ein Kopftuch und hat mit der Polizistin geredet, die mich vorhin festgenommen hat.«

***

Pia parkte auf dem Vorplatz der Villa, neben dem Auto ihres Vaters. Sie legte die Hand auf die Motorhaube des Volvos. Sie war kühl. Casagrandes Obduktion konnte unmöglich in so kurzer Zeit durchgeführt worden sein. War er doch nicht dabei gewesen, oder hatte sie nicht stattgefunden? Im Haus brannte kein Licht. Anscheinend war er schon im Bett. Sie hatte gehofft, ihn anzutreffen. Wenn es darum ging, seine Gefühle zu zeigen, war ihr Vater alles andere als ein offenes Buch.

Als sie nach Rafiks Tod, ihrer Entführung und Mirios Geburt durch eine tiefe Depression gegangen war, war er für sie da gewesen. Eines Sonntags im Spätherbst, nicht lange nach Mirios Geburt, waren sie gemeinsam in aller Frühe zu Fuß aufgebrochen. Es herrschte Inversionswetterlage, das Mittelland vom Jura bis zu den Alpen lag unter einer dichten Nebeldecke. Es war dunkel, trüb und kalt. Mit Hilfe von Taschenlampen durchquerten sie die Verenaschlucht, gingen an der Einsiedelei vorbei und durch das schlafende Rüttenen. Der Tag dämmerte auf dem Stigelos, einer steilen Felspassage, durch die ein schmaler Pfad führte. In früheren Zeiten war es die einzige Verbindung zwischen den Gehöften im Tal und den Bergweiden auf dem Nesselboden und dem Weissenstein gewesen. Pia hatte mit ihrem Vater geschimpft, sie in stockdunkler Nacht aus dem Bett geholt zu haben, nur um bei Nebel und Kälte mit ihr den Berg hinaufzustolpern. Kurz nach dem Stigelos hatte sich das Grau gelichtet. Bevor der Pfad zum Nesselboden die Flanke des Vorberges umrundete, machten sie Rast. Sie frühstückten und warteten, bis die Sonne über den Alpen am Horizont des Nebelmeeres aufging. Die Wärme ihrer Strahlen vermochte die düsteren Schwaden in ihrem Gemüt auseinanderzutreiben. Sie redeten miteinander, tauschten Anekdoten über diejenigen aus, die sie verloren hatten, Rafik und Jana. Und sie hatten viel gelacht. Selten hatte sie sich ihrem Vater so nahe gefühlt wie an jenem Morgen.

Auch im »Stöckli« war alles dunkel. Mirio schlief bei Daria und den Mädchen. Pia schob den Drang beiseite, nach ihm zu sehen. Sie überlegte, ob sie ihren Vater wecken sollte, um zu erfahren, wie das mit Angela geschehen konnte. Kaum hatte sie den Schlüssel in die Haustür gesteckt, wurde sie aufgerissen. Pia wich zurück.

»Da bist du endlich.« Daria stand in einem zum Hausdress umfunktionierten Jogginganzug vor ihr.

»Daria? Ich dachte, ihr schlaft schon?«

»Ich habe das Auto gehört. Soll ich uns einen Tee machen?«

»Gern. Warum bist du hier? Wo sind die Mädchen, bei Mirio?«

Daria schüttelte den Kopf. »Ich habe die Mädchen zu einer ukrainischen Freundin gebracht. Sie ist mit einem Schweizer verheiratet und lebt seit Jahren in der Nähe von Burgdorf. Ich will Anna und Yulia nicht hier haben, solange Sascha frei herumläuft.«

Noch etwas, worüber Pia seit gestern mit ihrem Vater sprechen wollte. Möglicherweise hätte Casagrande Rat gewusst, aber jetzt ... »Mach dir keine Sorgen, wir finden einen Weg, den Typ unschädlich zu machen.«

»Mein Kontakt in der Botschaft hat mir versprochen, sich darum zu kümmern. Bis dahin will ich die Mädchen in Sicherheit wissen.« Daria nahm Pias Lieblingsteebecher aus dem Schrank, ein Geschenk ihrer alten Freundin Manu, die mit ihrer Familie in Kalifornien lebte. »Pia«, stand in geschwungenen rosa Lettern drauf und auf der Rückseite »California Dream Girl«. Ein Geschenk, das nur Manu ihr machen konnte. Ursprünglich hatte der Hersteller die Oberfläche mit Glitter besprenkelt. Nach ein paar Waschgängen war die Schrift verblichen und der Glitter weggespült. Von da weg mochte Pia die Tasse wirklich.

Pia pickte einen Beutel mit Zitronenmelisse aus der Teebox. »Ist Mirio oben in seinem Zimmer?«

»Ich dachte, es ist besser so.« Daria zog das Babyphon aus der Tasche ihrer Jogginghose. »Ich habe mich auf das große Bett in seinem Zimmer gelegt. Wenn du willst, bleibe ich diese Nacht bei ihm. Dann kannst du mal ausschlafen.«

»Das wäre lieb von dir. Mittlerweile schulde ich dir bestimmt einen Monat lang Babysitting.« Pia hatte sich seit Tagen nicht mehr richtig um Mirio gekümmert. Die verlorene Zeit ging zwar zum größten Teil zulasten ihres Studiums. Sie wäre ohnehin weniger für ihn da gewesen, was ihr schlechtes Gewissen nur bedingt besänftigte.

»Hast du mitbekommen, wann Paps nach Hause gekommen ist?«, fragte sie.

»Es war kurz nach eins. Ich bin davon aufgewacht und habe auf die Uhr geschaut.« Daria füllte Pias Tasse halb voll mit siedendem Wasser. Pia goss ein wenig kaltes Leitungswasser dazu.

»Er war nicht allein.«

Pia setzte die Tasse ab. »Was? Wen hatte er dabei?«

»Ich habe nicht nachgeschaut, jedenfalls eine Frau.«

Pia verstand die Welt nicht mehr. Casagrandes Leichnam lag in einem Fach in der Rechtsmedizin, und er brachte eine Frau nach Hause. Was war mit ihm los? »Schläft sie im Gästezimmer?«

Daria zuckte mit den Achseln.

Es konnte nur Bea Frei sein. Brach ihr Vater allen Ernstes mit seinem Grundsatz, aus einer Ex-Freundin keine ehemalige Ex-Freundin zu machen, und war die Berner Polizistin die heißeste Anwärterin dafür? »Depp.«

»Hast du was gesagt?«, fragte Daria.

»Nicht so wichtig.« Pia leerte die Tasse. »Ich sehe nach Mirio, dann muss ich ins Bett.«

**

Katrin Friis sah von ihren Papieren hoch, als Maja anklopfte. Im Schein der Schreibtischlampe auf ihrem Pult war der Tribut sichtbar, den die letzten Stunden von ihr gefordert hatten.

»Maja, was machst du noch hier?«

Das hätte Maja sie auch fragen können. Sie sparte sich die Replik. »Hast du einen Moment Zeit? Dominik ist nicht da.«

»Ich weiß.« Friis zeigte keine Regung.

»Karin und ich haben Morettis Einvernahme in unserem Büro mitgehört.«

»Wer hat sie geleitet?«

»Frau Wirz.«

»In Ordnung. Hat Moretti die Tötung von Vanessa Kurth gestanden?«

In knappen Worten gab Maja Morettis Vernehmung wieder. »Er behauptet, sie sei schon tot gewesen, als er in die Wohnung gekommen ist.«

»Ist das glaubhaft?«

»Wie man's nimmt. Bis auf Fingerabdrücke und seine DNA an Vanessas Leiche haben wir nichts gegen ihn in der Hand. Auf der Tatwaffe haben wir keine Abdrücke von ihm gefunden.«

»Das ist in der Tat recht dünn. Ohne Geständnis wird es schwierig. Wie kann ich helfen?«

»Was wissen wir über Oberkommissarin Omrani?«
Friis straffte sich. »Weshalb fragst du nach ihr?«
»Moretti behauptet, sie zur Tatzeit im Wohnhaus von Vanessa Kurth am Rossmarktplatz gesehen zu haben.«
»Frau Omrani?« Ungewöhnlich, dass Friis die Fragen wiederholte. Es lag wohl an der Übermüdung. »Ist Moretti sicher, dass er sie gesehen hat?«
»Er hat sie eindeutig identifiziert. Ich glaube ihm.«
»Was macht dich so sicher?«
»Als wir am letzten Freitag Vanessa gefunden haben, ist mir ein schwacher Parfümduft aufgefallen. Ich kann mit dem Zeug normalerweise nicht viel anfangen, aber dieser Duft war speziell, schwer, süßlich mit einer holzigen Note.«
Ungeachtet aller Müdigkeit schmunzelte Friis. »Dafür, dass du für Parfüms nichts übrighast, definierst du es recht gut.«
Maja war Komplimente von Friis nicht gewohnt. »Ähm ... danke. Jedenfalls trägt Omrani denselben Duft.«
»Hast du an ihr geschnuppert?«
»Nein, Omrani und ich waren gestern Abend gemeinsam in Vanessas Wohnung. Seither habe ich den Duft die ganze Zeit in der Nase. Es muss ihr Kopftuch sein. Ich habe es angefasst, als ich es ihr gab. Omrani muss es parfümiert haben. Das Zeug ist schwer. Ich hatte den Duft die ganze Zeit an den Händen und musste sie vorhin waschen. Da ist es mir wieder eingefallen.«
»Das Kopftuch ist ein Hidschab, Maja.«
»Ja, wie gesagt. Ich bin überzeugt, dass Omrani in der Wohnung war, als Vanessa gestorben ist.«
»Das mit dem Parfüm kann Zufall sein.«
»Ja, kann sein. Fest steht, dass Moretti sie gesehen haben will. Ich meine, weshalb sollte er ausgerechnet auf Omrani kommen?«
»Das ist allerdings seltsam. Frau Omrani arbeitet ... arbeitete mit Angela zusammen. Ich hatte den Eindruck, sie vertraute ihr.«
»Mag sein, Omrani hat uns aber auch ganz schön an der

Nase rumgeführt. Karin traut ihr immer noch nicht ganz über den Weg. Und siehe da, sie wird zur Tatzeit bei Vanessa Kurth gesehen.«

»Die offensichtlich den ›Blue Silent‹-Diamanten versteckt hat. Omrani hat den Auftrag, ihn zu finden. Sie muss über diesen Schröter/Allemann auf Frau Kurth gekommen sein. Möglicherweise war Omrani dort, um sie zu befragen.«

»Das hätte sie uns sagen müssen. Jedenfalls ist sie verdächtig. Kann ja sein, dass die Befragung aus dem Ruder gelaufen ist und Vanessa Omrani mit einem Messer bedroht hat. Die versuchte, es ihr abzunehmen. Dabei ist es passiert, ein Unfall. Moretti hat ausgesagt, Vanessa sei in ihr eigenes Messer gelaufen.«

Friis hörte zu, ohne Maja zu unterbrechen. »Tönt plausibel, ist aber Spekulation, erst noch gegen eine Kollegin. Wir brauchen da schon etwas mehr Fleisch am Knochen.« Sie stand auf und löschte die Tischlampe. Nur noch die Korridorbeleuchtung erhellte den Raum. »Wir konfrontieren Frau Omrani mit Morettis Aussage. Vorher versuche ich, ein paar Infos über sie einzuholen.« Sie reichte Maja die Hand. »Danke, Maja, jetzt schauen wir beide, ein paar Stunden Schlaf zu bekommen.«

***

Maric setzte sich mit einem Ruck auf. War es nur der Luftzug, der sie geweckt hatte? Woher kam er? Sie schlief grundsätzlich bei geschlossenen Fenstern. Wie immer vor dem Zubettgehen hatte sie auch diesmal überprüft, dass sie verschlossen waren. Sie schlang die Arme um ihre Beine. Es war nicht das bisschen Zug, das sie frieren ließ. Da war etwas anderes: die Angst, die seit Italien an ihrer Seele nagte. Sie fühlte sich auf Schritt und Tritt beobachtet. Es blieben weniger als achtundvierzig Stunden bis zur Transaktion, und es gab keine Spur vom »Blue Silent«. Sie hatte Akim Baddour versichert, es würde alles klappen. Bis dahin hatte sie geglaubt, ihr könne nichts passieren. Seit gestern Abend spürte sie den Würgegriff ihrer eigenen Todesangst. Sie hatte sich zu weit hinausgelehnt. Wenn der Plan dieses Kretins von Boran nicht aufging, würde er nicht zögern, sie hinzuhängen. Akim würde keinen Finger krummmachen für sie, für ihn war sie nur eine Gespielin fürs Bett. Sie war nicht mal Familie. Er würde genug zu tun haben, seine eigene Haut zu retten.

Es wurde Zeit, ihren Ausstiegsplan zu aktivieren. Er lag in ihrem Safe, Pass, Flugtickets und Bargeld. Es reichte, um sich vorerst in ein Land abzusetzen, wo immer die Sonne schien und das keine Auslieferungsvereinbarung mit der Schweiz hatte. Größere Summen ihres Vermögens hatte sie ratenweise in den letzten paar Wochen auf ein Konto einer Bank auf den Kaimaninseln transferieren lassen. Sie entspannte sich. Sie hatte noch ein paar Stunden Schlaf vor sich.

»Nicht erschrecken.«

Maric erstarrte. Es fühlte sich an, als sei die Temperatur mit einem Schlag unter den Gefrierpunkt gefallen. Sie tastete nach dem Schalter der Nachttischlampe.

»Vorsicht, ich habe eine Waffe.«

Das Licht flammte auf. Liliana Angeli saß mit übereinandergeschlagenen Beinen im Sessel gegenüber dem Bett. Die Pistole in ihrer Hand war lässig auf Maric gerichtet.

»Wie sind Sie hereingekommen?«

»Ist das wichtig? Ich bin hier, *punto*. Gegenfrage: Haben Sie ›il Silenzio Blu‹ endlich gefunden?«

»Ich …« Maric schluckte. »Woher wissen Sie …«

»Warum, glauben Sie, vertraut mir Don Sergio bedingungslos? Sie sollten sich beeilen, die Transaktion wurde vorverschoben. Sie findet schon morgen … ach nein, heute Nacht statt.« Angeli zeigte auf den Wecker auf Marics Nachttisch. »Sie haben noch ziemlich genau sechzehn Stunden Zeit.«

»Warum die Vorverlegung?«

»*Perché no?* Im Gegensatz zu Ihnen habe ich meinen Teil erledigt.«

»Was? Heißt das, Staatsanwältin Casagrande …« Maric brachte es nicht über die Lippen.

»Casagrande ist tot, so wie Sie, Akim Baddour und Sergio es wollten.«

»Ich wollte nie –«

»Sie waren dabei und haben sich nicht dagegen ausgesprochen. Die Polizei befindet sich noch in Schockstarre. Das gibt uns etwas Zeit, aber nicht lange. Wir müssen das ausnützen, bevor sich die Gegenseite neu aufstellt. Die Übergabe muss heute Abend stattfinden.«

»Aber –«

»Es gibt kein Aber. Zeit für den jungen Signore Baddour, seinen letzten Trumpf auszuspielen, la Signora Wirz.«

Angeli stand auf.

Maric schlug die Bettdecke zurück, um aus dem Bett zu steigen.

Angeli hob ihre Pistole. »Bleiben Sie, wo Sie sind, ich finde selbst hinaus. Sie wissen, was zu tun ist.«

ACHTZEHN

Es war nicht Dornachs Art, morgens grußlos an ihrem Büro vorbeizugehen. »Dominik!«, rief Maja.

Er wandte sich zu ihr um. Trotz der kurzen Nacht, die er hinter sich hatte, sah er recht frisch aus, unrasiert wie immer, ansonsten schien er ein paar Stunden Schlaf gefunden zu haben. Sie standen sich gegenüber. Maja hatte keine Ahnung, was sie ihm sagen sollte. Was soll's? Sie ging auf ihn zu und umarmte ihn. »Es tut mir leid, Dominik.«

Zögernd legte er seine Hände auf ihre Oberarme und drückte sie. »Danke«, sagte er gefasst. »Auch dafür, dass ihr gestern die Stellung gehalten habt.«

»Wir können es alle nicht fassen. Ich meine, wie konnte das passieren? Angela stand doch die ganze Zeit unter Schutz.«

Dornach machte eine ratlose Geste. »Du weißt, wie sie war. Sie ließ sich nur ungern einschränken. Sie hat die Schutzmaßnahmen nicht allzu ernst genommen.«

»Hat die Obduktion wenigstens etwas ergeben?«

»Außer einer leichten Verletzung an der Stirn gibt es keine Zeichen äußerer Gewaltanwendung. Ansonsten ist … war sie kerngesund. Vermutlich hat man ihr eine tödliche Dosis Barbiturate injiziert. Neben ihrem Leichnam lag eine gebrauchte Spritze. Die Analysen sind im Gang.«

»Und Pia? Hast du sie gesehen? Sie war komplett durch den Wind.«

»Noch nicht. Ich rufe sie nachher an.«

»Die Fahndung nach Liliana Engel läuft. Die Stadtpolizei ist im Boot. Der Suchradius ist auf alle wichtigen Straßen und Autobahnen ausgeweitet. Bahnhöfe, Grenzübergänge und Flughäfen werden überwacht.«

»In Ordnung. Sie heißt übrigens Liliana Angeli und ist die rechte Hand des apulischen Mafiabosses Sergio Arcuri. Sie gilt als extrem gefährlich, unsere Leute sollen unbedingt auf Eigensicherung achten.« Dornach schloss sein Büro auf und schaltete die Bezzera ein. Er deutete fragend auf die bereitstehenden Tassen.

Maja nickte. »Etwas will mir nicht in den Kopf. Warum lässt die Mafia Angela töten, mitten in Solothurn, unter unseren Augen. Wir ermitteln nicht mal gegen die. Oder steckt mehr dahinter? Etwas, das wir wissen sollten?«

Dornach stand mit dem Rücken zu ihr am Fenster.

»Dominik?«

Er setzte sich an seinen Tisch und schaltete seinen Rechner ein. Maja reichte es. Sie stellte ihre Tasse so hart ab, dass der Kaffee überschwappte. »Angela war auch meine Freundin, Dominik. Karin hat sich die Augen ausgeweint, Mike und Google sind am Boden zerstört. Friis macht auf steife Oberlippe. Du und Angela, ihr habt ...« Dornach verzog keine Miene. So ging's nicht. »Seit ich aus der Polizeischule bin, arbeiten wir beide zusammen. Du hast mir noch nie etwas verschwiegen. Sag was, verdammt noch mal! Was steckt dahinter, weshalb musste Angela sterben?«

Dornach leerte seine Tasse in einem Zug. Ihrer war kalt geworden. »Angela war in einer heiklen Mission unterwegs, und sie war sich des Risikos bewusst. Mehr kann und darf ich dir dazu nicht sagen. *Need to know* sagt dir etwas?«

»Bitte nicht. Es reicht, wenn mir Karin ständig neudeutsche Vokabeln um die Ohren haut.«

»Angela hat nur die Informationen an diejenigen weitergegeben, die unbedingt darüber Bescheid wissen mussten. Friis und ich sind gebrieft. Ich habe keine Freigabe, dich in alle Details einzuweihen, noch nicht.«

»Ich versuche mal, das nicht persönlich zu nehmen.«

»Katrin und ich werden euch so rasch wie möglich informieren. Vorerst möchte ich, dass wir uns auf unsere laufenden Fälle konzentrieren. Wo stehen wir mit Silvano Moretti?«

***

Vielleicht lag es am Zitronenmelissentee. Pia hatte geschlafen wie ein Stein. Beim Erwachen hatte sie kein Zeitgefühl mehr. Hatte sie verschlafen? Nein, sie musste erst am Nachmittag an der Uni sein.

Bevor sie zu Bett gegangen war, hatte sie sich vergewissert, ob jemand im Gästezimmer schlief. Fehlanzeige, die Begleiterin ihres Vaters hatte die Nacht in seinem Zimmer verbracht. Das konnte nur die neu entfachte Ex-Flamme sein. Krass. Sie hielt ihm zugute, dass er sich im Ausnahmezustand befinden musste. »Das Ganze geht dich nichts an«, murmelte sie, jedenfalls solange sie nicht nach ihrer Meinung gefragt wurde. Sie stand auf und zog sich ihren Morgenpullover über. Behutsam öffnete sie die Tür zu Mirios Zimmer. Daria lag im Tiefschlaf in Pias ehemaligem Jugendbett. Beim Anblick des Kinderbettes hätte sie am liebsten laut herausgelacht. Mirio und King Louie schliefen in der Löffelchenstellung wie das perfekte Filmliebespaar. Irgendwie hatte es der Kater fertiggebracht, ins Bettchen zu kommen. Mirio lag hinten und hatte seine Hände auf den Bauch des schlummernden King Louie gelegt. Pia schlich sich hinaus. Sie würde erst mal das Frühstück für sich zubereiten.

In der Geschirrspülmaschine lag lediglich benutztes Geschirr für eine Person. Auf dem Vorplatz der Villa stand einsam und verlassen ihr VW. Wie lange hatte ihr Vater geschlafen? War die obskure Besucherin noch im Haus?

Erst mal war Pia hungrig. Während sich Kaffeeduft ausbreitete, kippte sie Müeslimischung in eine Glasschüssel und fügte Joghurt und Honig dazu. Sie aß im Stehen und überflog die Schlagzeilen der Zeitung, die sie zuvor aus dem Briefkasten genommen hatte.

Sie nahm eine Bewegung wahr, jemand stand in der Tür. Sie hob den Kopf.

Die Schüssel zerschellte am Boden.

**

Omrani erwartete Dornach und Maja in der Penthouse-Bar des H4 Hotels, einem würfelförmigen Bau aus Glas, Stahl und Beton am Südufer der Aare bei der Rötibrücke. »Ich habe ein Arrangement mit der Gastgeberin«, sagte sie. »Ich darf jeweils bis Mittag hier arbeiten, wenn ich möchte. Die Aussicht ist schöner als in meinem Zimmer.«

Ein einzelner Sonnenstrahl hatte es geschafft, die Nebeldecke zu durchbohren. Er beschien die St. Ursenkathedrale auf der anderen Seite der Aare. Die Kalksteinmauern leuchteten fast überirdisch und abgehoben über dem Grau der übrigen Altstadt.

Sie setzten sich ans Panoramafenster. Omrani stellte ein Schälchen mit einem halben Dutzend Pralinen in die Mitte des Tisches.

»Ebenfalls ein Kompliment des Hauses?«, fragte Dornach.

»Nein, ich habe sie in einer Ihrer vorzüglichen Confiserien hier gekauft. Bedienen Sie sich.«

»Danke, gerade nicht.«

Omrani nahm sich eine Praline. »Sie erlauben, wenn ich ... Schokolade ist meine größte Sünde.«

Das sollte sich weisen. »Wie lange wohnen Sie schon hier im Hotel?«, fragte Dornach.

»Ich habe am letzten Freitag eingecheckt.«

»Wann genau?«

»Irgendwann am Nachmittag. Die Rezeption kann das sicher feststellen. Warum wollen Sie das wissen?«

Dornach ging nicht auf die Frage ein. »Zum Zeitpunkt der Attacke auf Vanessa Kurth befanden Sie sich demnach in Solothurn?«

Omrani steckte sich eine zweite Praline in den Mund. Sie beobachtete ihre beiden Gegenüber unter halb geschlossenen Augen, während sie die Schokolade in ihrem Mund schmelzen ließ.

Maja riss der Geduldsfaden. »Beantworten Sie die Frage – bitte«, fügte sie nach einem Seitenblick zu Dornach an.

»Wenn Sie mir verraten, über welchen Zeitraum wir sprechen, kann ich Ihnen vielleicht behilflich sein.«

»Warum sagen Sie uns nicht einfach, wann Sie in Vanessa Kurths Wohnung waren?«, schlug Dornach vor.

»Wie kommen Sie darauf, dass ich letzten Freitag dort war? Ich habe die Wohnung gestern zum ersten Mal gesehen. Frau Hartmann war dabei.«

»Bitte, Frau Omrani«, kam Dornach einer scharfen Entgegnung Majas zuvor. »Ein Zeuge hat Sie gesehen und eindeutig identifiziert.«

»Außerdem hat Sie Ihr Parfüm verraten«, sagte Maja.

Omrani zog die Augenbrauen zusammen. »Wie bitte?«

»Ich habe es gerochen. Am letzten Freitag schon und gestern wieder, an ihrem Kopftuch, Pardon, Hidschab.«

Omrani lächelte. »Der Prophet hat recht, Eitelkeit ist eine Sünde, meine zweitgrößte. Es ist kein Parfüm. Eine Verbindung ätherischer Öle, Zedern, Weihrauch und andere. Ich mische es mit Wasser und Alkohol. Gefällt es Ihnen?«

»Sie geben also zu, in Frau Kurths Wohnung gewesen zu sein«, dirigierte Dornach das Gespräch zurück zum Thema. »Weshalb hielten Sie sich dort auf?«

Eine dritte Praline wanderte in Omranis Mund, sie wurde mit ein paar Bissen zerkaut. »Ich wollte mit Frau Kurth reden.«

»Woher kannten Sie sie?«

»Von Kennen kann keine Rede sein. Ich wusste, dass es sie gab, mehr nicht. Ihre Adresse herauszufinden war als Mitglied der Ermittlergruppe nicht schwierig. Erlauben Sie mir, Ihnen beiden mein herzliches Beileid wegen Angela Casagrande auszusprechen.« Es klang aufrichtig.

»Danke«, sagte Dornach. »Frau Kurth ist also in Ihren Ermittlungen gegen den Baddour-Clan aufgetaucht?«

»Nachdem ich mit Hilfe der Schweizer Kollegen Schröters Spur wieder aufnehmen konnte, ist Frau Kurth in meinen Radar geraten. Der Rest war ein Kinderspiel.«

»Was wollten Sie von ihr?«

»Bevor ich weiterspreche, müssen Sie Folgendes wissen. Sämtliche meiner Aktionen hier in Solothurn und in Bern hatte ich vorgängig mit Frau Casagrande abgesprochen. Ich war überzeugt, dass Schröter den ›Blue Silent‹ irgendwo in Solothurn versteckt hatte. Wahrscheinlich an einem Ort, wo er rasch auf ihn zurückgreifen konnte. Viele Möglichkeiten gab es da nicht.«

»Sie wussten, dass Vanessa ihn hatte?«, fragte Maja.

»Nein«, erwiderte Omrani scharf. »Ich sagte ja, ich vermutete es. Deshalb wollte ich mit ihr reden. Aber ich kam zu spät. Die Wohnung stand offen. Frau Kurth lag mit einer Stichwunde am Boden.«

»Wann haben Sie Herrn Moretti gesehen?«

»Wir haben uns am Hauseingang gekreuzt, er kam heraus. Ich glaubte, er sei ein Nachbar. Erst auf den Fotos, die wir in Frau Kurths Wohnung fanden, habe ich ihn wiedererkannt.«

»Haben Sie Vanessas Wunde erstversorgt?«

»Ja, ich habe einen notdürftigen Druckverband gemacht und die Rettung gerufen.«

»Warum sind Sie nicht bei ihr geblieben?«

»Weil ich nicht mehr für die Frau tun konnte. Ich war in geheimer Mission unterwegs. Der Vorfall hätte die Arbeit der Ermittlergruppe kompromittiert.«

»Aber Sie hätten vielleicht ein Menschenleben gerettet«, konnte sich Maja nicht verkneifen zu sagen.

Omrani schwieg.

»Warum haben Sie nicht gesagt, dass Sie Moretti erkannt haben, als wir die Fotos von Vanessa und ihm gefunden haben?«, fragte Maja. »Er bestreitet die Tat. Ihre Aussage entlastet ihn nicht. Er könnte nach wie vor der Täter sein.«

»Er war es nicht. Frau Kurth war bei Bewusstsein, als ich sie gefunden habe.«

»Ja und?«, sagte Maja.

»Es war nicht Moretti«, insistierte Omrani. »Bevor Frau Kurth das Bewusstsein verlor, sagte sie mir den Namen ihres Mörders.«

***

»Mist, verfluchter!« Pia war den Tränen nahe. Der Grund dafür war nicht die Glasscherbe, an der sie sich gerade geschnitten hatte. Sie saß auf dem Fußboden, den Rücken an die Theke gelehnt.

»Lass sehen.« Casagrande ging vor ihr in die Hocke und untersuchte die Schnittwunde. »Nicht so schlimm.« Sie erhob sich und hielt Pia die Hand hin. »Komm, steh auf und lass Wasser drüberfließen. Ich hole ein Pflaster.«

Pia zog sich an Casagrandes Hand hoch. »Erste-Hilfe-Box im Putzschrank«, sagte sie dumpf.

»Tut mir leid, dass ich dich erschreckt habe.« Casagrande klebte das zugeschnittene Pflaster auf die Wunde. »Ich dachte, du weißt Bescheid.«

»Woher denn?«, blaffte Pia sie an. Ihr Herz hatte buchstäblich zwei Takte ausgesetzt, als sie Casagrande vor sich stehen sah. Sie wusste nicht mehr, was sie fühlte, Freude und Erleichterung, das sicher auch, irgendwie. Aber da war vor allem Wut auf ihren Vater, der es nicht für nötig befunden hatte, sie ins Vertrauen zu ziehen.

»Setz dich hin«, sagte Casagrande. »Ich wische die Sauerei auf, ist ja meine Schuld.«

Pia sah ihr zu, wie sie die Scherben auflas, in den Abfall kippte und zum Schluss den Boden feucht aufwischte. Das beruhigte sie. Es war gut zu sehen, dass Casagrande den Boden schrubbte und nicht von einem Rechtsmediziner zerlegt wurde.

»Wieso tut ihr so was?«, fragte sie.

»Was?«, fragte Casagrande.

»Alle hinters Licht führen? Vor drei Jahren fingierte Jana ihren eigenen Tod und jetzt du? Ist euch bewusst, was ihr den Menschen um euch herum damit antut? Letzte Nacht hatte ich echt Angst um Paps. Du hättest Karin sehen sollen und Maja. Die beiden waren voll neben sich. Dann stehst du einfach da und sagst Hallo, als wäre nichts gewesen. Hast du eine Ahnung, wie verarscht man sich da vorkommt?«

»Ich kann's mir denken. Das war nicht meine Absicht. Ich verstehe nicht, warum Dominik dir nicht gleich Bescheid gesagt hat, sobald klar war, dass ich mich bei euch verschanze, bis alles vorüber ist.«

»Hat Paps es die ganze Zeit gewusst?«

»Nein, erst seit gestern, als sie mich im Hotel fanden. Er und Katrin dachten zuerst, es hätte mich wirklich erwischt. Dann musste alles echt wirken, für den Fall, dass man uns beobachtet. Der Auftritt der Ambulanz und der Polizei musste überzeugend sein, auch für die Medien. Die Gegenseite soll glauben, ihr Coup sei geglückt.«

Casagrande setzte sich neben sie. Pia konnte diesmal ihre Umarmung akzeptieren.

»Du darfst mir wirklich nicht sagen, weshalb die ganze Welt glauben soll, dass du tot bist?«

Casagrande drückte sie an sich. »Sobald ich es kann, wirst du zu den Ersten gehören, die es erfahren.«

Pia holte ihr Handy hervor. »Wenn du schon da bist und offenbar Zeit hast, kann ich dich um einen Gefallen bitten?«

»Sehr gern. Ich schulde dir was.«

Pia zeigte ihr das Foto von Sascha. »Es geht um diesen Typ. Er gehört zu Boran Baddour. Wir müssen was tun.«

***

»Hat sich Oberkommissarin Omrani dazu geäußert, weshalb sie uns die ganze Zeit verschwiegen hat, dass Schröter/Allemann Frau Kurth niedergestochen hat?«, fragte Friis, nachdem Dornach mit seinem Bericht fertig war.

»Sie fürchtete, die Arbeit der Ermittlergruppe würde behindert. Wenn Baddour mitbekommen hätte, dass eine deutsche Polizistin in Solothurn ermittelte, wäre er womöglich untergetaucht. Monatelange Recherchearbeit wäre zunichtegemacht worden.«

»Omrani ist abgehauen, ohne sich um Vanessa zu kümmern«, ereiferte sich Maja. »Man sollte sie wegen unterlassener Hilfeleistung belangen.«

»Ich verstehe dich, Maja«, sagte Friis. »Aber das Kind ist nun mal in den Brunnen gefallen. Der Bericht des IRM zu Vanessa Kurth ist eindeutig. Ohne Frau Omrani wäre Frau Kurth am Blutverlust gestorben, ehe ihr eintraft. Es ging um Minuten. Indem Frau Omrani sie notversorgt und gleich die Rettung alarmiert hat, hatte sie das Richtige getan. Mehr konnte man nicht tun. Wir müssen uns darauf konzentrieren, die Ermittlergruppe zu unterstützen.«

»Was geschieht mit Moretti?«, fragte Dornach.

»Den halten wir frisch. Ich habe seine Verlegung ins Untersuchungsgefängnis Schöngrün veranlasst. Die Staatsanwaltschaft hat einen Haftprüfungstermin beantragt.«

»Dort ist er wenigstens nicht so weit weg von zu Hause«, sagte Maja.

»Du hast Neuigkeiten von der Kriminaltechnik?«, fragte Dornach.

»Ja«, sagte Maja. »Die Fingerabdrücke auf den Drogenpaketen, die in einer Nische hinter dem Küchenschrank in Frau Kurths WG am Zielweg in Bern sichergestellt wurden, gehören Moretti. Nicht nur das, auf dem Paket fanden sich zudem Abdrücke von Alex Spirig und einer anderen Person, die wir noch nicht zuordnen konnten.«

Dornach hatte eine Ahnung, von wem die Abdrücke stammten: Ronnie Wirz. Hannah Wirz hatte ihm am Vorabend geschildert, was Ronnie ihr erzählt hatte. Alex Spirig hatte ihm die Drogen abgeluchst, vermutlich im Auftrag von Moretti. Sie dürften Boran Baddour gehört haben.

»Zudem haben die Berner Kollegen heute früh eine junge Frau festgenommen, die sich dort Zutritt verschaffen wollte«, sagte Friis. »Sie heißt Anja König.«

»Anja König?«, wiederholte Dornach. »Mitstudentin und ehemalige beste Freundin von Vanessa Kurth?«

»Und Gespielin unseres dritten Todesopfers, Alex Spirig. Sie hat zugegeben, dass Moretti einen kleinen, aber lukrativen Drogenhandel im Hochschulmilieu aufbauen wollte. Sein Restaurant warf offenbar zu wenig ab. Nachdem Vanessa ausgestiegen war, hat er Anja als Pusher aufgebaut.«

Dornach schilderte seine Gedanken von soeben. »Wir sollten davon ausgehen, dass die Drogen ursprünglich Boran Baddour gehörten. Vermutlich wollte Moretti ihm Marktanteile abjagen.«

»Ein riskantes Spiel«, sagte Maja. »Glaubst du wirklich, dass sich Moretti allein gegen den Baddour-Clan stellen würde. Dafür ist er doch ein zu kleiner Fisch.«

»Er tat es sicher nicht von sich aus«, erwiderte Dornach. »Ich wette, er handelte im Auftrag der Amoruso-Familie, der Rivalin der Arcuris. Angela hat mir vorgestern Abend erzählt, die beiden Familien streiten sich um den Führungsanspruch innerhalb der apulischen Mafia.«

»Das klingt wie die Anfänge eines Drogenkrieges«, sagte Friis. »Das möchten wir in Solothurn lieber nicht.«

»Warum bieten wir Moretti nicht eine Kronzeugenregelung an«, schlug Maja vor. »Wenn Dominik recht hat, sollte er ein Interesse daran haben, nicht zwischen die Fronten zu geraten. Dann können wir Baddour sofort hops- und in die Mangel nehmen. Ich glaube, Moretti würde sich nicht lange zieren, unser Angebot anzunehmen, damit er heil aus dieser Sache rauskommt.«

»Langsam.« Friis hob die Hand. »Ich informiere den Oberstaatsanwalt über euren Vorschlag. Ich denke auch, dass wir damit etwas erreichen können. – Was Boran Baddour betrifft«, wandte sie sich an Maja, »der ist vorläufig tabu für uns, mindestens während der nächsten vierundzwanzig Stunden. Er gehört den Kollegen der internationalen Ermittlergruppe.«

»Aber –«

»Tut mir leid, Maja. Da sind uns die Hände gebunden. Du und deine Kollegen, ihr werdet in Kürze erfahren, weshalb. Ich bin sicher, Baddour wird bekommen, was er verdient. – Kümmern wir uns deshalb um das, was wir tun können. Wo stehen wir in der Sache Schröter/Allemann?«

»Wir überprüfen Omranis Aussage und machen ein paar Abklärungen. Ich habe Google darauf angesetzt«, antwortete Dornach.

Friis nickte zustimmend. Noch vor ein paar Monaten hätte sie ihn deswegen mit Fragen gelöchert. »Wie sieht es im Fall Alex Spirig aus? Konnte Ronnie Wirz befragt werden?«

»Ich rede gleich mit ihm«, sagte Dornach.

»Wie schätzt du ihn ein?«

Vor dieser Frage hatte sich Dornach gefürchtet. Wie sollte er einem jungen Mann, der unter Mordverdacht stand und aller Wahrscheinlichkeit nach sein Sohn war, begegnen? In der Nacht hatte er mit dem Gedanken gespielt, die Karten offenzulegen und Friis zu bitten, den Fall an Maja oder Karin zu übergeben.

»Es gibt Indizien, die für ihn als Täter sprechen. Auf der anderen Seite sind da zeitliche Ungereimtheiten. Es existiert ein weiteres Video über den Tathergang. Es ist Hannah Wirz zugespielt worden und zeigt den Tathergang aus einer Perspektive, wo keine Kameras installiert sind. Man sieht den Zweikampf zwischen Ronnie Wirz und Alex Spirig. Demnach hat Ronnie Spirig nur den ersten Schlag zugefügt. Google hat sich dahintergeklemmt. Es muss mindestens noch eine zweite Person vor Ort gewesen sein. Diejenige, die den Kampf aufgenommen hat.«

»Wenn einer was findet, dann ist es Gubler.« Friis war die Einzige, die Google nicht bei seinem Spitznamen nannte.

»Das muss man ihm auch lassen«, sagte Maja. »Er hatte die Spitzenidee, sich die Verkehrsüberwachung im Gibelintunnel anzuschauen, und ist tatsächlich fündig geworden.« Sie legte ein Standbild der Videoüberwachung vor. Es war eine vergrößerte Aufnahme eines Fahrers. Sie war nicht sehr deutlich, aber deutlich genug, um ihn zu erkennen.

»Aslan Poljakow«, sagte Dornach.

»Sascha für seine Freunde«, ergänzte Maja. »Die Aufnahme entstand Montagnacht oder besser Dienstagmorgen kurz vor halb drei in Fahrtrichtung Süd. Freund Sascha könnte zum Treffpunkt an der Hans-Huber-Straße unterwegs gewesen sein.«

»Könnte« war das kritische Wort. Geradeso gut konnte er sonst wohin gefahren sein. Der Gibelintunnel auf der Westtangente war die wichtigste Ausfallstraße der Stadt in Richtung Autobahn. »Immerhin«, sagte Dornach, »das Alibi, das ihm sein Boss Boran Baddour gegeben hat, ist damit geplatzt. Es macht Sascha zum heißen Anwärter auf den Posten als unsichtbarer Dritter und Kameramann beim Treffen der zwei Jungs.«

»Und steht damit automatisch im Finale als Mordverdächtiger«, sagte Maja. »Bei ihm stimmt alles: Motiv, Gelegenheit und Mittel. – Dürfen wir uns den wenigstens …« Sie sah Friis hoffungsvoll an. Diese sah Maja über den Rand ihrer Lesebrille hinweg an. Maja seufzte. »Ich frage ja nur.«

Damit war die Sitzung beendet. Friis hielt Dornach zurück, nachdem Maja draußen war.

»Ich habe mit dem Kadi gesprochen. Der Gedanke, den Stein Baddour übergeben zu müssen, ist ihm zutiefst zuwider, mir auch.«

»Frag mich mal«, sagte Dornach. »Ich habe noch mal mit Angela gesprochen. Sie bleibt dabei, es muss durchgezogen werden, wenn wir den Baddours und Arcuris den größtmöglichen Schaden zufügen wollen. Die im Tausch gegen den ›Blue Silent‹ verwendeten Diamanten kommen erst im letzten Moment ins Spiel. Wir haben keine Möglichkeit, früher darauf zuzugreifen. Exakt zum Zeitpunkt der Übergabe werden alle Eier im Korb sein. Der Zugriff muss genau dann erfolgen.«

»Übrigens. Die Aktion wurde vorverschoben, heute Abend geht's los.«

»Heute schon, ist das sicher?«

»Wurde mir soeben bestätigt. Wir sollen uns bereithalten. Ich habe das Nötige veranlasst. Der Kadi ist im Bild. Du kannst deine Leute heute Nachmittag informieren.«

Heute Abend würden sie einen gewaltigen Knüppel in das Räderwerk des Bösen werfen. Dornach machte sich keine Illusionen. Der Krieg der offenen, zivilen Gesellschaft gegen parasitäre Clans und die Mafia würde weitergehen. Der Schmetterling durfte nicht aufhören, mit den Flügeln zu schlagen. »Wo soll die Übergabe stattfinden?«

»Wissen wir noch nicht. Casagrande gibt Bescheid, sobald sie die Information von ihrem Agenten bekommt. Zuerst muss der Stein zu Boran Baddour.«

»Das übernehme ich«, sagte Dornach. »Willst du wissen, wie?«

»Sag's mir nachher.« Friis holte ein Päckchen aus einer Schublade und gab es Dornach. »Schöne Grüße vom Kadi, Wiedersehen macht Freude.«

NEUNZEHN

Detailliert schilderte Ronnie die Ereignisse bis zum Moment, als er Alex Spirig niedergeschlagen hatte. Dornach und er waren allein. Das Gespräch wurde per Video aufgezeichnet.
»Ich verstehe nicht ganz, weshalb Sie sich überhaupt mit Alex Spirig getroffen haben.«
»Alex hat mich abgezockt. Boran, also Herr Baddour, wollte, dass ich ihm ein Drogenpaket gegen sofortige Bezahlung übergebe, natürlich bar, zwanzigtausend Franken. Nach der Übergabe hat mich Alex abgelenkt und sich mit dem Stoff aus dem Staub gemacht, ohne mir das Geld zu geben. Montagnacht hat er mir eine SMS geschickt, er wolle mich treffen, damit wir die Sache klären konnten. Ich war so blöd zu glauben, er wolle mir das Geld zurückgeben oder mindestens den Stoff wieder rausrücken. Deshalb bin ich hin.«
»Hatte Alex Spirig das Geld dabei?«
»Eben nicht. Alex hat dieselbe SMS bekommen. Jemand hat uns beide dorthin gelockt. Alex dachte, ich wolle ihn verarschen, und ist auf mich losgegangen.«
»Ist Ihnen etwas aufgefallen? Haben Sie jemanden gesehen, der sich dort aufgehalten haben könnte, oder etwas gehört?«
Ronnie fuhr sich mit den Händen übers Kinn. Für Dornach eine irritierende Geste. Er kannte Ronnie bisher nur von Bildern. Jetzt, wo er in Lebensgröße vor ihm saß, entdeckte er Ähnlichkeiten mit ihm. Dornachs Haar war früher ebenso widerspenstig gewesen. Heute trug er es kürzer. Die Augen von Ronnie waren von einem dunkleren Blaugrau als seine eigene Iris. Dornach konnte sich noch vage an die Farbe von Evas Augen erinnern. Wenn sie ihrer Schwester Hannah ähnlich sah, waren sie dunkel gewesen. Die Art und Weise, wie Ronnie ihn musterte, war seiner gleich. Er musste sich zusammennehmen, um bei seinen Fragen zu bleiben. »Sie haben mir bereits geschil-

dert, wie Sie den Schlag mit dem Stück der Betonplatte gegen Alex Spirig ausgeführt haben. Was haben Sie danach gemacht?«

»Ich habe mich auf mein Fahrrad geschwungen und bin abgehauen.«

Das stimmte mit den Aufnahmen der Überwachungskameras beim »Extasy«-Club und der Aussage des Liebespaares überein. Dornach deutete auf seine geschiente Hand.

»Wann haben Sie sich die Verletzung zugezogen?«

»Ach das … war ein Unfall am Tag darauf.«

»Wie ist das passiert und wo?«

Ronnie wirkte zum ersten Mal zurückhaltend. »Spielt das eine Rolle? Es hat nichts mit Montagnacht zu tun.«

»Das weiß ich.«

»Warum … Ach ja, Pia hat es Ihnen erzählt.«

Seine Schwester hatte es Dornach erzählt. Er musste sich an den Gedanken gewöhnen.

»Weshalb wollen Sie es noch mal von mir hören?«, fragte Ronnie.

»Pia erzählt mir viel, aber nicht immer alles, vor allem, wenn es um ihre Freunde geht. Sie meint, ihr Polizistenvater müsse nicht alles wissen.«

»Sie sieht mich als ihren Freund?«

»Sie hält anscheinend große Stücke auf Sie. Ich sage Ihnen jetzt mal, was ich denke, und Sie sagen mir, ob ich richtigliege. Geht das?«

Ronnie machte eine zustimmende Geste.

»Boran Baddour hat Ihnen einen Denkzettel verpasst, weil Sie Ihre Schulden bei ihm nicht oder zu spät zurückgezahlt haben.«

Ronnie widmete seinen Fingern scheinbar mehr Aufmerksamkeit als Dornachs Hypothese.

»War es so?«

»Ja.«

»Setzte Baddour Sie anderweitig unter Druck? Erpresste er Sie?«

»Nein, ich hatte ihm das Geld ja zurückgezahlt. Er hat mir die Hand gebrochen, um mich zu bestrafen. Pia brachte mich ins Spital, nachdem er mich rausgeworfen hatte. Mehr war nicht, ich schwöre.«

Dornach stoppte die Kamera, mit der das Gespräch aufgenommen wurde.

»Was passiert jetzt mit mir?«, fragte Ronnie verunsichert.

»Das hängt von der Staatsanwaltschaft ab. Gegenwärtig werten wir Indizien aus, die gegen Sie als Täter sprechen. Mit anderen Worten, es sieht gut aus für Sie. Allerdings wird Ihnen eine Anklage wegen unterlassener Hilfeleistung nicht erspart bleiben, weil Sie sich davongemacht und Alex Spirig allein gelassen haben.«

Die Erleichterung war in Ronnies Gesicht abzulesen. »Dann kann ich gehen?«

»Ja, das wär's für den Moment. Vielen Dank, dass Sie gekommen sind.« Dornach machte eine einladende Geste zur Tür des Besprechungszimmers.

An der Tür drehte sich Ronnie noch mal um. »Darf ich Sie was fragen, Herr Dornach?«

»Ja, bitte.«

»Stimmt das, was meine Mutter mir erzählt hat? Sind Sie mein Vater?« Weder Vorwurf noch Anklage, aber auch keine Euphorie, eine nüchterne Erkundigung nach einem Sachverhalt.

»Es sieht so aus, wenn Sie …« Er brachte das Du noch nicht über die Lippen. »Wenn Sie damit einverstanden sind, können wir es mit einem Vaterschaftstest feststellen lassen.«

Das schien Ronnie nicht zu interessieren. »Und Pia, ist sie meine Schwester?«

»Halbschwester, wenn man's genau nimmt.«

»Cool.« Ronnie gab Dornach die Hand. »Danke für das faire Gespräch. Meine Ma hält nicht viel von Ihnen. Ich finde Sie in Ordnung und will Sie auf jeden Fall besser kennenlernen. Okay für Sie?«

Dornach räusperte sich, bevor er den Händedruck erwiderte. »Überaus gern, sobald dieser Fall geklärt ist.«

***

Wirz setzte sich. »Ist Ihnen kein besserer Treffpunkt eingefallen?«, fragte sie Boran Baddour am anderen Ende des riesigen Tisches.

Baddour breitete grinsend die Arme aus. »Ich bitte Sie, Frau Staatsanwältin. Das ist mein privatester Ort, darüber hinaus der sicherste, nicht wahr, Sascha?«

Der Riese hatte sich hinter Wirz aufgestellt. Sie versuchte, seinen bohrenden Blick im Nacken zu ignorieren.

»Vor ein paar Tagen war Ihr Sohn hier zu Besuch«, sagte Baddour. »Er hat sicher prägende Erinnerungen daran.« Sein Blick blieb auf der Tischplatte an einer Stelle haften, die eine kleine Delle aufwies.

Hannah Wirz presste die Lippen zusammen und hob den Kopf. Sie wollte es hinter sich haben. »Können wir zum Geschäft kommen?«

»Haben Sie ihn dabei?«

Sie holte ein Päckchen aus ihrer Handtasche. Baddour nickte Sascha zu. Hinter Wirz entfernten sich Schritte von ihr. Eine Tür wurde geöffnet und wieder geschlossen. Wieder hörte sie Schritte, diesmal von zwei Personen. Neben ihr tauchte ein Mann mit schütterem Haarwuchs auf. Seine Erscheinung und die Discountbrille mit Drahtgestell bedienten das Klischee eines Mafiabuchhalters oder verklemmten Frauenmörders in einem Hollywoodfilm aus den Dreißigern.

»Das ist unser Spezialist.« Baddour zeigte auf das Päckchen in Wirz' Hand. Sie legte es auf die offene Handfläche des Experten. Der öffnete es umständlich, ohne das Papier zu beschädigen. Zuerst betrachtete er den Stein eingehend von allen Seiten. Dann setzte er eine Uhrmacherlupe auf und wiederholte den Prozess mit nervtötender Langsamkeit. Er beendete die Prüfung mit Zungenschnalzen und einem Nicken in Richtung Baddour. Wirz fiel ein Stein vom Herzen. Der Experte legte den Diamanten auf das Papier zurück und entfernte sich nach einer knappen Verbeugung.

»Perfekt. Ich danke Ihnen, Frau Wirz.« Baddour wickelte den »Blue Silent« ein und legte ihn in den Safe, dem er einen Umschlag entnahm. Er schob ihn zu ihr. Wirz warf einen Blick hinein, zwei Bündel Tausender. Dazwischen lag ein Speicherchip, der Videoclip. Sie nahm den Chip heraus und schob den Umschlag zurück. »Sie lassen ab jetzt mich und meinen Sohn in Ruhe?«

»Soweit es Ihren Sohn betrifft, ja. Ich bin ein Mann meines Wortes. Auf Sie würde ich gerne zurückgreifen, falls es gewisse Umstände erforderlich machen.«

»Vergessen Sie's. Das war eine einmalige Sache. Ich werde die Staatsanwaltschaft verlassen.«

»Das würde ich aufrichtig bedauern. Vielleicht veranlasst Sie das, Ihre Entscheidung zu überdenken, Frau Wirz.« Er zeigte in die Höhe. Wirz' Blick folgte seinem Zeigefinger. Die Kamera steckte in der oberen rechten Ecke der Fensternische. »Sie lassen Ihr eigenes Büro überwachen?«

»In diesen schwierigen Zeiten kann ich mir nicht leisten, zimperlich zu sein.«

Hannah Wirz stand auf und hängte ihre Tasche um. Boran Baddour erhob sich ebenfalls und hielt ihr den Geldumschlag hin. »Ich würde es begrüßen, weiterhin auf Sie zählen zu können. Wie Sie sehen, soll es Ihr Schaden nicht sein. Nötigenfalls –«

»Sparen Sie sich das. Wenn Sie Ronnie auch nur ein Haar krümmen, mache ich Sie fertig, Baddour. Und wenn es das Letzte ist, was ich tue.« Sie spürte die Blicke von Baddour und Sascha im Rücken, als sie die Halle Richtung Ausgang durchquerte.

Im Auto entfernte sie mit zitternden Händen die Brosche mit dem schwarzen Zirkon vom Revers ihres Vestons und drehte sie um. Die Kamera in der Aushöhlung des Steines war noch fest verankert. Unterwegs wählte sie Dornachs Nummer. »Haben Sie die Bilder?«

※※※

»Wir haben den Treffpunkt.«

Dornach musste die Textnachricht auf Friis' Handy zweimal lesen, um sicher zu sein, sie richtig zu verstehen. »Schloss Waldegg? Wie kommen die dazu?« Dass die Köpfe zweier internationaler Verbrecherorganisationen ein Treffen an einem der historisch und kulturell bedeutendsten Orte Solothurns abhalten konnten, versetzte der lokalpatriotischen Kammer seines Herzens einen Stich.

»Baddours Strohfirma Imexcura hat das Schloss für das ganze Wochenende reserviert. Ilona Marics Beziehungen bei Stadt und Kanton dürften geholfen haben. Das Treffen ist als Highlight einer Tagung des Verwaltungsrates der Imexcura geplant, ein Empfang im kleinen Kreis mit Apéro. Für heute Abend ist mildes Wetter angesagt. Das Treffen soll im Barockgarten stattfinden. Um sieben werden die Akteure versammelt sein. Unsere Sondereinheit ›Falk‹ ist für den Einsatz bereit. ›Tigris‹ wird ein paar Spezialisten detachieren. Diskrete Erkundungen vor Ort sind im Gang. Kommen und Gehen beim Schloss werden seit heute Morgen beobachtet. Ab dem Moment ihres Eintreffens sitzen Baddour und Arcuri einschließlich Gefolge in der Falle. Taktische Gruppen der ›Falk‹ und ›Tigris‹ riegeln die unmittelbaren Zugänge ab. Unsere Sicherheitsabteilung bildet mit Hilfe der Berner Polizei einen äußeren Sperring. Keiner wird aus dem Schloss oder aus Solothurn herauskommen, wenn wir es nicht wollen.«

»Unsere Aufgabe dabei?«, fragte Dornach.

»Angela leitet den Einsatz. Du und Maja werdet sie unterstützen. Ich koordiniere die Aktion mit Mike, Karin und Frau Omrani von hier aus und gebe falls nötig Reserven frei.«

»Angela leitet die Aktion vor Ort? Ist das klug?«

»Du sprichst mir aus der Seele. Ich habe versucht, es ihr auszureden. Aber sie hat monatelang auf diesen Tag hingearbeitet. Die Regie des Finales will sie sich nicht aus der Hand nehmen lassen. Ehrlich gesagt verstehe ich sie, sehr sogar.«

Dornach hatte ebenfalls Verständnis, ergänzt mit einem großen Aber. »Wenn Arcuri und Baddour sie heute Abend zu Gesicht bekommen, war die Übung mit ihrer fingierten Ermordung umsonst. Angela kommt auf die Abschussliste der Mafia. Sie wird sich ihr Leben lang verstecken müssen.« Seine Bedenken waren nicht ganz uneigennützig. Wenn Casagrande untertauchen musste, würde sie nicht in Solothurn bleiben können.

»Du kennst Angela besser als ich«, sagte Friis. »Sie wird sich nicht für den Rest ihres Lebens vor Verbrechern verstecken, im Gegenteil.«

»Wissen Maja, Karin und die anderen inzwischen Bescheid?«

»Sie werden es erfahren, wenn es losgeht, die anderen später. Angelas Name wurde bewusst aus den Medienberichten über ihre ›Ermordung‹ rausgehalten. Die Rede ist lediglich von einer hochrangigen Justizbeamtin.«

Dornach wollte etwas einwenden.

Friis kam ihm zuvor. »Mir gefällt es auch nicht. Aber ich respektiere Angelas Entscheidung.«

***

Auf dem Weg zum Büro drückte Dornach einen Anruf von Pia zusammen mit seinem schlechten Gewissen weg. Jetzt war nicht die Zeit für Diskussionen. Außerdem hatte er noch keine Ahnung, wie er ihr den erwachsenen Halbbruder beibringen sollte.

»Was habt ihr?«, fragte er Karin und Google, die in seinem Büro auf ihn warteten.

»Pures Gold.« Google öffnete sein Notebook. »Karin und ich haben mit den Kollegen vom LKA Berlin gesprochen. Kriminalrat Eilers erinnert sich sehr gut an dich und ist froh, sich mal revanchieren zu dürfen.«

»Ich fürchtete schon, er ist pensioniert.« Dornach hatte den damaligen Kriminalhauptkommissar Rupert Eilers vor einigen Jahren bei einer Weiterbildung in Freiburg im Breisgau kennengelernt. Nach einer halben Flasche Rotwein war das Eis zwischen ihm und dem trocken-kühlen Norddeutschen gebrochen. Seitdem hatte Dornach ihm einige Male Amtshilfe auf dem kleinen Dienstweg geleistet.

»Er ist tatsächlich ab morgen im Ruhestand.« Google schob das Notebook zu Karin. »Erklär du's ihm.«

»Eilers war heute früh schon im Büro, um aufzuräumen«, sagte sie. »Auf meine Bitte hin hat er noch mal mit einem Augenzeugen gesprochen, einem Randständigen, der gesehen haben will, wie Boran Baddour Heike Grabow niedergeschossen hatte. Es gibt eine Diskrepanz. Der Zeuge gibt an, nicht Boran Baddour habe Heike Grabow angeschossen.«

»Lass mich raten, es war Manfred Schröter.«

»Genau.«

»Wie konnte der Zeuge das überhaupt erkennen? Befand er sich zu dem Zeitpunkt im Museum?«

»Nein, er suchte die Abfallkübel außerhalb des Gebäudes nach Essbarem ab. Zum Zeitpunkt als Heike Grabow angeschossen wurde, stand er vor der Glasfassade der Halle, wo sich die Juwelenkammer befindet.«

»Ich dachte, die Juwelenkammer ist ein geschlossener Raum innerhalb des Bereichs und von außen nicht einsehbar.«

»Der Eingang zur Juwelenkammer stand offen, eine riesige Doppeltür. Der Randständige hat deutlich gesehen, wie Schröter von dort mit einer Pistole auf jemanden schoss.«

»Laut Bericht ist nur ein Schuss gefallen«, sagte Google. »Demnach kann nur Manfred Schröter auf Grabow geschossen und sie verletzt haben, die sich beim darauffolgenden Sturz die schwere Kopfverletzung zugezogen hat. Der Zeuge ist polizeibekannt und gilt als zuverlässig, wenn er nicht zugedröhnt ist, was in besagter Nacht offenbar nicht der Fall war.«

»Jetzt kommt der Clou«, sagte Karin. »Als Eilers ihn heute

Morgen noch mal befragte, hat sich der Zeuge gewundert. Er habe es damals genau so gegenüber der ermittelnden Beamtin wiedergegeben, Oberkommissarin Aysan Omrani.«

»Omrani hat mir den Bericht gezeigt«, sagte Dornach. »Dort steht eindeutig, dass Boran Baddour geschossen hat.«

»Eilers hat den Zeugen darauf angesprochen. Er gab an, während er die protokollierte Aussage durchlas, habe ihm Omrani eine Flasche Wodka zugesteckt. Weil er großen Durst hatte, habe er das Protokoll unterschrieben, ohne es zu Ende zu lesen.«

Omrani hatte den Tathergang verschleiert. Aus welchem Grund? »Wollte sie Boran Baddour um jeden Preis als Täter hinstellen oder Schröter/Allemann schützen?«, fragte Dornach.

»Eilers hat eine Vermutung geäußert«, sagte Karin. »Wir klären das gerade. In dieser Sache warte ich noch auf einen Anruf aus Todtnau.«

»Todtnau?«

»Das liegt im Schwarzwald.«

»Ich weiß, wo Todtnau liegt. Wo ist der Zusammenhang?«

»Heike Grabow stammt aus dem Schwarzwald. Ihre Eltern wohnen in Todtnau.«

Casagrande saß mit Pia im Grand Salon. Sie war den ganzen Tag im Haus geblieben. Die beiden schauten dem Spiel zwischen Mirio und King Louie zu. Es bestand in der Hauptsache darin, dass Mirio den Kater zu fassen kriegen wollte, derweil dieser sich ihm ständig entzog. King Louie schien es zu mögen. Sobald Mirio sich nicht um ihn kümmerte, tappte er von sich aus auf ihn zu. Die beiden hatten einen Narren aneinander gefressen, ob es Dornach, der die Szene vom Eingang aus beobachtete, gefiel oder nicht. Er würde einen schweren Stand haben, den Kater wieder wegzugeben, und sich wohl oder übel an einen permanenten felinen Mitbewohner gewöhnen müssen.

Casagrande nippte an einem Glas Wasser. Pia hatte ein Glas Rotwein in der Hand. Dornach setzte sich zu ihnen. »Wein um diese Zeit? Hast du nicht gesagt, du bist an der Uni?«

Pia beherrschte den perfektesten »Du hast mir gerade gar nichts zu sagen«-Blick. Demonstrativ trank sie ihr Glas in einem Zug leer, setzte es wieder ab und wandte sich an Casagrande. »Kennst du den Herrn? Ich darf nämlich nicht mit Fremden reden, hat mein Paps gesagt.«

Dornach schnappte sich ihr Glas und schenkte für sich nach.

»Das ist im Fall meins«, sagte Pia.

»Santé.« Dornach trank einen Schluck und gab es ihr zurück. »Du wolltest mich sprechen?«

Casagrande, die zwischen den beiden auf dem Sofa saß, stand auf und setzte sich in einen Sessel, um sich ihrem Handy zu widmen.

»Weiß nicht, wollte ich das?«, fragte Pia. »Wenn ich dich mal brauche, lässt du mich hängen. Dafür hast du massenhaft Zeit, mit allen anderen zu quatschen und ihnen zu erzählen, Angela sei tot, während ich vor Angst und Sorge um dich fast durchdrehe.«

»Mir ist doch nichts passiert, sonst –«

»Woher sollte ich das wissen, wenn sich alle ausschweigen und ich dich nicht erreiche? Von wegen Abmachung und Bescheid wissen, wo der andere steckt, bla, bla. Vielen Dank auch.« Pia schlug mit der Faust auf ein Kissen.

Mirio und King Louie starrten sie an, beide gleich erschrocken. Mirio kletterte zu ihr auf den Schoß. »Mami bös?« King Louie zog es vor, in einer Ecke abzuwarten, bis sich der Sturm verzogen hatte.

Sie küsste Mirio auf den Scheitel. »Keine Angst, Schätzli. Ich bin mit Großpapi böse, nicht mit dir.«

Mirio zeigte auf Dornach. »Glas 'putt. Großpapi schuld.«

Dornach sah ihn verwirrt an.

»Als Angela heute Morgen plötzlich in der Küche stand, habe ich eine Glasschüssel vor Schreck fallen lassen. Mirio hat bemerkt, dass sie kaputt war. Also brauchte ich einen Sündenbock.«

Dornach strich Mirio über den Kopf. »Ich kaufe Mami eine neue, versprochen.« Er legte den Arm um Pia. »Ehrlich, es tut mir leid, dass ich mich nicht gemeldet habe. Wir mussten schnell handeln. Es ging um Angies Sicherheit. Sie hat's dir bestimmt erzählt. Können wir verbleiben, quitt zu sein? Stichwort ›Lioness Pub‹, sage ich mal.«

Pia schnaubte. »Vergiss es. Jetzt habe ich wieder was gut bei dir.«

Er küsste sie auf die Wange. »Ich liebe meine Tochter.«

Casagrande tippte auf ihre Uhr. »Wir sollten allmählich, Dominik.«

»Was ist mit Sascha?«, fragte Pia.

»Mach dir keine Sorgen«, sagte Casagrande. »Es ist arrangiert. Daria braucht sich keine Sorgen zu machen.«

»Natürlich mache ich mir Sorgen«, sagte Pia. »Der Kerl soll richtig büßen für das, was er getan hat. Die sollen ihn nicht einfach in eine der Ferienkolonien schicken, die sie hier Gefängnis nennen.«

»Ich kann dir gern mal die JVA Schachen von innen zeigen, Töchterchen«, sagte Dornach. »Mal sehen, ob du es dann noch als Ferienkolonie ansiehst. Darf ich vielleicht wissen, wovon die Rede ist?«

»Ich habe dir schon tausendmal gesagt, mich nicht immer Tö–«

»Es geht um Aslan Poljakow«, sagte Casagrande. »Boran Baddours Adlatus. Ich erzähle es dir unterwegs.«

Im Foyer machte Dornach kehrt und ging noch mal in den Grand Salon, wo Pia am Aufräumen war. »Bevor ich es vergesse«, unterbrach er sie. »Gleich kommen Hannah Wirz und Ronnie vorbei. Sie wollen mit dir reden.«

»Mit mir, worüber?«

»Ronnie ist dein Halbbruder, lange Geschichte. Ich erklär's dir später.« Er ließ Pia verdutzt zurück und ging mit Casagrande hinaus.

»Ein Halbbruder?«, fragte Casagrande, als sie ins Auto stiegen. »Da habe ich anscheinend was verpasst.«

»Nicht annähernd so viel wie ich, zwanzig Jahre lang.«

ZWANZIG

Johann Viktor I. Besenval von Brunnstatt war zu Lebzeiten bestimmt kein Heiliger gewesen. Eidgenössische Offiziere im Sold ausländischer Potentaten standen nicht im Ruf, zimperlich mit ihren Gegnern umgegangen zu sein. Militärische Dienste und der Handel mit und für die französische Krone machten die Besenvals zur vermögendsten und mächtigsten Dynastie der Solothurner Aristokratie im 17. Jahrhundert. Ein bemerkenswerter Werdegang für die ursprünglich aus dem italienischen Aostatal eingewanderte Familie.

Dass das von Besenval erbaute Schloss Waldegg Schauplatz einer verbrecherischen Transaktion unter Beteiligung der italienischen Mafia werden sollte, sah Dornach als launigen Wink des Schicksals. Wo einst Schultheiß Johann Viktor I., seine Gattin Maria Margaritha, geborene von Sury, und Sohn Johann Viktor II. den Besuch des Botschafters des Sonnenkönigs Ludwig XIV., Marquis de Puysieux, erwarteten, machte sich an diesem Abend ein profaneres, dafür diskretes Empfangskomitee bereit. Der Kommandoposten der Einsatzkräfte war in der Schlossscheune neben der Kapelle auf der Nordseite des Schlosshofes eingerichtet worden. Zur Tarnung hatte man sie mit Planen abgedeckt, Gerüst- und Baumaterial standen davor.

Auf verschiedenen Monitoren hatten die Einsatzleitung, Casagrande und Dornach das Kommen und Gehen auf der Südseite des Hauptgebäudes, im Barockgarten und der Orangerie im Blick. Maja hatte ihren Posten neben einem Scharfschützen hinter der Balustrade der überdachten Galerie im ersten Stock auf der Südseite des Schlosses bezogen.

Der geometrisch angelegte Garten lag auf einer Terrasse mit unverbaubarer Aussicht über das Dorf Feldbrunnen und die Senke der Aare hinweg zum Hügelkamm des Bleichenbergs über Zuchwil. Gemessen an anderen Gärten großer europäischer Paläste wie Versailles oder Schönbrunn war der Barockgarten des Schlosses Waldegg bescheiden. Es waren die Einbettung in der Landschaft und die harmonische Anlage, die ihm sein Cachet verliehen. Von der Gartenseite des im Stil der Solothurner Türmlihäuser errichteten Hauptbaus führten vier Fußwege diagonal beziehungsweise über die Ecken zum Herzstück des Gartens: einem Springbrunnen, der von mit goldfarbenen Kugeln gekrönten Säulen und Obelisken gesäumt war. Vom Gartenausgang des Schlosses führte ein weiterer Weg direkt zum Brunnen. Ein inzwischen abgezogenes Cateringteam hatte Stehtische bereitgestellt. Auf jedem stand ein Eiskübel mit einer Flasche Champagner, Schälchen mit Häppchen. Boran Baddour, Sascha und Ilona Maric waren bereits eingetroffen. Sie wurden von zwei Männern begleitet, die sich am Gartenausgang postiert hatten, während ihre drei Schützlinge an einem Bartisch beim Springbrunnen standen und warteten. Dornach vermutete, Maric würde sich um die Bedienung kümmern. Von außen machte der Anlass den Anschein eines Empfangs oder Apéros, wie sie hier regelmäßig stattfanden, einfach in kleinerem Rahmen. Trotzdem gab Dornach die Dreistigkeit dieser Verbrecher zu denken, ihre Transaktionen praktisch unter den Augen der Öffentlichkeit durchzuführen. Wohin würde es führen, wenn man sie gewähren ließe? Verhältnisse wie in Stockholm, wo sich Drogenbanden auf offener Straße beschossen und mit Bomben bewarfen?

Praktisch unsichtbar waren die in der Umgebung der Schlossanlage positionierten Sondereinheiten. Einen Kilometer Luftlinie entfernt, auf dem Parkplatz des Sportzentrums Zuchwil, standen ein »Super Puma«-Helikopter und seine Besatzung bereit, um, falls notwendig, einzugreifen. Das Netz war derart engmaschig ausgelegt, dass aus menschlichem Ermessen kein Entrinnen möglich war, hatte der Einsatzleiter der Sondereinheiten gemeint. Dornach hoffte inständig, die Vorsehung möge ihn gehört haben. »Langsam dürften die anderen kommen«, sagte er.

Casagrande war äußerlich die Ruhe selbst. Nur die Zigarilloschachtel, mit der sie spielte, machte ihre Nervosität sichtbar. Sie hatte seit zwei Tagen nicht mehr geraucht.

Dornach deutete auf einen Monitor, der die ganze Zeit blau leuchtete. »Ist er defekt?«

»Noch nicht aktiviert«, sagte der Einsatzleiter.

»Abwarten«, sagte Casagrande. »Kommt noch.«

Ein Knacken im Lautsprecher der Funkanlage sekundierte sie.

»Viktor Quattro an Viktor Alpha, Zielobjekt zwo hat passiert, vier Personen, eine Minute.« Viktor Quattro bezeichnete den westlichen Beobachtungsposten beim Dorfausgang St. Niklaus.

»Sie sind da.« Casagrande stieß einen Seufzer der Erleichterung aus.

***

»Verstanden«, antwortete der Einsatzleiter. »Alle Zugänge abriegeln, keiner kommt rein, keiner geht raus, antworten.«

»Verstanden, Viktor Quattro fertig.«

»Wir müssten jeden Moment ein Bild bekommen«, sagte der Einsatzleiter mit Blick auf den blau leuchtenden Bildschirm. »Sie ist gleich in der Reichweite des Empfängers.«

Casagrande legte die Zigarilloschachtel beiseite. Die drängende Lust, eine Zigarillo anzuzünden, war verflogen.

»Wer ist ›sie‹?«, fragte Dornach.

»Die Agentin, die ich bei Arcuri eingeschleust habe. Ihr verdanken wir diese Party hier. Es ist Liliana Angeli.« Den Rest würde sie ihm später erklären.

»Sergio Arcuris Nichte ist deine Undercoveragentin?«

»Ja und nein, ich sag's dir nachher.«

»Gern. Wahrscheinlich muss ich mich glücklich schätzen, es überhaupt zu erfahren.«

Casagrande konnte seinen Unmut nachvollziehen, sie verlangte viel von ihm. Dennoch war der Zeitpunkt denkbar schlecht, die beleidigte Leberwurst zu markieren. Sie deutete auf den blauen Bildschirm. »Konzentrier dich auf das Wesentliche, Dominik. Da spielt die Musik.«

Der blaue Bildschirm erwachte zum Leben. Das wackelnde Bild ließ auf eine Bodycam mit Restlichtverstärkung schließen. Die Bauplanen der Scheune kamen kurz in Sicht, bevor die Kamera zum Schlossgebäude schwenkte.

»*È bellissimo qui*«, war eine männliche Stimme zu hören. Die Übertragung war leicht verzerrt.

Die Kamera fuhr zu einem hochgewachsenen, asketischen Mann herum. Sergio Arcuri.

»*Sì, molto*«, antwortete eine weibliche Stimme im Off, es war die Trägerin der als Jackettknopf getarnten Kamera.

Arcuri gab Anweisungen in Italienisch. Sie galten den Begleitpersonen. Die Besucher durchquerten den Gartensaal des Schlosses und betraten den Garten. Mittlerweile wurde der zentrale Weg zum Brunnen von Fackeln beleuchtet. Die wartenden Gastgeber erschienen auf dem Bildschirm.

»Es sind alle da«, sagte die Frau im Off. Casagrande sah auf ihr Handy, das neben der Zigarilloschachtel lag. Das Display war noch schwarz.

Aus den Augenwinkeln bemerkte sie, wie Dornach sie anstarrte. »Das ist doch …«, stieß er hervor. »Sag nicht, du hast es wieder getan.«

»Was?«, fragte sie, ohne den Blick vom Bildschirm abzuwenden. Dornach tat ihr leid. Hätte sie es ihm früher sagen, ihre eigene sakrosankte Regel für diesen Einsatz missachten sollen? Nein. Sie und ihre Leute wanderten seit Monaten auf einem dünnen Grat. Jetzt war nicht der Moment, ihre eigenen Grundsätze in Frage zu stellen.

»Du hast es die ganze Zeit gewusst und mir nichts gesagt. Das hier ist eine Inszenierung.« Die Enttäuschung in Dornachs Stimme war nicht zu überhören.

Im Garten wurden Begrüßungsformeln ausgetauscht. Die Kamera entfernte sich von Baddour und Arcuri, die sich an je einem Tisch gegenüberstanden. Auch Ilona Maric hatte sich entfernt. Neben ihr wartete Sascha. Er hielt eine schwarze Lederbox von der Größe einer Zigarrenkiste in der Hand.

»›Il Silenzio Blu‹, wo ist er?« Arcuris Frage richtete sich an Boran Baddour. Anscheinend wollte er den Tauschhandel rasch hinter sich bringen.

»Sobald die Übergabe vollzogen ist, schlagen wir zu«, sagte Casagrande.

»Viktor Alpha an alle«, gab der Einsatzleiter durch. »Bereithalten zum Zugriff auf mein Kommando. Scharfschützen, Schussfreigabe bei freiem Schussfeld und unmittelbarer Gefährdung von Menschenleben. Meldung, wenn bereit.«

»Viktor Uno bereit, Viktor Due bereit …« Nacheinander bestätigten alle Posten.

Boran Baddour gab Sascha ein Zeichen. Er ließ sich von ihm die Box aushändigen, die er an Arcuri weiterreichte. Arcuri öffnete sie und nahm den Stein heraus. Er zog eine Uhrmacherlupe aus der Jacketttasche und prüfte ihn. Nach einer gefühlten Ewigkeit nahm er die Lupe ab, legte den Stein zurück in die Box und schloss sie. Er sah in Richtung der Kamera und nickte. Das Bild setzte sich in Bewegung. Auf dem Bildschirm waren Arm und Hand der Kameraträgerin zu sehen, die den Koffer überreichte.

Das Display von Casagrandes Handy leuchtete auf. Die Nachricht bestand lediglich aus einem Fragezeichen. Casagrande tippte ein Wort als Antwort: »Go!«

Auf dem Bildschirm steckte Ilona Maric ihr Handy ein, flüsterte Sergio Arcuri etwas ins Ohr und zeigte dabei auf die Kamera. Das Bild stand kurz still und bewegte sich dann weg.

»Irgendwas passiert da unten«, meldete sich Maja über Funk.

»Liliana!« Arcuri kam auf die Kamera zu. Er war aufgebracht. »Du hast mich verraten. Das hier ist eine Falle. Frau Maric sagt, die Polizei habe das Gelände umstellt.«

»Da geht gerade mächtig etwas schief«, klang Majas Stimme blechern aus dem Lautsprecher. »Erbitte Anweisung zum Zugriff.«

Dornach sprang auf. »Gib den Befehl zum Zugriff, Angie, jetzt.«
»Nein. Wir warten.«
»Deine Agentin ist aufgeflogen. Das ist –«
»Wir warten, habe ich gesagt.«
»Das … das stimmt nicht, Sergio«, stammelte Angeli. Plötzlich hatte sie eine Pistole in der Hand und richtete sie auf Arcuri.
»Keine Bewegung!« Marics Stimme.
Die Kamera fuhr zu ihr herum. Maric richtete ihre Pistole auf Angeli. Gleich darauf blitzte die Mündung zweimal auf. Angelis dumpfer Aufschrei war im Off zu hören. Blutrote Spritzer verwischten das Bild, es wackelte … der Bildschirm wurde blau.
»Zugriff«, sagte Casagrande ruhig. Sie ignorierte den fassungslosen Blick, den Dornach ihr zuwarf, bevor er hinausstürmte. Der Einsatzleiter gab den Befehl über Funk weiter.

**

»Angeli sofort wegbringen«, hörte Dornach Casagrande durch den Stöpsel in seinem Ohr. Ein weiterer Schuss wurde abgefeuert, während er über den Schlosshof rannte. Er erreichte den Garten als Letzter.
Es war vorbei. Zwei vermummte Polizisten luden einen leblosen Körper auf eine Bahre und trugen ihn eilig davon. Dornach konnte nur einen kurzen Blick darauf werfen. Es war tatsächlich Jana. Er hatte ihre Stimme erst nicht erkannt. Kaum hatte er begriffen, dass sie die Undercoveragentin war, hatte Maric auf sie geschossen. Es war ein Alptraum in Dauerschlaufe. In seiner Brust wütete eine Schlacht der Emotionen, Trauer, Wut – dahinter glaubte er, leise nur, eine Stimme zu hören. Sie spottete ihn einen Idioten und lachte ihn aus. Er zwang sich, den Blick von Janas Körper zu nehmen, die gerade in den Hof getragen wurde, und wandte sich ab.
Beim Eingang des Schlossgartens lag ein Mann am Boden, vermutlich einer von Arcuris Leibwächtern. Er blutete aus einer

Kopfwunde. Das musste der zweite Schuss gewesen sein, den er vorhin gehört hatte. Ein Scharfschütze hatte den Mann ausgeschaltet, bevor er mit seiner Waffe zum Einsatz kommen konnte, eine Maschinenpistole, die ein Polizist in Kampfmontur gerade aufhob. Die anderen Leibwächter waren bereits gefesselt und wurden weggebracht.

Zwei Polizisten der Sondereinheit legten Sergio Arcuri und Boran Baddour Handfesseln an. Sie waren unverletzt. Maja sicherte die reglos dastehende Ilona Maric. Neben ihr lag Sascha am Boden. Seine Hände waren ebenfalls gebunden.

»Er hat eine Waffe gezogen. Ich habe ihn mit dem Taser erwischt«, sagte Maja. Sie sah ihn an. »Alles in Ordnung mit dir? Du bist ganz blass – Dominik?«

Ihre Berührung an seinem Arm brachte ihn zurück. »Auf der Bahre, das war Jana.«

»Jana? Bist du sicher? Ich habe sie nur von hinten gesehen. War sie die Undercoveragentin, die Angela erwähnt hat? Ist sie –«

Sascha kam zu sich. »Anwalt«, ächzte er.

»Hallo, Sascha«, sagte Maja. »Erkennen Sie uns noch, Ihre Freunde? Los, kommen Sie hoch.« Sie half Sascha auf.

»Bitte belehre ihn, Dominik«, sagte Casagrande in seinem Ohr. »Wie besprochen.«

Dornach wandte sich an Sascha. »Herr Poljakow, ich nehme Sie fest aufgrund eines internationalen Haftbefehls gegen Sie wegen Mordes in fünf Fällen und Beihilfe zum Völkermord.«

»Das ist eine Lüge, ich war Soldat und habe Befehle befolgt.«

»Sie geben es zu? Danke für Ihre Kooperation. In diesem Fall können Sie diejenigen benennen, die Ihnen diese Befehle gegeben haben.« Er gab Maja und einem vermummten Polizisten, der dazugekommen war, ein Zeichen. Sascha wurde abgeführt. Boran Baddour und Sergio Arcuri wurden ebenfalls weggebracht.

Dornachs Handy vibrierte, als er den Garten verliess. Es

war eine Nachricht von Karin. Er atmete auf. Die fehlenden Puzzleteile fügten sich ineinander.

***

Katrin Friis parkte gegenüber dem H4 Hotel.
»Danke fürs Bringen«, sagte Omrani.
»Keine Ursache, lag sowieso am Weg.« Friis stellte den Motor ab. »Ich will mir die Füße vertreten. Begleiten Sie mich ein paar Schritte?«
»Eigentlich müsste ich ins Bett. Mein Flieger geht morgen früh.« Omrani legte ihr Kopftuch an. »Etwas frische Solothurner Luft kann nicht schaden, bevor mich Berlin wiederhat.«
Sie überquerten die Aare auf dem Fußgängersteg unter der Rötibrücke. »Wo ist der bunte Schal, den Sie bis gestern getragen haben?«, fragte Friis. »Sie haben ihn hoffentlich nicht verloren.«
»Er war schmutzig. Ich muss ihn reinigen lassen.«
In der Mitte der Brücke blieben sie stehen und blickten in die träge fließende Aare hinab. »Sind Sie zufrieden, wie alles ausgegangen ist?«, fragte Omrani.
»Besser hätte es nicht laufen können. Der Zugriff war ein voller Erfolg. Der ›Blue Silent‹-Diamant ist wieder in unserem Gewahrsam. Die Versicherungsgesellschaft wird ihn morgen übernehmen. Die hundert Millionen Euro in Rohdiamanten wurden sichergestellt. Wir haben den Arcuris und den Baddours mit einem Schlag fast eine Viertelmilliarde Euro abgenommen.«
Das war nicht alles. Zeitgleich mit der Intervention im Schloss Waldegg hatte die italienische Antimafiabehörde eine Razzia in Arcuris Anwesen in Apulien durchgeführt. In einem Tresorraum im Keller waren Goldbarren und Rohdiamanten sichergestellt worden. »Der Schätzwert bewegt sich im zweistelligen Millionenbereich«, sagte Friis. »Nicht zu vergessen die Drogenlieferung im Wert von zwanzig Millionen Euro, welche die Basler Drogenfahnder und der Zoll im Containerterminal des Basler Rheinhafens beschlagnahmt haben.«

»Akim Baddour?«, fragte Omrani.

»Hat sich abgesetzt, vermutlich in die Osttürkei. Interpol hat eine Red Notice gegen ihn ausgestellt. Bei Festnahme wird er sofort ausgeliefert.«

»Wenn ich er wäre, würde ich mich stellen. Nach all dem, was er seinen russischen Abnehmern versprochen hat, dürften sie nicht gut auf ihn zu sprechen sein.« Omrani holte ein Paket Zigaretten hervor. »In Ordnung für Sie, wenn ich rauche?«

»Kein Problem, wenn Sie mir eine abgeben.«

»Sie rauchen? So habe ich Sie gar nicht eingeschätzt. Sie scheinen sonst so ... nüchtern.«

»Sie sind nicht die Erste, die mir das sagt. Ich habe im Prinzip das Rauchen aufgegeben, als ich mit meiner Ältesten schwanger war.« Friis ließ sich von Omrani Feuer geben.

»Und Sie«, brach Friis das Schweigen, dem sie sich ein paar Züge lang hingegeben hatten. »Wie ist es, endlich mit dem Tod Ihrer Freundin Heike Grabow abschließen zu können?«

Omrani starrte versonnen ins Wasser, so als hätte sie die Frage nicht gehört. »Wie haben Sie herausgefunden, dass Heike und ich zusammen waren?« Ihre Stimme klang sachlich, keine Spur von Verwunderung lag darin.

»Ich habe ausgezeichnete Ermittler. Manchmal sind sie etwas zu selbstständig für meinen Geschmack. Aber sie produzieren Resultate.«

»Sie haben bei meiner Dienststelle in Berlin nachgeforscht?«

»Unter anderem, Dornach kennt Ihren Vorgesetzten, Kriminalrat Eilers.«

»Die Welt ist klein und Europa ein Dorf.« Omrani drückte ihre Zigarette aus und steckte den Stummel in eine leere Streichholzschachtel. »Das hat mir Frau Casagrande gezeigt. Hier sind öffentliche Aschenbecher Mangelware.«

Friis streifte den Glutpfropfen auf dem Boden ab. Die kleine Schachtel war voll. Friis zeigte auf die Altstadtseite des Flusses. »Drüben hat's bestimmt einen Mülleimer.«

Sie gingen weiter.

»Erklären Sie mir, warum Sie das Protokoll der Zeugenaussage gefälscht haben? Wollten Sie Manfred Schröter decken? Weil er sich als Kronzeuge angeboten hat?«

Omrani lachte traurig. »Ganz bestimmt nicht.«

»Weshalb wollten Sie die Tat Boran Baddour in die Schuhe schieben?«

»Ich muss etwas ausholen. Ist das in Ordnung?«

»Ich habe Zeit.«

»Bevor Heike und ich uns kennengelernt haben, war sie mit Manfred Schröter zusammen. Die Beziehung hatte nicht lange gedauert. Heike war mit ihm nicht glücklich.«

»Weswegen? Hat er sie geschlagen?«

»Es gab viele Gründe, das war keiner davon. Schröter hatte Heike nie misshandelt. Er war notorisch unzuverlässig, vor allem wenn es um Geld ging. Obwohl er etwa gleich viel wie Heike verdiente, war er stets knapp bei Kasse. Sie berappte regelmäßig die volle Miete, wenngleich sie Kostenteilung vereinbart hatten. Das ging so lange, bis ihr der Kragen platzte und sie ihm dem Laufpass gab.«

»Verständlich. Wie hat er es aufgenommen?«

»Es hat ihn hart getroffen, aber er machte keine Schwierigkeiten. In dieser Beziehung war er in Ordnung. Er liebte Heike zu sehr, um ihren Entscheid nicht zu respektieren. Ein paar Monate später haben Heike und ich uns kennengelernt, an einem Sonntag. Normalerweise verbringe ich die Wochenenden an einem der Seen um Berlin. Ich liebe das Wasser. An diesem Sonntag war das Wetter echt mies, kalt, und es hat geschüttet.«

Omrani blieb stehen und sah Friis an. »Glauben Sie an Vorsehung, Major Friis?«

Eine Frage, die ihr selten gestellt wurde. »Eher an Verstand und Urteilsvermögen.«

Omrani lächelte. »Ging mir gleich – bis zu jenem Sonntag. Normalerweise gehe ich an Regentagen ins Kino. Entweder zeigten sie keinen Film, den ich sehen wollte, oder ich hatte keine Lust, ich weiß es nicht mehr so genau. Jedenfalls beschloss ich, stattdessen die Oranienhalle zu besuchen. Nach einer Stunde hatte ich genug. Ich ging zu den Spinden in der Garderobe, wo man die Taschen einschließt. Dort sah ich, wie einer Frau die Handtasche entrissen wurde. Ich heftete mich an die Fersen des Diebes. Ich rief der Wachfrau beim Ausgang zu, sie solle ihn aufhalten. Sie stürzte sich auf den Kerl. Gemeinsam hatten wir ihn festgenagelt, bis die Kollegen von der Schutzpolizei da waren. So haben Heike und ich uns kennengelernt.«

»Wie lange waren Sie zusammen?«

»Nächsten Monat wären es zwei Jahre gewesen. Davor war ich mit einem Mann zusammen. Es war okay, aber mit Heike war es anders, intensiver. Ich habe mich Hals über Kopf in sie verliebt. Ihr ging es genauso. Wir wollten heiraten.«

»In der Akte steht, sie war schwanger.«

Omranis Augen glänzten schwarz im Licht der Straßenlampen. »Das stimmt, ich habe es erst bei Heikes Obduktion erfahren. Sie wollte Kinder, ich nicht. Wir haben uns deswegen gestritten.«

»Wissen Sie, wer der Erzeuger war?«

»Zwei Wochen vor dem Überfall erzählte mir Heike, sie sei zu einer Samenbank gegangen. Der Spender sei anonym, hat sie gesagt.«

»Glaubten Sie ihr das?«

Omranis Stimme bebte leicht. »Nach Heikes Tod konnte ich heimlich einen Gentest am Embryo veranlassen. Später, nach Schröters Festnahme, habe ich die DNA des Kleinen mit seiner verglichen. Heike hatte mich angelogen. Schröter war der Vater.«

»War sie denn wieder mit ihm zusammengekommen?«

»Keine Ahnung, wie sie es angestellt hatte, ob sie mit ihm geschlafen hatte oder er ihr nur seinen Samen überlassen hatte. Nach der Trennung von Heike machte er sich selbstständig. Irgendwas mit IT-Consulting, hat aber nicht geklappt. Ein paar Wochen vor dem Überfall hatte er wieder mit Heike Kontakt aufgenommen.«

»Was wollte er? Geld? Mit ihr neu anbandeln?«

Omrani schnaubte. »Informationen. Für die Ausstellung des ›Blue Silent‹ musste die Oranienhalle ihre Sicherheitsvorkehrungen erheblich aufrüsten. Vermutlich aus Frust wegen unserer Streitereien hat Heike Schröters Einladung angenommen, sich auf einen Drink zu treffen. Sie wollte wohl einfach jemanden zum Reden. Schröter konnte ein guter Zuhörer sein – und ein Manipulator. Er muss es fertiggebracht haben, Heike wichtige Informationen abzuknöpfen.«

»Was ist in der Nacht des Überfalls geschehen?«

»Heike hat Boran Baddour und Schröter in der Juwelenkammer überrascht. Obwohl sie nicht bewaffnet war, hat Schröter auf sie geschossen. Zwar wurde sie nur leicht verletzt, stürzte aber so unglücklich, dass sie mit dem Kopf an der Kante des Granitsockels einer Vitrine aufschlug. In der Charité fiel sie ins Koma, aus dem sie nie mehr erwachte.«

»Deshalb haben Sie Schröter getötet. Aus Rache.«

Omrani schüttelte fast unmerklich den Kopf. »Ich hatte nie die Absicht, ihn umzubringen. Das müssen Sie mir glauben. Schröter sollte für das, was er Heike angetan hat, büßen, sein ganzes Leben lang. Schon bald nach dem Überfall hat er sich gestellt und sich als Kronzeuge angeboten. Er bereute, Heikes Tod verursacht zu haben. Er hatte Angst vor den Baddours. Ich wollte unbedingt den Diamanten wiederbeschaffen und die ganze Baddour-Sippe drankriegen.«

»Sie wollten sich nicht an Schröter rächen. Trotzdem haben Sie ihn getötet. Warum?«

»Heike und ich haben zusammengelebt, waren aber nicht verheiratet. Sie stammte aus dem Schwarzwald, ihre Eltern sind römisch-katholisch und erzkonservativ. Sie konnten nie akzeptieren, dass ihre Tochter mit einer Frau zusammenlebte, noch dazu mit einer Muslimin. Sie hatten sich von ihrer Tochter losgesagt und dafür gesorgt, dass ich Heike in der Charité auf keinen Fall besuchen durfte. Man hinderte mich sogar daran, mich von ihr zu verabschieden, bevor die lebenserhaltenden

Maschinen abgestellt wurden.« Über Omranis sonst so gefasstes Gesicht floss eine Träne. »Nicht mal Heikes Eltern hatten es als sinnvoll erachtet, nach Berlin zu fahren und sich von ihrem einzigen Kind zu verabschieden. Sie wollten ›diese Reise der Schande‹ nach Berlin nicht antreten, hatte man mir gesagt. Schröter war der Einzige, der bei Heike war, als ihr Herz aufgehört hatte zu schlagen. Ausgerechnet der Mann, der schuld an ihrem Tod war.«

»Das tut mir leid für Sie.« Friis legte die Hand auf Omranis Arm.

Omranis Lächeln war gequält. »Am Tegeler See habe ich eine Datsche, eher eine Strandhütte. Sooft es möglich war, hatten Heike und ich dort Zeit verbracht. Als sie in der Charité ihre Maschinen abstellten, betrank ich mich mit einer Flasche Wodka und schrie meine Trauer in den See hinaus. Ich fing an, Schröter zu hassen. Als er schon im Zeugenschutz war, hielt ich es nicht mehr aus und fuhr nach Altstätten. Ich wollte ihm nichts tun, nur mir alles von der Seele reden, ihm ins Gesicht sagen, wie sehr ich ihn verabscheute. Als ich dort ankam, war er verschwunden. Kurz darauf beorderte mich Eilers in die Ermittlergruppe, wo ich legitim nach Schröter forschen konnte. Sobald der versuchte, in Solothurn Kontakt mit Boran Baddour aufzunehmen, hatte ich ihn wieder auf dem Schirm.«

»Letzten Freitag, was ist da passiert?«

»Ich hatte Vanessa Kurth und Schröter seit einiger Zeit beobachtet. Bevor er starb, hatte er mir erzählt, sie ein paar Wochen zuvor in Bern kennengelernt zu haben. War ja klar, dass sie sich gleich in ihn verliebte, wie Heike damals. Am Freitagabend sah ich Vanessa aus der Wohnung kommen.«

»Das war nach Morettis erstem Besuch an diesem Tag?«

»Scheint so. Sie ging weg und kam später zusammen mit Schröter zurück.«

»Um wie viel Uhr war das?«

»So um Viertel nach acht. Schröter ist etwa eine Stunde geblieben, bevor er wieder rauskam. Er wirkte gehetzt und hatte es eilig. In der Wohnung brannte Licht. Ich bin Schröter gefolgt. Auf dem Gelände der Herbstmesse habe ich ihn verloren. Ich kehrte zurück zur Wohnung. Das muss kurz vor zehn gewesen sein. Weil immer noch Licht brannte, bin ich rein. Beim Eingang haben Moretti und ich uns gekreuzt. Er ist raus, ich bin rein. Was dann passiert ist, wissen Sie. Ich habe Vanessa notdürftig versorgt und die Rettung alarmiert. Danach machte ich mich wieder zum Messegelände auf.«

»Um Schröter zu finden.«

»Das tat ich auch. Er hat bemerkt, dass ich ihn verfolgte. Dieses Mal ließ ich mich nicht abhängen.«

Sie waren beim Bootsanleger angekommen. Auf der anderen Seite leuchtete der Glaskubus des H4 in der Nacht.

»Hier habe ich ihn gestellt«, sagte Omrani. »Er wollte in ein Boot steigen. Es waren Leute in der Nähe, und ich hatte keine Schusswaffe, nur meinen Teleskopschlagstock. Schröter hätte sich gewehrt, als schlug ich ihn nieder und bin dann mit dem Boot flussabwärts bis zu diesem Freizeitgelände gefahren.«

»Sie meinen den Freizeitpark Attisholz.«

»Richtig. Ich wollte von Schröter wissen, weshalb er Vanessa Kurth umgebracht habe. Er meinte, es sei ein Unfall gewesen. Sie hatte den ›Blue Silent‹ für ihn versteckt, ihm aber nicht gesagt, wo. Als er ihn von ihr zurückverlangte, weigerte sie sich, ihn herauszugeben.«

»Weshalb?«

»Das Übliche, sie wollte Geld. Es kam zum Streit. Vanessa drohte ihm, zur Polizei zu gehen, wenn er sie nicht in Ruhe ließe. Sie bedrohte ihn mit einem Messer. Als er es ihr abnehmen wollte, kam es zum Gerangel, in dessen Verlauf sie stolperte und in ihre eigene Klinge fiel. Schröter geriet in Panik und flüchtete.«

»Er hatte keine Ahnung, wo der Stein sein könnte?«

»Er meinte, beim Streit habe Vanessa ihre WG-Wohnung in Bern erwähnt. Darum sei er überzeugt gewesen, sie habe den Diamanten dort versteckt.«

»Waren Sie deshalb dort, als meine Kollegen aufkreuzten?«

»Natürlich«, sagte Omrani. »Mein Auftrag lautete, den ›Blue Silent‹ wiederzubeschaffen. Leider kam es dabei zu diesem bedauerlichen Zwischenfall.«

»Und Schröter? Warum musste er sterben, wenn Sie ihn doch nicht umbringen wollten?«

»Sie können es mir glauben oder nicht, Frau Friis, aber es war Notwehr. Schröter hatte plötzlich ein Messer in der Hand. Ich hatte ihn zuvor nach Waffen durchsucht. Er musste es im Boot versteckt haben, oder es war ihm beim Gerangel mit mir aus der Tasche gefallen, bevor ich ihn das erste Mal niedergestreckt habe. Ich schlug es ihm aus der Hand, und es fiel ins Wasser. Plötzlich habe ich rotgesehen. Schröter hat nur Unglück gebracht, über Heike, über mich und über diese arme Vanessa. Ich habe eingedroschen, bis er sich nicht mehr regte. Dann habe ich das Boot leckgeschlagen, um Spuren zu verwischen, und bin zu Fuß dem Fluss entlang in die Stadt zurückgegangen.« Omrani stand vor dem Anleger und starrte in die Aare. »So viel ist geschehen, das nie hätte passieren dürfen. Es tut mir leid, Frau Friis.«

Friis legte eine Hand auf ihre Schulter. »Ich bedaure das auch sehr, Frau Omrani. Ich habe Sie als Kollegin schätzen gelernt. Ich muss Sie festnehmen.«

»Ihm tat es auch leid«, sagte Omrani.

»Was meinen Sie?«

»Schröter sagte es, als er mich mit dem Messer bedrohte. Ich verstand nicht, was er meinte. Vielleicht war es Heikes Tod, den er verschuldet hatte, oder was Vanessa zugestoßen war.« Omrani hielt Friis ihre Handgelenke hin.

Friis schüttelte den Kopf. »Das wird nicht nötig sein.« Sie gab ein Handzeichen zur Straße hin. Aus einem geparkten Zivilfahrzeug stiegen zwei uniformierte Polizisten. Sie nahmen Omrani in die Mitte.

※※※

Dornach war außer sich. Warum hatte Casagrande zugelassen, dass Jana erschossen wurde? Warum hatte sie den Zugriff nicht früher ausgelöst? Die ganze Zeit hatte er die Bilder vor Augen, die Mündungsfeuer aus Marics Waffe, den dumpfen Aufschrei Janas.

Er war ihr das letzte Mal vor einem Jahr in Solothurn begegnet, nach der Gedenkfeier für Casagrandes Ex-Freundin Ines. Damals hatte er begriffen, dass er sie loslassen musste. Sie hatte sich einem anderen Leben verschrieben, einem, bei dem der Tod allgegenwärtig war. Das minderte nicht den Schmerz um den Menschen, den er neben Pia am meisten liebte.

Wo steckte Casagrande? Er hatte überall nach ihr gesucht, im Schloss, in der Scheune, wo die Mitglieder der Sondereinheit ihre Ausrüstung einpackten. Auch von Maja fehlte plötzlich jede Spur. Und Jana? Hatte man ihre Leiche bereits fortgeschafft? Er hatte keinen Bestattungswagen gesehen. Vor der Scheune setzte er sich auf eine Palette mit Isoliermaterial, die man zur Tarnung dorthin gestellt hatte. Er holte sein Handy hervor. Exakt in diesem Moment vibrierte es. Er starrte auf das Display. Es war Casagrande.

»Wo steckst du? Ich suche dich überall«, herrschte er sie an.

»Hier oben, in der Scheune.«

»Verkauf mich nicht für dumm, Angie. Dort war ich gerade.«

»Mezzanin, rechts, in einem Besprechungsraum. Jemand will dich sprechen. Wir kommen heraus.«

Auf dem Mezzanin, vermutlich früher eine Heubühne, hatte er nachgeschaut, allerdings nicht in den Nebenräumen. Als er die Treppe hochkam, erwarteten ihn Casagrande und der Polizist, der Sascha abgeführt hatte, unvermummt. Trotzdem erkannte ihn Dornach erst auf den zweiten Blick. Stephan Horacek, der ehemalige Assistent und Leibwächter Janas. »Was tust du hier?«, fragte Dornach, nachdem sie sich kurz umarmt hatten. Allmählich ahnte er, worum es ging. »Bist du immer noch für den Auswärtigen Dienst der EU unterwegs?«

»In gewissem Sinn«, sagte Horacek. »Ich unterstütze die Ermittlergruppe für diesen Einsatz.« Er wechselte einen schnellen Blick mit Casagrande. Diese machte einen Schritt auf Dornach zu. »Es tut mir leid, Dominik. Es musste streng geheim bleiben.«

»Was meinst du?«

Horaceks Präsenz, Casagrandes strikte Zurückhaltung.

Er begriff.

Wo Horacek war, konnte Jana nicht weit sein. »Wo ist sie?«

»Ich bin hier, Dominik.«

Dornach fuhr herum.

Sie war von der Erschöpfung und der Anspannung der vergangenen Tage und Monate gezeichnet. Ihr Mund war rot verschmiert, es sah aus wie Blut. Trotz der Müdigkeit hatten ihre Augen ihren Glanz behalten. Sie kam auf ihn zu und umarmte ihn. »Bitte entschuldige, dass ich dir das einmal mehr zumute. Ich hoffe, es ist das letzte Mal. Es musste sein.«

Ihr wienerisch gefärbtes Deutsch, ihre Wärme und die Hand, die während der Umarmung seinen Nacken streichelte, vermochten ihn zu besänftigen. Bei allem, was sie getan hatte, hatte er es nie fertiggebracht, sie von sich wegzustoßen und sie zu verurteilen. Unter dem Schweiß und dem süßlichen Geruch von etwas, was vermutlich Kunstblut war, konnte er ihren Duft wahrnehmen. Sie küsste ihn auf den Mund, kurz nur, aber lange genug, dass Casagrande diskret wegschaute, was er aus den Augenwinkeln sehen konnte.

»Du schmeckst nach Himbeere«, sagte er, als sie sich aus der Umarmung lösten.

»Wirklich? Immer noch?« Jana nahm einen Schluck aus der Wasserflasche, die Horacek ihr reichte. »Grausliches Zeug, dieses Kunstblut. Langsam werde ich zu alt für dieses Theater.«

»Würdet ihr mir bitte erklären, was das Ganze sollte? Ich hoffe doch stark, dass ihr mich nicht nur einfach verarschen wolltet.«

Jana lachte. »Sosehr es mir immer wieder Spaß macht, dir einen Streich zu spielen, liebster Freund. Das hatte nichts mit dir zu tun.«

Auch Casagrande grinste. »Genau, es dreht sich nicht alles

um Ihre Wenigkeit, Herr Dornach. Was für dich wie eine tragische Panne ausgesehen haben mag, war ein zentrales Element des Plans. Liliana Angeli musste sterben, und zwar präzise in dem Moment, als es geschah.«

»Und du hieltest es nicht für nötig, mich vorher aufzuklären?«

»Es war meine Entscheidung«, sagte Jana. »Ich sage dir gleich, warum, aber zuerst muss ich die Klamotten loswerden. Die fangen an, mich zu zwicken.« Sie knöpfte ihre kunstblutverschmierte weiße Bluse auf. Zwei geplatzte Plastikbeutel kamen zum Vorschein. Sie hingen an einer transparenten Schnur um ihren Hals und enthielten Reste einer zähen roten Flüssigkeit. An der Außenseite der Beutel klebte jeweils ein Mikrochip. »Verwendet man beim Film«, beantwortete sie Dornachs stumme Frage. »Damit's echt aussieht, sehr effektiv, aber eine Riesensauerei.« Sie entledigte sich der Beutel. Sie zog ein Kästchen einer Autofernbedienung aus der Hosentasche. »Das Ding löste die Ladungen aus, die die Beutel zum Platzen brachten.«

»Ich habe mit eigenen Augen gesehen, dass Ilona Maric auf dich geschossen hat«, sagte Dornach. »Waren das Platzpatronen?«

»Du magst mich vielleicht für dreist halten«, sagte Jana. »Dummdreist oder lebensmüde bin ich nicht. Das Schwierigste war das Timing. Im Film haben sie's leichter. Zuerst machen sie die Szene, bei welcher der Schütze abdrückt, und in einer zweiten Sequenz, wie's Blut spritzt – oder ist's umgekehrt? Eh egal, ich musste aufpassen, dass ich nicht zu früh oder zu spät auf den Auslöser drücke. Hat jedenfalls funktioniert.«

»Warum hatte Maric eine Pistole – mit Platzpatronen?«, fragte Dornach.

»Sie arbeitet mit uns zusammen.«

»Seit wann?«

»Sie hat mich vorgestern kontaktiert«, sagte Casagrande. »Sie wollte aussteigen, aus Todesangst vor Boran Baddour. Sie hat mich vor dem bevorstehenden Anschlag auf mich im ›Roten Turm‹ gewarnt. Sie konnte ja nicht ahnen, dass Angeli alias Jana es vorgeschlagen hatte, um den Druck auf Baddour und Arcuri zu erhöhen. Maric hatte Angst, sie war sicher, Boran Baddour würde sie umbringen lassen, sobald alles vorüber war. Jana alias Angeli hat sie darin bestärkt.«

»Richtig«, sagte Jana. »Ich bin letzte Nacht bei ihr eingestiegen und hab ihr ein wenig mehr Angst eingejagt, sicher ist sicher.«

»Was ist der Deal mit Maric?«, fragte Dornach.

»Sie wollte Straffreiheit«, sagte Casagrande. »Das konnte ich ihr nicht versprechen. Ich habe ihr angeboten, mich bestmöglich für sie einzusetzen. Das Anwaltspatent dürfte sie allerdings los sein. Irgendwo wird sie schon unterkommen.«

Dornach verspürte ein flaues Gefühl im Magen. Er hatte seit dem Frühstück nichts gegessen.

»Du wirkst ein wenig blass um die Nase, Dominik. Setz dich hin.« Jana tätschelte die Sitzfläche eines freien Stuhles neben ihr.

»Du hast trotzdem hoch gepokert, Jana«, sagte er. »Was wäre gewesen, wenn ein anderer mit echter Munition auf dich geschossen hätte?«

Jana klopfte auf eine Weste, die sie unter der weißen Bluse getragen hatte. »Mein Plan B, das Neuste vom Neuen aus Schweden, ultradünn, sehr leicht und vor allem wirksam. Hab's selbst ausprobiert. Es hat verdammt wehgetan, ich bin froh, dass sie nicht zum Einsatz kam. Totsein spielen ist auf die Dauer eh langweilig.«

Sie schlang die Arme um Dominiks Hals. »Jetzt hätte ich gern, dass du ein bisschen lächelst und sagst, dass du froh bist, dass ich noch lebe.«

Casagrande holte ihre Zigarillopackung hervor und nickte Horacek auffordernd zu. »Komm, Stephan, wir gehen raus, ein wenig mit Poljakow plaudern. Wir dürfen ihn übrigens Sascha nennen.«

Jana nahm eine neue Wasserflasche aus einer Sechserpackung, die auf einem Tisch stand. »Gehen wir auch raus. Ich brauche frische Luft.«

Im Schlosshof öffnete sie die Wasserflasche und bot sie zuerst Dornach an.
»Ehrlich gesagt brauche ich was Stärkeres.«
»Keine schlechte Idee.« Jana setzte die Flasche an. Abgesehen von der Maskerade als Liliana Angeli hatte sie sich seit ihrer letzten Begegnung nicht verändert. Einzig ein paar Fältchen um ihre Mundwinkel waren hinzugekommen.
Sie merkte, dass er sie ansah. »Was?«
»Tötest du immer noch Leute im Regierungsauftrag?«
»Nur wenn es sein muss.«
»Und immer nur solche, die es verdient haben, nicht wahr?«
Sie legte ihre Hand auf seine. »Willst du wirklich wieder mit mir darüber streiten? In der Wahl der Mittel mögen wir unterschiedlich sein. Ich weiß, du kannst meine Methoden nicht akzeptieren. Es tut mir leid, dich enttäuscht zu haben, Dominik. Komm darüber hinweg, ich bin, was ich bin. Du kannst nicht von mir erwarten, eines Tages im Schlaf zu sterben.«
Dornach war zu müde, um sich mit ihr auf diese Diskussion einzulassen. »Was sollte die Inszenierung mit deiner Erschießung? Hätte es nicht ohne funktioniert? Warum habt ihr nicht einfach alle festgenommen und gut ist?«
»Angela hat es vorhin gesagt. Liliana Angeli musste sterben. Ihr Onkel muss glauben, dass sie tot ist.«
»Erklär mir das.«
»Um wirksam arbeiten zu können, brauchte die Ermittlergruppe Insiderinformationen über die Gegenseite. Es ging darum, die Arcuri-Familie zu infiltrieren. Während Mittel und Wege gesucht wurden, das zu bewerkstelligen, geschah das Attentat auf Lilianas Eltern. Eine Tragödie für die Familie, für die Ermittlergruppe ein Glücksfall.«
»Ihr habt sie nicht etwa liquidieren lassen, um an Arcuri ranzukommen?«
Janas Blick wurde ernst. »Ich tue mal so, als hätte ich die Frage nicht gehört. Der Anschlag wurde von einer rivalisierenden Familie durchgeführt, etwa zum Zeitpunkt, als Angela

zur Ermittlergruppe stieß. Ihr war die Ähnlichkeit zwischen Liliana und mir aufgefallen. Sie hatte die Idee, dass ich ihre Rolle übernehmen sollte, und mich kontaktiert. Liliana und ihr Onkel hatten sich jahrelang nicht gesehen. Vor fünfzehn Jahren ging sie zuerst nach Südamerika, später nach Kanada, wo sie als Lehrerin arbeitete. Sie wollte nichts mit ihrem Onkel und seinen Machenschaften zu tun haben. Nach dem Tod ihrer Eltern haben Angela und ich sie in Kanada aufgespürt. Liliana hatte ihre Mutter geliebt. Ihr brutaler Tod hatte sie erschüttert. Sie machte ihren Onkel dafür verantwortlich oder vielmehr, was er darstellte, den brutalen Capo einer Mafiafamilie. Sie erklärte sich bereit, uns zu helfen, ihm das Handwerk zu legen.«

»Indem sie dich in ihre Rolle schlüpfen ließ?«

»Genau, meine Liliana wollte den Tod ihrer Eltern rächen. Deshalb kehrte sie zu ihrem Onkel zurück.«

»Arcuri hat dir das abgenommen?«

»Du weißt, ich kann sehr überzeugend sein.«

Das war keine Übertreibung. »Und weiter?«

»Arcuri war seiner Nichte zum letzten Mal an ihrem zwölften Geburtstag begegnet. Das machte es mir etwas leichter. In seiner Trauer um die geliebte Schwester hat er mir rasch vertraut.«

Zu welchem Preis? Dornach brannte die Frage auf der Zunge.

»Du willst wissen, was ich dafür tun musste?« Jana konnte schon immer seine Gedanken lesen. »Ich musste Arcuris Vertrauen gewinnen. Dafür gab es nur einen Weg.«

Dornach wusste nicht, ob er es überhaupt hören wollte. »Du hast Menschen dafür umgebracht.«

»Ich ziehe den Ausdruck ›neutralisiert‹ vor. Es tut mir leid, Dominik. Wegen dir, nicht wegen denen. Bei dem Bombenanschlag in Bozen sind nicht nur Lilianas Eltern umgekommen. Eine Mutter und ihr Kind wurden von Trümmern getroffen. Es ist mir nicht schwergefallen, diejenigen zu töten, die dafür verantwortlich waren, wenn ich im Gegenzug Arcuris Vertrauen gewinnen konnte.«

In Momenten wie diesen fragte sich Dornach, warum er es nicht fertigbrachte, diese Frau nicht zu lieben. »Was ist mit der echten Liliana?«

»Sie lebt mit neuer Identität irgendwo in der Provinz Manitoba. Das ist auch der Grund für die Inszenierung von vorhin. Die falsche Liliana musste in Arcuris Augen sterben, damit die richtige Liliana weiterleben kann. An einer Toten wird sich Arcuri nicht rächen.«

Dornach musste das setzen lassen. Casagrandes und Janas Täuschungsmanöver hatte schon fast machiavellistische Züge. Auch wenn es dem Zweck diente, zwei brutale Verbrecherorganisationen drastisch zu schwächen, hinterließ es einen schalen Geschmack. Er konnte seine Gefühle nicht einordnen und wusste nicht, weshalb. Wegen der tödlichen Mittel, die Jana angewandt hatte und die Casagrande wahrscheinlich gebilligt hatte? Oder war er schlicht in seinem Stolz verletzt, weil er von Anfang an auf die Rolle eines Bauern im großen Schachspiel reduziert worden war?

»Wie geht's jetzt weiter?«, fragte er.

Sie deutete mit dem Kopf an ihm vorbei. »Damit.«

Dornach folgte ihrem Blick. Ein schwarzer Mercedes Van mit getönten Scheiben fuhr auf den Schlosshof. Casagrande und Horacek gingen auf das Fahrzeug zu. Hinter ihnen hatten zwei vermummte Polizisten Sascha in die Mitte genommen. Der Van wendete auf dem Vorplatz. Die Schiebetür öffnete sich und entließ zwei bewaffnete, mit Balaklavas vermummte Personen in Tarnanzügen.

EINUNDZWANZIG

Hinter den Vermummten stiegen Pia und Daria aus dem Van.
Bevor Dornach sich wundern konnte, hatte Pia Jana erkannt und fiel ihr mit einem Freudenschrei um den Hals. Die beiden hatten sich seit über drei Jahren nicht mehr gesehen.
»Was wird das?«, fragte er Daria, die auf ihn zukam. »Und was tut ihr beide hier?« Er deutete auf Pia, die in ein lebhaftes Gespräch mit Jana verwickelt war.
Daria nickte zu Sascha hinüber, der von den Polizisten an die Tarnanzüge übergeben wurde. »Wegen ihm.«
»Poljakow?«
»Er heißt in Wirklichkeit Ruslan Awturchanow und wird in meiner Heimat wegen Kriegsverbrechen gesucht.« Daria zeigte auf die Tarnanzüge. Es waren deren sechs, einschließlich Fahrer. Bei zweien ließen Körperbau und Gang auf Frauen schließen. Erst jetzt fiel Dornach die blau-gelbe Flagge der Ukraine auf ihrem Oberarm auf.
»SBU«, sagte Daria, »ukrainischer Sicherheitsdienst.«
Casagrande beendete ein Gespräch in Englisch mit der ukrainischen Offizierin, die den Trupp offenbar befehligte. »Die Ukrainer bringen Poljakow oder Awturchanow, wie auch immer, zum Flughafen Belpmoos«, sagte sie zu Dornach. »Von dort geht er mit dem Diplomatengepäck per Sonderflug nach Lemberg, ich meine Lviv, in der Westukraine.«
Dornach massierte sich den Nasenrücken. Allmählich wurde es etwas viel. »Korrigiere mich, wenn ich falschliege. Läuft ein Auslieferungsprozedere üblicherweise nicht anders ab. Was ist mit Haftbefehl, rechtlichem Gehör und anderen rechtsstaatlichen Kleinigkeiten. Hätte Sascha oder wie er auch immer heißen mag, nicht Anspruch auf einen Anwalt?« Die Frage musste sein, obschon er die Antwort kannte.
Pia und Jana gesellten sich zu ihnen. »Lass gut sein, Paps.

Dieser Typ hat Frauen, Kinder, alte Leute brutal ermordet. Wegen ihm musste Daria die Mädchen in Sicherheit bringen.«

Dornach nahm sich vor, sich an diesem Abend nur noch über Dinge aufzuregen, die er beeinflussen konnte. »Wie kommt es, dass du hier bist?«

»Die Chefin der Ukrainer hat mich eingeladen, dabei zu sein. Daria und sie sind Studienfreundinnen. Habe ich dir nicht erzählt, dass Daria gute Kontakte in der ukrainischen Botschaft hat?«

»Die Sache ist gegessen, Dominik«, sagte Casagrande, »abgesprochen mit Eurojust, der Bundesanwaltschaft und dem Generalstaatsanwalt in Kiew. Die Ukrainer garantieren ein faires Verfahren gegen Poljakow unter Einhaltung der Europäischen Menschenrechtskonvention. Als EU-Beitrittskandidat muss dem Land daran gelegen sein.« Sie wandte sich an Pia. »Hast du an mein Gepäck gedacht?«

»Ist unterwegs.«

»Fährst du etwa mit nach Kiew?«, fragte Dornach.

»Nur bis Bern. Debriefing bei Bundesrätin Kälin. Dann geht's weiter. Persönliche Berichterstattung in Den Haag und Brüssel. Jana wird unseren Freund nach Lviv begleiten und kommt dann nach.«

Dornach konnte seine Enttäuschung nicht verbergen. »Ich dachte, wir könnten …«

»Ich weiß«, sagte Casagrande. »Das muss warten, leider. Es heißt, ich soll nach heute Abend eine Weile untertauchen, bis sich die Wogen glätten. Für Arcuri und Baddour bin ich tot, aber ich habe nicht vor, lange in diesem Zustand zu verweilen. Ich will weder einen neuen Namen noch ein neues Leben.«

»Du kannst aber auch nicht nach Solothurn zurückkommen.« Es sollte wie eine Frage klingen, aber es kam wohl als das heraus, was es war: eine Befürchtung.

Casagrande sah sich nach den anderen um. Pia und Daria sprachen mit Jana. Horacek übergab Sascha den Ukrainern, die ihn im Van fixierten. Sie nahm Dornach bei der Hand und ging mit ihm in den Schatten der Schlosskapelle. »Ich habe noch keine Ahnung, ob und wann ich zurückkomme. Die Arbeit in der Ermittlergruppe hat mich einiges gekostet. Ich brauche etwas Abstand und werde zunächst mein Sabbatical nehmen. Bis dahin kannst du dir über deine Gefühle zu mir klar werden.«

»Ich habe dir schon gesagt, dass –«

Sie legte ihren Finger auf seine Lippen. »Wir klären das ein andermal. Mach's gut, Dominik.«

Pia und Dornach sahen den wegfahrenden Fahrzeugen nach. Daria wartete etwas abseits.

»Jana hat versprochen, uns bald zu besuchen«, sagte Pia.

»Schön.« Mehr brachte er nicht über die Lippen.

»Geht's dir gut, Paps?«, fragte Pia besorgt.

»Frag mich morgen wieder.«

»Hunger?«

»Und wie.«

»Komm.« Pia hielt die offene Hand hin. »Schlüssel, ich fahre. Du darfst dich moralisch auf unseren Gast vorbereiten.«

»Was für ein Gast?«

Sie lachte. »Hallo? Du hast mir einen funkelnagelneuen Bruder verschafft.«

»Halbbruder.«

»Egal. Er bleibt ein paar Tage bei uns, zum Kennenlernen, zusammen mit seiner Freundin.«

»Ronnie hat eine Freundin?«

»Mindestens eine starke Anwärterin auf den Posten. Sie heißt Kamila. Ich habe sie im ›Lioness‹ kennengelernt. Sie hat bis gestern dort gearbeitet, bevor sie den Bettel hingeschmissen hat.«

Aus dem »Lioness«? Dornach hatte eine Erwiderung auf der Zunge. Er schluckte sie hinunter. Es war spät. Am Morgen war immer noch Zeit, sich mit seiner Tochter zu zanken.

»Keine Sorge, Paps.« Pia ließ den Motor an. »Mein neuer

kleiner Bruder ist ein toller Kerl. Kann ja gar nicht anders sein – schließlich hat er meine Gene.«

»Wenn das so ist.« Dornach lehnte sich im Sitz zurück und schloss die Augen.

Es war gut so.

Bis sein Handy vibrierte.

»Wer ist das?«, fragte Pia.

Dornach las die Nachricht.

»Bea Frei. Sie will wissen, ob unsere Verabredung am Sonntag noch steht.«

Glossar

Balkanslang – mit türkischen und albanischen Begriffen verwendete Schweizer Dialektsprache, wird oft von Jugendlichen verwendet

Bau- und Justizdepartement – Bau- und Justizministerium des Kantons Solothurn

Beiz (Mundart) – Kneipe

Bestie (engl., Jugendsprache) – beste Freundin, bester Freund

Böser/Böse (Mundart) – die besten Athleten im Schweizer Kampfsport Schwingen

Combox (schweizerisch) – Bezeichnung für Anrufbeantworter

cringe (engl., Jugendsprache) – beschämend, zum Fremdschämen

Duzis (schweizerisch) – Duzis machen, jemandem das Du anbieten

EJPD – Eidgenössisches Justiz- und Polizeidepartement (Bundesjustiz- und Polizeiministerium)

Eurojust – Agentur für Europäische Zusammenarbeit in Strafsachen

Füdlibunker (Mundart) – Stripteaselokal, Bordell (Füdli/Füdle = Hintern)

hoi (Mundart) – hallo (Begrüßung)

JANUS – Nationales Informationssystem zur Bekämpfung von Organisierter Kriminalität, Drogenhandel, Menschenhandel, Pornografie und Falschmünzerei

Kadi (Mundart) – Kommandant

Kanti (umgangssprachlich) – Kantonsschule, Gymnasium

Kantönligeist (abschätzig) – Schweizer Föderalismus

Konkordat – Zusammenarbeitsvertrag zwischen einzelnen Kantonen auf verschiedenen Gebieten (zum Beispiel Nordwestschweizer Polizeikonkordat der Kantone Aargau, Basel-Land, Basel-Stadt, Bern, Solothurn)

Langendorf (umgangssprachlich) – Bezeichnung für die Psychiatrischen Dienste der Solothurner Spitäler mit Sitz in Langendorf

Lappen (Mundart) – Eintausend-Franken-Schein

Matura (schweizerisch) – Abitur, mittlere Reife

Nüsslisalat (schweizerisch) – Feldsalat

Pied-à-terre (franz.) – Zweitwohnung

Polizeikommando – Polizeipräsidium

RIPOL (Recherches informatisées de la police) – automatisiertes Fahndungssystem der Schweizer Bundespolizei (Fedpol)

Rivella – kohlensäurehaltiges Süßgetränk mit Milchserum

schiefern (Mundart) – Steine über einer Wasseroberfläche zum Hüpfen bringen

Sis (engl., Jugendsprache) – Schwester

Stange – Bier im Offenausschank in schlankem Glas

Stöckli (Mundart) – Altenteil, Dependance

Tea-Room – Restaurationsbetrieb, i. d. R. ohne Alkoholausschank

Tschuggerei (Mundart) – Polizei

VOSTRA – Vollautomatisiertes Strafregister des Bundesamtes für Justiz

Anmerkungen und Dank

Ende 2021 stieß ich auf einen Pressebericht über mögliche Aktivitäten eines Verbrecherclans im Kanton Solothurn: »Verdächtige Zuzüge in Mümliswil: Ist im Kanton Solothurn ein krimineller Clan aktiv?«, Solothurner Zeitung, 23. Dezember 2021. Inwiefern das der Fall war, wurde öffentlich nicht erörtert. Weitere Recherchen zur Clankriminalität in Deutschland, Drogenkartellen und der Mafia in Italien lieferten den Hintergrund zu dieser Geschichte.

Die Region Solothurn ist kein Brennpunkt der Großkriminalität. Dennoch war es mir ein Anliegen, die lokale Kernhandlung dieser Geschichte mit dem globalen Aspekt Organisierter Kriminalität zu verknüpfen. Die Globalisierung ist beim Verbrechen angekommen. Waffenhandel, Terrorfinanzierung, Infiltration staatlicher Strukturen gehören ebenso zu den Aktivitäten immer besser untereinander vernetzter Banden wie Drogenhandel, Prostitution und Geldwäscherei. Bedenkliche Entwicklungen in unseren Nachbarländern und Skandinavien führen uns vor Augen, dass der Kampf gegen die Organisierte Kriminalität eine der größten Herausforderungen unserer Zeit für den Rechtsstaat ist. Diese Bedrohung ist ebenso existenziell wie die offene Aggression Russlands gegenüber den westlichen Demokratien Europas einschließlich der Schweiz.

Der im Buch geschilderte Diamantenraub aus einem Berliner Museum beruht lose auf dem Diebstahl der Goldmünze »Big Maple Leaf« aus dem Berliner Bode-Museum im März 2017. Der Diamant »Das Blaue Schweigen« oder »Blue Silent« sowie das Museum Oranienhalle in Berlin-Kreuzberg sind fiktiv. Dasselbe trifft auf den Baddour-Clan beziehungsweise die Arcuri-Mafia und die Scheinfirma Imexcura zu.

Die im Buch erwähnten internationalen Ermittlergruppen oder Joint Investigation Teams gibt es tatsächlich. Unter der

Ägide von Europol arbeiten darin Justiz- und Polizeibeamte zweier oder mehrerer europäischer Staaten zusammen: https://www.europol.europa.eu/partners-collaboration/joint-investigation-teams

Die im Buch geschilderten Aussagen der fiktiven Bundesrätin Kälin zu Exponenten des Schweizer Finanz- und Wirtschaftsplatzes und ihre politischen Vorstöße sind erfunden. Was in den Köpfen des Schweizer Bundesrates vorgegangen sein muss, als sie zum zweiten Mal innert fünfzehn Jahren eine Schweizer Großbank wegen Misswirtschaft mit Milliarden Steuergeldern retten mussten, kann sich der Autor nur in seiner Phantasie ausmalen. Bundesrätin Kälin steht symbolisch für die Bemühungen verantwortungsbewusster Menschen, die sich dafür einsetzen, dass die oft fahrlässig beschworenen Schweizer Werte keine Worthülsen bleiben.

Die Schlacht bei Dornach vom 22. Juli 1497 im Schwabenkrieg zwischen Kaiser Maximilian I. und der Eidgenossenschaft ist historisch belegt. Der Dornacherbrunnen mit dem Denkmal des Fahnenträgers auf dem Dornacherplatz in der Solothurner Vorstadt existiert ebenfalls. Hingegen ist der Bezug oder die Verbindung meines Ermittlers Dominik Dornach und seiner Familie mit diesem Ereignis ein Produkt meiner Phantasie.

Wichtige Informationen und Tipps erhielt ich wiederum von Niklaus Büttiker, Samuel Ris sowie Fabienne Holland von der Solothurner Kantonspolizei. Martin Schneider und Philipp Rauber von der Solothurner Staatsanwaltschaft erlaubten mir wertvolle Einblicke in ihre Arbeit, besonders in Bezug auf Wirtschafts- und Organisierte Kriminalität im Kanton Solothurn. Ihnen allen gilt mein erneuter Dank für die Geduld, Zeit und das Verständnis für all die Fragen eines Laien. Es gibt Fälle, bei denen die Realität die Fiktion überholen kann. Das Gegenteil dürfte selten der Fall sein. Deshalb: Alle Verzerrungen sowie gewollte oder ungewollte Falschdarstellungen sind ausschließlich dem Autor zuzuschreiben.

Ein weiterer Dank geht an meinen Agenten Dr. Michael

Wenzel von der Agentur Editio Dialog in Lille, Frankreich, das Team des Emons Verlag in Köln, namentlich Hejo Emons, Christel Steinmetz, Stefanie Rahnfeld, Dominic Hettgen, und meine Lektorin Irène Kost.

Moralischen und leiblichen Support erfuhr ich wie immer von meiner Frau Catherine Frachebourg, vor allem immer dann, wenn meine Protagonisten sich wieder mal nicht so verhielten, wie ich erwartete.

Ihnen, liebe Leserin, lieber Leser, danke ich für die Zeit, die Sie sich für diese Geschichte genommen habe, Ihre Treue und Ihren Zuspruch. Ein Buch, das nicht gelesen wird, ist ein Buch, das nicht existiert.

Christof Gasser

Die Erfolgsserie des Bestsellerautors Christof Gasser
Alle Titel sind auch als eBook erhältlich.

Bücher mit Dominik Dornach und Angela Casagrande:
Solothurn trägt Schwarz
ISBN 978-3-95451-783-1
Solothurn streut Asche
ISBN 978-3-7408-0050-5
Solothurn spielt mit dem Feuer
ISBN 978-3-7408-0305-6
Solothurn tanzt mit dem Teufel
ISBN 978-3-7408-0624-8
Solothurn blickt in den Abgrund
ISBN 978-3-7408-1395-6

Bücher mit Cora Johannis:
Schwarzbubenland
ISBN 978-3-7408-0178-6
Blutlauenen
ISBN 978-3-7408-0508-1

Weitere:
Wenn die Schatten sterben
ISBN 978-3-7408-1208-9

www.emons-verlag.de